MIMI HEEGER

# SECRET CRUSH

## DER STAR DER MANNSCHAFT

IMPRESS

© privat

**Mimi Heeger** wurde 1983 in Kreuztal geboren und wohnt mit ihrem Mann, ihren zwei Söhnen und einem kleinen Hund im Siegerland. Die zweite Welt, in der sie lebt, ist die der Bücher. Tag und Nacht taucht sie mit Figuren aus den verschiedensten Genres in deren Geschichten ein. Das eigene Schreiben von Romanen ist schon seit Kindheitstagen ein Wunsch, der schnell zur Leidenschaft und schließlich zum großen Traum wurde.

Folge immer deinem Herzen …

# PROLOG

**Scott**

Ich hasse Sonntagabende. Sonntag ist Familientag. Aber ich bin allein. Na ja, zugegeben nicht ganz, aber es fühlt sich verdammt noch mal so an.

»Soll ich dir was zu trinken besorgen?«

Sie soll einfach still sein. Wenn sie mich weiter so nervt, kommt ihr Rausschmiss schneller als geplant.

Candy versucht sich von hinten an mich zu schmiegen. »Du warst gestern echt gut«, haucht sie gegen mein Ohr und alles in mir schreit danach, sie einfach aus dem Bett zu kicken.

»Du hast mein Spiel gesehen?«

Es ist immer das Gleiche. Sie geben vor, ein großer Fan zu sein, wissen aber oft nicht mal, welche Sportart ich betreibe.

»Ja klar«, säuselt sie und ihre Hand wandert meinen Rücken entlang.

»Und was denkst du?«, ködere ich sie und drehe mich auf den Rücken, um ihr Gesicht zu sehen. Sie ist echt hübsch. Aber das ändert leider nichts. »War Bristol wirklich so schlecht, wie die Presse hinterher gesagt hat?«

»Na ja«, druckst sie rum, »ich würde sagen, ja.«

Sie schiebt sich das wasserstoffblonde Haar hinter die Ohren. Ein Jammer für sie, dass wir gestern nicht gegen Bristol gespielt haben.

»Du solltest jetzt wirklich gehen, Candy.«

»Cassy«, korrigiert sie mich mit zusammengebissenem Kiefer.

»Auch gut«, stöhne ich und klettere aus meinem Bett. Ihren Schmollmund und das genervte Seufzen zu ignorieren wird das Beste sein. Ich schlurfe durch mein dunkles Penthouse und schenke mir einen Orangensaft ein.

»Ich gehe dann«, höre ich Candys oder Cassys Stimme und der Fahrstuhl, der sich in diesem Moment öffnet, flutet etwas Licht ins Dunkel.

»Hm«, knurre ich nur, ohne mich von der Fensterfont abzuwenden. Der Ausblick war der Grund, warum ich diese Wohnung vor sechs Monaten gemietet habe. Eigentlich mag ich sie nicht mal besonders. Ich bin anders groß geworden. Bescheiden. Klein. Gemütlich. Aber das ist eine Ewigkeit her.

Ich blicke in die Sterne über London und frage mich, was noch eine Rolle spielt, wenn Ruhm und Geld nicht mehr wichtig sind. Momentan dreht sich alles nur um den Erfolg. Mein ganzes Leben wird bestimmt durch meinen Erfolg. Aber was bleibt übrig, wenn all das vorbei ist?

***

**Lauren**

Ich liebe Sonntagabende. Sonntag ist Familientag. Da ist man nie allein. Ich liebe die Essen, die wir abwechselnd bei uns oder den Middlestones veranstalten.

»Soll ich dir noch was zu trinken holen?«

David liegt neben mir auf seinem Bett und wir sehen uns schon seit Stunden alte *Game of Thrones*-Folgen an.

»Ich brauche nichts, danke«, sage ich und kuschle mich ein bisschen enger in seinen Arm. Ich genieße die Stunden, die wir zu zweit sind. Meine Hand fährt unter sein Shirt und die weiche Haut seines flachen Bauches wärmt meine Hand.

»Lauren, komm schon.« David zieht meine Hand hervor und nimmt sie in seine. »Du weißt, dass ich das nicht mag.«

Der tiefe Seufzer, der in meiner Kehle aufsteigt, lässt sich nicht zurückhalten.

Mein Freund nimmt mich etwas fester in den Arm und breitet eine Decke über uns aus. »So musst du auch nicht frieren. Lass uns noch eine letzte Folge schauen, dann bringe ich dich rüber.« Wir wohnen nur einen Katzensprung von den Middlestones entfernt.

»Ich bin müde. Ich denke, ich werde jetzt direkt gehen.«

Ich bin wirklich müde. Das ist keine Lüge.

»Soll ich mitgehen?« Echte Sorge steht in Davids Augen. Er kümmert sich immer gut um mich.

»Nein«, sage ich und streichle ihm über die glatte Wange. »Das schaffe ich gerade noch.«

Die Nächte in Plumpton sind schwarz. Es gibt so gut wie keine Straßenlaternen und in den wenigen Häusern, die um diese Uhrzeit beleuchtet sind, sind die Vorhänge zugezogen.

Am Tor unseres weißen Gartenzaunes bleibe ich stehen und blicke in den sternenklaren Himmel über Südengland. Manchmal, wenn ich ganz allein bin, erlaube ich mir mich zu fragen, was da draußen auf mich wartet. Was wenn ich meine wohlgesteckten Grenzen einfach überschreite und mir nehmen würde, was das Leben mir gibt? Immer wieder treibt mich der Gedanke an meine Grenzen. *Was wäre, wenn ...*

Ich ziehe das knarrende Tor hinter mir zu. Träumereien. Das sind nichts als dumme Mädchenträumereien.

# KAPITEL 1

**Scott**

»Zu glauben es reicht, wenn du Tore schießt und ein Sixpack hast wie Channing Tatum, war ein grober Fehler. Das wirst du schon bald am eigenen Leib spüren, wenn du so weitermachst. Das verspreche ich dir.«

Ich habe schon vor ungefähr zwanzig Minuten auf Durchzug geschaltet. Derrek kann mich volllabern, wenn er sich dadurch besser fühlt, aber er sollte sich langsam von dem Gedanken verabschieden, dass ich ihm oder irgendwelchen Sponsoren in den Hintern krieche, nur weil er daraus ein Geschäft machen könnte. Das ist einfach nicht meine Art.

»... Das ist jetzt vorbei ...«

Ich spiele an dem Verschluss meiner Wasserflasche, während ich gelangweilt auf den grauen Fliesenboden starre. Derreks Büro liegt genau wie die anderen in einem der Gebäude, die direkt ans Stadion angrenzen. In letzter Zeit musste ich öfter lernen, dass in den höheren Ligen die Bürokratie mindestens genauso wichtig ist wie wir Spieler. So sehr mir das auch auf die Nerven geht. Eine weitere bittere Pille, die man als Profisportler schlucken muss. Genauso wie die ewigen Vorträge unseres Marketingchefs, der mal wieder davon besessen ist, aus mir einen Superstar zu machen. Und dabei denkt er nicht an den Platz. Fußball spielen kann ich auch ohne ihn. Das beweise ich schließlich jede Woche.

»Ich habe es lange genug auf die sanfte Tour versucht, Scott.«

»Komm schon, Derrek«, stöhne ich und fahre mir durch das noch nasse Haar. In der Regel dauern seine Standpauken nicht so lange, es muss ihm also wirklich ernst sein.

»Ich ziehe das jetzt durch, ob es dir gefällt oder nicht. Die Leute lieben dich … zumindest auf dem Feld. Jetzt nehmen wir den Rest auch endgültig in Angriff. Das ist eine Riesenchance.«

Ich habe nicht die geringste Ahnung, wovon er spricht, und ehrlich gesagt juckt es mich auch kein Stück.

»Du hast überhaupt nicht zugehört, habe ich recht?«

Jetzt ist es unser Marketingexperte, der stöhnt und sich in seinem überdimensionalen Sessel zurückfallen lässt. Er verschränkt die speckigen Finger vor seinem Bierbauch und trommelt auf seinen Handrücken herum.

»Mein Junge … Ich weiß nicht, wie ich es netter formulieren soll … Du bist echt ein Idiot.«

»Kein Ding«, sage ich, meine aber eigentlich etwas ganz anderes. Soll er sich doch zum Teufel scheren. Ich gebe alles für das Team. Ohne mich wären wir nicht da, wo wir stehen, das ist uns beiden klar. Die Saison läuft nicht mal seit vier Monaten und ich habe schon mehr Tore geschossen als mein Vorgänger im ganzen Jahr. Wenn das der Lohn dafür ist, dann vielen Dank für nichts, *London Silvers*.

»Du bist ein Spitzensportler. Wenn du mir nur ein wenig entgegengekommen wärst, hätten wir das sicher anders lösen können. Aber du willst es scheinbar mit dem Hammer.«

Langsam fängt diese Unterhaltung wirklich an komisch zu werden. Das Training war anstrengend. Mein Oberschenkelmuskel bereitet unserem Physiotherapeuten Kummer und ich will einfach nur noch auf meine Couch. Soll er langsam zum Punkt kommen, oder ich bin weg.

»Also«, beginne ich ohne genau zu wissen, wie ich aus diesem stickigen Büro mit den fleischfarbenen Wänden entkommen kann. Keine Ahnung, warum ein Spitzenverein der Championship nicht in der Lage ist, seine Büros in einem angemesseneren Farbton zu streichen.

»Nichts also«, unterbricht Derrek meine unpassenden Gedanken. »Der Plan steht. Sie kommt morgen an. Alles Nötige ist in die Wege geleitet und steht in der E-Mail.«

»Wovon zum Teufel redest du? Es gibt nichts in die Wege zu leiten, und welche gottverdammte E-Mail?«

»Ich weiß nicht, wofür ich überhaupt mit dir rede.« Mit aufgeblähten Nasenflügeln lässt Derrek die Luft aus seinem massigen Oberkörper entweichen und sein Atem, der nach einer Mischung aus Kaffee und Zigaretten riecht, weht mir entgegen. »Noch mal zum Mitschreiben, für diejenigen unter uns, die offensichtlich zu viele Bälle gegen den Kopf bekommen haben.« Seine Stimme wird mit jeder Silbe lauter und mir schwant nichts Gutes. »Die *GB-Life* will eine Story über dich. Morgen kommt Miss …«, er wühlt in den Unterlagen, die vor ihm ausgebreitet sind, »… Bell und wird dir die kommenden zwei Wochen über die Schulter blicken.«

»Was?«, raune ich und meine Wasserflasche erzeugt auf der Glasoberfläche des Schreibtischs ein klirrendes Geräusch, als ich sie mit einem unsanften Knall abstelle. »Du weißt, dass ich keine privaten Interviews mache.«

Das kann er sowas von vergessen! Ich werde mich nicht für irgendein dämliches Lifestylemagazin ablichten lassen, in dem sie den Leuten irgendeinen Scheiß auftischen, nur damit sie mit meinem Namen ein bisschen mehr Geld scheffeln können.

»Und du, mein Junge, hast keine Wahl. Nicht dieses Mal.« Derrek stützt sein Doppelkinn auf die Hände und kratzt durch seinen grauen Vollbart. »Im Ernst, Scott.« Langsam entspannt sich seine Stimmlage und ich weiß nicht, ob mich das beruhigen oder beängstigen soll. »Diese Reporterin wird kommen. Du wirst sie zwei Wochen lang an deiner Seite ertragen. Ob du trainierst, spielst, isst oder einfach nur irgendwo in einer Ecke rumhängst, um der größte Idiot Englands zu werden. Verdammt …«, wird er wieder lauter, »selbst wenn du deine dreckigen Socken wechselst, wird sie dabei sein.«

»Und wenn ich Nein sage?«

Denn das kommt auf keinen Fall infrage. Meine feuchten Hände kleben auf dem Polyester meiner Trainingshose, während ich meine Finger fest in meine Oberschenkel kralle. Scheiß auf die getapten Muskeln.

»Diese Option gibt es nicht.«

»Und wenn ich darauf bestehe?«

»Scheiße noch mal, Scott, dann bist du raus!«

Okay, jetzt schreit er wieder und ich muss sagen, es beruhigt mich ganz und gar nicht. Im Gegenteil.

Ich springe so schnell von meinem Stuhl auf, dass er zu kippen droht. »Du willst mich doch verarschen.« Auch meine Stimme hebt sich, denn langsam fällt es mir schwer, mein Temperament in Schach zu halten. »Das ist euer Dank für meine Leistung? Ich soll meine Seele an irgendeine Klatschpressentussi verkaufen oder ich bin raus aus dem Team?«

»Scott«, sagt Derrek betont ruhig und deutet auf meinen Stuhl, auf den ich mich widerwillig fallen lasse. »Ich habe dich in den letzten neun Monaten ein dutzend Mal hierher bestellt. Ich habe gebeten, geflucht und schlussendlich gebettelt.« Da ich auf seinen Mist nicht reagiere, fährt er ungehindert mit seinem bescheuerten Vortrag fort. »Erst die Partyfotos auf Instagram. Dann die Sache mit dem Reporter.«

Im Ernst? Das will er mir vorwerfen? Der Kerl wollte Fotos von Grace machen und hat es einfach nicht sein lassen. Kein Mensch kommt meiner kleinen Nichte zu nahe. Ich würde ihn jederzeit wieder auf den Gehweg schubsen.

»Du benimmst dich unmöglich. Beratungsresistent nennt man sowas. Das kann so nicht weitergehen. Da muss endlich was passieren.« Er blickt kurz zum Fenster, durch das nicht viel zu sehen ist außer die Betonwände des angrenzenden Gebäudes. »Und das wird es jetzt.«

Mein Mund öffnet und schließt sich abwechselnd, ohne dass etwas dabei herauskommt. Das hier ist hoffentlich ein riesengroßer Scherz und jeden Moment springt mein Coach hinter der Tür hervor, um mich zu erlösen.

Mein Blick gleitet zwischen Derrek und der grünen Eingangstür hin und her. Aber sie öffnet sich nicht.

»Scott.« Derreks graue Strähnen fallen ihm in die Stirn, als er sich zu mir beugt.

»Lass stecken«, fauche ich, schnappe mir mein Wasser und verlasse mit großen Schritten das Zimmer. Das hier können sie sowas von vergessen. Es wird keine Story über Scott Petersons Leben in der *GB-Life* geben. Da können sie schicken, wen sie wollen.

***

**Lauren**

»Mum, bitte. Es ist London und nicht New York.«

Ich unterdrücke ein Augenrollen und konzentriere mich lieber auf Davids Hand, die meinen Oberschenkel unter dem weißen Tischtuch besänftigend drückt.

»Und du bist erst einundzwanzig und London ein gefährliches Pflaster. Ich verstehe es einfach nicht. Da muss es doch irgendjemanden geben können, der für diese Aufgabe qualifizierter ist.« Ihre blassen Handflächen streichen zum dutzendsten Mal an diesem Nachmittag das Tischtuch glatt.

»Na ja ...«, druckse ich herum und mein Magen grummelt. Wie seit Tagen ist es eine gefährliche Mischung aus Angst, Neugierde, Aufregung und Heimweh. Und das, obwohl ich noch nicht mal weg bin. Aber abgesehen davon, dass ich nicht will, bin ich auch zu unqualifiziert? Ich habe keine Ahnung.

»Deine Mutter hat vollkommen recht, Lauren.« Mrs Middlestone schmiert akribisch hauchdünn die Butter auf ihren Scone. »Dich in deinem Alter allein nach London zu schicken ist unverantwortlich. Wie kann die Uni das zulassen?«

Ihr Blick richtet sich auf ihren Sohn, der umständlich mit seiner freien Hand versucht den Kuchen zu zerlegen.

»So wenig es mir gefällt, Lauri gehen zu lassen. Dass die Unis solche Projekte verteilt, ist nicht ungewöhnlich und eigentlich eine große Ehre für sie.«

Ich schenke meinem Freund ein warmes Lächeln. Dankbar, dass er mich unterstützt. Auch wenn ich weiß, wie sehr ihn die Tatsache mitnimmt, zwei Wochen auf mich verzichten zu müssen. Und ganz ehrlich, ich war auch etwas erstaunt, dass ausgerechnet ich die Chance bekomme, eine Story für die *GB-Life* zu schreiben. Die University of Sussex verteilt regelmäßig außerordentlich tolle Projekte an ihre Journalismusstudenten. Aber direkt eine mehrteilige Reihe und ein zweiwöchiger Aufenthalt ist eher selten.

»Du könntest diesen Tennisspieler genauso gut über das Internet interviewen. Sonst wird doch heute alles über diese Teile geregelt«, sagt meine Mum mit einem abfälligen Blick auf meinen Laptop, der neben mir auf der Gartenbank liegt. Es ist außergewöhnlich warm für Oktober und wir können unseren Sonntagstee draußen genießen. Die Kastanienblätter schimmern in der Sonne in den schönsten Rot- und Orangetönen.

»Fußball«, verbessere ich sie und stecke ein weiteres Stück Scone in meinen Mund.

»Das sind die Schlimmsten«, keucht Davids Mutter und entlockt ihrem Sohn ein genervtes Räuspern.

»Und sie soll sogar in seiner Wohnung schlafen«, fügt meine Mutter hinzu und eine leichte Brise weht ihre roten Wellen aus der hohen Stirn. Meine Haarfarbe habe ich ganz sicher von ihr.

Ich beschenke sie mit einem bösen Blick. Keinem von uns passt es, dass ich zwei Wochen an der Seite eines aufgeblasenen Sportlers leben muss. Mir am allerwenigsten. Die Tatsache, dass ich auch die Nächte in seinem Apartment verbringen soll, müssen wir nicht jedes Mal wieder breittreten. Es ist meine erste Story, da werde ich nicht direkt anfangen Forderungen zu stellen. Und Professor Kensington ist der Meinung, dass ich so am ehesten einen Eindruck vom Alltag des Sportlers bekomme.

»Der Verlag will eben einen Reality-Bericht mit Einsicht in sein privates Leben. Ich werde nicht allein dort sein. Es gibt auch Fotografen, die uns ab und zu begleiten.« Ich unterstütze diese wenig besänftigende Tatsache mit zusammengepressten Lippen und nicke meinem Freund zu. »Es wird halb so wild«, schiebe ich hinterher und ergreife seine Hand auf meinem Bein. Mein Professor und der Chefredakteur der *GB-Life* haben mir unmissverständlich klargemacht, dass ich an der Seite dieses aufgeblasenen Fußballers bleiben und alles aufsaugen soll, was ich an Informationen bekommen kann. Positiv wie negativ.

»Ich werde dich trotzdem schrecklich vermissen.«

Ich erkenne, dass Davids Lächeln nicht von Herzen kommt. In Wahrheit macht es ihn verrückt, dass wir so lange getrennt sein werden. Seit unserem ersten Kuss in der siebten Klasse haben wir keine Woche ohne den anderen verbracht. Unser Glück, dass unsere Familien eng befreundet und, wenn überhaupt, gemeinsam in den Urlaub gefahren sind. Die Middlestones sind nach Plumpton gezogen, als ich vier war. Seitdem sind David und ich unzertrennlich. Zuerst waren wir Freunde und dann irgendwann ein Paar.

»Ich werde dich auch vermissen«, wiederhole ich seine Worte und lehne mich vor, um ihm einen hauchzarten Kuss auf die Wange zu geben.

»Ohhh«, schnurren unsere Mütter im Gleichtakt wie schmusige Katzen. Sie blicken erst uns an und dann einander. Wahrscheinlich gehen sie telepathisch bereits das Aufgebot durch.

Davids Wangen färben sich rosa und er legt meine Hand zurück auf meinen eigenen Oberschenkel und seine beide auf den Tisch.

»Ihr habt ohne uns angefangen?«

Die Stimme meines Dads unterbricht den Moment und alle Augen richten sich auf ihn und Davids Vater, die durch das Holztor unseren Garten betreten. Noch in Gummistiefeln und grünen Fleecejacken.

»Wenn wir warten wollen, bis was angebissen hat, wären wir längst verhungert«, gibt meine Mum zurück, ohne die Lippen auch nur zu einem Lächeln zu verziehen.

Mein Dad nimmt ohne zu zögern seinen Platz vor Kopf ein. »Wenn du wüsstest, dass ich ein reichliches Abendessen an Land gezogen habe, wärst du nachsichtiger mit mir, Liebling.«

Richard Middlestone und mein Dad gehen schon seit Jahren gemeinsam angeln. Meist recht unerfolgreich, aber sie genießen es.

»Und, Lauren, schon aufgeregt?« Richard klopft mir auf die Schulter und stützt sich anschließend hinter mir und seinem Sohn auf der weißen Holzbank ab. »Große Nummer, die du da vorhast.«

»Als hätte sie eine Wahl gehabt«, geht Rosie Middlestone dazwischen.

Und sie hat vollkommen recht. Denn die hatte ich nicht. Sosehr meine Mum sich sorgt, dass ich in London unter die Räder komme. Und sosehr mein Dad Profisportler und deren Leben verabscheut. Und egal, wie furchtbar es für meinen Freund ist, dass ich zwei Wochen mit einem anderen Mann verbringen muss. Ich. Hatte. Keine. Wahl. Mich fragt niemand danach, wie ich die Verantwortung finde, als erstes großes Projekt direkt eine mehrteilige Story zu schreiben. Und das auch noch über einen Fußballer, der, wie es scheint, ein arroganter Schnösel ist. Manchmal erlaube ich mir, mich selbst zu fragen, wie ich das finde. Und die Wahrheit ist, ich habe Angst. Grauenvolle Angst davor, das zu vermasseln.

Was, wenn ich meine erste richtige Reportage in den Sand setze, weil ich keinen Schimmer von Fußball oder irgendeiner anderen Sportart habe? Und es graut mir davor, mein Zuhause, meine Eltern und vor allem David so lange zu verlassen. Völlig abgesehen davon hält sich meine Motivation wahrlich in Grenzen, diesen Mann kennenzulernen, den ich allein durch sein Instagramprofil schon furchtbar finde. Die ganzen Bilder von Frauen, die ihm billig am Hals hängen, und seine Autos, die im Sonnenlicht in Pose gestellt werden. Ich hasse sowas. Aber all das ändert nichts. Morgen früh werde ich nach London fahren. Ich werde um acht Uhr dreißig im Trainingsgelände der *London Silvers* aufschlagen und ich werde vierzehn Tage mein Bestes geben. Professionell und diskret. Und dann werde ich der *GB-Life* einen Bericht abliefern, der meinen Professor stolz machen wird. Und wer weiß, vielleicht decke ich ja einen Skandal auf oder entlarve jemanden wegen Dopings.

»Ich bin mir sicher, du machst das gut.«

Mein Dad glaubt immer an mich. Ganz gleich, was ich tue.

»Danke, Daddy.«

Meine Mum lädt ihm zwei Scones auf seinen Teller und schenkt mir ein künstliches Lächeln, während sie ihm Kaffee einschenkt. Sie kommt einfach nicht aus ihrer Haut, wenn sie sich um mich sorgt.

Wie von einem Magneten angezogen wandert mein Blick zu David, der sich mit seinem Dad unterhält. Sein Profil ist makellos. Sein Teint ist von der Sommersonne noch leicht gebräunt und seine Wangen schlagen kleine Fältchen, wenn er lächelt. Sein blau kariertes Hemd passt perfekt zu der Farbe seiner Augen und spannt ganz leicht, als er auf dem Tisch die Hände faltet. Meine Finger zucken, weil sie zu gern in das kurze braune Haar fassen möchten, aber ich verbiete es ihnen. Ich weiß, wie unangenehm es ihm ist, wenn wir uns vor unseren Eltern berühren. Eine heimliche Berührung unter dem hübsch gedeckten Tisch ist alles, worauf ich hoffen kann. Allein dass ich ihm einen Kuss auf die Wange gegeben habe, wird mir sicher später einen Rüffel einbringen, wenn wir zu zweit sind.

Alle unterhalten sich angeregt über Barsche und Karpfen, während ich unsere Runde betrachte. Das hier ist alles, was ich brauche. Es macht mich glücklich, mit meiner Familie hinter unserem schiefergedeckten Haus mit den braunen Fensterläden zu sitzen und den Nachmittagstee zu genießen.

In Plumpton ist alles herrlich ruhig und überschaubar. Das Leben hinter den weißen Gartenzäunen ist behütet und sorgenfrei. David und ich wurden konservativ erzogen und respektieren und lieben unsere Eltern.

Genau das ist es, was ich mir für meine Zukunft wünsche. Für unsere Zukunft. Ich sehe das alles vor mir. Ein kleines Haus, das wir im Garten der Middlestones bauen werden. Zwei Kinder. Ein Mädchen und ein Junge. Ich backe Scones und wir genießen den Tee, wenn David aus der Schule kommt. Ich bin mir sicher, er wird ein großartiger Geschichtslehrer.

So viele Menschen irren durchs Leben, ohne zu wissen, wohin ihre Reise führen soll. Ich bin dankbar, dass ich meinen Weg bereits genau kenne.

Die zwei Wochen, die ich vorher bei diesem dämlichen aufgepumpten Sportidioten verbringen muss, sind nur eine winzige Hürde zu meiner glorreichen Zukunft mit einem liebevollen Ehemann. In diesem Fall nützt alles nichts. Da heißt es Augen zu und durch. Immerhin ist das nur ein Job. Ich muss ihn nicht mögen. Ganz im Gegenteil. Ich darf diesen aufgeblasenen Kerl sogar hassen. Und umso länger ich darüber nachdenke oder mir seine Bilder im Netz ansehe, umso sicherer bin ich, dass ich das auch tun werde.

# KAPITEL 2

**Scott**

»Mann, Alter, dein Leben hätte ich gern.«

Mir entweicht ein Schnauben, das sich anhört, als wäre mir der letzte Schluck Red Bull im Rachen stecken geblieben.

Gregs Hand streicht über den polierten Kotflügel meines neusten BMW und seine Augen funkeln wie die eines Kindes unterm Weihnachtsbaum. »Vierhundert PS«, sagt er verträumt, ehe sein Blick wieder zu mir wandert. »Keine Ahnung, was bei dir nicht stimmt, aber jeder halbwegs normale Kerl hätte nicht nur ein Dauergrinsen im Gesicht, wenn er so einen Wagen in der Garage stehen hat.«

Ohne mich oder meinen angeekelten Blick zu beachten, schleicht er um den M5 wie eine Katze. Sicher, der Wagen ist ein Traum, aber Greg fährt darauf ab, als wäre er die Lösung aller Probleme dieser Welt.

Greg Stevens ist mein ältester Freund. So lange ich denken kann, haben wir für denselben Verein gekickt. Erst bei den Knirpsen und später haben wir einige Erfolge mit dem Team meines Dads eingefahren. Die *Ramsgate Firebirds* sind in den letzten Jahren ein paarmal aufgestiegen, haben es aber nie über die National League hinausgeschafft. Ich hätte nie gedacht, dass sich unsere Wege mal trennen, aber Greg hat schon vor mir den Verein verlassen und als ich vor neun Monaten von den *Firebirds* abgeworben wurde, musste ich nicht lange überlegen.

»Hier«, ich werfe ihm den Schlüssel zu, den er reflexartig auffängt, ehe er gegen das matte Silber des Wagens knallen kann, »du darfst mich zum Training fahren.«

»Du denkst, ich spiele für dich den Chauffeur? Vergiss es, Peterson.«

Er wirft den Schlüssel zurück und ich fange ihn ebenso geschickt. Ich weiß, wie es ihm in den Fingern juckt, den Wagen zu fahren, aber Greg ist ein sturer irischer Hund. Die Gier auf Geschwindigkeit steht nicht über seinem Stolz.

»Ich muss eh los. Camilla wartet mit dem Frühstück.«

Als er erfahren hat, dass ein neues Spielzeug in der Garage steht, war mir klar, dass es nicht lange dauern würde, bis er hier vorbeischneit. Dass dies sogar noch vor dem Frühstück der Fall ist, hatte ich nicht erwartet.

»Oh … Miss Ich-bin-die-Schönste-im-ganzen-Land darf man natürlich nicht warten lassen.«

»Ach leck mich, Peterson.«

Ich kann ein Arsch sein. So viel ist sicher. Aber Camilla Withaker ist einfach eine eingebildete Schlange und sicher nicht die Richtige für meinen besten Freund. Und das weiß er selbst. Nicht zuletzt, weil ich es ihm bei jeder Gelegenheit unter die Nase reibe. Aber es ist hoffnungslos. Weil Greg Stevens nämlich seit seiner Jugend unsterblich in meine kleine Schwester verliebt ist. Und das, obwohl Maggie schon seit fünf Jahren glücklich vergeben ist. Falls das nicht Grund genug ist, sie ist auch verheiratet und Mutter. Er sucht verzweifelt nach einem passenden Ersatz. Sosehr er sich auch bemüht, das wird nichts. Ich bin mir sicher, er wird niemals eine Frau so vergöttern wie meine Schwester.

»Heute nicht. Vielleicht morgen«, schmettere ich zurück und zeige ihm mit einem breiten Grinsen meinen Mittelfinger. »Ich muss auch los.«

»Jetzt schon zum Training?«, fragt Greg und wirft einen Blick auf seine glänzende Armbanduhr. »So früh?«

»Bekomme vorher noch eine Massage, der Muskel macht Probleme.« Ich reibe mir kurz über den Oberschenkel, der unter meiner Trainingshose bereits seit Wochen getaped ist. Meine Turnschuhsohlen quietschen auf dem glatten Boden der Tiefgarage, als ich mit einem Knopfdruck die Heckklappe öffne, um meine Tasche ins Auto zu werfen, die mir mit ihrem Gewicht schwer auf der Schulter hängt.

Ich nehme meinen Job ernst. Fußball ist mein Leben. Das Training für mich harte Arbeit. Als gelernter Fitnesstrainer weiß ich, worauf es ankommt, und gebe alles, was mein Körper hergibt. Aber so lächerlich es klingt, ich bin keine achtzehn mehr. Ich merke, wie der Hochleistungssport an meinem Körper zehrt. Und das, obwohl meine Karriere gerade erst ihren Höhepunkt erreicht hat.

»Hau rein, Alter, und pass auf dich auf.« Greg hält mir die Hand hin und ich schlage freundschaftlich ein.

»Viel Vergnügen mit Londons größter Dramaqueen«, flüstere ich ihm dabei ins Ohr und fange mir dafür einen mehr oder weniger freundschaftlichen Schlag in die Rippen ein. Wir lachen beide und ich gebe Greg einen Klaps auf den Hinterkopf. »Säg sie endlich ab, Stevens.«

»Sagt der Mann, der seit Jahren keine Beziehung auf die Kette kriegt.« Mein Freund drückt auf den Knopf seines Autoschlüssels und die Lichter seines Jeeps leuchten kurz auf. Es ist noch nicht mal acht und die Tiefgarage, die zum Penthouse gehört, ist schon so gut wie leer. Die meisten Menschen, die hier wohnen, sind absolute Workaholics. Ich weiß nicht einmal, wer meine Nachbarn sind.

»Ich brauche keine Beziehung. Wofür? Um mich die nächsten zwanzig Jahre mit ein und derselben Frau zu streiten? Nein danke.«

»Du bist hoffnungslos, Peterson«, sagt Greg, während er bereits auf dem Fahrersitz hockt und das Starten des Motors von den kahlen Betonwänden widerhallt.

»Ich habe nie etwas anderes behauptet«, rufe ich noch und er hebt nur kurz die Hand, um im nächsten Moment die Tür zu schließen und an mir vorbei zu donnern.

Lachend schüttle ich den Kopf und setze mich hinter das Steuer meines neuen Spielzeugs. Während ich das Parkhaus verlasse und mich in den dichten Verkehr Londons einfädle, habe ich zwischen all den Taxis und Touristen, die keine Ahnung haben, auf welcher Seite sie fahren müssen, Zeit, um nachzudenken.

Mit heulendem Motor schlängle ich mich durch das Stop and Go und werde sentimental, als ich an all den Mist denke, den Greg und ich schon gemeinsam erlebt haben. Früher gab es keine Party ohne uns. Wir waren immer da, wo es was zu feiern gab. Und auch schon mal da, wo es nach Ärger roch. Beim Gedanken an so manche Kneipenschlägerei muss ich schmunzeln.

Ich drehe das Radio einen Tick lauter und die Arctic Monkeys erklingen in voller Lautstärke über die Surroundanlage. Auch wenn Greg und ich nach wie vor gute Freunde sind, wird es nie wieder so wie früher. Spätestens seit ich mein Hobby zum Beruf gemacht habe, sind Drogen und Alkohol tabu. Die regelmäßigen Bluttests erlauben so gut wie keine Ausnahmen. Ich tue mich immer noch schwer damit, weil das Trinken für mich oft ein Ventil war, mit dem ich einiges an Frust ablassen konnte. Stattdessen kaufe ich mir jetzt teure Autos und viel zu große Penthäuser. Auch wenn das sicher genauso einen Adrenalinkick auslöst wie eine Schlägerei mitten in Joes Pub nach einem verpatzten Premier League Spiel, macht es nur halb so viel Spaß. Aber ich bin nicht dumm. Ich erkenne meine Chancen und nutze sie. Und abgesehen davon, würde mein Dad mir die Hölle heiß machen, wenn ich nicht alles für den Sport täte.

Mitchel Peterson war fast zwanzig Jahre lang mein Coach und sieht genau, wenn ich nicht voll dabei bin. Für meinen Dad geht ein Traum in Erfüllung, weil ich es ganz nach oben geschafft habe.

Das Klingeln meines iPhones reißt mich aus meinen Gedanken. Mit einem Knopfdruck lege ich das Gespräch auf die Lautsprecher des Wagens.

»Hi, Nervensäge«, begrüße ich meine Schwester und unterdrücke ein Schmunzeln.

»Hi, Blödmann«, erwidert Maggie. »Bist du schon unterwegs? Es hört sich an, als stehst du auf dem Flughafen.«

»Neuer Wagen.« Ich setze den Blinker und nachdem eine Horde Menschen wie eine Armee Ameisen die Straße überquert hat, biege ich auf die Lincoln Road, um zum Stadion zu gelangen.

»Schon wieder? Du spinnst doch. Was ist mit dem Audi passiert?«

Sie spielt die Vernünftige, schon klar. Dabei ist sie es, die sich heimlich den TT ausleiht, wenn ihr Mann Sam auf die Kleine aufpasst. Wie auf Kommando höre ich meine Nichte im Hintergrund brabbeln und mein Herz erwärmt sich augenblicklich.

»Der steht in der Garage. Darfst ihn dir gern jederzeit holen, kleine Schwester«, necke ich sie. »Wie geht's Gracy?«

»Ganz ehrlich?« Maggie stöhnt übertrieben laut, was sich über die vielen Lautsprecher des M5 etwas gruselig anhört. »Sie treibt mich in den Wahnsinn.«

Ich lache laut und herzhaft, weil ich es einfach nur köstlich finde, wie die kleine speckige Prinzessin mit nicht mal einem Jahr zwei Erwachsene an den Rand ihrer Kräfte treibt.

»Das ist nicht witzig, Scott.« Meine Schwester klingt müde und ausgelaugt, aber dennoch kann sie ihre Belustigung nicht gänzlich verstecken. »Wir können gern tauschen. Du nimmst Grace und ich erzähle dafür der Reporterin bei einem Kaffee, wie du dir mit neun an Halloween in die Hose gemacht hast.«

Mit der flachen Hand donnere ich auf das hochwertige Lederlenkrad. Diese blöde Zeitungstussi hatte ich schon völlig vergessen. Oder besser verdrängt.

»Du hast sie vergessen, stimmt's?«, liest meine Schwester meine Gedanken.

»Könnte sein«, gestehe ich und krame fieberhaft in meinem Gehirn nach den Details, die Derrek mir vor ein paar Tagen in einer Mail geschrieben hat.

»O Mann, Scotty. Reiß dich ja zusammen. Der Coach macht dich platt, wenn du das vergeigst.«

»Nett, dass du mich daran erinnerst.«

Es ist nicht ungewöhnlich, dass Maggie unseren Dad als Coach betrachtet. Er war zeit meines Lebens mein Trainer. Er ist der Coach ihres Mannes Sam. Und da Maggie den Großteil unseres Familienlebens auf dem Fußballfeld verbracht hat, ist er für sie eben auch der Coach.

»Bitte sag mir, dass du Samstag nicht auch vergessen hast.«

»Wie könnte ich ...«, lüge ich. Denn tatsächlich fällt mir erst jetzt wieder ein, dass ich nach wie vor kein Geburtstagsgeschenk für meine Nichte habe. Ich dachte an eine Hüpfburg oder ein Pony, aber Sam dreht mir den Hals um. Er hasst es, wenn ich Gracy teure Geschenke mache.

»Dann kann ich der Journalistin Bilder von dir zeigen, als du noch keine Zähne, dafür aber einen Pferdeschwanz hattest.«

»Bye, Maggie«, flöte ich und lege auf, obwohl sie noch nicht fertig war mit ihren irrwitzigen Drohungen.

Bis Samstag habe ich die Sache mit dem Artikel längst abgehakt. Zwei Wochen mit einer Reporterin. Derrek spinnt doch. Ich wette, sie hält es keine drei Tage bei mir aus.

***

**Lauren**

Seit ich mit David auf der Station Road in Plumpton Green in dichten Oktobernebel getaucht auf meinen Bus gewartet habe, habe ich mit keinem Menschen gesprochen. Und obwohl das erst zwei Stunden her ist, fühle ich mich einsamer denn je. Immer wieder denke ich an den Moment, als David mir einen letzten Kuss auf die Stirn gedrückt hat und ich als einziger Fahrgast zu dem Busfahrer gestiegen bin. Ich habe es nicht über mich gebracht, aus dem Fenster noch einmal nach ihm zu sehen, und als die schmalen ländlichen Straßen immer städtischer wurden, wollte ich mir verbieten noch länger zurückzudenken, aber es will mir einfach nicht gelingen. Ich wünschte, er wäre bei mir und könnte mir gut zureden, mein Gepäck tragen oder einfach darauf achten, dass ich in die richtige Richtung laufe.

Ich bin einundzwanzig Jahre alt, soll eine Reportage über einen Profisportler aus London schreiben und bin schon allein mit der Zugfahrt vollkommen überfordert. In Haywards Heath sollte ich in den Zug nach London umsteigen. Und obwohl der Bahnhof nur vier Gleise hat und wir meine Route zu Hause immer und immer wieder durchgegangen sind, habe ich es geschafft, am falschen zu stehen. Die Verspätung von circa einer Stunde ist nicht das tragische an meiner Misere, ich hatte mir einen zeitlichen Puffer eingerichtet. Viel schlimmer ist, dass ich fast verdurste, gleichzeitig wirklich dringend auf die Toilette muss und keine Ahnung habe, ob der Zug, in dem ich nun sitze, in die richtige Richtung fährt. Bei der ersten Durchsage des Schaffners hat der Mann neben mir so laut und durchdringend gehustet, dass ich kein Wort verstanden habe und bei der zweiten habe ich schlichtweg nicht aufgepasst, weil ich im Kopf immer und immer wieder den Fragenkatalog für Mister Fußball-Obermacker durchgegangen bin.

Als nun endlich die kratzige Stimme im Lautsprecher Clapham Junction ankündigt, fallen mir gleich mehrere Steine vom Herzen. Nur noch eine Station und ich bin mitten in London. Das Problem bei der Sache ist, dass meine eigentliche Aufgabe dann erst beginnt und sich daher nicht wirklich Erleichterung in meinem Bauch einnisten will.

Ich kämpfe mich an dem Mann vorbei, der definitiv ein bronchiales Problem hat, achte darauf, möglichst viel Abstand zu bewahren und schaffe es nach einer gefühlten Ewigkeit und mehreren Ellbogen, die unsanft in meinen Rippen landen, endlich mitten in der Victoria Station zu stehen. Mein Blick gleitet durch die riesige Halle, in der die Stimmen der vielen Menschen sich mit den Ankündigungen über die Lautsprecher vermischen. Überall wehen britische Flaggen und es durftet abwechselnd nach Kaffee oder Burgern, als ich meinen überdimensionalen Koffer durch die Vorhalle ziehe. Er ist noch von Grandpa George und mir scheint es, als schleife ich ihn mehr hinterher, als dass die Rollen wirklich rollen.

Bis vor einer Stunde hatte ich mir fest vorgenommen, den Weg vom Bahnhof zum Fußballstadion zu laufen, um mich ein bisschen auf London einzustimmen. Aber das scheint mir jetzt genauso wenig reizvoll wie die U-Bahn zu nehmen, in der ich mich sicherlich verlaufen werde und mindestens fünf bis sechs weitere ungewollte Körperkontakte einkassieren muss. Meine Füße tun jetzt schon weh und ich muss langsam wirklich dringend aufs Klo.

Am liebsten würde ich mich wie ein kleines Mädchen auf den Boden kauern und David anrufen, dass er kommt und mich rettet. Anstatt einem weißen Pferd würde mir der alte Honda seiner Mum völlig ausreichen. Aber schon jetzt aufzugeben kommt nicht infrage. Also straffe ich die Schultern, die in dem zu großen Blazer meiner Mutter überhaupt keine Chance haben, gestrafft auszusehen, und trete auf den Gehweg, um mir ein Taxi zu rufen. Ich bin eine erwachsene Frau und ich werde diese Tage professionell durchziehen. Auch wenn in meinem Bauch alles, aber auch wirklich alles, danach schreit, nach Hause zu wollen.

Bleibt nur zu hoffen, dass dieser Fußball-Heini wenigstens ein kleines bisschen nett ist und mich dabei unterstützt, eine vernünftige Story abzuliefern. Auch wenn diese Hoffnung nur ein winziger Funken ist. So wie mein Professor mir berichtete, ist er auf dem Spielfeld ein absoluter Profi und auf der Spitze seiner Karriere. Schon ein bisschen eine Berühmtheit in seinen Kreisen. Privat allerdings gibt er so gut wie keine Interviews und hat den Ruf eines unsensiblen Weiberhelden. Heute Morgen soll der Marketingchef der *London Silvers* mich empfangen und mich anschließend mit Scott Peterson bekannt machen. Tja, und dann werde ich wohl oder übel mit ihm die nächsten vierzehn Tage verbringen müssen.

Irgendwie habe ich das Gefühl, das kann nur schiefgehen.

***

»Und machen Sie sich keine Sorgen. Das wird schon schiefgehen.«

Derrek, ein etwas übergewichtiger, aber freundlicher Mann, klopft mir noch einmal etwas zu fest auf die Schulter und ist im Begriff, kehrtzumachen.

»Sie …«, stottere ich zum hundertsten Mal an diesem Morgen, »… kommen nicht mit?«

Sein Blick gleitet an mir vorbei durch einen langen Flur, der in Rot- und Grautönen gehalten ist. Nachdem ich in seinem Büro eine kurze Begrüßung inklusive feuchtem Händedruck und lauwarmem Kaffee bekommen habe, durfte ich gnädigerweise seine Toilette benutzen, ehe er mich ins Stadion geführt hat, in dem die Mannschaft derzeit trainiert. Dafür, dass er so kurze Beine hat, ist Derrek förmlich durch die Gänge geflogen. Aber ein geduldiger Blick lag auf seinem Gesicht, während er mir Unmengen an Glastüren aufgehalten hat, damit ich mein Gepäck hinter mir her wuchten konnte. Ich hatte Mühe, seinen Erklärungen zu den einzelnen Abschnitten zu folgen. Zumindest habe ich mir aber merken können, dass wir im Bereich der Heimmannschaft, also der *Silvers* sind, in dem unter anderem heute ein Indoor Krafttraining für die Spieler ansteht.

»Ab hier schaffen Sie es allein. Einfach den Gang entlang und dann werden Sie die Jungs schon irgendwo finden.« Er streicht sich über die rot gestreifte Krawatte, die über seinem Bauch liegt. »Sollte er ...« Er richtet den Knoten und sieht mir nicht in die Augen. »Na ja, also sollte es irgendwie Probleme geben, rufen Sie mich an«, bringt er sein Gestammel zu Ende und ist schneller verschwunden, als zu erwarten war.

Und dann wird es plötzlich still. Nichts ist zu hören. Der schwarze Teppichboden schluckt meine Schritte, als ich mich langsam vorwärts bewege. Eins, zwei, drei. Vier Türen weiter ist immer noch kein Laut zu hören, außer meinem Atem, der ungewohnt schnell geht. Meine Hände kleben am Griff meines Koffers und meine Bluse auf meiner verschwitzten Haut. Ich komme mir lächerlich vor in meiner schwarzen Beerdigungshose und der Kleidung meiner Mutter. Meine Haare sehen ganz sicher furchtbar aus und garantiert riecht alles an mir nach Angstschweiß.

Kurz davor doch noch die Flucht zu ergreifen und auf das alles hier einfach zu verzichten, schwingt die Tür vor meiner Nase auf und eine Horde Männer kommt mir entgegen. Eine menschliche Massenkarambolage ist ein Witz gegen das hier. Ich und mein gigantischer Koffer sorgen dafür, dass es mitten im Türrahmen einen menschlichen Superstau gibt, aber die Fußballer schlängeln sich an allen Seiten an mir vorbei.

»Äh ... Hi«, versuche ich zu einem von ihnen Kontakt aufzunehmen, aber sie laufen einfach um mich herum und verschwinden einen Raum weiter. Als die schwere Eisentür sich hinter dem Letzten von ihnen schließt, ist es wieder genauso ruhig wie vor einer Minute.

Das ist einer der Momente, in denen man nicht sicher sein kann, ob man sich die letzten Sekunden nur eingebildet hat oder sie wirklich passiert sind. Aber der Duft nach Duschgel und ein leichter Schwall Feuchtigkeit beweisen, dass ich noch nicht verrückt geworden bin. Und so lege ich mein Ohr leicht an die Tür, durch die sie gekommen sind. Nichts. Diese Räume scheinen schallisoliert zu sein. Oder das waren die Letzten und ich habe Mister Peterson verpasst.

Mein Blick zuckt zu der Eisentür, durch die sie gegangen sind. Ich hätte ihn doch erkannt. Oder? Andererseits ging alles viel zu schnell.

Ehe ich doch noch den Verstand verliere, nehme ich all meinen Mut zusammen und klopfe zaghaft an. Als ich schon fast nicht mehr daran glaube, dass sich irgendetwas tun wird, öffnet sich die schwere Türe einen Spaltbreit und ein dunkelhäutiger Spieler blickt auf mich herab. Seine Haut ist so schwarz, dass das Weiß seiner Augen heftig hervorsticht.

»Ähm …«, stottere ich schon wieder wie ein kleines Schulmädchen. »Hi.« Ich strecke ihm meine Hand entgegen, aber er zieht lediglich eine Augenbraue in die Höhe. »Also«, stammle ich weiter und lasse meine Hand wieder sinken, »mein Name ist Lauren Bell. Ich komme von der *GB-Life* und soll einen Bericht über Scott Peterson schreiben. Ich …«

Ich komme nicht dazu weiterzusprechen, denn schon nach dem *Scott* und spätestens bei der letzten Silbe von *Peterson* zeigt der Kerl vor mir auf eine weitere Tür hinter sich und kehrt mir den Rücken zu. Mir bleibt also nichts anderes übrig, als mit Grandpa Georges Koffer im Schlepptau in die vollbesetzte Umkleidekabine der *London Silvers* zu stiefeln. Es ist nicht mal die Tatsache, dass die meisten Männer nur halb bekleidet sind, dass ich mich fühle, als liefe ich geradewegs in die allseits bekannte Höhle des Löwen.

# KAPITEL 3

**Scott**

Ganz gleich, wie Leon sich meinem Oberschenkel auch widmet, ich werde das dumme Gefühl nicht los, dass mein Muskel schon genug von der Saison hat. Und das stinkt mir gewaltig.

»Wir versuchen es diese Woche weiter mit extra Massagen und Tapen. Wenn es nächste Woche nicht besser wird, sollte der Coach dich aussetzen lassen.«

Leon, der mich irgendwie an Dwayne the Rock Johnson erinnert, hat trotz seiner riesigen Pranken unendlich viel Gefühl in den Händen. Ich traue seiner Einschätzung, aber ich werde es auf keinen Fall zu einem Ausfall kommen lassen.

»Es ist diese Woche schon viel besser geworden«, lüge ich und bete innerlich, dass sich das in den nächsten Tagen bewahrheiten wird. Am Wochenende auf dem Rasen zu stehen, ist alles, was in meinem Leben von Bedeutung ist.

»Übertreib's nicht, Scott«, warnt er mich, während er seine öligen Hände an einem Handtuch abwischt.

Die Physioabteilung der *Silvers* bietet mehr als jedes luxuriöse Fitnessstudio in London und ein bisschen tut es mir leid, dass ich die bequeme Liege gegen den regnerischen Platz eintauschen muss. Aber der Coach gibt sich heute nicht mit Krafttraining zufrieden und hat noch eine weitere Einheit auf dem Feld angeordnet. Also erhebe ich mich langsam, setze mich auf die Kante und lasse relaxt die Beine in der Luft baumeln, als jemand hereinkommt. Aber es ist nicht wie erwartet Brane, der als Nächster in den Genuss von Leons Fähigkeiten kommt.

»Ähm ... Ich ... Also ...«, stottert ein junges Mädchen, das sich erstens ganz offensichtlich verlaufen hat und zweitens von meinem beinahe nackten Körper irritiert zu sein scheint. Wie von allein gleitet mein Blick an ihr hinunter. »Wenn ich ... Ich wollte nicht ...«, geht ihr Gestotter weiter und sie hält eine Hand vor ihr Gesicht. Fast als würde ich sie wie die Sonne blenden. Interessant. »Ich kann später wieder...«

Leon, der sich sein Schmunzeln besser verkneifen kann als ich, räuspert sich. »Können wir vielleicht irgendwie helfen?«

Sie wuchtet den Koffer, den sie hinter sich hergezogen hat, in eine aufrechte Stellung. Jetzt ist er beinahe so groß wie sie und verdeckt den Blick auf ihre Beine. Die Augen starr auf Leon gerichtet, lässt sie ihre dichten rötlichen Haare, die ein ganzes Stück über ihre Schultern hängen, wie einen Vorhang vor ihr Gesicht fallen, um mich aus ihrem Blickwinkel verschwinden zu lassen.

»Mein Name ist Lauren Bell«, sagt sie so leise, dass ich sie kaum hören kann, aber im gleichen Moment, in dem sie weiterspricht, macht es auch schon Klick bei mir. »Ich bin auf der Suche nach Scott Peterson.«

Leons Blick gleitet zu mir. Ihrer folgt und ich kann nicht glauben, dass dieses Kind mein soziales Image in den Händen hält. Sie ist es? Das kann nur ein schlechter Scherz von der *GB-Life* sein. Das junge Ding kann maximal auf die Highschool gehen.

Sie scheint von mir genauso überrascht zu sein. Mit wem oder was hat sie denn bitte gerechnet? Also, wenn Derrek meint, er könne mir ein Schulmädchen an die Seite stellen, ohne dass ich mir einen Spaß daraus mache, hat er sich gewaltig getäuscht.

Ich lehne mich zurück und stütze mich mit den Handflächen auf dem glatten Leder ab. Dann wollen wir die Spiele mal beginnen lassen.

»Du willst meine neue Reporterfreundin sein?«, reize ich sie. Ihre Nervosität umgibt sie wie eine flauschige Wolke. »Ich hab gehört, wir wohnen sogar zusammen.«

Sie reagiert nicht. Fummelt am Reißverschluss ihrer Jacke herum, ohne mich anzusehen.

»Na dann solltest du besser ein bisschen genauer hinsehen«, raune ich ihr zu und ein diabolisches Grinsen stiehlt sich auf mein Gesicht, während sich auf ihrem elfenbeinfarbenen Dekolleté hektische Flecken ausbreiten.

»Ich ... Also sind Sie ...«

Zuerst tritt sie einen Schritt vor und streckt ihre winzige Hand nach mir aus. Aber als ihr Blick von meinem Gesicht zu meinen Füßen und wieder zurück gleitet, zieht sie sie schnell zurück und geht wieder bei ihrem altmodischen Koffer in Deckung. Ich habe schon eine Menge junger Mädchen vor mir gehabt, aber nie zuvor habe ich erlebt, dass mein Körper eine solche Wirkung auf eine von ihnen hatte. Ganz offensichtlich kommt sie nicht klar damit, dass ich außer meiner Boxershorts nichts trage. Eine Tatsache, die mich kitzelt, sie noch etwas mehr aus dem Konzept zu bringen.

»Sollten Sie nicht etwas zu schreiben dabeihaben, damit Sie keine wichtigen Details verpassen?«, schmunzle ich und springe mit einem Satz von der Liege. Wie ein Tiger nähere ich mich ihr. Ganz nah. »Immerhin zählt der erste Eindruck, oder nicht?«, schnurre ich keine zwanzig Zentimeter vor ihrem Gesicht. Am liebsten würde ich herzhaft loslachen, weil ich in aller Seelenruhe dabei zusehen kann, wie ihr Kopf die Farbe einer Tomate annimmt.

»Ja klar ... Ich ...«, stottert sie erneut drauflos und schaut alles in diesem Raum an außer mir. Als ihr Blick endlich in mein Gesicht zuckt, hebe ich abwartend die Augenbrauen. Im Hintergrund höre ich Leon kichern, was bei seiner gigantischen Gestalt wirklich albern wirkt. Miss Bell hingegen wird immer nervöser und fängt doch tatsächlich an in ihrer Tasche zu kramen. Die Situation ist zu köstlich.

Ganz der Arsch, der ich bin, verschränke ich die Arme vor der Brust und blicke auf sie hinunter.

»Ich hab's gleich«, flüstert sie mehr zu sich selbst und krönt unsere Begrüßung damit, dass ihr der Henkel ihrer Tasche aus der Hand rutscht und sich der komplette Inhalt auf meine nackten Füßen entleert. »Ach du meine Güte«, kreischt sie und ist schneller auf den Knien, als ich gucken kann.

Auch wenn ich es eigentlich genieße, wenn ein junges Mädchen vor mir auf die Knie geht, kann ich jetzt nur mit dem Kopf schütteln. Dieses Mäuschen kann nicht ernsthaft Derreks Plan zu meinem großen Medienerfolg sein.

»Mach's gut, Leon«, sage ich völlig gleichgültig und steige über Kleingeld, Tampons, Handy und Schokoriegel, um nicht zu spät zum Training zu kommen.

***

»Gehört die Kleine im Sekretärinnenkostüm jetzt zu dir?«, ruft Lynel von Weitem, als ich auf das Spielfeld trabe. Unser Mittelfeldspieler, der ursprünglich aus Südafrika stammt, grinst mich selten dämlich an. Natürlich weiß er längst, dass sie einen Artikel über mich bringen soll.

Ich laufe in lockerem Tempo an ihm vorbei, bedacht darauf, meine Oberschenkel noch nicht voll zu belasten. Ich kann und werde nicht ausfallen.

»Neidisch?«, necke ich ihn und quittiere das mit einem Klaps auf seinen Hinterkopf. Lynel ist ein Aufreißer und Sprücheklopfer, aber wir verstehen uns gut. Vielleicht gerade deswegen.

»Soll das im Ernst die Lifestyle-Tussi sein? Die Kleine ist nicht mal sechzehn.«

Wir erreichen gemeinsam im Laufschritt einen Ball und Lynel kickt ihn mir zu. »Ach ... Ist mir gar nicht aufgefallen«, maule ich ihn an und kicke zurück. Seine schulterlangen Dreadlocks wippen bei jedem Schritt mit und die weißen Zähne blitzen zwischen den vollen Lippen hervor.

Als ob es mich nicht genug nervt, dass diese Story über mich erscheinen wird. Ein winziger Hoffnungsschimmer schlummerte in mir, dass diese dämliche Zeitung eine professionelle Journalistin schickt, die was halbwegs Vernünftiges daraus machen kann.

»Wenigstens hast du jetzt für die nächsten zwei Wochen auch mal einen Fan.«

Ohne mit der Wimper zu zucken, legt Lynel den Ball mit einem Rainbow flick über mich. Wie von selbst gleitet er von seiner Hacke über unsere Köpfe und landet vor meinen Füßen. Anschließend deutet er auf die unteren Ränge des Stadions. Ohne seinen dämlichen Kommentar zu erwidern, werde ich langsamer und sehe, dass mein neuer Schatten sich auf dem Feld eingefunden hat. Sie sitzt da wie ein Schulmädchen, das vergessen wurde abzuholen. Sogar den passenden Blick dazu hat sie drauf. Als würde sie jeden Moment in Tränen ausbrechen, weil Mami nicht gekommen ist. Ich ignoriere sie und sprinte zu den anderen, die darauf warten, dass der Coach das Training startet. Der Moment des Tages, an dem für mich nichts anderes mehr zählt.

Wir sparen uns durch das Krafttraining einen Teil des Aufwärmens und starten zügig in ein Trainingsspiel. Ich kann trotz meiner Muskelprobleme relativ gut mithalten und der Coach scheint keinen Verdacht zu hegen, dass etwas mit mir nicht stimmen könnte. Nach dem Auslaufen spüre ich allerdings allzu deutlich, dass ich nicht auf der Höhe bin und drossle unauffällig mein Tempo. Ich muss es irgendwie hinbekommen, mein Bein etwas zu schonen, ohne dass es ihm allzu deutlich auffällt.

Das kräftezehrende Training hat sich wie ein Filter auf mein Journalistinnenproblem gelegt, aber jetzt trifft es mich wieder mit voller Wucht. Es nervt mich noch mehr als vor zwei Stunden, dass das rothaarige Mäuschen immer noch unbeweglich dasitzt – in dem viel zu großen Blazer und der Bluse, die selbst für eine Grandma zu unmodern wäre. Ich bin müde, meine Muskeln brennen und ich habe gerade auf einiges Lust, aber ganz sicher nicht, dieses Mädchen hinter mir her zuschleifen. Wie von selbst schüttelt sich mein Kopf bei dem Gedanken, dass dieses Magazin mir ausgerechnet eine wie sie geschickt hat. Soll das ein schlechter Witz sein?

Ich trabe locker an ihr vorbei in die Kabine. Ich habe nicht vor ihr zu erklären, dass ich das Stadion über die andere Seite verlassen werde. Sie will doch eine Journalistin sein. Mal sehen, ob sie es schafft, mir auf den Fersen zu bleiben.

***

**Lauren**

Dumm. Dumm. Dumm. Dumm. Ich bin sowas von dumm. Dass ich wirklich für einen Moment geglaubt habe, ich könnte es schaffen, eine Story für ein Magazin wie die *GB-Life* zu schreiben. Dass ich gedacht habe, ich bringe es fertig, zwei Wochen allein in London klarzukommen. Und mega super dumm, wenn ich wirklich die Hoffnung hatte, dass Mister Oberblödmann Scott Peterson sich nach dem Training eine Minute Zeit nimmt, um mir mitzuteilen, wie es weitergeht. Oder mich wenigstens in Kenntnis darüber setzt, was er als Nächstes tut. Ich bin einfach nur dumm. Und er ein Idiot. Alles, was mir seine Social-Media-Kanäle vermittelt haben, hat sich bewahrheitet. Leider.

Über mich selbst den Kopf schüttelnd und permanent den größten Kloß meines Lebens im Hals schaue ich durch die beschlagene Scheibe in den dichten Verkehr Londons.

»Es ist nicht mehr weit. Scott lebt am Grosvenor Waterside. Kennen Sie sich ein bisschen in London aus?«

Derrek versucht schon zum dritten Mal ein Gespräch aufzubauen, aber es will einfach kein Satz durch meinen Hals passen. Also presse ich lediglich die Zähne aufeinander und verneine mit dem Kopf. Ich war mehr als erleichtert, als er anbot mich zu fahren, nachdem ich feststellen musste, dass dieser dämliche Fußballschnösel mich einfach hat sitzen lassen. Dass ich dafür zwei Stunden nach Trainingsende gebraucht habe, spricht Bände über mein Talent als Reporterin.

Auf dem ganzen Weg quer durch das labyrinthartige Stadion hat Derrek mit geballten Fäusten leise vor sich hin geflucht. Wir sind dann in einvernehmlichem Schweigen in seinen komischen Wagen gestiegen, der Ähnlichkeit mit einem Leichenwagen hat, und seit ungefähr fünf Minuten versucht er mich aufzumuntern. Oder vielleicht auch sich selbst. Aber was macht das schon für einen Unterschied.

»Hier ist es«, deutet er auf ein großes Haus, dessen Glasfront direkt ans Wasser grenzt. Die mit Fußgängerbrücken verbundenen Gebäude rahmen die Ausläufer der Themse ein wie einen kleinen Hafen. Nur ohne Schiffe. Die wenigen Bäume, die am gegenüberliegenden Ufer stehen, sind bereits kahl und alles wirkt irgendwie grau.

Die Fahrt ging für meinen Geschmack viel zu schnell vorüber. Derrek hält den Wagen auf dem Gehweg und wuchtet seinen Körper unter einem Stöhnen aus dem Auto. »Hier gibt es mehrere Wohn- und Hotelkomplexe. Scott hat vor einigen Wochen das Penthouse dort oben gemietet.«

Mein Blick folgt seinem an der Fassade entlang bis zur obersten Etage, die rundherum von einem gläsernen Balkon gesäumt wird. Prunkvoll. Stylish. Hässlich. Ich hasse diese modernen Gebäudekomplexe, die die schönen viktorianischen Straßen in ihre Schatten stellen. Ich kapiere nicht, wie man so viel Geld für eine solche Immobilie zahlen kann, wo es doch so wunderschöne alte Häuser in ganz England gibt.

Der Marketingmanager, der sicher schon bereut, sich mir angeboten zu haben, wuchtet meinen Koffer aus dem komisch geformten Kofferraum und nickt nur mit dem Kopf, damit ich ihm folge. Mit der Schulter stößt er die große Glasflügeltür auf und wir betreten eine helle Eingangshalle, die einen mit Marmor beinahe erschlägt.

»Zu Mister Peterson«, herrscht Derrek den Concierge an, der hinter dem steinernen Tresen sitzt. Ich schenke ihm ein entschuldigendes Lächeln. Er kann schließlich am wenigsten dafür, dass Derrek mich herbringen musste, weil ich meinen Job nicht beherrsche.

Der schmale Mann zuckt unter seiner riesigen Mütze kurz zusammen, ehe er einen Telefonhörer in die Hand nimmt und etwas säuselt, das ich nicht mehr mitbekomme. Ich nehme mir Zeit, mich ein bisschen umzusehen und die Umgebung auf mich wirken zu lassen, aber alles, was diese Halle mir entgegen schreit, ist Geld, Geld und noch mal Geld.

Das leise *Bing* eines Fahrstuhls lässt mich herumfahren und ich sehe, wie Derrek sich abkämpft, meinen Koffer in die Kabine zu ziehen. Mit dem Ärmel seines dunkelblauen Hemdes tupft er sich den Schweiß von der Stirn und schenkt mir ein falsches Lächeln. Meine Absätze klackern, während ich die Lücke zwischen uns schließe und in einen Fahrstuhl trete, von dem ich zum ersten Mal wünschte, er würde stecken bleiben. Auch wenn es sicher nicht gerade reizvoll erscheint, mit dem Marketingmanager der *Silvers* auf engstem Raum festzuhängen, will ich die Wohnung von diesem Peterson noch viel weniger betreten.

Meine Wünsche bleiben wie immer unerhört und wenige Minuten später stehe ich mitten in einem riesigen Apartment. Zu meiner Rechten befindet sich eine Couchlandschaft aus beigem Wildleder, die zwei Stufen tiefer liegt als der Rest des Raumes. Auf dem Flatscreen, der protzig an einer sonst kahlen Wand hängt, läuft ein Fußballspiel. Wäre ich nicht so nervös, würde ich sicher genau in diesem Moment mit den Augen rollen. Klischee eins bis fünfundzwanzig auf meiner Liste hat er schon mal erfüllt.

»Derrek. Wenn ich gewusst hätte, dass du jetzt auch Hausbesuche machst, hätte ich eingekauft.«

Sein arroganter Tonfall erreicht mich, noch bevor ich ihn auf einem Barhocker an einem Tresen vor der modernen Küchenzeile entdecke. Er trägt ein schwarzes Shirt mit langen Ärmeln und eine graue Jogginghose. Vollkommen tiefenentspannt sitzt er zwischen den weißen Hochglanzmöbeln und schaufelt irgendwas in sich hinein, ohne uns anzusehen.

»Du treibst es wirklich auf die Spitze.«

Derreks Stimme klingt wie die eines zornigen Dads. Zumindest stelle ich mir das so vor, denn mein Dad musste niemals so mit mir sprechen.

»Ach komm schon, Derrek. Sie ist eine Journalistin. Sollte sie nicht mir hinterherlaufen?«

Peterson schiebt sich einen weiteren Löffel in den Mund. Sind das Frühstücksflocken?

»Ich bin nicht ihr verfluchter Babysitter.«

Der gehobene Mundwinkel und der abschätzige Blick in meine Richtung entfachen Wut in meinem Bauch. Aber noch zorniger macht mich, dass er irgendwie recht hat. Ich bin eine verdammte Journalistin und sollte mich nicht in nach Käsefüßen riechenden Fluren verstecken, in der Hoffnung, Scott Peterson taucht auf und macht meine Arbeit für mich.

»Also«, faucht Derrek und schleift meinen Koffer über den hochwertigen Holzboden. Hoffentlich hinterlassen die alten Schnallen Kratzspuren. »Wo soll sie schlafen?«

»Unter mir?«, wagt dieser widerliche Mistkerl tatsächlich zu sagen und schiebt seine Müslischale etwas von sich, ehe er sich samt dem Hocker in meine Richtung dreht und sein Lachen den Raum, der schon eher einer Halle gleicht, erfüllt. »War nur ein Scherz. Da ist leider kein Platz für Teenies. Du kannst dir ein Zimmer aussuchen.« Er schwenkt seine Arme ausladend durch den Raum. »Mi casa es su casa.«

Ich wünschte, ich könnte ihm irgendwas Freches entgegenschmettern oder wenigstens das Kinn recken und den Flur nach einem Zimmer absuchen. Aber ich dumme Gans rege mich nicht. Ich presse die Lippen noch ein bisschen fester zusammen und zwinge mich dazu, dem Drang, meinen Tränen freien Lauf zu lassen, nicht nachzugeben. Egal, was ich mir vorgestellt habe, das hier übersteigt wirklich all meine Fantasien eines widerlichen arroganten Affen. Ich habe keine Ahnung, wie ich hier zwei Wochen bleiben soll. Da nützen weder sein makelloses Gesicht oder die tiefen Grübchen, die auf seinen Wangen entstehen, während er frech grinst. Und auch der Anblick seines unmenschlich perfekten Körpers in einer Calvin Klein Boxershorts hilft nicht darüber hinweg, dass Scott Peterson ein ekelhafter Mistkerl ist, der offensichtlich keine Ahnung hat, wie man mit Frauen umgeht.

Ein übertrieben lautes Stöhnen aus Derreks Kehle holt mich zurück ins Hier und Jetzt und, ohne den aufgeblasenen Macho noch einmal anzusehen, folge ich dem Marketingmanager in den langen Flur, der links vom Fahrstuhl an den Hauptraum anschließt. Die Wände sind in einem hellen Beigeton gestrichen und bis auf ein paar Lampen ebenfalls kahl. Dadurch, dass die Decken in der kompletten Wohnung mindestens drei Meter hoch sind, komme ich mir noch kleiner vor, als ich eh schon bin.

Derrek öffnet die erste Tür, die wir erreichen, und schließt sie wieder, ohne dass ich an seiner massigen Gestalt vorbei erkennen kann, was sich dahinter verbirgt. Das gleiche Spiel machen wir mit zwei weiteren Türen, ehe er in einem Türrahmen verharrt. »Das dürfte gehen«, richtet er sich an mich und tritt weiter in das Zimmer. Es ist hell, die Fensterfront bodentief mit einem Zugang zum Balkon. Außer einem wunderschön gepolsterten Bett gibt es einen Schrank, eine Kommode und sogar einen Schreibtisch. Alles in hellem Holz gehalten. Die Wände sind mit hellblauen Streifen abgesetzt, was zu dem Holzboden genauso passt wie zu mir. Als hätte es jemand für mich ausgewählt.

Mit einem Schwung knallt Derrek meinen Koffer auf die penibel zurechtgemachte Bettdecke und spielt an seiner Krawatte herum. Ich kann seine Gedanken bis hierher hören.

»Danke, Derrek, ich komme klar«, beantworte ich seine ungestellte Frage und versuche so optimistisch wie möglich zu nicken.

»Okay …«, stammelt er und plötzlich scheine ich nicht mehr der einzige Nervöse zu sein. »Sollte noch irgendwas sein …«

»… rufe ich sie an«, erlöse ich ihn und wedle mit seiner Visitenkarte in meiner Hand, die ich seit einer Stunde festkralle wie einen Anker.

Als er die Zimmertür hinter sich zuzieht und ich allein in meinem neuen Reich stehe, erlaube ich mir zum ersten Mal seit heute Morgen alle Luft aus meinen Lungen entweichen zu lassen. Meine Schultern fallen herab zusammen mit all der angestauten Anspannung aus meinem Körper, und zurück bleibt ein riesiger Cocktail aus Heimweh, Sehnsucht und Angst. Aber ganz oben als Sahnehaube auf diesem gefährlichen Mix lodert Wut. Ganz gleich, was Scott Peterson für ein toller Fußballer sein mag. Ganz gleich, wie sehr er mich schikanieren wird und mich wie ein unartiges Schulmädchen vorführt. Eins hat er offensichtlich übersehen. Ich habe für vier Monatsausgaben und acht Seiten die Macht über ihn. Und ich werde keine Zeile auslassen, um England zu zeigen, was für ein Widerling er ist.

# KAPITEL 4

**Scott**

Drei Stunden, vier Minuten und achtundvierzig Sekunden. So lange verschanzt sich meine neue Mitbewohnerin schon in ihrem Zimmer und mit jeder weiteren Minute sinkt meine Geduld zusammen mit meiner Laune auf den Nullpunkt. Wenn Derrek denkt, dass ich jetzt zwei Wochen den Aufpasser für dieses Püppchen spiele, hat er sich geschnitten. Eine Journalistin, die nicht in der Lage ist, mir vom Stadion zu meinem Auto und in meine Wohnung zu folgen. Und nicht nur das. Sie kann sich ja nicht mal in vollständigen Sätzen vorstellen. Ich würde mal behaupten, da hat jemand ganz klar den falschen Beruf gewählt. Aber das ist sowas von nicht mein Problem. Nett, dass ihr mein Gästezimmer zu gefallen scheint, aber ich bin keine verdammte Ferienresidenz.

Bei Camilla steigt 'ne Party. Die Jungs sind auch da. Kommst du?

Gregs Nachricht kommt mir gerade recht. Mit einem Knopfdruck schalte ich den Fernseher aus und verlasse zum ersten Mal für den heutigen Nachmittag das Sofa. Auch wenn ich Camilla nicht leiden kann – ihre Familie ist steinreich, sie eine sexy Anwaltsstudentin mit vielen hübschen Freundinnen und einem Loft, das Daddy ihr bezahlt. Ausreichend Potenzial, um meinen Frust zumindest ein wenig einzudämmen.

Gib mir eine Stunde.

antwortet mein Daumen wie von selbst, während ich mit der freien Hand eine Bananenschale in den Abfall werfe und das Licht in der Küche anschalte.

Die Tage werden langsam kürzer und ich habe nicht wirklich mitbekommen, dass es bereits dämmert. Und das nur, weil ich mir den Kopf wegen einer Tussi zerbreche, die ich nicht mal hierhaben will.

Ich schlurfe in mein Zimmer und lasse auf dem Weg zum angrenzenden Bad meine Trainingssachen fallen, die ich seit dem Morgen noch nicht ausgezogen habe. Ich bin kein ordentlicher Mensch, aber das ist einer der Vorteile, wenn man es ins obere Drittel geschafft hat. Zu einem Apartment wie diesem gehört selbstverständlich eine Putzfrau.

Das warme Wasser des Duschstrahls entspannt mich zwar ein wenig, aber dennoch werde ich den nervenden Gedanken nicht los, dass nebenan ein wildfremdes Mädchen allein in meiner Wohnung hockt. Scheiße noch mal, es ist ja nicht so, als hätte ich sie darum gebeten. Soll sie einfach wieder dahin verschwinden, wo sie hergekommen ist. Und das ist ihrem Kleidungsstil nach zu urteilen sehr weit weg. Ich brauche sie hier nicht. Und ich brauche auch keine verfluchte Reportage über mich. Alles, was ich gerade brauche, sind eine Fahrt mit meinem neuen Spielzeug, meine ältesten Freunde und ein paar nette Mädels in Camillas Wohnung.

Mit diesem Vorhaben schlüpfe ich nach der Dusche in meine Diesel-Jeans und ein schwarzes Hemd. Durch das beschlagene Glas des Spiegels starren mich müde ausdruckslose Augen an. Ich schnaufe, als mir Gregs Worte wieder in den Kopf kommen. *Mein Leben müsste man haben …*

Ich fahre mir mit den Fingern durchs feuchte Haar. Sich aufwendig aufzudonnern gehörte noch nie zu meiner Art. Nicht weil ich es für unnötig halte, sondern es mir schlichtweg zu anstrengend ist.

Als ich gerade meinen Autoschlüssel von der Kommode im Flur greifen will, zucke ich zusammen, weil Miss Lauren Bell persönlich an meinem Küchentresen steht. Offensichtlich hat sie sich umgezogen, denn sie trägt eine Jeans und ein weißes T-Shirt, das selbst mir zu groß wäre. Ihre Kleidung lässt nicht im Geringsten erahnen, was für eine Figur sich unter dem unnötigen Stoff versteckt.

Ich entscheide mich, sie weiterhin zu ignorieren, stecke das Portmonee in die Tasche meiner Hose und greife nach meinem iPhone.

»Hi, Mister Peterson. Ich bin Lauren Bell und komme im Auftrag des *GB-Life*-Magazins. Ich würde Ihnen gern ein paar Fragen stellen.«

Ich verharre in meiner Position, den Rücken ihr zugedreht, und erlaube mir ein breites Grinsen, das mich bei ihrer mechanischen Stimme übermannt hat. Ich wette auf den M5, dass sie den Satz bereits gestern auswendig gelernt hat.

Ich könnte sie einfach ignorieren und gehen. Ich könnte ihr auch nett erklären, dass das nicht der geeignetste Moment ist. Könnte ich.

Als ich mich zu ihr umdrehe, sehe ich bereits von Weitem, wie jede Faser ihres Körpers vor Anspannung erstarrt. Mit großen Schritten gehe ich langsam auf sie zu. Wie erwartet weicht sie ein Stück zurück und ich dränge sie weiter, fast in Zeitlupe, bis der Tresen in ihrem Rücken sie gefangen nimmt.

»Hi, Miss Bell«, hauche ich dicht neben ihrem Ohr.

Sie bewegt sich nicht. Aber wieder einmal darf ich aus erster Reihe dabei zusehen, wie ihr Hals sich verfärbt. Ihr Atem geht stoßweise und ich könnte schwören, dass ich spüren kann, wie ihre Beine zittern.

»Ich bin Scott Peterson«, flüstere ich, beide Hände links und rechts neben ihren Schultern auf den Tresen gestützt. »Die Sprechstunde hast du heute leider verpasst, aber …« Ich trete einen Schritt zurück und tätschle ihr den Kopf wie einem artigen Hund. »Aber mach dir nichts draus. Du hast ja noch dreizehn Tage«, spotte ich und lasse sie einfach stehen.

Mit dem Handy betätige ich die Standheizung für den BMW und trete in den Fahrstuhl. Gerade als er sich schließen will, fährt eine Hand in den schmalen Schlitz.

»Was soll das werden?«, frage ich genervt und zum ersten Mal mit meiner echten Stimme.

»Ich komme mit.«

Die kleine Miss Bell überrascht mich, indem sie die Arme trotzig vor der Brust verschränkt und neben mich tritt.

»Darfst du überhaupt schon ohne Erziehungsberechtigten abends ausgehen?«, feixe ich und betätige den Knopf für die Tiefgarage. Natürlich werde ich sie nicht mitnehmen.

Anstatt einer Antwort zückt sie ein kleines Notizbuch aus ihrer hinteren Hosentasche. Bis sie sich ins Haar greift habe ich den Bleistift, der hinter ihrem Ohr steckt, völlig übersehen.

»Was schreibst du da?«, frage ich und versuche einen Blick in das hässliche Einhornbuch zu werfen, in das sie etwas kritzelt, aber sie dreht sich geschickt von mir weg und notiert unbeirrt weiter. »Ach«, maule ich. »Schreib doch, was du willst.«

Ich trete ein Stück zurück und stütze einen Fuß gegen die Fahrstuhlwand. Die Fahrt dauert viel länger als gewöhnlich und stresst mich. Genau wie alles an diesem Tag.

Die Tür ist noch nicht vollständig geöffnet, da zwänge ich mich bereits hindurch und gehe mit großen Schritten auf meinen Wagen zu. »Was willst du?«, frage ich genervt und werfe die Hände in die Luft, als ich merke, dass die Kleine an meinen Fersen klebt wie Supergum.

Und was macht sie? Diese dämliche Gans zückt ihr Büchlein und schreibt mit gerümpfter Nase erneut etwas auf. Will sie mich verarschen?

»Willst du mich verarschen?«, forme ich meine Gedanken zu Worten.

»Keine Sorge, Sie werden mich überhaupt nicht bemerken.«

»Stimmt«, gebe ich ihr recht, »weil du nicht mitkommst«, raune ich, eine Hand bereits am Griff der Fahrertür.

»Wollen wir wetten?«

Sie wagt es doch tatsächlich, mich herauszufordern. Dieses kleine Biest. Spielt vor Derrek das einsame Mädchen, und nun?

»Der Wagen ist von null auf hundert in drei Komma drei Sekunden. Was glaubst du, wo ich bereits sein könnte, ehe du die Beifahrerseite überhaupt erreicht hast?«

Ich kann mir ein dämliches Grinsen nicht verkneifen, aber ehe ich mich versehe, schleudert sie mir ihre Haare ins Gesicht, dreht sich um und ist schneller auf den Rücksitz gesprungen, als ich reagieren kann. Durch die getönte Scheibe kann ich erkennen, wie sie den Gurt anlegt, die Arme vor der Brust verschränkt und ihre Lippen fest aufeinanderpresst. Als könnte sie so ihr dämliches Grinsen verstecken.

Der Tag ist einfach nur ein schlechter Scherz. Noch nie zuvor in den letzten vierzehn Monaten hatte ich ein dermaßen großes Verlangen danach, mich volllaufen zu lassen, wie jetzt. Stattdessen starte ich den Wagen und fahre mit einer Journalistin in Form eines unartigen Mädchens durch London, nur um mich von einem Leben abzulenken, für das manch einer töten würde.

***

**Lauren**

Umso länger wir durch die Stadt fahren, umso mulmiger wird mir. Der anfängliche Triumph über meinen Strategiewechsel verfliegt langsam, aber sicher. Es war wirklich großartig, diesen arroganten Deppen einmal sprachlos zu erleben. Die Telefonate mit meinem Dad, meiner Mum und David haben mir neuen Mut gegeben und ich wollte es ihm so richtig zeigen. Das hat auch geklappt. Leider nur ganz kurz. Denn hier in seinem Wagen, der von innen wie ein Weltraumshuttle aussieht, kann ich mein persönliches 1-0 nicht mehr feiern. Ich fahre nur in T-Shirt und Sneakern durch London. Und das mitten im Oktober. Noch dazu habe ich keine Ahnung, wohin wir fahren, und es wäre auch ziemlich loser-mäßig, jetzt danach zu fragen.

*Bleib einfach an ihm dran und verunsichere ihn.* Das war der Tipp meines Dads und den werde ich mir heute und die nächsten dreizehn Tage immer wieder selbst vorsagen, damit ich den Mut nicht verliere. Abwechselnd mit *Ich bin eine Journalistin. Ich bin eine Journalistin. Ich bin eine gottverdammt echt gute Journalistin.*

Nach einer gefühlten Ewigkeit hält der Wagen endlich und macht selbst beim Stehenbleiben bestialische Geräusche. Auch wenn ich echt Angst habe, was mich erwartet, bin ich froh hier rauszukommen.

Natürlich steigt Peterson einfach aus und überquert die Straße, ohne auf mich zu achten. Nur mit Mühe erreiche ich die breite Glastür, bevor sie hinter ihm ins Schloss fällt. Ich habe keine Zeit, mir die Eingangshalle des Mehrfamilienhauses anzusehen oder überhaupt zu checken, wo ich bin. Denn mein Objekt, wie ich ihn im Kopf liebevoll nenne, hat bereits den Fahrstuhl erreicht und ich habe keine Lust, jede der bestimmt zwanzig Etagen nach ihm abzusuchen.

Ohne ein Wort steige ich zu ihm in den Fahrstuhl. Seit meinem unerlaubten Zustieg in sein Auto hat er kein Wort mehr gesprochen. Während der Fahrt war das nicht ganz so dramatisch, da die Musik laut schallte und ich hinter ihm hockte wie ein kleines Kind. Aber jetzt, hier, vis-á-vis in der Stille der schalldichten Kabine, ist es seltsam. Ich rieche sein herbes Parfum, sehe jedes einzelne seiner hellbraunen, fast blonden Haare, aber habe dennoch keinerlei Verbindung zu ihm.

Ohne mich eines einzigen Blickes zu würdigen, verlässt er die silberne Kabine im elften Stock und schreitet mit langen Schritten durch einen mit Teppich ausgelegten Flur. Ich kapiere nicht, warum hier so viele Gebäude mit Teppich ausgelegt sind. Die armen Menschen, die das reinigen müssen.

Mein störrischer Begleiter stoppt vor einer dunkelroten Hochglanztür und betätigt die Klingel. Es dauert keine zwanzig Sekunden, bis uns eine Brünette in einem viel zu kurzen Trägerkleid öffnet. Ihre Absätze sind höher als alles, was ich bisher gesehen habe, und sie würde mich auch ohne diese mörderischen Hacken um einen Kopf überragen.

»Scotty«, flötet sie und verteilt Küsschen auf Petersons Wangen. Er legt seine Hand auf die in Pailletten steckende Hüfte.

»Camilla«, sagt er nicht halb so beeindruckt wie sie und geht ohne ein weiteres Wort an ihr vorbei.

Hinter der schlanken Frau sehe ich einige Leute, vielleicht zwanzig oder dreißig. Die Männer sehen alle relativ leger aus, aber die Damen des Abends sind alle in Kleidchen gehüllt, die ich nicht mal im Traum anziehen würde. Eins kürzer und knapper als das andere. Die Brüste bis zum Hals geschnürt, gerade so den Hintern verdeckt. Scheußlich. Wäre David hier, wir würden sicherlich gemeinsam darüber herziehen, wie sich solche Mädchen verhalten und dafür sorgen, dass die Stellung der Frau in der heutigen Gesellschaft eine einzige Katastrophe ist.

Beim Gedanken an meinen Freund schnürt sich mir die Kehle zu.

»Ähm ... Hi?«

Mein Blick fällt auf mein Gegenüber, das die Hände in die schmale Taille stützt und mich mustert, als wäre ich nicht ganz richtig hier. Und irgendwie bin ich das ja auch nicht.

*Ich bin eine Journalistin. Ich bin eine Journalistin. Ich bin eine Journalistin.*

»Ich bin Journalistin und gehöre zu Scott«, sage ich wie aus der Pistole geschossen. Es fühlt sich eigenartig an, ihn beim Vornamen zu nennen.

Ihr Blick sucht den Raum ab und dann beobachten wir beide stumm, wie Scott sich ein Glas mit brauner Flüssigkeit füllt und in einem Zug leert. Der Knall des Glases auf dem schicken Edelstahltisch ist bis hierher zu hören. Anschließend geht er auf eine Gruppe Mädchen zu, die ihn anhimmeln, seit er diese Wohnung betreten hat.

»Na dann«, sagt die Brünette und tritt beiseite, um mich ungewollt einzuladen.

»Danke. Camilla«, antworte ich eine Spur zu schnippisch und zeige ihr das falscheste Grinsen, das ich draufhabe. Ich weiß, dass ich hier unerwünscht bin und in meinem Aufzug auch keine Spur hierhergehöre. Aber das kann ich gerade leider nicht ändern. Ich muss mit diesen Leuten nicht befreundet sein. Reiche verzogene Gören, die von Papa alles in den Rachen gestopft kriegen. Das ist nicht meine Vorstellung zu leben und ich habe diesbezüglich auch wenig Toleranz.

Diese Wohnung stinkt nach Geld und ist noch um einiges glamouröser als Scotts Penthouse. Alles glitzert silbern oder weiß. Hier herrscht keine Gemütlichkeit. Keine Wärme. Sitzen diese Leute abends auf ungemütlichen Barhockern, um Fernsehen zu schauen? Aber wahrscheinlich liegt keiner von ihnen einfach einen Abend lang still da und schaut Netflix.

»Scotty«, ertönt eine männliche Stimme quer durch den Raum und ein junger Mann schwankt auf ihn zu. Sie begrüßen sich mit einer festen Umarmung. Über die Schulter des augenscheinlich Betrunkenen fixiert Peterson mich mit einem festen Blick und ich tue das Einzige, was mir einfällt. Ich zücke das Notizbuch, das David mir geschenkt hat und notiere etwas. Einfach weil ich gesehen habe, wie sehr ihn das ärgert. Ich kritzle in Druckbuchstaben: *Ätzende Party. Elender Mistkerl.* Wahrscheinlich gewinne ich in diesem

Jahr den Preis für die schlechteste Journalismusstudentin Englands, aber sein Gesicht ist es wert.

»Hey. Du bist die Reporterin, oder?«

Zwischen Scotts und meinem bösen Blickwechsel taucht ein kräftiger großer Kerl auf, der mir freundlich die Hand entgegenstreckt. Er hat in meinem Kopf jetzt schon die Freundlichkeitsmedaille des Tages gewonnen. »Ich bin Greg. Ein Freund von Scott.«

»Hi«, nehme ich seine Hand und freue mich innerlich wie ein kleines Kind, das jemand ausnahmsweise nett zu mir ist. Ich bin leider nicht naiv genug, dass mir das Getuschel entgangen wäre, das hier herrscht, seit wir angekommen sind. »Ich bin Lauren.«

»Und? Wie stellt er sich bisher an?«

Greg deutet auf einen Stehtisch, der dicht hinter uns vor der Fensterfront steht und ich folge seinem stummen Vorschlag und trete an ihn heran. Der Ausblick über London von hier oben ist faszinierend. Die Lichter glitzern in der Dunkelheit und reichen so weit das Auge blicken kann.

»Na ja«, beginne ich vorsichtig. Ich habe keine Ahnung, wie gut sich die beiden kennen und ich bin nicht blöd genug, um ihn in irgendeiner Weise an meiner Gefühlslage teilhaben zu lassen. »Es ist ja unser erster Tag«, weiche ich seiner Frage aus und blicke zu Scott, der auf einem Barhocker sitzt, eine dürre Blondine zwischen seinen Beinen stehend. Als er meinen Blick auffängt, verzieht sich sein mürrischer Mund zu einem Grinsen. Zu einem dieser Sorte, das einem das Blut in den Adern gefrieren lässt. Ohne mich aus den Augen zu lassen, zieht er das Mädchen zu sich heran und steckt ihm in Zeitlupe die Zunge in den Mund. Sein Blick löst sich währenddessen keine Sekunde von mir.

Es ist wie bei einem Verkehrsunfall. Ich möchte das nicht sehen. Unter keinen Umständen. Und doch schaue ich nicht weg. Ich beobachte, wie seine Hände langsam ihren Rücken entlanggleiten und schließlich bei ihrem Hintern landen.

»Er ist ein Idiot.«

Ich zucke zusammen. Donnerwetter. Ich mag Greg. Er hat es offensichtlich kapiert. Dankbar für die Ablenkung, lächle ich ihn vorsichtig an.

»Ich bin sein längster Freund. Ich darf das sagen.« Er schmunzelt und ich gebe mir wirklich Mühe, auch ein echtes Lächeln zustande zu bringen. »Aber er wird dir in den nächsten zwei Wochen genug Stoff zum Schreiben liefern, da müssen wir uns nicht jetzt mit diesem Kindskopf beschäftigen. Erzähl mal. Wo kommst du her?«

Greg ist ein ganzes Stück größer als Scott. Seine Haare sind so kurz geschoren, dass ich nur erahnen kann, dass sie blond sind. Er trägt ein einfaches schwarzes T-Shirt und irgendwas in seiner Stimme und seinen grünen Augen entspannt mich.

»Ich komme aus Plumpton.« Ich streiche mir die Haare hinter die Ohren und stecke das Notizbuch zurück in meine Gesäßtasche. »Wahrscheinlich hast du keine Ahnung, wo das ist.«

»Um ehrlich zu sein, nein«, lacht Greg und ich stimme mit ein. »Und du studierst noch?«

»Genau. Ich gehe auf die University von Sussex. Aber meistens belege ich Onlinekurse, weil die Fahrt aufwendig ist. Mein Freund studiert auch dort, und wenn, fahren wir gemeinsam hin.«

»Okay. Du kommst also aus einem Kaff. Hast einen Freund und gehst auf die UoS. Was muss ich noch über die Frau wissen, die meinen besten Freund beschattet?«

Das Strahlen in seinem Gesicht zeigt, dass er nicht wirklich ernst meint, was er sagt. Ich lache und Greg legt eine Hand auf meine Schulter.

»Aber zuerst sag mir, was du trinken willst.«

Ich blicke zu der mit Flaschen überfüllten Küchenzeile und entscheide mich gerade für ein Wasser, als ich ihn schon spüre, bevor er überhaupt den Mund aufmacht.

»Soll ich euch vielleicht ein Zimmer besorgen?«, zischt Scott und mir kriecht schon wieder die Unsicherheit in den Nacken. Was ist das bloß immer mit diesem Kerl?

»Krieg dich ein, Alter. Nicht jeder muss sich aufführen wie ein Idiot.«

»Und da denkst du dir, du kannst meinen besten Freund über mich ausquetschen, he?«, faucht er dieses Mal definitiv nur in meine Richtung.

»Ey, Mann. Bleib locker. Wir haben uns nur unterhalten. Und du warst doch offensichtlich beschäftigt mit Miss Sunshine.«

Greg zeigt zu der Blondine, deren Schmollmund nicht zu übersehen ist. Armselig, solche Mädchen.

»Was?«, quittiert Scott mein Schnauben, das mir versehentlich entwichen ist.

»Nichts«, fauche ich zurück. »Rein gar nichts.«

Er sieht zur Decke. Streicht sich durch das zerzauste Haar und verharrt mit beiden Händen auf dem Kopf. »Scheiße. Wir gehen.«

»Was?«, sagen Greg und ich wie aus einem Mund.

»Ich sagte. Wir. Gehen.«

Ohne ein weiteres Wort dreht er sich um. Er reißt die Tür mit einer solchen Wucht auf, dass sie gegen die weiße Wand knallt.

»Äh ...« Ich starre durch die offene Tür hinter ihm her.

»Vielleicht solltest du ...«, murmelt Greg und deutet in den Flur.

»Oh«, kapiere ich seine Anspielung, »Ja, klar.« Im Laufschritt renne ich hinter Scott her. »Und danke. War schön dich kennenzulernen«, rufe ich noch zurück und mehrere entsetzte Augenpaare starren mich an, ehe ich um die Ecke zum Fahrstuhl flitze. Zum Glück ist er noch nicht bis hier hoch gekommen und Scott steht mit geballten Fäusten davor. Na ja, ob man in diesem Fall von Glück reden kann, steht wohl auf einem anderen Blatt.

# KAPITEL 5

**Scott**

Ich knalle die Tür des BMW so fest hinter mir zu, dass es mir im selben Augenblick leidtut. Der Wagen kann schließlich nichts dafür, dass diese dämliche Lauren mir den Tag, meinen Abend und letzten Endes auch noch die Nummer mit Penny verdorben hat.

»Kannst du überhaupt fahren? Ich habe gesehen, dass du getrunken hast.«

Wenn diese Tussi nicht bald verschwindet, werde ich ernsthaft sauer. Wie ein Schatten rennt sie hinter mir her. Setzt sich wie selbstverständlich in mein Auto und wagt es jetzt auch noch, mir Vorhaltungen zu machen.

»Ich glaube, wir müssen mal was klarstellen, Mäuschen«, maule ich sie an und lenke den BMW mit quietschenden Reifen auf den Westway. »Mir ist es scheißegal, was du gesehen hast. Mir ist es auch scheißegal, was du denkst oder willst oder wer du bist. Und ganz nebenbei ist es mir auch scheißegal, was du in dein beschissenes Buch notierst. Schreib über mich, was du willst. Und dann verschwinde dahin, wo du hergekommen bist.«

Ich werfe ihr einen zornigen Blick zu, ehe ich wieder auf die Straße sehe, die bei der Geschwindigkeit, die das Auto hergibt, immer schmaler zu werden scheint.

»Es. Juckt. Mich. Nicht«, brülle ich in die Dunkelheit des Wageninneren. Und das tut es nicht. Es ist mir völlig egal. Soll dieses dämliche Magazin mich doch als Fußballer des Jahres krönen oder mich in der Luft zerreißen. Was ändert das schon? Ich spiele guten Fußball. Das ist alles, was für die *Silvers* von Belang sein sollte.

Ich hatte eigentlich damit gerechnet, dass sie sich wehrt oder zurückkeift. Aber sie bleibt still. Nestelt auf ihrem Schoß an ihren Nägeln rum und blickt starr aus dem Fenster. Ich hätte noch einiges, was ich ihr gern an den Kopf werfen würde, aber ich lasse es. Schlucke es bitter runter, zusammen mit dem verpatzten Tag. Es ändert doch eh nichts.

Schweigend fahre ich weiter und mit der Zeit, in der meine Wut langsam abflacht, drossele ich meine Geschwindigkeit etwas. Ich liebe London bei Nacht. Überhaupt genieße ich es, in dieser Stadt zu wohnen. Ich habe mich hier von Anfang an wohlgefühlt. Die Tatsache, dass einige meiner ältesten Freunde, mit denen ich schon in Ramsgate zusammengespielt habe, mittlerweile auch hier leben, ist nur ein weiterer Bonus.

Als wir über die Grosvenor Plane fahren, verbiete ich mir sie darauf aufmerksam zu machen, dass sich hinter der Mauer und den Bäumen, auf die sie starrt, der königliche Garten und der Buckingham Palace verbergen. Soll sie doch von selbst draufkommen.

Das Radio ist aus, die Luft stickig und ich kann es kaum erwarten, aus dieser Situation mit diesem seltsamen Mädchen zu kommen. In routiniertem Manöver fahre ich in die Tiefgarage und parke den Wagen in seiner für ihn reservierten Nische. Das Abstellen des Motors lässt die letzten Geräusche verklingen und erleuchtet die kleine Lampe im Innenraum.

Meine Augen zucken kurz zur Beifahrerseite und trifft dort auf einen beinahe tödlichen Blick.

»Du bist ein riesengroßer Idiot, Scott Peterson«, sagt sie und ohne eine einzige Regung in ihrem Gesicht löst sie den Sicherheitsgurt und steigt aus dem Auto.

In Zeitlupe lasse ich den Kopf aufs Lenkrad sinken. Und für den Bruchteil einer Sekunde denke ich mir, sie könnte damit gar nicht so falschliegen.

***

Die Nacht war die Hölle. Ein dämlicher Traum nach dem anderen hat mich wachgehalten und zu guter Letzt musste ich mir durch die Wände das Geschluchze von der Super-Reporterin anhören.

Aber wenigstens eins haben mir die schlaflosen Stunden beschert. Ich habe einen Plan. Heute, noch vor dem Training, werde ich zu Derrek gehen und ihn freundlich bitten, Lauren von mir abzuziehen. Soll sie doch stattdessen eine Geschichte über Lynel bringen. Nur weil er als Abwehrspieler keine Tore auf dem Konto hat, heißt das noch lange nicht, dass er nicht genauso wichtig für das Team ist wie ich. Ich will keine Story über mich. Ich brauche keine Story über mich. Und völlig abgesehen davon wird er hoffentlich einsehen, dass die Zusammenarbeit von der Kleinen und mir zum Scheitern verurteilt ist.

Dankbar, dass mein Badezimmer direkt ans Schlafzimmer angrenzt, schlurfe ich unter die Dusche und bin fest gewillt, dass der heutige Tag besser wird als der gestrige. Ich werde Miss Oberschlau los, gebe alles beim Training, besorge ein Geschenk für Gracy und besuche meinen Dad. Alles wird wieder seinen gewohnten Gang gehen und ich kann mich endlich wieder entspannen.

Den ganzen Morgen habe ich keinen Mucks aus dem Gästezimmer gehört. Und auch als ich in die Küche schlendere, um mir ein Frühstück zu machen, ist keine Spur von meiner Journalistin zu sehen.

Komisch.

Ich schlürfe meine Honey loops und knalle die Schale anschließend bewusst laut in die Spüle. Gesunde Ernährung und Cheat Days hin oder her – ohne diese Dinger kann ich nicht in den Tag starten. Aber auch als ich danach angestrengt in die Stille lausche, ist nichts zu hören.

Umso besser.

Ich schnappe mir meine Sporttasche und die Schlüssel und bin schon kurz davor, in den Fahrstuhl zu steigen, als mich das schlechte Gewissen am Kragen packt. Wahrscheinlich hat sie verschlafen, weil sie die halbe Nacht geheult hat. Oder sie ist krank? Sie wird sich doch nichts angetan haben? Oder?

Ich stoße ein frustriertes Schnauben aus und die Tasche plumpst auf das Eichenparkett. »Blöde Nuss«, flüstere ich vor mich hin und trete auf Socken vors Gästezimmer. Als ich das Ohr gerade an die Tür halten will, schüttle ich über mich selbst den Kopf. Das ist meine gottverdammte Wohnung. So weit kommt's noch, dass ich in meinen vier Wänden klopfen muss.

Ich drücke den Griff und öffne die Tür, nicht sicher, was mich erwarten wird.

Okay. Ich habe mit einigem gerechnet, aber nicht damit. Das Bett ist genauso penibel gemacht wie von der Haushälterin. Aber Maria kommt eigentlich erst morgen wieder. Durchs gekippte Fenster weht ein angenehmer Wind. Laurens Kleidung hängt ordentlich an einer Kleiderstange und auf dem Schreibtisch liegen pedantisch angeordnet ein Laptop, Stifte und mehrere Unterlagen. Aber das Verblüffendste: Sie ist nicht da.

Ich gehe ins angrenzende Bad, das viel schicker ist als mein eigenes, aber ich mochte die Farben des vorderen Schlafzimmers lieber. Außerdem bietet es einen besseren Blick über die Stadt. Auch hier sind all ihre persönlichen Sachen noch da, aber keine Spur von der Journalistin selbst.

Ich komme mir albern und verarscht vor und bin nur noch mehr bestätigt in meinem Vorhaben, sie heute endgültig loszuwerden. Derrek hat ihr meinen Wochenplan zukommen lassen. Sie sollte wissen, dass heute Training ist. Äußerst unprofessionell von ihr, einfach zu verschwinden.

Genervt von ihrer Abwesenheit, obwohl ich genau das seit gestern Morgen verfolgt habe, mache ich mich auf den Weg zum Stadion und erreiche die Tiefgarage unter dem Kabinenblock schon nach wenigen Minuten. Die Tasche auf der Schulter, schreite ich durch die Gänge, die für die *Silvers* bestimmt sind, und bin zum ersten Mal seit Tagen dankbar, dass ich meinen Oberschenkel nicht spüre. Das ist ausnahmsweise ein gutes Zeichen.

Gerade als ich die Tür zur Kabine aufstoßen will, höre ich eine dünne Stimme. Ich nehme die Hand vom Griff und schleiche ein Stück weiter den Gang entlang.

»Ah, Scott. Da bist du ja schon. Superpünktlich heute Morgen.«

Derrek taucht wie aus dem Nichts hinter mir auf und klopft mir auf die Schulter. Er schleift mich zwei Türen weiter, bis ich Lauren mit einem seltsamen Typen im Kraftraum entdecke.

»Ah. Der Mann der Stunde ist da«, flötet der Kerl, dessen massigen Arme über und über mit Tattoos bedeckt sind. Zielsicher kommt er auf mich zu und reicht mir eine Hand. »Landon. Hi. Schön, dich kennenzulernen, Scott. Lauren hat mir schon ein bisschen was erzählt«, sagt er, als wäre das hier eine völlig vertraute Situation.

Und dann sehe ich sie. Lauren steht ein paar Schritte hinter ihm. Sie hat ihre Haare zu einem Knoten gebunden und sieht in ihren Wildlederstiefeln und dem engen Rollkragenpullover gar nicht mehr wie das traurige Schulmädchen von gestern aus.

»Hat sie das«, knurre ich, ohne zu wissen, was hier gespielt wird.

»Ja, und wir haben bereits alles vorbereitet.« Dieser Landon streicht sich die langen grauen Strähnen aus der Stirn und strahlt, als hätte er im Lotto gewonnen. »Du hast wirklich großes Glück, dass die Uni sie geschickt hat. Sie ist ein echter Gewinn für die Branche.«

Jetzt schlägt er mir auch noch viel zu fest auf die Schulter und ich frage mich, in welchem Film ich schon wieder feststecke. Langsam macht mir dieser Mist Angst.

***

**Lauren**

Mein Plan ist voll aufgegangen. Scotts Gesicht, als er zum Shooting aufgetaucht ist und mich zusammen mit Landon entdeckt hat, war einfach unbezahlbar.

Nachdem ich die halbe Nacht geweint habe, hat David mir am Telefon stundenlang gut zugeredet und mir Mut gemacht. Es war seine Idee, Scott mit seinen eigenen Waffen zu schlagen und ihn einfach vor vollendete Tatsachen zu stellen. Ich denke, ein kleines bisschen war es auch sein Beschützerinstinkt, der mir nahegelegt hat, ein Taxi zum Stadion zu nehmen, anstatt wieder in Scotts völlig übertriebenem Auto um mein Leben zu bangen. Was auch immer ihn bewegt hat, es war ein guter Rat.

Ich habe mich still und heimlich schon in aller Frühe aus dem Penthouse geschlichen, mir einen ordentlichen Kaffee bei Starbucks erlaubt und bin dann zum Stadion gefahren, um mich mit Landon auf den Fototermin vorzubereiten. Mir war fast klar, und ein kleines bisschen hatte ich es auch gehofft, dass Scott den Termin vergessen hat. Warum sollte ich immer die Einzige sein, die nicht weiß, was sie erwartet? Zeit, den Spieß umzudrehen.

Landon ist freiberuflicher Fotograf und arbeitet für viele namenswerte Zeitungen in London. Als Derrek mir letzte Woche gemailt hat, dass er die Fotostrecke von Scott übernehmen wird, war ich mehr als froh. Wir kennen uns bereits von früheren Praktika und ich durfte schon ein paarmal dabei sein, wenn er andere Shootings geführt hat. Außerdem hat er vor einem Jahr ein echt cooles Gastseminar zum Thema Fotografie in der Uni gegeben. Landon ist einfach nur der Hammer.

»Du kannst dich schon mal umziehen. Wir starten erst hier im Kraftraum und gehen später noch auf den Platz«, sagt er in diesem Moment zu Scott, der immer noch im Türrahmen steht, als ob er einen Geist gesehen hätte. Am liebsten würde ich laut kichern, so dämlich ist sein Gesichtsausdruck.

»Äh ... Und was ist mit Training?«, fragt er mehr an Derrek gerichtet. Na, wer ist jetzt das nichtswissende Schulkind?

»Das hier hat erst mal Priorität«, faucht Derrek und funkelt ihn zornig an. »Also, ihr scheint klarzukommen. Wir sehen uns dann am Donnerstag. Bis dahin bin ich außer Haus.«

Er streicht sich seine lila Krawatte glatt und ist im nächsten Moment auch schon in den Gang verschwunden.

»Warte mal, was?«, höre ich Scott, der hinter ihm hersieht.

»Lauren, wollen wir kurz durchgehen, womit wir starten?«, fragt Landon und ich sehe nur im Augenwinkel, wie das Blatt sich endlich wendet. Jetzt ist es Scott, der allein und verzweifelt wirkt. Und ja, es ist mehr als eine Genugtuung für mich, ihn so zu sehen. Geschieht ihm ganz recht.

»Klar«, zwitschere ich und zeige in die Ecke, in die Derrek uns Getränke und ein paar Snacks hat bringen lassen.

Landon, der mich um einiges überragt, legt seine Hand auf meinen Rücken und führt mich zu dem kleinen Bistrotisch. »Du kannst dann erst die lange Hose und das weiße Trikot wählen«, ruft er über meinen Kopf zu Scott, der immer noch mit der Tasche auf der Schulter wie angewurzelt dasteht.

Eins muss ich zugeben. Er sieht so schon wie ein Sportmodel aus. Egal ob er wie heute einen Hoodie und Trainingshose trägt oder sich schick macht wie gestern, sein Verhalten hin oder her, Scott ist ein gut aussehender Mann.

Auch wenn ich ihm eine krumme Nase und Pickel im Gesicht wünschen würde.

***

»Erzähl mal, Lauren. Wie läuft's so?«, murmelt Landon, ein Auge an der Kameralinse. Er hat Scott auf einer Hantelbank drapiert und seine Arme etwas eingeölt. Die Kamera klickt am laufenden Band. Immer wieder stellt er das Objektiv neu ein oder weist Scott an, eine andere Position einzunehmen.

»Alles super. Kensington macht mir immer noch die Hölle heiß, aber du kennst ihn ja«, antworte ich, komme mir aber ein wenig dumm vor, etwas Privates in Scotts Beisein preiszugeben. Immerhin haben wir noch kein normales Wort miteinander gesprochen.

»Ach Herzchen, er ist nur so streng, damit ihr alles für euren Beruf gebt. Dadurch ist er einer der besten Professoren im Land.« Er geht runter auf die Knie. »Ein bisschen weiter vorlehnen, und jetzt stütz den Ellbogen auf dem Knie ab«, weist er Scott zu einer neuen Pose an. Bei dem Gesicht, das er zieht, muss ich ein Lachen unterdrücken. Ihm scheint das hier nicht gerade Spaß zu machen. »Und immerhin hat er dir die Story für die *GB-Life* verschafft, oder nicht?« Landons Bick wendet sich kurz von der Kamera zu mir, bevor er Scott wieder fixiert. »Sie ist die Beste ihres Jahrgangs«, verrät er ihm, aber dieser sieht konsequent an mir vorbei.

Ich fummle am Saum meines Rollkragens, der mir viel zu kurz erscheint, und spätestens als Landon Scott bittet, sein Trikot auszuziehen, ist auch noch der Kragen zu eng.

»Und jetzt leg dich noch mal auf die Hantelbank«, weist er ihn an und Scott pariert wie ein artiges Hündchen.

Ich versuche woanders hinzusehen und zücke zur Ablenkung das Handy aus meiner Jeans.

Geht's dir heute besser? Vermisse dich.

Ich antworte David nur mit einem Kuss-Emoji.

»Und dein Freund, wie hieß er noch gleich?«, fragt Landon, als könnte er meine Gedanken lesen.

»David«, helfe ich ihm auf die Sprünge. Die beiden haben sich beim Abschlussabend des Fotoseminars vor einem Jahr kennengelernt.

»Ah, David. Seid ihr noch zusammen?«

Er positioniert sich auf der anderen Seite von Scott und gibt mir freie Sicht auf seinen nackten Oberkörper, die ich gar nicht haben möchte und auch unpassend finde, während ich über meinen Freund spreche.

»Ja klar. Uns kann nichts auf der Welt trennen«, sage ich, was Scott mit einem abwertenden Geräusch quittiert. Mein Lächeln gefriert sofort.

»Ein anderes Gesicht, Champion, so wird das nichts«, mault Landon und zwinkert mir hinter der Kamera zu.

Er hat keine Ahnung, wie froh ich bin, dass er hier ist.

»Okay, Leute. Machen wir eine Pause. Scott, wir sehen uns in einer halben Stunde auf dem Platz.« Der Fotograf wendet sich mir zu. »Sollen wir einen Kaffee trinken?«, fragt er mich und lässt Peterson einfach stehen.

Zum ersten Mal seit Montagmorgen stehe ich nicht wie ein kleines ungewolltes Mädchen neben dem großen Fußballprofi und komme mir vor wie ein Idiot. Jetzt gerade habe ich endlich das Gefühl, beruflich hier zu sein. Für Landon und mich ist Scott einfach nur ein Job. Es sollte mir egal sein, ob er nett zu mir ist oder sich wie ein Kleinkind aufführt. Ich habe einen Auftrag. Und den werde ich erfüllen.

Endlich, nur für einen Moment, schnürt mir die Sehnsucht nach David nicht die Luft ab, sondern ich kann normal atmen. Obwohl Landon lediglich hier ist, um ein paar Fotos von Scott zu schießen, hat er mich daran erinnert, wer ich bin, und mir die Kraft gegeben weiterzumachen. Soll der Fußball-Gott sich doch zum Affen machen. Ich bin eine erwachsene Frau und habe dieses Theater nicht länger nötig. Und das kann er ruhig merken.

# KAPITEL 6

**Scott**

Ich kann mich noch gut an den Tag erinnern, als mein Dad mit Maggie ins Wembleystadion gefahren ist und ich in der Zeit für einen Mathetest lernen sollte. Damals habe ich gedacht, kein Mensch könnte so sehr ausgegrenzt werden wie ich in diesem Moment. Falsch gedacht. Dieser Fotograf und Lauren stecken die Köpfe zusammen und kichern, während ich Mühe habe, mir das beschissene Öl vom Körper zu wischen.

Derrek hat mich einfach stehen gelassen, hat meine Pläne offensichtlich mitgenommen und ich muss Model für diesen Schmierlappen stehen, anstatt mit den Jungs auf dem Feld zu trainieren.

»Und? Nach dem Studium? Welche Stadt wirst du erobern? London, Paris, New York?«, höre ich den Fotoheini Lauren fragen und werde hellhörig. Ein bisschen was über sie zu erfahren kann sicherlich nicht schaden.

»O nein«, lacht sie und nippt an ihrer Kaffeetasse. »Nichts davon. Ich werde Plumpton nicht verlassen.«

Plumpton? Soweit ich weiß, liegt das südlich von hier, irgendwo bei Brighton und dürfte nicht gerade eine aussichtsreiche Stadt für eine Journalistin sein.

Ich bekomme Landons Antwort nicht mit, aber als Lauren weiterspricht, kann ich nicht anders, als zu lauschen. Nicht dass es von Wichtigkeit wäre. Aber irgendwas in ihrer Stimme macht mich neugierig.

»Nichts gegen Frauen, die eine steile Karriere machen. Ich finde das toll. Aber David und ich sind da eher konservativ eingestellt.«

Ich schnappe nur Fetzen auf, da ich zur Tarnung so tue, als packe ich meine Tasche. Totaler Quatsch, meine Sportsachen einmal aus- und wieder einzuladen, aber ich will wissen, was genau sie damit meint.

»Ich möchte für meine Kinder da sein …«, sagt sie voller Überzeugung und ich zucke kaum merklich zusammen.

Hat sie Kinder?

»Nein«, lacht sie jetzt wieder und dieser Landon beugt sich über den Tisch und himmelt sie unverschämt aufdringlich an.

Rafft sie nicht, wie er sie anbaggert?

»Aber ich möchte nicht erst mit dreißig Kinder bekommen, für die ich dann keine Zeit habe«, weht es jetzt zu mir herüber und warum auch immer, irgendwie bin ich erleichtert. Es wäre schon schräg gewesen, wenn sie ein Kind gehabt hätte. Ich habe nichts gegen Kinder und Maggie ist auch sehr früh Mutter geworden, aber die Kleine ist doch selbst noch ein Kind.

Dann reden sie über ihren Freund. David. Er wird scheinbar Geschichtslehrer. Langweiliger geht es wohl kaum. Ihr hängt beinahe der Sabber aus dem Mund, als sie von ihrer »ganz großen Liebe« erzählt und ich muss unterdrücken, laut loszulachen oder zu würgen.

»Können wir dann weitermachen?«, unterbreche ich das nervige Kaffeeründchen. »Ich habe nicht den ganzen Tag Zeit.«

Lauren springt wie ertappt auf, während Landon sich mit einem breiten Grinsen zurücklehnt.

»Immer hochmotiviert, Peterson. Ich hoffe, das steht ganz oben in deinen Notizen«, sagt er an Lauren gerichtet und deutet auf das kleine Notizbuch, das vor ihr liegt. Als sie meinen Blick erhascht, verstaut sie es schnell in der Tasche ihrer Jeans, als könnte ich nur durch hinsehen erahnen, was sie über mich geschrieben hat.

***

Fazit des Tages: Ich hasse Fotografen. Und ich hasse Fotoshootings. Das wird mir klar, als ich am frühen Nachmittag auf dem Rasen allein meine Runden drehe. Die anderen Jungs sind längst mit dem Training fertig und der Coach hat mich angewiesen noch ein bisschen lockeres Konditionstraining zu machen. Ich kann es nicht ausstehen, allein zu laufen, denn außer meinen

Schritten, die vom weichen Rasen abgefedert werden, gibt das zu viel Raum für meine Gedanken.

Beim Südtor sehe ich Lauren, wie sie sich von dem schmierigen Landon ein Küsschen links und eins rechts verpassen lässt. Er sucht meinen Blick und hebt noch einmal die Hand, was ich nicht erwidere. Mir vollkommen egal, was er von mir hält. Das war definitiv das erste und das letzte Mal, dass ich mich von einem Mann habe einölen lassen. Es sei denn, es ist Leon und er lockert meine Muskeln, anstatt schmierige Fotos davon zu schießen.

Als er durch das Gittertor verschwindet und ein Sicherheitsmann es hinter ihm verschließt, verspüre ich Erleichterung. Keine Ahnung warum. Ich bin müde von der Nacht, dieses ganze Posen ging mir voll auf die Nerven und ich habe von Stunde zu Stunde weniger Bock auf diese Woche. Derrek ist bis Donnerstag weg. Das heißt, ich muss Lauren noch zwei weitere Tage hinter mir her schleifen.

Ich beobachte, wie sie an den Westhängen vorbeigeht und offensichtlich den Eingang zur Kabine sucht. Ihre Orientierung scheint eine absolute Katastrophe zu sein, denn die *Silvers* haben ihren Bereich im Osten des Stadions. Dort, wo sie vor zehn Minuten erst auf den Rasen gekommen ist.

Ich schmunzle, während sie jede Tür zu öffnen versucht. Ohne näher zu überlegen, lege ich die Finger zwischen die Zähne und mein Pfiff hallt quer durch das Stadion. Außer ihr und mir ist nur noch einer der Rasenwarte hier, der den Platz nach Unebenheiten absucht.

Lauren zuckt zusammen und beinahe wäre sie gestolpert, was mich nur mit dem Kopf schütteln lässt. Mit ausgestrecktem Zeigefinger deute ich auf die offene Tür im Ostblock, die in den Tunnel zur *Silvers*-Kabine führt. Eigentlich nicht zu verfehlen.

Ihr Blick folgt meinem Finger und wandert dann noch mal zurück zu mir. Einen Moment sehen wir uns an. Vielleicht einen Moment zu lange. Aber dann marschiert sie mit kurzen, schnellen Schritten in Richtung Ausgang.

Ja, Mädchen, ich bin nicht immer ein arrogantes Arschloch, ob du es glaubst oder nicht.

Sie verschwindet und ich versuche für eine weitere halbe Stunde meinen

Kopf zur Ruhe zu zwingen, ehe ich beschließe, dass es für heute reicht. Und zwar buchstäblich.

Allein im großzügigen Duschraum der Mannschaft zu stehen, ist seltsam. Eigentlich herrscht hier reges Treiben. Diskussionen, Freude, Ärger. Geräusche von allen Seiten. Aber jetzt ist es unheimlich still. Außer dem Wasser, das von meinem Körper auf den weiß gefliesten Boden plätschert, ist nichts zu hören. Nur meine Gedanken schleichen laut und deutlich und um meine Laune herum wie ein Tiger. Wieder einmal war der Tag einfach nur zum Kotzen. Aber heute ist es eher Enttäuschung, die sich in mir breitmacht statt unbändiger Wut. Lauren heute so ausgelassen mit dem Fotografen zu erleben, hat irgendwas in mir ausgelöst. Sie wirkte so normal. Fast nett und aufgeschlossen. Wohingegen ich keinen Satz mit ihr gewechselt habe. Ich will nicht einer dieser Kerle sein, die Mädchen wie ein Stück Dreck behandeln, nur weil sie selbst unzufrieden mit sich sind. Ja, ich habe keinen Bock auf diese Kackstory. Aber dafür kann sie nichts. Sie macht nur ihren Job. Oder das, was er mal werden soll. Auch wenn ich immer noch fest davon überzeugt bin, dass sie kein besonders großes Talent darin hat.

Derrek ist ein geldversessener reicher Pinkel. Aber auch er macht schlussendlich nur, was von ihm verlangt wird. Jeder tut das, was er tun soll. Nur ich nicht. Warum versteht denn kein Mensch, dass ich einfach nur Fußball spielen will? Das ist das Einzige, was ich kann, seit ich klein bin. Der Sport ist alles, was in meinem Leben konstant an meiner Seite bleibt und worin ich noch dazu richtig gut bin.

Der letzte Schaum verschwindet zusammen mit meinem Frust im Abfluss und ich gehe mit meinem Handtuch um die Hüften in die Kabine. Die Tür zum Kraftraum ist nur angelehnt und ich entdecke Lauren, wie sie an dem kleinen Tisch hockt, der sonst hier drinnen nichts zu suchen hat. Sie sieht mich nicht, da sie angestrengt auf ihrem Tablet arbeitet. Sie hat ihre Stiefel ausgezogen und die Beine angewinkelt. Den Kopf auf einem Knie abgestützt wirkt sie so winzig.

Als ich zurück in ihr Gesicht sehe, sticht mir ihr Blick entgegen. Wir sehen uns in die Augen und zum ersten Mal fällt mir auf, wie grün sie sind.

***

**Lauren**

Ich merke zu spät, dass mein Mund offen steht, als ich fasziniert beobachte, wie die Wasserperlen sich einen Weg über Scotts nackten Oberkörper bahnen. Ihn nur wenige Schritte vor mir stehen zu sehen und den Duft seines Duschgels in die Nase zu bekommen, lässt mein Gesicht rosa anlaufen. Ich spüre es. Merke, wie sich die Röte über meinen Hals ausbreitet, und muss schlucken. Ich hasse es, wenn man mir meine Scham derart offensichtlich ansehen kann. Einer seiner Mundwinkel zieht sich zu einem unwiderstehlichen Lächeln zur Seite und für einen Moment hätte ich fast vergessen, was für einen dämlichen Idioten ich vor mir habe.

»Was machst du?«, überrascht er mich mit einem freundlichen Ton und tritt, nur ein viel zu kleines Handtuch um die Hüften, neben mich. Ich zwinge mich, den Blick zurück auf mein Tablet zu richten, um meine Wangen vorm Glühen zu bewahren. Eine Hand auf den Tisch vor mir, die andere auf die Lehne meines Stuhls gestützt schaut er auf das Display, als wäre das eine völlig normale Situation für uns.

Irgendwas an seiner Haltung hat sich verändert. Ich wäre glücklich, wenn ich nur halb so gelassen wirken könnte wie er.

Ein Tropfen löst sich aus seinem nassen Haar und landet auf meinem Knie, das unter dem winzigen Wasserfleck zu verbrennen droht.

»Ich versuche ein paar Fakten über das Stadion zu sammeln«, antworte ich. Meine Stimme ist dünn und zittrig und hört sich so gar nicht nach mir an.

Scott schaut auf meine Notizen und dann in mein Gesicht. »Das hier stimmt nicht«, sagt er und, ohne meine Reaktion abzuwarten, nimmt er mir den rosa Kugelschreiber, den David mir geschenkt hat, aus der Hand und streicht zwei meiner Stichwörter durch. »Der Zuschauerrekord war nicht 2012. Im August 2015 hat hier ein Premier League Spiel gegen Everton stattgefunden. Da waren es 30.022 Zuschauer.«

Ich habe Schwierigkeiten, mich auf seine Korrektur zu konzentrieren. Es ist das erste Mal, dass ich Scott Peterson in einem normalen Tonfall reden höre. Er ist weder überheblich noch zynisch. Seine Gesichtszüge sind entspannt und er wirkt beinahe … nett.

»Ähm … Danke?«, stottere ich, noch immer nicht ganz sicher, ober er mich verarschen will oder mich auf eine falsche Fährte lockt.

»Ähm … Bitte«, antwortet er mit einem Schmunzeln und richtet sich langsam auf. Dabei löst er keine Sekunde unseren Augenkontakt und ich spüre die zweite Welle Rot unter meine Haut schießen. »Außerdem beliefen sich die Gesamtbaukosten auf sechzehn Millionen Pfund. Du solltest den Bau der Parkplätze und des Besucherzentrums nicht vergessen.«

Mit diesen Worten dreht er sich um und verlässt den Kraftraum, der permanent nach einer Mischung aus Schweiß und Kunststoff riecht, aber gerade genau wie ich von Scotts herbem Geruch eingehüllt wird.

»Deine Recherche ist echt mies«, hallt seine Stimme von nebenan durch die stillen Räume, aber ich kann nicht auf seinen dämlichen Kommentar reagieren, weil mein Gehirn sich ohne meinen Willen einzig damit beschäftigt, dass er sicher bereits in diesem Moment sein Handtuch hat fallen lassen.

***

Die ganze Rückfahrt über schweigen wir beide. Aber es ist nicht die gleiche spannungsgeladene Stille wie in den letzten Tagen. Eher ein einvernehmliches, fast schon friedliches Schweigen. Zumindest hoffe ich das. Irgendwas ist zwischen uns passiert und ich habe es nicht mitbekommen. Aber ich werde mich sicher nicht beschweren. Oder gar riskieren, dass Scott wieder das Arschloch raushängen lässt.

Und deshalb zögere ich gar nicht erst lange, als wir in der dunklen Wohnung ankommen, und verabschiede mich mit einem leisen »Bye« in mein Zimmer. Ich muss dringend ein bisschen recherchieren und ein paar Fakten für die Rohversion des ersten Artikels sammeln, in dem es hauptsächlich um Scotts Fußballkarriere gehen wird. Gott sei Dank. Privat weiß ich nämlich rein gar nichts. Bislang habe ich außer ein paar Gemeinheiten und seinem Rumgelecke mit der Blondine nicht viel von ihm erlebt. Außerdem vermisse ich David und meine Eltern und will ungestört telefonieren. Keine Ahnung, ob Scott die Wohnung heute noch mal für eine dämliche Party oder Ähnliches verlässt. Was es auch ist, er wird es ohne mich tun können. Mir reicht es für heute.

Mit meinem Lieblingspyjama und einem lächerlichen Schokoriegel, den ich noch von meiner Hinfahrt übrighabe, schlüpfe ich in das gemütliche Bett und ziehe die flauschige Decke bis zum Kinn. Ich habe entsetzlichen Hunger, aber keinerlei Interesse daran, auch noch um was Essbares zu betteln. Bestimmt werde ich einiges abnehmen, wenn meine Ernährung hier so weitergeht. Aber was soll's. Wenn das alles ist, was ich an Einbußen hinnehmen muss, bin ich dazu gern bereit.

Mein Laptop und Handy liegen bereit, um mich den Abend ohne einen erneuten Heimweh-Heulkrampf überstehen zu lassen. Gerade als ich David anrufen will, klopft es zaghaft an meiner Tür. Ich rufe nicht *Herein*. Unter keinen Umständen werde ich zulassen, dass Scott Peterson mich in meinem Wölkchen bedruckten Overall zu Gesicht bekommt.

Noch ehe ich dieses Horrorszenario fertig denken kann, schiebt sich ein Zettel zur Hälfte unter der Türe durch und ich höre leise, aber ganz deutlich ein »Gute Nacht.«

Sekunden verstreichen. Vielleicht auch Minuten. Wie in einem schlechten Horrorfilm traue ich mich nicht, mich zu bewegen. Alles ist still. Der Lichtschein unter meiner Tür erlischt und ich bewege mich schließlich auf Zehenspitzen und mit angehaltenem Atem zur Tür. Doch ehe ich sie öffne, lausche ich noch ein letztes Mal in die Stille hinein. Nichts.

In Zeitlupe drücke ich die Klinke runter und ein wundersamer Duft legt sich in meine Nase.

Pizza. Es riecht nach italienischen Gewürzen und geschmolzenem Käse.

Ich gehe in die Hocke und öffne den Karton. Himmel sei Dank. Eine dampfende Pizza mit Ananas und Schinken lacht mir entgegen und mein Magen knurrt zustimmend. Ich nehme den Karton samt Zettel, der daneben liegt, und gehe zurück ins Zimmer.

Waffenstillstand?

Die dicken mit Edding geschriebenen Großbuchstaben lachen mich bei jedem Bissen an und, ohne es zu wollen, schleicht sich immer wieder ein Grinsen auf mein Gesicht. Und dann habe ich eine Idee. Ich zücke meinen Kugelschreiber, reiße eine Seite aus meinem Notizbuch und schreibe in ebenso durchdringender großer Blockschrift:

Kapitulation???

Ehe ich es mir anders überlegen kann, schleiche ich den Flur entlang und lege meine Antwort zusammen mit dem Schokoriegel vor die Tür, die ich für die von Scotts Zimmer halte. Das mit dem Klopfen verkneife ich mir. Viel zu groß ist die Angst, dass ich es nicht schnell genug zurück in mein Zimmer schaffe und er mich doch noch in meinem Aufzug sieht.

Die restliche Pizza genieße ich im Bett und verzichte darauf, meine Lieblingsserie weiterzusehen. Mir ist heute nicht danach. Oder vielleicht liegt es auch ein ganz kleines bisschen daran, dass ich so besser lauschen kann, ob Scott meine Nachricht findet.

Ich zucke beim Klang meines Klingeltons zusammen.

»Hey«, begrüße ich meinen Freund und schmiege mich in die weichen Federkissen.

»Hey. Wie geht's dir, Schatz?«

Davids Stimme zu hören dämpft meine halbwegs gute Laune. Ich vermisse ihn. Wir sind es nicht gewohnt, so lange voneinander getrennt zu sein. Es ist so komisch, nicht zu wissen, wo er ist oder was er tut.

»Ganz gut. Ich genieße gerade eine leckere Hawaii-Pizza. Und das im Bett«, säusele ich und wünschte, er läge neben mir.

»Und er?«

Man muss David nicht besonders gut kennen, um zu hören, dass ihm ganz und gar nicht gefällt, was ich da sage.

»Keine Ahnung. Haben uns seit heute Nachmittag nicht mehr gesehen«, sage ich und fahre mit dem Finger über Scotts Nachricht. Obwohl ich nicht wirklich gelogen habe, schleicht sich ein schlechtes Gewissen unter die Bettdecke und ich schiebe den Pizzakarton von mir.

»Und? Wie lief der Tag? Hast du es diesem arroganten Penner gezeigt?«

»Worauf du dich verlassen kannst«, flüstere ich, auch wenn ich sicher bin, dass niemand mich hören kann. Aber auch diese Antwort fühlt sich falsch an, als sie meine Kehle verlässt. Warum habe ich das Gefühl, dass ich lüge, ganz gleich, was ich sage? »Seit dem Fotoshooting lief es eigentlich recht gut. Landon hat tolle Bilder gemacht und ich konnte ein bisschen recherchieren.«

»Ich vermisse dich«, sagt David und ignoriert meinen winzigen Fortschritt. »Heute Morgen habe ich deine Mum getroffen. Es war seltsam. Sie vermisst dich auch furchtbar. Zwei Wochen sind viel zu lang. Kannst du das nicht irgendwie abkürzen?«

»Ich vermisse euch doch auch.«

Und das tue ich. Von Herzen. Aber meine Arbeit hat nicht mal richtig begonnen. Und ich möchte außerdem unbedingt die Innenstadt von London sehen. Bislang war alles, was ich getan habe, so belanglos und nur ein Hin- und Hergelaufe ohne jegliches Ergebnis. Irgendwie hatte ich mir meine Zeit ein wenig ... na ja ... vielleicht spannender vorgestellt.

»Was hast du heute getrieben?«, frage ich David, um von seiner Sehnsucht und meinen Träumen abzulenken. Aber eine E-Mail, die auf meinem Laptop aufploppt, lenkt mich ab. Während David mir erzählt, wie sein Tag an der Uni war und dass er mit seinem Dad Holz für den Winter gehackt hat, öffne ich den Anhang der fremden Mailadresse. Ein mädchenhaftes Kichern entweicht mir, als sich das Bild auf meinem Desktop vergrößert.

»Was ist?«, fragt mein Freund und ich dumme Gans kann nichts antworten außer einem blöden klischeehaften »Nichts«.

Warum erzähle ich ihm nicht einfach, was ich sehe?

Wir reden noch eine ganze Weile, aber immer wieder zuckt mein Blick zu dem Foto, das auf meinem Laptop prangt, und ohne es zu wollen, fühlt es sich an wie Betrug, dass ich David nicht meine volle Aufmerksamkeit schenke.

steht auf dem Zettel unter meinem durchgestrichenen *Kapitulation???*. Daneben lächelt ein Smiley. Der Zettel liegt zusammen mit der leeren Verpackung meines Schokoriegels auf einer Bettdecke.

Mein Unterbewusstsein schickt mir immer wieder den Gedanken, ob er nur in diesen knappen Shorts schläft, in der ich ihn das erste Mal gesehen habe.

# KAPITEL 7

**Scott**

Mit dem festen Vorsatz, heute etwas netter zu Lauren zu sein, schlüpfe ich in meine Trainingsklamotten und schultere meine Tasche. So wie jeden Morgen. Die Küche ist still und ordentlich und außer einer Müslischale und einem Löffel brauche ich nichts zum Frühstück. Auch wie jeden Morgen.

Schon beim dritten Löffel werde ich langsam ungeduldig. Wenn diese Schüssel leer ist, werde ich zum Training fahren. Mit oder ohne Lauren Bell. Ich meine, immerhin habe ich ihr eine Pizza bestellt. Ich war nett. Hab's wenigstens versucht. Dann könnte sie sich also die Mühe machen, pünktlich fertig zu sein. Oder ob sie wieder allein aufgebrochen ist? Der Gedanke kommt mir jetzt erst. Wird das jetzt jeden Tag so sein, dass sie ein teures Taxi oder die umständliche Bahn nimmt, nur um nicht mit mir fahren zu müssen? Scheiße, das sagt schon eine Menge über meinen Charakter aus.

Dass es schon der zweite Morgen ist, an dem ich wie ein Idiot durch meine eigene Wohnung schleiche, ist echt nicht zu fassen. Ich komme mir vor wie der letzte Waschlappen.

Es ist genauso still wie gestern, daher öffne ich, ohne zu zögern, die Tür.

»Scheiße.«

Erst als ihr zierlicher Körper zusammenzuckt und hochfährt, bemerke ich, dass ich laut gesprochen habe.

»Du hast verschlafen«, knurre ich und wende mich zum Gehen.

Meine Schritte auf dem schicken Holzboden erzeugen keinerlei Geräusche, dafür hallen jetzt Laurens Schimpfen und ein hastiges Treiben durch die ganze Wohnung.

»In vier Minuten fahre ich. Mit dir oder ohne dich«, rufe ich und muss schmunzeln, als das Gemecker dadurch noch lauter wird.

Ich lasse mich auf den Barhocker fallen und schaue auf die Uhr. Eigentlich habe ich noch zehn Minuten, aber ein bisschen Spaß muss sein.

Keine Ahnung, warum ich darüber nachdenke, aber immer wieder schleichen meine Gedanken zurück ins Gästezimmer. Wie ein friedliches Baby hat sie zusammengerollt in dem viel zu großen Bett gelegen. Mit der Hand fahre ich mir durchs Gesicht, das ich dringend rasieren muss. »Reiß dich zusammen, Peterson«, murmle ich vor mich hin. Sie ist eine Journalistin. Ganz gleich, ob wir uns in den nächsten Tagen zerfleischen oder sie vielleicht sogar ein tolles Mädchen zu sein scheint. Sie schreibt eine Story über mich und jeder noch so kleinste Versuch, freundlich zu sein, könnte eine Falle sein, um mich zu ködern. Das darf und werde ich keine Sekunde lang vergessen.

»Bin da«, murmelt sie und rennt ohne Schuhe an mir vorbei. Sie trägt zwei verschiedene Socken. Die Haare hat sie zu einem unordentlichen Knoten gebunden und in ihren Armen balanciert sie ihr Tablet, die Tasche, einen Pullover und ein Paar Schuhe. Mit dem Kinn presst sie ihr Smartphone auf die Brust.

»Das ist gefährlich«, sage ich und gehe auf sie zu. Sie hat keine Hand frei, um mich daran zu hindern, ihr das Handy unter dem Kinn wegzunehmen. Außerdem ziehe ich im gleichen Moment das Tablet aus ihrem Arm, als der Rest des Turmes zusammenstürzt und alles auf unsere Füße fällt.

»Nicht schon wieder«, murmelt sie und geht auf die Knie.

»Wenn du noch öfter vor mir auf die Knie gehst, könnte man dir unterstellen, du bist auf der Suche nach Exklusivrechten«, scherze ich.

Lauren sieht mich nicht an. Sie schlüpft in ihre Sneaker und stülpt sich den blau gestreiften Strickpullover über den Kopf.

»Haha, sehr witzig.«

Ohne meinen Blick zu erwidern, greift sie nach ihren Elektrogeräten und schiebt sie in ihre Umhängetasche. Auch ohne dass sie mich ansieht, kann ich erkennen, wie ihre Wangen glühen.

***

»Es war klar, dass sie nichts für dich ist.«

Seit ungefähr zehn Minuten hocke ich im Pressebereich des Stadions und höre mir Gregs Gejammer an. Hier finden nach den Spielen die Pressekonferenzen statt. Ansonsten ist der Raum unbenutzt.

»Super, Scott. Komm mir jetzt ja nicht mit *Ich hab's dir ja gleich gesagt.*«

»Aber ich hab's dir gleich gesagt.«

Vielleicht nicht direkt, dass Camilla ihn am Montag betrügen würde, aber ich habe ihn mehr als einmal gewarnt.

»Ach fick dich, Peterson.«

»Komm schon, Mann. Du bist ohne sie besser dran.«

»Du hast doch keine Ahnung.«

»Hab ich nicht?« Ich lehne mich auf dem dick gepolsterten Sessel zurück und starre gegen die Sponsorenwand.

»Ne. Hast du nicht. Du weißt nicht, wie es ist, wenn man verliebt ist. Für dich sind die Frauen nur Spielzeug, mit dem du dir deine Zeit vertreibst.«

»Autsch.«

Nur weil Greg seit dem Kindergarten mein Bestbuddy ist und wir uns wirklich alles sagen, lasse ich es zu, dass er mir sowas an den Kopf wirft.

»Es ist doch so. Wir wissen beide, dass du noch nie zuvor eine Frau wirklich geliebt hast.«

Seine Stimme klingt heiser. Ich kann mir vorstellen, wie er verheult in seiner viel zu kleinen Bude hockt. Greg ist ein ewiger Romantiker. Das hat er jetzt davon.

»Hm.« Ich muss eigentlich nicht darüber nachdenken. »Vielleicht Ember?«

»Scott, du hast Ember bei jeder passenden Gelegenheit betrogen.«

»Auch wieder wahr«, gestehe ich und drehe mich auf dem silbernen Fuß des Sessels einmal im Kreis. »Andererseits könnte ich sie dennoch geliebt haben. Auf meine Art.«

»Hast du aber nicht«, faucht Greg und ich verzeihe ihm seinen Tonfall. Er ist verletzt. Er braucht einen Sündenbock. Wenn ihm das hilft, bin ich das gern für ihn.

»Ach scheiß drauf. Ich will nicht länger darüber reden.«

»Ganz wie du willst, Mann. Ich würde dir ja anbieten eine Runde zu drehen, aber meine Zeitungstussi wartet.«

»Sie scheint nett zu sein.«

»Lauren?«

»Ja, du Vollidiot. Lauren.«

»Hat sie dich ausgefragt?«

Darüber denke ich schon seit Montagabend nach. Soll sie über mich schreiben was sie will, aber meine Freunde wird sie in Ruhe lassen, sonst lernt sie eine ganz andere Seite von mir kennen. Ich stehe auf und wandere in dem leeren Zimmer hin und her.

»Nein, Mann. Wir haben uns nett unterhalten.«

Eine clevere Journalistin schafft es, ein Interview in eine nette Unterhaltung zu packen, ohne dass man es merkt. Gerade bei einem Naivling wie Greg.

»Mann, Scott. Nimm doch nicht immer alles so negativ. Die Reportage über dich ist eine Chance. Sie hätten dir auch irgendeinen dämlichen Mistkerl schicken können, der dich permanent beschattet. Lauren ist cool. Also versuch ein bisschen nett zu sein.«

»Ich hab ihr 'ne Pizza bestellt«, verteidige ich mich.

»Oh, wow. Du bist echt ein Gentleman.«

Greg lacht und ich komme mir vor wie ein Idiot.

»Was?«, raune ich. »Das war nett.«

»O ja, ihre Eltern werden dir ewig dankbar sein, dass du sie nicht hast verhungern lassen.«

Sein ironischer Unterton ärgert mich. Am liebsten würde ich ihm einen blöden Spruch drücken, aber ich verkneife es mir. Sein Herz ist gebrochen. Auch wenn es bereits das dritte Mal für dieses Jahr ist, so ein Arsch bin ich dann auch wieder nicht. Außerdem ist schon was Wahres dran an dem, was er sagt.

»Du weißt, dass ich in sowas nicht besonders gut bin.«

Das ist die Wahrheit und Greg kennt mich nun mal wie kein anderer. Es gibt keinen Grund, es zu verleugnen.

»Dann gib dir ein bisschen Mühe. Nicht bei allen Frauen reicht es, sie in deine Hose zu lassen. Es soll tatsächlich Menschen geben, bei denen es auf andere Dinge ankommt.«

»Schon davon gehört«, feixe ich, aber im Grunde genommen weiß ich, dass er recht hat.

»Also. Verkack's nicht.«

»Ich werde mir Mühe geben.«

Und das meine ich auch so. Ich will mich wirklich bemühen, es Lauren etwas leichter zu machen. Und deswegen setze ich mich bereits, während ich mich von meinem besten Freund verabschiede, in Bewegung, um sie zu suchen. Höchstwahrscheinlich hat Greg recht mit dem, was er sagt und ich habe noch nie eine Frau wirklich geliebt. Aber vielleicht komme ich langsam an einen Punkt in meinem Leben, in dem mich genau das stört. Nicht dass ich dabei an das schräge Mädchen mit den unterschiedlichen Socken denke. Aber ich bin es leid, ein mieses Arschloch zu sein. Wer weiß? Die Frauen mit ein bisschen mehr Respekt zu behandeln ist vielleicht ein Anfang, um nicht in der Hölle der unehrbaren Männer zu landen. Ein Versuch ist es jedenfalls wert.

***

**Lauren**

Zwei Schokoriegel und ein widerlich schmeckender Zitronentee. Das ist alles, was ich an Frühstück in einem komischen Automaten auftreiben konnte. Und ich verhungere jeden Moment. Während des Trainings habe ich mich in den Kraftraum zurückgezogen und mittlerweile schaffe ich es ganz gut zu ignorieren, wenn irgendwelche Ersatzspieler neben mir keuchend Gewichte stemmen.

»Was machst du hier?«

Scotts Stimme lässt mich zusammenzucken. Immer wenn er mich anspricht, habe ich sofort das Gefühl, irgendwas falsch gemacht zu haben.

»Ähm.«

Dieses Gestotter. Wenn das so weitergeht, sollte ich mal über einen Logopäden nachdenken.

»Ich sitze hier.«

Seine große Gestalt tritt etwas näher und im Vorbeigehen schlägt er mit einem muskulösen Kerl ein, der gerade mit den Füßen schwere Scheiben über ein Drahtseil anhebt. Dicht vor meinem Lager aus Süßigkeitenpapier und meinem Schreibkram bleibt er stehen. Scott trägt wie nach jedem Training eine Trainingshose und Air Max. Heute aber hat er eine dünne Daunenjacke an. Natürlich in Rot und Silber. Wie alle Sachen der *Silvers*.

»Also.« Er reibt sich mit beiden Händen über das Gesicht. Mit einem Seufzer greift er nach der Verpackung meiner Schokoriegel. Auch ohne ihn zu kennen, ist der Zwiespalt, den er in seinem Inneren trägt, deutlich zu erkennen. Er zögert. Etwas, das ich bislang bei ihm noch nicht beobachten durfte.

»Komm mit.«

Zwei einfache Worte. Ein Befehl. Und die kleine dumme Lauren gehorcht. Was auch sonst. Ich versuche so schnell wie möglich alles in meine Tasche zu werfen und Schritt zu halten, denn Scott ist bereits im Flur verschwunden.

»Fahren wir nach Hause?«, rufe ich hinter ihm her, weil ich schon wieder völlig die Orientierung verloren habe.

Nach Hause. Wie sich das anhört.

Über seine Schulter schmunzelt er. »Nein«, sagt er schlicht, während er eine große doppelflügelige Tür aufhält. »Nach Ihnen, Miss Bell.«

Ich schlüpfe unter seinem Arm durch und wir verlassen den schwarzen Teppich und die roten Wände.

»Hier vorn beginnt der öffentliche Bereich des Stadions«, erklärt Scott meinem prüfenden Blick.

»Okay.«

Das ist alles, was ich sagen kann. Ich bin noch viel zu überrascht von dem, was hier gerade passiert. Ist das gut oder schlecht? Tut er mir gerade einen Gefallen oder laufe ich nur wieder blindlings in die nächste Katastrophe?

»In die Katakomben dürfen nur die Mannschaft und eine begrenzte Zahl an Mitarbeitern. Hier oben«, sagt er und öffnet eine weitere Tür, die in ein helles modernes Treppenhaus führt, »befinden sich der Besucherbereich und«, er stockt kurz und unsere Blicke treffen sich, während ich Mühe habe, die Stufen in seinem Tempo hinaufzusteigen, »ein Café.«

Ohne es kontrollieren zu können, verzieht sich mein Mund zu einem Lächeln. Hier habe ich natürlich nicht nach etwas Essbarem für mein Frühstück gesucht. Ich hätte nie im Leben wieder zurückgefunden.

Nachdem wir drei Stockwerke erklommen haben, betreten wir einen modern gestalteten Bereich. Er wirkt wie eine schicke Mensa. Es gibt eine Theke, auf der hinter Glas verschiedene Speisen aufgebaut sind, und einen großen Kühlschrank, in dem sich Getränke aufreihen. Außerdem, und das ist das Beste daran, duftet es nach frisch gebrühtem Kaffee.

»Hi«, sagt Scott zu der dunkelhaarigen Mitarbeitern, die hinter der Theke steht.

»Mister Peterson«, presst sie hervor und wirkt ein wenig aufgekratzt. »Sie hier oben. Was verschafft uns die Ehre?«

Zwei Dinge, die ich als Journalistin daraus schließe. Punkt eins – Scott ist nicht der Profi, der sich besonders oft aus dem Mannschaftsbereich rauswagt. Punkt zwei – bislang haben alle Frauen, die vor ihn treten, ihn ausnahmslos angehimmelt. Alle außer mir.

»Ich habe ein Interview mit dieser netten Dame.« Er legt seine Hand in meinen Rücken und schiebt mich ein Stück nach vorn. »Sagen Sie«, ich sehe genau, wie er auf ihr Namensschild schielt, »Diane, könnten Miss Bell und ich ein ordentliches Frühstück bekommen? Sie war heute Morgen schon so beschäftigt, dass sie noch nicht dazu gekommen ist, etwas zu essen.«

Ich presse die Lippen aufeinander, um nicht zu lachen.

Scott lehnt sich ein Stück zu ihr und ihre Pupillen nehmen herzförmige Formen an. »Wir wollen doch nicht, dass uns das Mädchen aus den Latschen kippt.«

Er lacht und spätestens in diesem Moment hat er sie.

»Natürlich. Nehmen Sie doch hinten am Fenster Platz. Ich bringe Ihnen alles, Mister Peterson.«

Ich bin baff. Aber Scott lacht mich nur aus, als er meinen offenen Mund bemerkt und schiebt mich zu unserem Platz. Ich rutsche auf der rot gepolsterten Sitzbank bis ans Fenster und blicke auf einen riesigen Parkplatz.

»Von dieser Seite habe ich das Stadion noch nie gesehen.«

Bunte Fahnen säumen den Weg zu den Eingängen und überall sind riesige Plakatwände. Auf zwei davon erkenne ich Scott bei einem Torschuss.

»Na ja.« Er blickt durch die gigantische Fensterfront, ehe er sich den Stuhl unter dem Tisch hervorzieht und mir gegenüber Platz nimmt. »Wir haben das Pferd vielleicht von hinten aufgezäumt.« Er öffnet den Reißverschluss seiner Jacke und fährt sich durchs Haar. »Also. Was willst du wissen?«

Sein Kinn deutet zu meiner Tasche. Seine gefalteten Hände, die er auf den Tisch legt, wirken so groß und die Finger sind ordentlich und sauber. Ich habe schon davon gehört, dass es Frauen gibt, die besonders auf Männerhände stehen. Diejenigen wären von Scotts sicher ganz angetan.

»Echt jetzt?« Mein Blick begegnet seinem und ich spüre, wie meine Wangen zu glühen beginnen. »Ich darf dir Fragen stellen?«

»Alles, was du willst. Ich bestimme, welche ich beantworte.«

Unser Blickkontakt wird unterbrochen, weil in diesem Moment Diane mit einem Tablett an unseren Tisch tritt.

»Wow«, entweicht es mir, als sie Kaffee, Saft, Brötchen und viele anderen Leckereien vor uns drapiert. Sogar Scones und Rührei hat sie dabei.

»Du solltest dich nicht nur von Schokoriegeln ernähren.«

Scott schiebt sich eine der Trauben in den Mund, die auf dem Käseteller angerichtet sind. Das wäre der passende Moment, mich für die Pizza zu bedanken. Aber irgendwie bringe ich es nicht über die Lippen.

»Danke«, flüstere ich dennoch. Auch wenn ich eher das Frühstück meine.

Mein Blick wandert zwischen den Scones, die herrlich duften und mich an zu Hause erinnern, und dem Tablet, das aus meiner Tasche lugt, hin und her.

»Erst Frühstück. Dann die Fragen.«

Scott mopst sich ein Brötchen aus dem Korb und leert seinen Orangensaft in einem Zug.

Vielleicht wird diese Woche doch nicht ganz so furchtbar, wie ich anfangs dachte.

***

»Okay«, sage ich dreißig Minuten und herrlich satt später.

Während des Essens haben wir nicht viel gesprochen. Zum einen weil uns Scotts Handy zweimal unterbrochen hat, und zum anderen weil ich einfach nicht weiß, worüber wir uns unterhalten sollen. Abgesehen von meinem Interview. Ich bin also etwas erleichtert, als Diane das Tablett abräumt und ich endlich die Hoffnung auf ein paar Antworten habe.

»Vollständiger Name?« Vor mir habe ich mein Tablet mit meinen Fragen liegen, in der Hand halte ich mein Notizheft und einen Bleistift.

»Scott Peterson?«

Es klingt mehr wie eine Frage und Scott kann sich ein Lachen nur schwer verkneifen.

»Kein Zweitname. Okay. Gut. Notiert. Geburtsdatum?«

»20.09.1991«, antwortet er wie aus der Pistole geschossen. »Was?«, fragt er, als er meinen überraschten Blick bemerkt.

»Das ist alt für einen Profifußballer, oder?«

»Na schönen Dank auch.«

Gerade als ich wirklich Angst bekomme, dass ich die gute Stimmung mit meinem unprofessionellen Kommentar zerstört habe, lacht Scott.

»Ich gehöre auf jeden Fall zu den Älteren, das ist richtig.«

Er schmunzelt immer noch. Winzige Fältchen entstehen dabei auf seinen Wangen und ich kann ihn nur dumm anlächeln. Das hier ist wirklich nett. Wenn ich nicht ganz so baff über seinen Sinneswandel wäre, könnte ich das hier glatt genießen.

»Du hast eine Schwester, das weiß ich bereits, und dein Vater war viele Jahre dein Trainer. Was sagt er dazu, dass du jetzt in der Championship spielst?«

Ich lasse den Bleistift zwischen Zeige- und Mittelfinger hin und her wackeln.

»Na ja. Ich würde sagen, er ist stolz.«

»Gibt er dir oft Tipps oder mischt sich ein?«

Scott lacht. »Wenn du meinen Dad erst einmal kennengelernt hast, erübrigt sich diese Frage.«

»Okay«, antworte ich in die Länge gezogen und lasse eine Zeile für die Antwort leer. »Befindest du dich momentan in einer festen Beziehung?«, lese ich von meinem Tablet ab und mit jeder Silbe wird meine Stimme leiser. Mist, was habe ich mir denn dabei gedacht?

»Steht das da oder ist die Frage persönliches Interesse, Miss Bell?«

Ganz langsam lehnt er sich vor, die Ellbogen auf den Tisch gelegt. Der Duft, der mir mittlerweile schon vertraut ist, weht in meine Nase und ich weiß es. Weiß, dass ich rot werde wie ein Kleinkind, das beim Naschen erwischt wurde.

»Hey. Da ist Scott!«

Die Rufe einer wilden Kinderschar unterbrechen diesen peinlichen Moment.

»Kriegen wir ein Autogramm?«

Ungebremst rennen die Jungs, die alle acht oder neun Jahre alt sein dürften, zu unserem Tisch. Sie alle tragen *Silvers*-Trikots oder -Kappen. Ehe ich mich versehe, sind wir von kleinen Fußballfans umzingelt, die Scott anhimmeln wie einen Rockstar.

»Na klar.« Scott ist schon auf den Beinen und gesellt sich mitten unter die Horde. »Schönes Trikot.«

Er tätschelt einen Blondschopf, während er auf seinem Rücken unterschreibt. Direkt neben der Nummer 22. Darüber prangt der Name Peterson.

Der Kleine strahlt übers ganze Gesicht, als er sich ihm wieder zuwendet. »Du bist mein Lieblingsspieler«, sagt er und greift nach Scotts Hand. Ich bin total berührt, als er sie lächelnd ergreift. Er geht in die Hocke und sie unterhalten sich über irgendein Spiel der letzten Woche, in dem Scott wohl eine Torchance vermasselt hat. Die Jungs reden wild durcheinander und kichern. Und auch der bis heute Morgen so muffelige Fußballstar lacht und macht Scherze mit den Kindern.

Ich lehne mich zurück und beobachte die Situation. Es sind solche wie diese, die wirklich etwas über einen Menschen aussagen. Es sind nicht die Daten und Fakten des Lebens, die ausschlaggebend sind. Sondern Momente der Menschlichkeit und des sozialen Verhaltens. Darüber sollte ich berichten.

Erzählen, wie ein Star wie Scott mit kleinen Fans umgeht und sich die Zeit nimmt, jedem einzelnen so viele Fotos und Autogramme zuzustehen, wie sie möchten. Das einzige Problem dabei ist, dass ich zwar ein paar Antworten bekommen habe, aber noch immer nicht den geringsten Schimmer davon habe, wer Scott Peterson wirklich ist. Ist der liebevolle Mann vor mir der wahre Scott Peterson? Oder doch das Arschloch, das ich bis gestern erleben durfte? Fakt ist, ich werde nichts unversucht lassen, um genau das herauszufinden.

# KAPITEL 8

**Scott**

Die Sonne blinzelt bereits durchs Fenster, als ich es wage, ein Auge nach dem anderen zu öffnen. Ich habe erstaunlich gut geschlafen.

Als ich nur in einer weiten Jogginghose in die Küche schlurfe, bemerke ich Lauren sofort. Sie steht an meinem Küchentresen. Ihre Haare fallen wie ein Wasserfall über die schmalen Schultern und ihr Hintern steckt in einem Rock, der endlich mal was über ihre Figur aussagt. Und das, was er sagt, ist nicht gerade ohne. Die hellblaue Bluse ist leider bis zum obersten Knopf geschlossen, aber zum ersten Mal sieht sie wirklich gut aus. Fast schon businessmäßig.

»Morgen«, brumme ich und greife nach meinen Honey loops, die nie weit weg stehen. Das gehört für mich zum Start in den Tag wie Zähneputzen und Anziehen.

»Hi«, gibt sie schüchtern zurück und steckt ihren Laptop in ihre Umhängetasche.

»Hast du was vor?«, frage ich und bemerke erst jetzt, dass sie bereits Schuhe und Jacke vor sich auf dem Hocker liegen hat.

»Ich …« Sie hebt die Lider und sieht mich mit diesem Schulmädchenblick an. »Ich wollte vorbereitet sein, wenn du losmusst«, gesteht sie und ich komme mir vor wie der letzte Arsch. Wahrscheinlich zu Recht.

»Also eigentlich …« Ich weiß überhaupt nicht, seit wann ich der Kerl bin, der sinnlos stottert. »Heute ist … Also, was ich sagen will … Ich habe heute nichts weiter vor.«

Das Rieseln meiner Frühstücksflocken in die türkise Schale lenkt mich kurz davon ab, dass ich ein riesiger Idiot bin.

»Ach so«, flüstert Lauren und ich bin mir zwar nicht sicher, aber es scheint beinahe, als wäre sie enttäuscht darüber.

»Donnerstag ist unser einziger freier Tag der Woche, wenn wir Freitags ein Spiel haben«, erkläre ich ihr und ziehe die breite Schublade mit dem Geschirr auf, um mir einen Löffel zu greifen. Sie verfolgt mit den Augen jeden meiner Schritte. Es dauert einen Moment, bis ich geschaltet habe. »Möchtest du?«

Ich halte ihr die Packung mit meinem spartanischen Frühstück entgegen und sie zieht augenblicklich die Nase kraus, was mir ein Lachen entlockt.

»Um ehrlich zu sein, habe ich deine Küche bereits vorgestern nach Kaffee durchsucht.« Ihre Schultern sacken ein Stück ab und sie lehnt sich mit der Hüfte gegen den Barhocker, der viel zu hoch für sie ist.

»Lass mich raten. Du hast nichts gefunden.«

Ganz langsam weicht die Spannung aus dem Raum und ich lehne mich zurück und fange im Stehen an, meine Flakes zu löffeln.

»Welcher Mensch hat bitte keinen Kaffee im Haus?«

»Kaffee ist nicht nur ungesund, sondern auch widerlich.«

»Und das hier«, sie nimmt die Packung Honey loops und wedelt damit herum, »soll gesund sein?«

Das ist unsere erste wirklich lockere Unterhaltung. Gestern beim Frühstück haben wir zwar ein bisschen geredet, aber es war mehr ein verkrampftes Gestammel aus *Schönes Wetter* und *Ja, der Oktober ist wirklich mild.* Nicht gerade aufschlussreich. Aber jetzt stehen wir einfach als Scott und Lauren, nicht als Sportler und Journalistin, in meiner Küche. Das hoffe ich zumindest. Und ganz langsam glaube ich, es ist gar nicht so schlimm, wenn sie noch ein paar Tage länger hierbleibt. Sicher nicht bis zum Ende nächster Woche, aber ein, zwei Tage werde ich es schon noch mit ihr aushalten. Immerhin kann ich so dafür sorgen, dass sie keinen Mist über mich schreibt.

»Kein bisschen. Aber wenigstens schmecken sie«, quittiere ich mit einem breiten Grinsen. Allerdings ist es nicht unbedingt mein Gesicht, auf das sie starrt.

Ganz ehrlich. Man könnte meinen, Miss Bell hat noch nie einen Kerl oben ohne gesehen.

»Das bedeutet also«, wieder meine ich, einen Hauch an Enttäuschung über ihr Gesicht huschen zu sehen, »heute steht nichts an?«

»Zumindest nichts Offizielles«, ködere ich sie und habe in diesem Moment eine brillante Idee.

»Und inoffiziell?«, flüstert sie und ich bin sicher, ich habe nie zuvor eine schüchternere Frage gestellt bekommen.

»Könnte ich deine Hilfe gebrauchen«, flüstere ich zurück und stelle die halb volle Schale neben mich. Mit langsamen Schritten gehe ich auf sie zu. Ihre Augen zucken in alle Richtungen, um mich nicht anzusehen, und sie beißt sich auf ihre Unterlippe. »Gib mir zehn Minuten«, hauche ich dicht neben ihr Ohr und warte einen Moment, ob sich ihr Hals verfärbt. Und ich muss nicht lange darauf warten.

Ich trete ein Stück zurück und lächele. »Das«, sage ich und deute auf die roten Flecken auf ihrem Ausschnitt, »klappt wirklich immer. Ziemlich witzig.«

»Ja, ich lache mich tot.«

Sie stützt die Hände in die schmalen Hüften und funkelt mich zornig an. Zumindest versucht sie es, aber es will nicht wirklich funktionieren.

»Ach komm schon, entspann dich.« Ich schiebe die Schüssel mit meinen Flakes ein Stück in ihre Richtung. »Iss was, ich ziehe mich an, dann legen wir los.«

»Egal, was es ist«, ruft sie hinter mir her, als ich schon den Flur entlanglaufe, »ich brauche erst einen Kaffee.«

»Geht klar«, brülle ich zurück, als ich bereits mein Bad erreicht habe und gedanklich den heutigen Tag durchgehe. So weit, so gut. Nur das blöde Grinsen könnte sich mal aus meinem Gesicht verabschieden.

***

»Ich hätte dich nicht für jemanden gehalten, der freiwillig mit der Bahn fährt.«

Lauren seufzt, als sie einen weiteren Schluck von ihrem eigenartigen Getränk zu sich nimmt.

»Erstens, das hat nichts mehr mit Kaffee zu tun, das ist dir doch klar«, sage ich, während der Ticketschalter unsere Tageskarten ausspuckt. Ich beäuge den riesigen Sahneberg auf ihrem komischen Getränk, dessen Name ich nicht mal aussprechen kann. Wir schlendern ein Stück den Bahnsteig entlang. »Und zweitens, da hast du richtig gedacht. Aber mit dem Auto reinzufahren, ist Irrsinn. Das kapiert selbst ein Idiot wie ich«, sage ich und wir steigen in die Bahn, die in diesem Moment genau vor uns zum Stehen kommt. Warme stickige Luft schlägt uns entgegen und ich weiß wieder, warum ich eigentlich mit dem Taxi in den Stadtkern fahre. Aber ich wollte heute, warum auch immer, dass Lauren etwas von der Umgebung sieht.

Hinter ihrem riesigen Becher, den sie seit Minuten fest umklammert, erscheint ein zaghaftes Lachen. Meine Anwesenheit macht sie nervös und ich bin mir langsam nicht mehr sicher, ob ich das genieße oder möchte, dass es sich ändert. Für mich ist dieser Tag privat. Aber das bedeutet nicht, dass es für sie genauso ist. Diese blöde Story lauert die ganze Zeit zwischen uns und das nervt mich permanent.

»Verrätst du mir jetzt endlich, wo wir hinfahren?«

Sie presst ihre Knie, die in blickdichten schwarzen Strumpfhosen stecken, fest zusammen. Mir ist nicht entgangen, dass sie während des gesamten Fußmarsches zur Victoria Station gefroren hat. Es ist heute unangenehm kalt.

»Das wirst du schon noch sehen«, antworte ich und das breite Grinsen legt sich zurück auf mein Gesicht.

Es sind nur zwei Haltestellen bis Oxford Circus und ich weise Lauren an auszusteigen.

»Das ist Soho, oder?«, fragt sie ganz aufgeregt, als sie sich am Bahnsteig umsieht. Sie wirkt wie eine neugierige Touristin, nicht wie meine persönliche Reporterin, und daher erlaube ich es mir, das Frage-und-Antwort-Spiel umzukehren.

»Warst du noch nie in London?«, will ich wissen, denn sie macht den Eindruck wie ein Kind in Disneyland.

Sie presst die Lippen aufeinander und schüttelt den Kopf.

»O Mann, Mäuschen.« Was bitte hat sie ihr ganzes Leben getrieben? »Lebst du hinterm Mond?«

Wie treten ins Freie und ich schlage sofort den Weg in Richtung Regent Street ein.

»So ähnlich«, murmelt Lauren hinter mir und hat Mühe, mit mir Schritt zu halten. Sie hat ihren eigenartigen Kaffee leer, den Becher bereits entsorgt und schiebt die Hände tief in die Taschen ihres Dufflecoats.

»Es ist nicht mehr weit.«

Keine Ahnung, warum ich das sage oder auf einmal den edlen Ritter mime. Es ist Oktober, sie hätte wissen können, dass es kalt ist. Aber wenn sie krank wird und bei mir wohnt, hole ich mir am Ende auch eine Erkältung. Also alles Eigennutz.

Immer wieder drossle ich meine Geschwindigkeit, weil sie die Gegend bestaunt, als wäre sie nie zuvor in einer Stadt gewesen. Und dabei gibt es hier außer ein paar Geschäften nicht wirklich viel zu sehen.

Schon nach wenigen Minuten erreichen wir mein Ziel und die roten Fahnen wehen uns entgegen. »Da sind wir«, verkünde ich feierlich und Lauren rennt in mich hinein, weil ich so abrupt stehen bleibe.

Sie sieht erst mich an, dann die sechs Stockwerke, die vor uns liegen. »Dein Ernst?«

»Mein Ernst«, sage ich und muss über ihren überraschten Gesichtsausdruck lachen.

»Du willst mit mir in ein Spielzeuggeschäft?«

»Pscht«, zische ich und lege ihr meine Hand auf den Mund. Ihre Augen weiten sich, wie es keine Droge der Welt geschafft hätte. »Das ist nicht irgendein Spielzeuggeschäft. Das ist *Hamleys*.«

Ich nehme meine Hand wieder runter und denke schon, dass ich mich endgültig zum Affen gemacht habe, als sich in Zeitlupe ein breites Grinsen auf ihr Gesicht schleicht. Ihre grünen Augen funkeln aufgeregt und die seidenen Haare glänzen unter dem Schein der Oktobersonne.

Scheiße. Wenn das hier keine lupenreine Kapitulation ist, dann weiß ich es selbst nicht.

***

**Lauren**
Keine Ahnung, wer da neben mir herläuft, aber Scott Peterson, Fußballer, arroganter Mistkerl und Vollidiot des Jahres, ist das ganz sicher nicht. Die Aktion mit der Pizza hat mich schon irgendwie stutzig gemacht und auch gestern war er ungewohnt nett. Aber heute toppt er alles. Und das stimmt mich mehr als skeptisch. Ob er einfach so von Captain Arschloch zu Professor Superfreundlich umschalten kann? Oder ist er nur nett zu mir, weil Derrek ihm wegen des Artikels die Hölle heiß gemacht hat? Ich habe keine Ahnung. Und auch wenn es das nicht sollte, aber das alles rutscht mehr und mehr in den Hintergrund, weil es wirklich Spaß macht, hier zu sein. Ich genieße die Eindrücke, die London mir bietet. Allein eine Fahrt mit der U-Bahn quer durch London ist schon spannend für ein Landei wie mich.

Wir laufen seit mehr als einer Stunde durch *Hamleys* und suchen ein Geburtstagsgeschenk für Scotts Nichte. Aus dem Internet wusste ich bereits, dass er eine Schwester hat. Da es nur ihr Kind sein kann, habe ich nicht weiter gefragt. Dumm. Ich weiß. Ich bin als Journalistin hier und zu schüchtern Fragen zu stellen. Aber es ist gerade so ausgelassen zwischen uns. Fast vertraut. Ich will das nicht wieder gegen das Gefühl von Montag eintauschen. Ich habe kein Heimweh, schlucke nicht permanent Tränen der Sehnsucht runter.

Im Gegenteil. Ich habe Spaß.

»Den nehmen wir auf jeden Fall«, sagt Scott und hält einen Teddy in die Luft, der größer ist als ich.

»Hast du nicht gesagt, deine Nichte wird eins?«

Er muss sich zur Seite legen, um an dem gigantischen Kopf des Kuscheltiers vorbeizusehen. »Und?«, fragt er völlig verständnislos.

»Sie wird eine Panikattacke bekommen, wenn du mit dem hier auftauchst. Er ist sicher viermal so groß wie die Kleine.«

»Sie wird ihn lieben«, gibt er schnippisch zurück und klemmt sich den riesigen Bären unter den Arm. »Wollen wir wetten?«

»Egal um was, ich steige ein.«

Ich kenne mich mit Kindern aus. Meine ganze Jugend habe ich damit verbracht, auf die Kleinkinder in Plumpton aufzupassen. Dieser Bär wird einer Einjährigen Albträume bescheren. Sonst nichts.

»Okay. Deal. Was ist der Einsatz?«

Scott schlängelt sich mit seinem neuen Freund durch die schmalen Gänge und ich bin froh, dass er nicht sieht, wie ich lächele. In seiner engen Jeans und der dünnen Daunenjacke sieht er einfach nur gut aus, das kann ich nicht verleugnen. Er versteckt seine wilden Haare unter einer *New York Yankees*-Kappe. Allein die Tatsache, dass er sie falsch herum trägt, bringt mich jedes Mal, wenn er mich ansieht, aus dem Konzept.

»Ein Abendessen«, rutscht es mir raus, während ich immer noch auf seinen breiten Rücken starre. Zum zweiten Mal für heute renne ich in ihn rein, weil er so plötzlich stehen bleibt. Ich sehe, wie seine Schultern sich heben.

»Abgemacht«, antwortet er, ohne sich umzudrehen. Der belustigte Tonfall in seiner Stimme ist verschwunden und ich muss schlucken, weil ich weiß, dass ich in diesem Moment eine Grenze überschritten habe, von der es kein Zurück gibt.

Ich bin sowas von keine professionelle Journalistin.

Die nächsten Regale durchforsten wir eher still. Nur hin und wieder finden sich unsere Blicke kurz, bevor sich einer von uns zügig abwendet.

»Das«, rufe ich, als ich endlich etwas Sinnvolles entdecke und somit die Chance wittere, unserem peinlichen Schweigen zu entfliehen. »Das wird sie lieben.«

»Dein Ernst?« Wir stehen nebeneinander und ich muss nach oben sehen, damit ich Scotts skeptischen Blick begutachten kann. »Ein Bällebad?«

»Ja. Alle Kinder lieben Bällebäder. Und das hier ist die Luxusline.«

Wieder starren wir beide auf das Schaumstoffsechseck, in dem hunderte von Bällen darauf warten, durcheinander geworfen zu werden.

»Na ja, wenigstens sind es Bälle«, sagt Scott mehr zu sich selbst. »Und sie wird Maggie damit in den Wahnsinn treiben.«

Ein Lächeln entsteht auf seinen vollen Lippen.

»Maggie ist deine Schwester, richtig?«

»Ja genau. Sie und Sam wohnen mit Grace draußen in Whist…« Er verschluckt die letzten Silben und sieht mich ernst an. Die Mischung, die sich dadurch ergibt, dass er einen gigantischen Teddy im Arm hält, aber mir wieder seine finstere Miene präsentiert, ist ziemlich verwirrend. »Willst du dir das notieren?«, fragt er mit ernster Stimme und mein Herz schlägt einen Takt schneller.

»Nein«, sage ich schnell, aber meine Stimme versagt beinahe. »Ich wollte nur …«

Mein Problem ist, ich weiß selbst nicht so genau, was ich wollte. Das hier ist nun mal mein Job. Und ich sollte mir jedes noch so kleinste Detail notieren. Einzig dafür bin ich hier. Das sollte uns beiden klar sein.

»Das hier ist nichts für deine Story, nur damit das klar ist.« Es wirkt, als hätte er jeden meiner Gedanken verfolgt.

»Ist klar«, antworte ich und bin mehr als erleichtert, als sich die Falte auf seiner Stirn langsam wieder glättet. Fragt sich nur, wem von uns beiden ich hier gerade etwas vormache.

»Irgendwie müssen wir das Ding nach Hause bekommen«, lenkt Scott ab und ignoriert unseren kurzen Zwischenfall. Wir blicken zurück auf die rosa und blauen Bälle, die friedlich vor unseren Füßen liegen.

»Das könnte ein Problem werden«, sage ich und lege den Kopf leicht schief, um die Abmessungen des Beckens zu scannen.

»Mit Geld ist so gut wie nichts ein Problem, Lauren«, zischt Scott und irgendwie habe ich das Gefühl, der alte Scott Peterson ist wieder da. »Ich werde jemanden beauftragen, das Teil liefern zu lassen. Warte hier.« Seine Stimme ist kalt und mich schaudert es bei dem Blick, den er mir zuwirft.

Während ich zwischen Spielküchen und Traktoren hin und her schlendere, denke ich darüber nach, wie es diese Woche weitergehen wird. Ja klar, ich will eine gute Story abliefern. Keine Frage. Aber ich finde es auch irgendwie cool hier und wenn es nach mir geht, dürfte es ruhig noch die eine oder andere Stunde geben, in der es so ist wie heute Vormittag. Ich will nicht, dass Scott das Gefühl hat, dass ich jeden seiner Schritte beobachte. Auch wenn eigentlich genau das meine Aufgabe ist. Der Artikel müsste meine unangefochtene

Priorität haben, aber ich bin auch unglaublich neugierig auf den wahren Scott. Ganz ohne Fotos, Interviews und Fußball.

»Alles geregelt.« Scott taucht zwischen den Modellautos auf uns reißt mich aus meinen Gedanken. »Wollen wir dann oder brauchst du noch was?« Er deutet auf den ferngesteuerten Monstertruck direkt vor meiner Nase.

Als ich zu ihm hochblicke, sehe ich diesen kurzen Moment der Wärme über seinen Blick huschen. Den, mit dem er mich auch heute Morgen angesehen hat. Ich frage mich nur, was spielt er mir vor? Das Arschloch oder den Gentleman? Was genau liegt hinter dieser undurchdringlichen Maske?

»Heute nicht«, antworte ich und schiebe die Hände zurück in die Jackentaschen.

»Möchtest du noch was vom Viertel sehen, bevor wir zurückfahren?«

Jetzt ist er wieder nett und zuvorkommend. Ich komme bei diesen Stimmungsschwankungen einfach nicht mehr mit.

»Ja. Gern«, sage ich dennoch, weil es wirklich das ist, was ich möchte. Nicht immer sind die Dinge, die wir möchten, auch gleichermaßen das, was wir tun sollten.

»Dann los.«

Er legt seine Hand auf meinen unteren Rücken und mir ist plötzlich kein bisschen mehr kalt.

»Willst du was Bestimmtes sehen?«, fragt er, als wir auf den Gehweg treten. Obwohl die Sonne scheint, weht heute ein kalter Wind. Die Straßen sind voller Menschen und, ohne zu zögern, reihen wir uns in die schiebenden Massen ein und schlendern die Straße entlang, über die wir gekommen sind.

»Ich habe ehrlich gesagt keine Ahnung.«

»Bei euch ist es wohl eher ländlich.«

Ein Lächeln zeigt mir, dass ich meine Überforderung nicht sehr gekonnt überspielt habe.

»Schon, ja. Hin und wieder fahren wir nach Brighton, wenn wir bei der Uni waren.«

»Du und dein Freund?«, fragt er und sieht mich dabei nicht an. Ich muss einer Mutter mit Kinderwagen ausweichen und bin froh über die kurze Unterbrechung.

»Ja«, antworte ich, als wir wieder nebeneinander hergehen. »David und ich fahren meist zusammen zu den Vorlesungen.«

Es fühlt sich eigenartig an, mit Scott über David zu sprechen. Und wieder einmal begleitet mich ein schlechtes Gewissen. Es ist sicher nicht gerade eine Glanzleistung mit einem anderen Mann auf Shoppingtour zu gehen, während mein Freund zu Hause sitzt und mich vermisst.

»Hm«, brummt Scott und biegt in eine etwas engere Gasse ab. »Das ist die Carnaby Street. Sagt dir das was?«

Als Antwort presse ich nur die Lippen aufeinander.

»Das ist eine der bekanntesten Einkaufsstraßen Londons. Sag mir, dass du wenigstens schon mal was vom Liberty Kaufhaus gehört hast.« Er zieht eine Augenbraue gekonnt hoch.

»Ich komme ja schließlich nicht wirklich vom Mond«, gebe ich schnippisch zurück, kann aber ein Lächeln nicht unterdrücken.

Und er erwidert es. Einen Moment lang sehen wir uns an.

»Das ist da hinten. Wir können hingehen und du schießt ein Erinnerungsfoto für deinen Freund.«

Das Gesicht, das er bei Davids Erwähnen macht, gefällt mir nicht. Genauso wenig wie die Tatsache, dass ich in diesem Moment eigentlich nicht an meinen Freund denken möchte. Das hier ist meine Arbeit, daran sollte sich nichts so anfühlen, als wäre es etwas Verbotenes.

# KAPITEL 9

**Scott**

»Du machst ein Gesicht, als ob ich mit einem Gewehr auf dich ziele anstatt mit deinem Handy.«

Alles an Laurens Haltung schreit nach Nervosität.

»Ehrlich gesagt fühlt es sich auch ein bisschen so an«, gesteht sie und stützt entnervt die Hände in die Hüften.

Genau in dem Moment drücke ich ab. Die witzige Grimasse, die mich von ihrem Display anstarrt, bringt mich zum Lachen.

»Ich sehe dämlich aus«, protestiert sie und ich positioniere das Handy wieder vor meinem Gesicht.

Die letzten Stunden fühlen sich viel zu vertraut an.

»Du siehst nicht dämlich aus«, widerspreche ich und blicke sie über ihrem iPhone an. »Vielleicht ein bisschen verkrampft.« Ich drücke ab. »Und nervös.« Sie verzieht das Gesicht, ich drücke ab. »Etwas schüchtern und ein kleines bisschen fehl am Platz.«

Sie zieht mittlerweile einen richtigen Schmollmund, ich zoome ein bisschen ran, um noch einmal abzudrücken.

»Das ist wirklich nicht gerade hilfreich.« Sie verlässt ihre Stellung direkt vor dem großen Fachwerkgebäude, das irgendwie genauso wenig nach London passen will wie sie.

»Sagt die Frau, die schamlos mit dem Fotografen flirtet, während ich nackt auf der Hantelbank liegen muss.«

Ihr Mund steht offen und schon laufen ihre Wangen rot an, die von der Kälte eh schon farbig sind.

»Eingeölt, wohlbemerkt«, schiebe ich hinterher.

»Das stimmt doch gar nicht«, meckert sie und will mir das Handy aus der Hand nehmen, aber ich bin schneller und halte es in die Höhe.

»Doch. Er hat mich eingeschmiert. Als ob du dabei nicht genau hingesehen hättest.«

Es reizt mich so sehr, sie ein wenig aus der Reserve zu locken.

»Ich meine, dass ich mit ihm geflirtet habe.«

»Also hast du doch hingesehen, als er meinen unwiderstehlichen Körper eingerieben hat?«

Ich verzerre mein Gesicht und reibe mir mit einer Hand über den Oberkörper. Lauren versucht krampfhaft an mein Handy zu kommen und hüpft an mir hoch wie ein spielendes Hündchen.

»Nein«, ruft sie dabei, »hab ich nicht.«

»'tschuldigung«, löst eine Stimme uns aus unserem Geplänkel. »Lauri?« Unter der dicken Mütze und dem wuscheligen Schal hat man Mühe, das Gesicht der jungen Frau vollständig zu erkennen. »Lauren Bell?«, fragt sie erneut und offensichtlich kennen sich die beiden, denn ich kann förmlich dabei zusehen, wie sich Erkenntnis auf Laurens Ausdruck schleicht.

»Emily«, keucht sie und sie starren sich an, als kämen sie von einem anderen Planeten.

Diese Emily legt sich zuerst die Hände vor Mund und Nase. An ihren Augen sieht man, wie sie lächelt, und nach kurzem Zögern liegen sich die beiden auch schon in den Armen.

»O mein Gott«, quietscht die sonst so schüchterne Reporterin. »Da bin ich einmal in London und wir laufen uns direkt in die Arme. Wie krass ist das denn?«

Ich kann nur fasziniert dabei zusehen, wie sich die beiden immer wieder eine Armlänge voneinander festhalten, um dann in einer Umarmung zu landen. Diese Emily ist nicht viel größer als Lauren. Aus ihrer Mütze ragen lange braune Haare beinahe bis zu ihrem Hintern. Im Gegensatz zu Lauren wirkt sie mit ihrem langen Mantel und den weißen Sneakern total locker. Über Laurens Schulter nimmt sie meinen Blick auf und schenkt mir ein breites Grinsen. Ihre Lippen sind ... Wow ... Davon träumt wohl jeder Mann.

»Ich wusste gar nicht, dass du David endlich abserviert hast«, raunt sie nach wie vor an Laurens Ohr.

»Was?«, ruft diese schockiert und löst sich abrupt von ihrer Freundin. Oder was auch immer sie für sie ist. »Nein.«

Ich habe ihre Stimme selten so schrill erlebt.

»Ich bin ganz sicher nicht ihr Lover«, antworte ich für Lauren in vollständigen Sätzen und starre fasziniert auf das Piercing in Emilys Mund, das sich von dem Rot ihrer Lippen absetzt. »Hi«, flirte ich sie an und reiche ihr meine Hand, »ich bin Scott.«

»Emily Walker«, gibt sie zurück und ergreift meine Hand. »Schön, dich kennenzulernen.«

»Was machst du hier?«, unterbricht Lauren unseren Blickkontakt und funkelt mich für eine Millisekunde böse an.

»Äh. Shoppen«, beantwortet Emily diese unnötige Frage. »Aber viel wichtiger ... Was machst du hier? Hätte nicht gedacht, dass du Plumpton mal verlässt.«

»Habe ich auch nicht.« Lauren wirkt plötzlich nervös. Immer wieder fummelt sie am Reißverschluss ihrer Jacke und ich bin kurz davor, ihre Hand zu greifen, damit sie das endlich sein lässt. »Ich bin nur wegen ihm hier«, rutscht es ihr raus und ich kann ein Schmunzeln nicht zurückhalten.

»Das kann ich nachvollziehen.«

Ich kenne den Blick, den Emily mir ungeniert zuwirft. Er sagt so viel wie *Such uns endlich ein Zimmer, damit wir das hier zu Ende bringen können.* Nicht gerade die feine englische Art, das so offensichtlich vor ihrer Freundin zu machen. Immerhin hat sie keine Ahnung davon, dass Lauren und mir nur eine berufliche Beziehung verbindet. Wenn überhaupt.

Gerade noch so in der Freude, diese Emily wiederzutreffen, versteift sich Lauren von Sekunde zu Sekunde mehr. »Nein. Also, ja. Aber es ist nicht ...«, stammelt sie und selbst ein Blinder könnte sehen, dass sie sich unwohl fühlt. Das Einzige, was mich daran erstaunt, ist, dass es mich stört. Keine Ahnung, was das zwischen den beiden ist, aber es ist fast nicht mit anzusehen.

»Lauren ist hier, um eine Reportage über mich zu schreiben. Sie ist eine

Top Journalistin und schreibt für die *GB-Life*«, flunkere ich ein bisschen und greife nach Laurens Hand, die an ihrem Kragen rumnestelt, als wäre sie dabei zu ersticken. Ich schließe sie in meine Hände und tätschele sie sanft. »Du musst wissen, sie ist die Beste ihres Jahrgangs.«

Vielleicht weiß diese Emily das alles schon und eigentlich habe ich auch keinen Grund, sie plötzlich in den Himmel zu heben. Warum ich es dennoch mache, wird wahrscheinlich niemals jemand verstehen.

»Wow. Das ist echt cool, Lauri.«

Mein Signal hat funktioniert und der Nimm-mich-Blick von dieser Emily verschwindet, als sie auf unsere Hände sieht. »Wie lange bist du in der Stadt? Wir müssen uns unbedingt sehen!«, fragt sie und ignoriert mich.

»Noch nächste Woche.«

Laurens Stimme klingt zittrig und als ich sie ansehe, bemerke ich, wie sie auf meine Hände starrt, die nach wie vor ihre umschließen. Sanft drücke ich sie, damit sie sich endlich locker macht. Mein Gott, wer auch immer diese Emily ist, sie bringt Lauren ganz schön aus dem Konzept.

»Ich schmeiße am Sonntag eine Party. Da musst du unbedingt kommen. Und du kannst natürlich gern mitkommen«, schnurrt sie und flirtet auf ein Neues mit meinen Augen.

»Ähm. Ja. Vielleicht. Wenn …«

Gott, dieses Gestotter ist nicht mit anzusehen.

»Klar. Schick ihr doch die Adresse auf Instagram, dann überlegen wir es uns«, springe ich wieder für Lauren ein, deren Hand in meiner zittert, als müsste sie ihr erstes Schulreferat halten.

»Du bist bei Instagram?«, fragt Emily und ihre runden braunen Augen werden noch ein bisschen größer.

»Äh. Ja«, gesteht Lauren und sieht mich unsicher an.

»Prima. Dann schreibe ich dir auf jeden Fall.« Ihr Mantel weht im Wind, während sie ein Stück näher tritt. »Mann, Lauri, wie lange haben wir uns nicht gesehen? Zwei, drei Jahre?«

»Vier«, antwortet Lauren und entzieht mir ganz unauffällig ihre Hand, um sie sofort in ihrer Jackentasche verschwinden zu lassen.

»Krass, wie schnell die Zeit vergeht. Geht's dir denn gut? Wohnst du noch bei deinen Eltern?«

Mein Kopf wandert zwischen den beiden hin und her und ich spüre, dass da eine Spannung existiert. Irgendwas an ihrem Wiedersehen ist seltsam. Ich habe nur keine Ahnung was.

»Ja. Bei mir ist alles beim Alten.«

Ich kenne Lauren viel zu wenig, um beurteilen zu können, ob das gut oder schlecht ist.

»Mensch«, sagt Emily und fasst sie an den Oberarmen. »Es ist wirklich schön, dich wiederzusehen. Ich würde mich echt riesig freuen, wenn du«, sie schaut kurz zu mir auf, »oder ihr am Sonntag kommt. Ich würde dir gern zeigen, wo ich jetzt lebe. Dann hätten wir endlich wieder ein bisschen Zeit.«

Sie sieht Lauren an und in ihren Augen blitzt Traurigkeit. Das hier ist kein klassisches Wiedersehen einer flüchtigen Bekanntschaft. Dafür liegt viel zu viel Hoffnung in Emilys Blick.

»Ja, das wäre schön«, sagt Lauren und die beiden umarmen sich nicht halb so herzlich wie bei der Begrüßung.

»Gib mir Bescheid, ja?«

Sie verabschieden sich und auch ich bekomme zum Abschied einen Kuss auf beide Wangen, ehe Emily zwischen den Menschen auf der Carnaby Street so schnell wieder verschwindet, wie sie erschienen ist.

Was zur Hölle war das?

Ohne mich auch nur eines Blickes zu würdigen, stopft Lauren die Hände zurück in die Taschen und stapft davon. Ich bin mir sicher, sie hat keine Ahnung, in welche Richtung wir gehen.

»Nett, deine Freundin«, werfe ich einfach mal in den Raum, um sie zu ködern.

»Sie ist nicht meine Freundin. Also zumindest nicht mehr.«

»Hey«, murmle ich und halte sie am Ärmel ihrer Jacke auf.

»Hm?« Sie scheint völlig in Gedanken versunken zu sein.

»Dein Handy.« Ich halte ihr das iPhone hin, das immer noch in meiner Tasche gesteckt hat.

»Woher weißt du eigentlich, dass ich einen Instagramaccount habe?« Sie kneift die Augen etwas zusammen und versucht mich böse anzufunkeln, was so überhaupt nicht in ihr nettes Gesicht passen will.

»Ich habe dich gestalkt«, gebe ich ungeniert zu und verschränke die Arme vor der Brust. »Was glaubst du, woher ich sonst weiß, dass du Schinken und Ananas auf deiner Pizza magst?«

Ihr Mund öffnet sich. Und schließt sich. Dann heben sich die Schultern, ehe sie sie wieder fallen lässt. Ihr innerer Kampf scheint in eine weitere Runde zu gehen, als sie die Unterlippe zwischen die Zähne zieht. Ohne ein einziges Wort kann ich dabei zusehen, wie sie gedanklich ihren Feed durchgeht.

»Keine Sorge Prinzessin, deine Pizzafreitage waren das einzig Interessante für mich.«

Natürlich habe ich mir die dutzend Bilder von ihrem Spießerfreund angesehen. So oft, wie er seine karierten Hemden wechselt, kann ich gar nicht mit den Augen rollen.

***

**Lauren**

»Darf ich dich was fragen?«

Die Klinge des Messers fährt wie von selbst durch das Fruchtfleisch der Zucchini. Scott sitzt am Tresen seiner Küche und hat die Nase in seinem Smartphone vertieft. Bis zum späten Nachmittag waren wir in der Stadt. Ich habe Souvenirs für meine Eltern gekauft und wir waren beim British Museum, das ich schon immer gesehen haben wollte. Zumindest von außen. Jetzt sind meine Füße müde, mein Magen leer und mein Kopf viel zu voll.

Als wäre es nicht verrückt genug, dass ich mit Scott Peterson durch London laufe, treffe ich auch noch Emily. Meine ehemals beste Freundin nach so langer Funkstille wiederzusehen hat alte Wunden aufgerissen und ich kann nicht aufhören, mich selbst und mein Leben in Dauerschleife zu reflektieren.

»Äh …«

Sein Blick hebt sich in meine Richtung und ich muss unwillkürlich schlucken. Noch immer habe ich das Gefühl seine Haut auf meiner Hand zu spüren.

»Dafür bist du doch hier, oder?«, fragt er und ich könnte mir schon wieder gegen die Stirn klatschen. Ich benehme mich in seiner Gegenwart wie eine Idiotin. Lauren Bell, eigentlich Journalistin einer Exklusivstory, benutzt ihren Klienten als Psychotherapeuten. Super. Kensington wäre sicher stolz auf mich.

»Ich meine ...«, ich senke den Kopf, »eine private. Also ...« Ich lege die Hand, die das Messer umschließt, kurz ab. »Mich betreffend.«

»Sicher«, sagt Scott, aber ich bin mir plötzlich nicht mehr so sicher. Warum habe ich damit überhaupt angefangen? Warum denke ich überhaupt an Tagen wie diesen über so etwas nach? Allein die Tatsache, dass ich in der Küche des Fußballstars stehe und koche, ist doch schon verrückt genug.

»Wie schaffst du es, immer so locker zu bleiben?«

Ich richte meine ganze Aufmerksamkeit wieder auf die Zucchini, sonst hätte ich diese Frage nie über die Lippen bekommen. Aber ich meine das ernst. Mich interessiert es wirklich. Wie kann man es schaffen, immer so lässig zu wirken? Mich bringt jede noch so kleinste Planänderung direkt aus dem Konzept.

Ich höre, wie er sein Smartphone auf der Arbeitsplatte ablegt und auch das Drehen des Hockers erzeugt ein Geräusch, das ich bereits kenne.

»Wer war diese Emily?«

Ich unterbreche mein Schneiden erneut, um ihn anzusehen. Mit verschränkten Armen lehnt er dicht neben mir mit der Hüfte gegen die Arbeitsplatte. Das graue *Silvers*-T-Shirt spannt an seinen Armen und in meinen Fingern kribbelt es bei der Vorstellung zu fühlen, wie hart sein Bizeps ist.

»Stellst du jetzt die Fragen?«, versuche ich keck zu antworten, aber meine Ohren fühlen sich schon wieder an, als würden sie jeden Moment platzen, da wird die passende Gesichtsfarbe nicht lange auf sich warten lassen.

Wie bin ich noch mal in diese Situation geraten?

»Warum nicht ...«

Er tunkt einen Finger in die Sahnesoße, die bereits in der Pfanne blubbernd auf das Gemüse wartet. Zu kochen anstatt in der Stadt zu essen war sein Vorschlag. Offenbar war die Idee an sich schon sein Beitrag, denn bislang habe ich alles allein gemacht.

Während er sich seinen Finger in den Mund schiebt, wende ich mich wieder dem Gemüse zu. Aber das genüssliche Stöhnen zu hören reicht auch ohne Bild aus, um mir eine Gänsehaut zu bescheren.

»Emily war früher mal meine Freundin.«

Meine beste. Wir waren wie Schwestern.

»Aber?«

»Aber dann ist sie eine arrogante Kuh geworden. Es ging irgendwann nur noch um Partys und sie hat jeden Kerl im Umkreis von zehn Meilen flachgelegt. Dann haben sich unsere Wege getrennt.«

Bei dem Gedanken an unsere Jugend zieht sich mein Herz schmerzhaft zusammen. So lange habe ich sie vermisst. Aber jeder hat mir gesagt, es sei besser so.

Als ich an zu Hause denke, schießt ein schlechtes Gewissen durch meine Adern. Den ganzen Tag habe ich noch nicht mit David telefoniert.

»Warum?«, fragt Scott und wirft die Linguine in das sprudelnde Wasser. Immerhin.

»Habe ich das nicht gerade erklärt?«

»Ähm. Nein? Selbst wenn sie eine kleine Nymphomanin war, warum konntet ihr dann keine Freundinnen mehr sein? Hat sie dir keinen übrig gelassen?«

Mit einem Satz schwingt er sich mit dem Hintern neben den Herd und überragt mich so noch mehr als im Stehen.

»Ich hatte so etwas nicht nötig. Außerdem hatte ich David.« Ich recke das Kinn nach vorn. »Habe. Ich meine, ich habe David«, korrigiere ich mich hastig.

»Moment mal«, lacht Scott. »Willst du mir erzählen, du hattest schon als Jugendliche diesen Karohemden-Kerl?«

Meine Zähne knirschen, so fest presse ich die Kiefer aufeinander.

»Seit wann seid ihr zusammen?«, hakt er nach.

Ich kann ihn nicht ansehen. Die Zucchini noch nie so klein geschnitten umklammere ich das Messer in meiner Hand. Das alles geht ihn überhaupt nichts an.

»Seit ich vierzehn bin«, antworte ich trotzdem.

»Seit du vierzehn bist?«, wiederholt Scott meine Worte. Allerdings klingt es bei ihm nicht stolz und anerkennend. Er ist schockiert. »Dann hattest du immer nur ein und denselben Kerl? All die Jahre? Das ist ja furchtbar!«

»Und wenn schon?«, fauche ich. »Das geht dich überhaupt nichts an.«

»Wow.« Er reißt die Hände in die Luft. »Ganz locker, Prinzessin. Das Messer ist ziemlich scharf.«

Wir blicken auf die Klinge, deren Griff ich so fest umklammere, dass meine Knöchel weiß hervortreten.

Irgendwann müssen wir beide kichern. Die Situation ist schon irgendwie seltsam. Noch vor ein paar Tagen konnten wir uns nicht ausstehen und jetzt stehe ich hier und rede mit ihm über meine Beziehung. Aber es fühlt sich nicht annähernd so falsch an, wie es vielleicht sollte.

Scott greift neben sich in einen Schrank und angelt zwei Teller hervor. »Vielleicht solltest du nicht immer so verkrampft sein. Du bist cool, kein Grund, immer gleich nervös zu werden. Aber wenn du selbst nicht dran glaubst, wie willst du dann andere davon überzeugen?«

Seine Stimme klingt ehrlich und warmherzig. Ich verharre in meiner Position. Blicke ihn nur an. Sekunden verstreichen und ich habe das Gefühl, die Küchenuhr tickt viel lauter als in den letzten Tagen. Und dann legt er seine freie Hand auf meine, die nach wie vor das Messer hält.

»Wenn du immer so krampfhaft versuchst das Richtige zu tun, verlierst du irgendwann das Gefühl dafür, was du selbst möchtest.«

Noch nie zuvor habe ich Scott einen derart bedeutungsvollen Satz sagen hören. Ich bin sprachlos. Ich verliere mich im Braun seiner Augen.

»Vielleicht bin ich daher lockerer als du«, flüstert er und ein schmales Lächeln legt sich auf seine Lippen. »Weil es mir egal ist, was andere über mich sagen.«

Eine seltsame Leere bleibt, als er seine Hand von meiner nimmt, und als wäre nichts gewesen, springt er von der Arbeitsplatte und bringt die Teller und das Besteck zum Tresen.

»Und ich empfehle dir dringend mit ein paar anderen Männern ins Bett zu gehen. Ich wäre auch verkrampft, wenn ich mein Leben lang das gleiche Mädchen gehabt hätte.«

Ich greife das Geschirrtuch neben mir und schleudere es ihm ins Gesicht. Dieser Kerl ist in der einen Minute nett und rücksichtsvoll und im nächsten Moment wieder ganz der Macho-Arsch.

***

»Und sie stand einfach so da, mitten in London?«

David klingt genauso überrascht, wie ich es war, als ich Emily Walker vor dem Liberty Kaufhaus getroffen habe. Sie war lange Zeit Teil unseres Lebens, aber in den letzten Jahren haben wir nicht mehr über sie gesprochen. Ihre Eltern lebten damals in Plumpton Green, ein paar Meilen von uns entfernt. Ich habe keine Ahnung, ob sie noch Kontakt zu ihnen hat.

»Ja. Auf einmal ruft sie meinen Namen und im nächsten Moment liegt sie mir schon in den Armen. Sie hat sich kein Stück verändert. Okay, bis auf ihren Stil. Sie sah sehr …« Ich suche nach dem passenden Wort.

»… schlampig aus«, fällt David mir ins Wort und lacht. Er war nie ein großer Fan von Emily.

»Nicht unbedingt.« Um ehrlich zu sein, fand ich ihren Look beneidenswert. Ich würde mich nie trauen solche Sachen zu tragen.

»Zu ihr passen würde es jedenfalls. Sie hat ja noch nie eine Chance ausgelassen.«

»Da hast du recht. Ich glaube, sie hat sogar versucht mit Scott zu flirten.«

Ich drehe meine Hand und schaue auf die Innenfläche, die er nun schon zweimal in seinen Händen gehalten hat. Wie kann sie noch genauso aussehen wie vorher, wenn sie sich doch so anders anfühlt?

»Scott? Ihr seid jetzt also schon per du und zum Shoppen in London? Muss ich mir Gedanken machen, Lauri?«

Etwas an seinem Tonfall passt mir nicht. Er schmunzelt bei seinen Worten.

Fast so, als wäre es ausgeschlossen, dass sich jemals ein anderer Mann für mich interessieren könnte.

»Wir waren nur ein Geschenk für seine Nichte kaufen und haben was zusammen gegessen.«

Es ist etwas umständlich, mit Handy am Ohr aus meinen Klamotten zu schlüpfen, aber irgendwie gelingt es mir, die Strumpfhose abzuwerfen und unter meine Decke zu kriechen.

»Das war doch nur ein Scherz. Ich weiß, dass ich dir vertrauen kann.«

Jedes Wort aus seinem Mund fühlt sich wie Blei in meinem Magen an. Ist es okay, dass ich den Tag mit Scott auf diese Art und Weise genossen habe? Grenzt das bereits an Vertrauensbruch?

»Außerdem sind es eher Mädchen wie Emily, auf die solche arroganten Sporthengste stehen«, schiebt er hinterher.

Er hat recht. Ganz klar. Mir sind die Blicke, die die beiden sich zugeworfen haben, auch nicht entgangen. Schließlich bin ich nicht blind. Das Schlimmste daran ist – es hat mich geärgert. Und da liegt vielleicht der eigentliche Betrug. Bei meinen Gedanken. Die Vorstellung, Scott und Emily auf der Party einander näher zu bringen und mit anzusehen, wie er seine Arme um ihren Körper legt, macht mich verrückt.

»Du, Schatz, ich muss noch ein bisschen was tun. Wir reden morgen früh wieder, okay?« Ich kann mit solchen Gedanken nicht länger mit David reden. Das geht einfach nicht.

»Sicher? Wir haben doch gerade erst angefangen.«

Ich reibe mir mit der Hand über das Gesicht. Was mache ich hier nur?

»Tut mir leid, Schatz.«

Es war ein langer Tag. Mein Kopf ist voll und ich habe das Gefühl, ich kann nicht mehr klar denken. Bevor ich mich meinem Freund das nächste Mal widme, muss ich solche Gedanken aus meinem Kopf bekommen. Das muss aufhören. Das hier ist ein Job. Wenn Emily und Scott sich gut verstehen, sollte ich mich für sie freuen.

»Okay. Dann schlaf gut. Ich liebe dich, Lauri.«

»Ich dich auch.«

Ich atme tief ein und schalte mein Smartphone schließlich aus.

Wenn ich nur einfach zu Hause in meinem Bett liegen könnte. Behütet und ohne diese quälenden Gedanken, die mir den ganzen Tag durch den Kopf schießen. Ich will das nicht.

Der Tag heute mit Scott in der Stadt war so ... Mir fehlt schon wieder das passende Wort dafür. Ich habe mich einfach gut gefühlt. Warum habe ich David den ganzen Tag kein Stück vermisst? Ist es okay, wenn ich solche Tage genieße, ohne an meine Familie oder mein Zuhause zu denken? Seit ich hier bin, habe ich das Gefühl, das schlechte Gewissen ist mein stetiger Begleiter. Und das obwohl ich hier nur meinen Job mache. Oder machen sollte. Denn eigentlich ist alles, woran ich denken kann, die Frage, ob ich mit Scott Peterson auf eine Party von Emily Walker gehen kann. Das ist doch vollkommen verrückt. Und was wenn es dann so läuft wie auf der Party von dieser Camilla? Bei dem Gedanken daran, wie er der Blondine seine Zunge zwischen die Lippen geschoben hat, kribbelt mein ganzer Körper. Obwohl ich nur ein T-Shirt trage, wird mir plötzlich viel zu heiß. Warum denke ich ausgerechnet jetzt daran? Arrggh. Was ist nur los mit mir? Irgendwas nimmt mir die Luft zum Atmen und ich erkenne einfach nicht, was es ist.

Ohne lange darüber nachzudenken, steige ich aus dem Bett und öffne die breite Glasschiebetür zum Balkon. Die Luft ist klar und eiskalt, als ich den rauen Holzboden unter meinen nackten Füßen spüre. Das kalte Edelstahlgeländer kühlt meine Handflächen und ich erlaube mir einen tiefen Atemzug, während sich meine Nerven beim Anblick von Londons Nachthimmel langsam beruhigen. Ich brauche dringend frische Luft.

»Ich bin wohl nicht der Einzige, der nicht schlafen kann.«

Wie vom Blitz getroffen fahre ich herum und schrecke zusammen, aber Scott lacht nur rau.

»Sorry. Ich wollte dich nicht erschrecken.«

Mit den Ellbogen auf das Geländer gestützt steht er da. Seine Füße sind ebenfalls nackt und er trägt wie ich nur Shorts und ein T-Shirt. Nicht gerade das passende Outfit für eine Oktobernacht. Aber das, was mich wirklich erschreckt, ist der Ausdruck in seinen Augen, die ich im Schein seiner Schlafzimmerbeleuchtung sehen kann. Durch die Dunkelheit funkeln sie mich an und tasten jedes noch so kleine Stück meiner nackten Beine ab. Sein Blick gleitet über meinen Körper und als er schließlich wieder in meinem Gesicht landet, schluckt Scott hart.

»Willst du mir erzählen, was du hier draußen machst?« Er verschränkt die Arme vor der Brust und lehnt sich seitlich gegen das Geländer. »Mitten im Oktober? Nachts?«

»Ich …« Ein dummes Wort. Mehr bringt mein Mund einfach nicht hervor. Diese Hitze. Diese unbändige Hitze, die in meinem Körper lodert, obwohl es eiskalt ist.

»Du …«, fordert Scott mich heraus und das leichte Lächeln, das auf seinen Lippen liegt, hindert mich daran, klare Gedanken zu fassen.

»Ich könnte dich das Gleiche fragen?«

Okay. Das war gut. Ein vollständiger Satz. Noch dazu halbwegs schlagfertig.

Er stößt sich vom Geländer ab und kommt mir zwei Schritte entgegen. Ich tue es ihm gleich und dann sind wir nur noch eine Armlänge voneinander entfernt.

»Ich habe nachgedacht.«

»Worüber?«, formen meine Lippen wie von selbst. Ich verschränke die Arme ebenfalls vor meinem Körper. Nicht weil mir kalt ist, sondern um das Zittern meines Körpers zu vertuschen, das mit der Kälte nichts zu tun hat.

»Wie kann es sein, dass ein hübsches Mädchen wie du seine ganze Jugend mit ein und demselben langweiligen Kerl verbracht hat? Gab es keinen Moment, in dem du einfach frei sein wolltest?«

*Jetzt gerade,* will ich schreien. Aber meine Lippen sind fest verschlossen. Mal ganz abgesehen davon, dass es ein passender Moment wäre, meinen Freund in Schutz zu nehmen, der nicht langweilig ist.

Scott macht einen weiteren Schritt auf mich zu. Sein Atem, der als Nebel durch die Nachtluft fliegt, ist dicht vor meinem Gesicht. Beinahe synchron schlucken wir.

Es ist ein Job, Lauren!

»Ich …«

»Du …«, wiederholen wir uns beide.

Es wäre ein Leichtes, die Lücke zwischen uns zu schließen. Ich müsste lediglich meine Hand ausstrecken und könnte die dichten Bartstoppeln in seinem Gesicht berühren.

Ein Schritt. Ein einziger Schritt.

»Ich sollte schlafen«, flüstere ich so leise, nicht sicher, ob er mich überhaupt gehört hat.

»Wenn es das ist, was du möchtest.«

Sein Blick bohrt sich in meinen und ich kann nicht länger standhalten. Ich senke den Blick auf die Holzdielen und mache einen Schritt. Nach hinten. Ich kehre zurück in mein Zimmer und vermeide es, noch einmal nach draußen zu sehen, während ich die Vorhänge schließe.

# KAPITEL 10

**Scott**

Fast vierundzwanzig Stunden ist es her, dass Lauren und ich uns abends auf dem Balkon getroffen haben.

Ich bin nicht der Kerl, der sich nach einer gemeinsamen Nacht Gedanken um ein Mädchen macht. Ich bin eher der, der nie zurückruft. Der, von dem schon vorher klar ist, dass er ihr Herz brechen wird. Und bislang war mir das vollkommen egal. Es war nicht wichtig, da am nächsten Abend ein anderes hübsches Mädchen nach meinem Körper gebettelt hat.

Und jetzt? Jetzt ist mein Kopf seit gestern Abend völlig benebelt. Und das lächerlicherweise, obwohl zwischen mir und Lauren nichts gelaufen ist außer einem albernen Blickkontakt. Dass es ausgerechnet meine persönliche Journalistin sein muss, die mir diese quälenden Gedanken in den Kopf pflanzt, ist dabei die absolute Krönung.

Und dennoch schweifen meine Gedanken immer wieder zu der hellen Farbe ihrer Beine und sobald ich die Augen schließe, sehe ich die dichten Wimpern, die ihre grünen Pupillen umranden. Scheiße, das kann mein Gehirn doch nicht ernst meinen. Und andere Teile meines Körpers auch nicht, die jedes Mal gierig zuckten, wenn ich sie heute sah.

»Bist du fit?«, fragt Lynel, während er sich das Trikot mit der Nummer 5 über den Kopf zieht.

Ich brauche einen Moment, um zu checken, dass er meinen Oberschenkel meint und nicht mein inneres Dilemma mit dem schüchternen Zeitungsmädchen, über das ich solche Gedanken nicht haben dürfte.

»Mach dir um mich mal keine Sorgen«, gebe ich mich gewohnt cool und verpasse ihm einen leichten Schlag auf den Oberarm.

Nicht im Traum würde einer meiner Kumpels in Erwägung ziehen, dass ich eine Nacht lang nicht geschlafen habe, wegen eines Mädchens wie Lauren. Schüchtern. Unscheinbar. Ehrgeizig. Haare so glänzend, dass sich das Licht darin spiegelt.

Fuck. Mein Gehirn hat doch einen Schaden.

»Männer«, unterbricht der Coach das rege Treiben in der Kabine und ich bin sofort voll da.

Wenn wir vor einem Spiel die Taktik durchgehen, spätestens wenn ich die Schnürriemen meiner Predator fest zuziehe, schaltet mein Kopf den Rest der Welt aus. Jetzt gibt es nur noch mich und mein Team gegen den Gegner.

»Hoffentlich habt ihr alle ausgeschlafen«, scherzt Coach Russo und ein leises Lachen geht durch die Reihen. Immerhin ist es achtzehn Uhr.

Unser italienischer Trainer räuspert sich und dann wird es still. Der kleine Mann mit dem schütteren schwarzen Haar ist von der ersten Minute an mit all seinem südländischen Temperament dabei. Nicht selten schreit er schon, bevor der Erste von uns den Ball überhaupt berührt hat.

Jeder bekommt genaue Anweisungen und wir gehen die gegnerischen Spieler noch einmal durch. Leon taped meinen Muskel noch einmal und ich ziehe meine schwarze Hose so weit runter, dass mein Gegenspieler meine Schwachstelle nicht bemerkt.

Die Taktik des heutigen Spiels gegen Nottingham fest in unsere Köpfe gebrannt machen wir uns auf, um das Spielfeld zu betreten.

»Wir bedanken uns bei 28300 Zuschauern«, ertönt die Stimme des Stadionsprechers über die Lautsprecher.

Mein liebster Moment der Woche. Wie eine Horde Schulkinder stehen wir in Zweierreihen im Tunnel und warten auf unseren Auftritt.

»Ladys und Gentlemen«, zieht er die Ankündigung in die Länge und die Menge tobt bereits, »erheben Sie sich von Ihren Plätzen und begrüßen Sie unsere ...«

»*Silvers*«, schreit die Menge den Satz zu Ende.

Die ersten Takte von The Clashs *London calling* ertönen und ich reiche dem kleinen Knirps, der heute an meiner Seite einlaufen darf, die Hand. Für ihn ist es wahrscheinlich ein noch viel größerer Moment als für mich.

Jeder von uns geht anders mit dieser Situation um. Lynel labert den Kleinen an seiner Seite pausenlos voll und macht Quatsch. Brane Johnson ist hochkonzentriert und spricht vor dem Spiel kein Wort. Aber der Moment, wenn wir von unserem Lied begleitet auf das Spielfeld treten und Tausende Menschen uns zujubeln, ist für jeden Profifußballer etwas ganz Besonderes.

Wir stellen uns an der Mittellinie auf und ich deute dem blonden Jungen vor mir, dass er den Leuten zuwinken soll. Der Kleine bewegt nur zögerlich seine Hand. Als ich sieben war, durfte ich auch einmal als Einlaufkind ins Britannia Stadion gehen. Ich habe mir vor Aufregung fast in die Hose gemacht. Spätestens seit diesem Tag hatte ich das Ziel, irgendwann selbst als Spieler hier zu stehen.

Mit einem sanften Klopfen auf die Schulter verabschiede ich mich von dem Kleinen und die Kids rennen so schnell sie können vom Platz.

Unter dem lauten Toben der Menge schlagen Lynel und ich uns noch einmal ein. Während des Spiels könnten wir nicht weiter voneinander entfernt sein. Immerhin bin ich unsere Sturmspitze, immer direkt vor dem gegnerischen Tor. Er hingegen ist linker Außenverteidiger und einer der letzten Männer vor unserem eigenen Keeper.

Nottingham ist eine starke Mannschaft. Sie liegen in der Tabelle auf Platz fünf und somit zwei Plätze hinter uns. Noch besteht die Möglichkeit, dass wir den Aufstieg in die Premier League in dieser Saison schaffen. Etwas, von dem ich nie zu träumen gewagt hätte.

Mein Puls rast, als ich an der Mittellinie mit dem gegnerischen Stürmer zum Anpfiff antrete. Der gebürtige Jamaikaner reicht mir die Hand und ich schlage ein. Es ist nicht unser erstes gemeinsames Match.

»Fair Play«, erinnert der Schiri uns ein letztes Mal, ehe er seine Pfeife in den Mund nimmt. Das Spiel startet synchron mit erneuten Jubelschreien aus dem Publikum.

Der Ball ist vorerst auf der Seite der *Silvers* und wir passen ganz entspannt hinten rum, damit sich erst mal jeder auf seiner Position einfinden kann.

Russos Stimme ist ein permanenter Klang in unseren Ohren. Der Italiener schreit während des Spiels pausenlos, aber damit komme ich klar. Mein Dad war, beziehungsweise ist ein strenger Trainer und ich habe von klein auf gelernt, dass der Coach das Sagen hat.

Schon in der vierten Spielminute muss ich den ersten heftigen Sprint hinlegen, um eine Flanke zu erwischen, die Lynel aus dem hinteren Drittel abgefeuert hat. Der Ball kommt gut und mein Oberschenkel hält ohne Probleme durch. Ein englischer Verteidiger, der einige Jahre jünger ist als ich, versucht meine Chance zu zerstören. Aber da hat er die Rechnung ohne den begabten Scott Peterson gemacht. Mein ganzes Leben wurde ich darauf getrimmt, das Tor zu treffen. Und das ist es, was ich kann. Ich dribble also gekonnt an ihm vorbei, setze zum Schuss an und der Torhüter hat keine Chance, noch an den Ball zu kommen, den ich ganz gezielt in den oberen Winkel platziere.

In einem Moment des Torschusses geht alles ganz schnell. Auch ich habe meine Rituale. Der erste Blick zuckt in Sekundenschnelle zum Schiedsrichter, um mich abzusichern, dass er kein Abseits abgepfiffen hat. Einer der deprimierendsten Momente im Leben eines Stürmers, wenn er trifft, aber das Tor nicht zählt, weil man zu früh gestartet ist und der letzte Mann vor dem Torwart war. Dann wandert mein Blick zur Anzeigetafel, die sofort auf 1-0 umspringt, und anschließend flitze ich Richtung Fans und mache meinen obligatorischen Purzelbaum, während die Menge meinen Namen schreit.

In diesem Augenblick sehe sogar ich es ein. Mein Leben müsste man haben …

Tore schießen fällt mir leicht. So arrogant das klingen mag. Aber heute ist es das erste Mal in meinem Leben, dass ich mir Gedanken darüber mache, ob ein ganz bestimmter Mensch dieses Tor gesehen hat. Ich weiß, dass Lauren hier ist. Immerhin soll sie über das Spiel berichten und hat einen Platz bei den Pressesprechern. Vorgestern habe ich ihr den Block, in den sie gehen muss, höchstpersönlich gezeigt, damit sie sich nicht verläuft.

Mein Blick wandert kurz auf die unteren Ränge der Gegengerade, während meine Mitspieler mich umarmen und mir freundschaftlich auf den Rücken klopfen. Doch sosehr das Adrenalin auch durch meinen Körper schießt, als ich wieder zurück zur Mittellinie sprinte – ich frage mich unwillkürlich, was sie hiervon hält.

***

**Lauren**

Oh. Mein. Gott.

Okay, ich war noch nie bei einem Fußballspiel und habe nicht wirklich einen Vergleich, aber das, was hier in den letzten vierzig Minuten passiert ist, übersteigt alles, was ich mir vorgestellt habe. Klar, ich wusste, dass die *Silvers* in der Championship spielen und das die zweihöchste Klasse Englands ist. Mir sollte auch klar sein, dass Scott einen gewissen Bekanntschaftsgrad vorzuweisen hat. Aber er ist ein verdammter Star! Als zu Spielbeginn dieses Lied lief und die Spieler wie Helden auf den Platz kamen, den ich die ganze Woche völlig unbeeindruckt hingenommen habe, hatte ich Gänsehaut am ganzen Körper. Die Menschen habe geschrien und gejubelt und immer wieder Scotts Namen in Sprechgesängen gebrüllt. Die ersten Minuten habe ich mit offenem Mund das Schauspiel bewundert und dann hat er direkt zu Beginn ein Tor geschossen. Alle sind aufgesprungen und die Menge hat getobt. Beim Gedanken daran, wie er vor der Fankurve einen Purzelbaum gemacht hat, muss ich immer noch kichern.

Egal wie weit das Spielfeld von meinem Platz entfernt ist, wenn ich ihn sehe, spüre ich seinen Blick auf mir. Was vollkommener Quatsch ist. Aber das Gesicht, das ich gestern Abend dicht vor meinem gesehen habe, hat sich in meine Netzhaut gebrannt und verfolgt mich seitdem.

Eigentlich sollte ich das Spiel genau verfolgen und eine Zusammenfassung in meinem ersten Bericht bringen, aber alles was, in meinem Notizbuch steht, ist Scott. In riesigen Buchstaben und tausendmal nachgefahren. Ich habe keine Ahnung, was ich aufschreiben soll. Dafür bin ich viel zu sehr angezogen von dem Anblick, den der *Silvers*-Stürmer mir auf dem Feld bietet.

»Achtung, darf ich mal eben? Super. Huch. Entschuldigung.«

Eine zierliche Frau erregt meine Aufmerksamkeit, weil sie sich durch die Reihen der Pressesprecher quetscht.

»Lauren Bell? Ist hier eine Lauren Bell?«

Äh ... Warum ruft sie meinen Namen? Ich brauche ein paar Sekunden, bis mein Gehirn zu einer Reaktion fähig ist.

»Das bin ich!«, rufe ich nicht halb so laut wie sie und winke zaghaft, aber sie sieht mich nicht und schlängelt sich eine Reihe unter mir weiter durch die Presseleute.

»Hier«, brüllt ein Mann über mir laut in mein Ohr und zeigt mit dem Finger auf mich.

Der Blick der Frau, die ein *Silvers*-Trikot und die passende Kappe trägt, schießt zu mir und ein Lächeln breitet sich auf ihrem Gesicht aus. Zeitgleich ertönt ein Pfiff und ich glaube, jetzt ist Halbzeit. Zumindest scheint es so, weil plötzlich alle um mich herum aufstehen und ich kurz den Blickkontakt zu der Frau, die woher auch immer meinen Namen kennt, verliere.

»Herr Gott noch mal«, beschwert sie sich auf einmal dicht vor mir, während ein älterer Mann versucht an ihr vorbeizukommen. »Hi«, sagt sie dann mit einem Strahlen im Gesicht. Sie kommt mir merkwürdig bekannt vor. »Ich bin Maggie.«

Sie streckt mir ihre Hand entgegen und noch bevor ich sie ergreife, hat es Klick gemacht. Sie entblößt eine Reihe blitzweißer Zähne und spätestens jetzt bemerke ich die heftige Ähnlichkeit zu ihrem Bruder. Die gleichen dunkelblonden Haare, die schmale Nase und wunderschöne, warmherzige braune Augen.

»Hi.«

Ihre Hand ist weich und vor allem warm. Das Wetter meint es heute nicht gut mit uns und meine Beine zittern schon die ganze Zeit vor Kälte. Da sie offensichtlich weiß, wer ich bin, spare ich mir das Vorstellen, weiß aber auch nicht so recht, was ich stattdessen sagen soll.

»Scott hat mir mehr oder weniger befohlen, dich zu uns holen. Komm«, nimmt sie mir die Entscheidung ab und zieht mich an meiner Hand hoch. Offenbar nehmen die Petersons es leicht mit dem Händchenhalten.

Wahrscheinlich schwebt über mir riesengroß das Wort Überforderung, denn Maggie beugt sich noch mal zu mir. »Ganz ehrlich. Hier bei den Presseheinis zu sitzen ist doch ätzend. Außerdem ist es in der Loge warm. Und ich kann dir ein paar schlüpfrige Details über meinen Bruder verraten.«

Ihr strahlender Blick wandert in den Rang über uns. Scott hat mir gestern erklärt, dass sich dort die privaten Logenplätze befinden.

»Ähm ... Okay«, gebe ich mich geschlagen. Was soll ich auch sonst sagen? Ich blicke weder bei dem Spiel durch noch bei der Tatsache, dass mich eine völlig Fremde gerade hinter sich her durch ein volles Stadion zieht. Und schon gar nicht bei dem, was sich seit den letzten Tagen bei mir und Scott abspielt. Ich liebe David. Ja, das tue ich. Aber wenn Scott mich über seiner Schüssel Frühstücksflocken anlächelt, wird mir warm ums Herz. Auch wenn das unprofessionell und höchst unangebracht ist.

Er hat seiner Schwester mehr oder weniger befohlen mich zu ihnen zu holen ... Wie das klingt. Das bedeutet doch aber, dass er sich Gedanken über mich macht. Und mit seiner Familie über mich redet.

*Na ja, immerhin bist du auch diejenige, die über ihn schreiben soll,* zwitschert meine selbstzweifelnde Seite mir zu. Doch vielleicht besteht auch die Hoffnung, dass der wahre Scott Peterson der ist, der mir unauffällig, aber selbstverständlich die Tür aufhält. Oder mir, ohne zu fragen, eine Pizza vor mein Zimmer legt.

Ich wünsche mir wirklich, dass das ganze Gehabe der ersten Tage nur dazu diente, irgendwas zu überspielen. Aber eigentlich dürfte das Ergebnis dieser Diskussion, die nur in meinem Kopf stattfindet, gar keine Rolle für mich spielen. Eigentlich dürfte ich gar nicht erst darüber nachdenken. Und das versuche ich wirklich mit aller Kraft.

Dass Landon mir gestern Abend die Fotoserie auf meinen Laptop geschickt hat, macht es nicht einfacher. Immer wieder öffne ich die Bilder und starre auf Scotts Körper. Und dabei will ich das gar nicht.

»Siehst du«, ruft Maggie und öffnet eine Tür, die uns in einen kleinen rustikalen Raum führt, nachdem wir unzählige Treppen hochgestiegen sind. Es gibt eine Theke mit Getränken und ein Fingerfood-Buffett. »Hier ist es wesentlich angenehmer. Und es gibt was zu essen.« Ihr Strahlen ist ansteckend.

»Danke«, murmle ich und blicke mich um.

»In der Regel mieten Firmen diese Logen. Oder eben verrückte Familienmitglieder. Komm«, sagt sie und im nächsten Augenblick schiebt sie mich durch eine offene Glastür.

Wow. Von hier hat man einen unglaublichen Blick auf den Rasen. Auf dem Balkon sind dieselben Sitze wie auf den Unterrängen. Nur komfortabler.

»Ich stelle dir unseren Dad vor.«

Oh. Was?

Hier in dem abgetrennten Bereich, in dem maximal dreißig Leute Platz haben, müssen wir uns nicht durch Menschenmengen schieben und so sind wir viel zu schnell bei den Sitzreihen des Balkons angekommen.

»Dad«, sagt Maggie und schiebt mich ein Stück näher Richtung Coach Peterson, von dem ich in den letzten Tagen schon einiges gehört habe. »Das ist Lauren. Die Studentin, die einen Artikel über Scott schreibt.«

Er sieht genauso aus, wie ich ihn mir vorgestellt habe. Als er sich von seinem Platz erhebt, ist er riesig im Vergleich zu mir und Maggie, die nicht viel größer ist als ich. Er wirkt elegant, aber dennoch sportlich. Irgendwie einschüchternd.

»Na da haben Sie sich heute das richtige Spiel ausgesucht.«

Er schmunzelt und sein Blick wandert für den Bruchteil einer Sekunde zur Anzeigetafel. Er muss mächtig stolz sein, dass sein Sohn bereits zwei Tore geschossen hat.

»Ja, das denke ich auch«, lüge ich. Denn um ehrlich zu sein, habe ich keine Ahnung, ob die *Silvers* gut spielen oder nicht. Streng genommen habe ich gar keine Ahnung, was die Männer da auf dem Rasen tun.

»Mitchel«, unterbricht uns ein älterer Herr mit weißem Haar.

»Ken«, gibt Coach Peterson zurück und reicht dem Mann im Anzug seine Hand. »Sie entschuldigen mich«, sagt er knapp in meine Richtung und ich nicke ihm lediglich zu.

Abgesehen von Maggie sind die meisten Gäste hier oben relativ schick gekleidet und haben höchstens einen Fanschal auf den Schultern liegen oder gar eine *Silvers*-Krawatte.

»Es ist schrecklich. Ständig kennt er irgendwen«, sagt Maggie und schiebt sich ein undefinierbares Häppchen in den Mund. »Komm. Du kannst bei mir sitzen.« Ich folge ihr zu der untersten Reihe. »Hier. Das ist eigentlich Sams Platz. Den kannst du nehmen.«

»Sam ist dein Mann, oder?«

Meine Stimme ist noch immer dünn, aber dass Maggie so vertraut mit mir redet, hilft mir mich langsam zu entspannen.

»Ja genau.« Etwas in ihrem Gesicht verändert sich und sie strahlt von innen heraus. »Er konnte heute nicht kommen.« Sie verdreht die Augen. »Unsere Tochter hat morgen Geburtstag und er hat sich in den Kopf gesetzt, unser Haus in Disneyland zu verwandeln.«

Ich lächle. Sie sieht Scott so ähnlich, dass es mir leichtfällt, sie zu mögen.

»Scott hat ein tolles Geschenk.«

Keine Ahnung, warum ich das sage. Weil der Tag, an dem wir es ausgesucht haben, alles verändert hat? Weil ich jedes Mal, wenn ich die Augen schließe, daran denke, wie seine wilden Haare unter dem Basecap hervorgelugt haben, während er meine Hand gehalten hat?

»Du kommst doch morgen mit, oder? Du musst. Alle werden da sein. Wir sind ein wilder Haufen zusammengewürfelter Familien. Aber es ist immer lustig.«

»Na ja«, stocke ich. Klar, ich soll mich ihm an die Fersen heften, um möglichst viele Informationen über ihn zu bekommen. Aber als Reporterin eine Familienfeier zu crashen kommt mir plötzlich schrecklich falsch vor. Überhaupt verliere ich immer mehr mein Ziel aus den Augen. »Ich denke schon«, sage ich trotzdem. Fälschlicherweise aber eher, weil ich wirklich gern dabei wäre und Scott mit seiner Familie erleben würde. Nicht aus beruflichen Gründen.

»Super. Das wird bestimmt cool.«

Ein Pfiff unterbricht Maggie und es wirkt, als legte er bei ihr einen Schalter um. Sie richtet sich zum Spielfeld und wirkt total fokussiert. Mein Blick folgt ihrem, aber ich könnte nicht mal sagen, wie viele Männer auf dem Feld sind, wenn ich es nicht im Vorfeld gegoogelt hätte.

»Weiter geht's«, raunt Coach Peterson und nimmt neben seiner Tochter Platz. Die beiden haben im Profil so gut wie keine Ähnlichkeit miteinander.

Schon nach wenigen Minuten stehen beide vor ihren Stühlen und brüllen, diskutieren und beschimpfen den Schiedsrichter. Ich rutsche immer tiefer in meinen Sitz, in der Hoffnung, er klappt sich einfach zusammen und lässt mich verschwinden. Es ärgert mich zum ersten Mal in meinem Leben, dass ich überhaupt keine Ahnung von Fußball habe.

# KAPITEL 11

**Scott**

»Sehen wir uns später?« Lynel schüttelt seinen Kopf wie ein nass gewordener Hund und das Wasser aus seinen Dreadlocks spritzt in alle Richtungen. »Das können wir nicht so stehen lassen, Mann. Das hier muss gefeiert werden.« Ein fettes Grinsen legt sich auf seinen Mund, der im Vergleich zum Rest seines Gesichts riesig wirkt.

Die Stimmung in der Kabine ist ausgelassen. Und dazu besteht auch aller Grund. Wir haben Nottingham 4-2 vom Platz gefegt und können mächtig stolz sein.

»Ich denke schon.« Ich werfe mein Handtuch in meine Sporttasche und schließe den Reißverschluss von meiner Kapuzenjacke. Die Runde Schwimmen im Pool hat meine Muskeln gelockert, meinem Oberschenkel geht es gut und ich fühle mich himmlisch entspannt.

»Du glaubst schon? Willst du mich verarschen, Mann.« Sein afrikanischer Akzent lässt ihn immer gut gelaunt klingen. »Ich habe heute Abend die besten Ladys am Start.« Er legt sich eine Hand auf den nackten Bauch und wackelt mit den Hüften, bis ich lachen muss.

»Okay«, sage ich kopfschüttelnd und schultere meine Tasche. Erst mal bin ich gespannt, wie meine persönliche Journalistin auf ihr erstes Ligaspiel reagiert.

»Schon besser«, zwitschert mein Freund und hält mir seine Hand hin, in die ich einschlage.

Auch die anderen verabschieden sich und ich trete aus der feuchten Luft der Kabine. Heute ausnahmsweise als einer der Ersten. Die Flure der Mannschaften sind für Presse, Fans und andere Zuschauer verboten. Daher ist es still, als sich die Tür hinter mir schließt und ich über den schwarzen Teppich schreite.

»Hi«, lässt mich eine Stimme leicht zusammenzucken. Ich muss mich nicht umdrehen, um zu wissen, wer hinter mir steht. Ohne es zu wollen, grinse ich wie ein pubertierender Idiot.

»Presse hat hier keinen Zutritt«, raune ich und versuche meine Stimme so ernst wie möglich klingen zu lassen. Aber spätestens wenn ich mich umdrehe, kann ich das Schauspiel nicht mehr aufrecht halten.

»Äh ... Ich bin als Fan hier«, sagt sie und ich kann nicht anders, ich muss sie ansehen.

Ehe ich mich versehe, kommt Lauren auf mich zugelaufen und schlingt ihre Arme um mich. »Das war einfach der Wahnsinn«, quietscht sie und der *Silvers*-Schal, der um ihren Hals liegt, kitzelt mich in der Nase. Da eine Hand nach wie vor meine Sporttasche auf der Schulter hält, habe ich nur einen Arm, um sie noch etwas fester in unsere Umarmung zu ziehen. Auch einseitig schaffe ich es locker, sie anzuheben. Sie wiegt einfach nichts.

Aber so schnell, wie der Moment gekommen ist, verfliegt er auch wieder, als Lauren sich wie ertappt aus meinem Arm windet. »Sorry«, murmelt sie und vermeidet es, mir ins Gesicht zu sehen.

Der Geruch ihrer Haare und ihre Hände in meinem Nacken haben mich total matschig im Kopf gemacht.

»Du hast dir einen Schal gekauft?«

Eine dämlichere Frage hätte mir nicht einfallen können, aber es ist das Erste, das mir auffällt. Außerdem ist es ganz gut, ihre kurze Attacke zu überspielen. Es hat ihr offensichtlich gefallen.

»Äh«, sie blickt an sich hinunter, »ja.« Sie nimmt die Enden des Stoffs in beide Hände. Gefolgt von den roten Wangen und dem Blick auf den Boden, der wirkt, als hätte ich sie gerade hier im Gang gegen die Wand genommen. »Und ich war bei Maggie und deinem Dad.« Langsam schafft sie es wieder, mich anzusehen. Ihre Augen funkeln voller Freude. »Und du hast einfach drei Tore geschossen.«

»Das lasse ich so stehen«, antworte ich lässig. »Waren die beiden nett zu dir?«

»Danke, dass ich bei ihnen sitzen durfte. Das war alles so …« Sie wird ganz hibbelig. »Ahhh«, fängt sie schon wieder an zu quietschen. So energiegeladen habe ich sie die ganze Woche noch nicht erlebt. »Du bist ein Star, Peterson.«

Sie klatscht aufgeregt in die Hände und ich lege den Kopf in den Nacken und lache. Laut und herzhaft. Auf dem gesamten Erdball wird es keine Journalistin geben, die sich dermaßen unprofessionell benimmt. Und das Verrückte daran ist, ich finde das unbeschreiblich großartig.

»Dein erstes Ligaspiel war ganz offensichtlich ein Erfolg.«

Sie meinetwegen so aufgekratzt zu erleben, breitet eine wohlige Wärme in meinem Bauch aus, die ich in dieser Form nicht kenne.

»Es war einfach unglaublich.« Sie legt ihre Hand auf meine Brust und mir entgeht nicht, dass das schon der zweite Körperkontakt ist, der von ihr ausgeht.

»Und du weißt, was jetzt kommt?«

Ich grinse wie ein Idiot, aber das Gefühl, dass ich für ihre Euphorie verantwortlich bin, ist einfach … schön.

Scheiße, ich werde noch zum Softie, wenn sie noch lange da ist.

»Jetzt?«, fragt sie und ich sehe, wie die Unsicherheit sich über ihre Schultern legt wie ein wärmender Mantel.

»Jetzt, Miss Bell, gehen wir unseren Sieg feiern«, sage ich und setze alles auf eine Karte, indem ich ihr meine Hand hinhalte. Schon seit ich sie das erste Mal gehalten habe, möchte ich das wieder tun.

»Wir gehen feiern?«, fragt sie und sieht zögerlich auf meine Hand.

*Jetzt liegt es an dir.*

»Wenn du das möchtest.«

Meine Handfläche wandert noch ein kleines Stück näher an sie heran. *Na komm schon, Lauren.*

Wie in Zeitlupe breitet sich ein Grinsen in ihrem Gesicht aus und sie legt ihre winzige kalte Hand in meine. »Wir gehen feiern«, sagt sie dann.

Ich umschließe ihre Finger und halte sie ganz fest. Ich habe Angst davor, dass sich ihr Verstand wieder einschaltet und sie spürt, dass sie gerade dabei ist, ihren Karohemdenkerl zu hintergehen.

***

»Ich kapier's immer noch nicht«, plappert Lauren. Sie wirkt auf dem Beifahrersitz meines BMW noch zierlicher, als sie es eh schon ist. Seit wir das Stadion verlassen haben, ist sie völlig aus dem Häuschen. Ich hatte damit gerechnet, dass der Spieltag ihr gefallen würde, aber ihre Euphorie übersteigt alles, was ich zu hoffen gewagt hatte. »Wenn du doch der Stürmer bist und deine Mannschaft dir den Ball passt, warum ist das dann Abseits?«

Ich schmunzle und schüttle den Kopf. »Nur wenn in dem Moment, in dem mein Mitspieler mir den Ball passt, kein Gegenspieler mehr zwischen mir und dem Torwart ist.«

»Das ist total unlogisch.«

»Findest du, ja?« Mein Blick geht in ihre Richtung und auch, wenn es bereits dunkel ist, lassen die Lampen des Westways ihr Gesicht immer wieder in warmem Orange leuchten.

»Und warum hat dein Freund eine gelbe Karte bekommen, aber dieser andere mit den langen Haaren nicht? Dein Dad hat sich furchtbar darüber aufgeregt.«

»Das glaube ich«, lache ich. Die Vorstellung, wie Lauren zwischen meinem Dad und Maggie in der Loge sitzt und überhaupt keine Ahnung hat, was passiert, ist einfach zu komisch. Ich hatte Maggie gebeten, sich ein bisschen um sie zu kümmern und ich muss daran denken, meiner Schwester bei Gelegenheit dafür zu danken, dass sie es tatsächlich getan hat. »Aber ganz ehrlich, das musst du den Schiri fragen.«

Ich fahre mir mit der Hand durch meine Haare und sehe sie kurz an.

»Was?«, fragt sie.

»Irgendwie ist es immer noch unfassbar, dass die Uni von Sussex den einzigen Menschen in England geschickt hat, der wirklich absolut überhaupt keine Ahnung von Fußball hat.«

Mein Kopf schüttelt sich immer noch, aber ich lache dabei. Lauren hingegen findet meinen dämlichen Spruch, bei dem ich mir nichts gedacht habe, offenbar nicht halb so witzig.

»Na ja, irgendwie hast du ja recht.« Ihr Lachen ist verblasst und sie knibbelt an ihrer Nagelhaut herum. »Ich habe wirklich mittlerweile keine Ahnung mehr, warum die mich ausgewählt haben.«

In ihrer Stimme schwingt Traurigkeit mit und das ist gerade das Letzte, was ich will.

»Hey ...« Ohne länger über die Konsequenzen nachzudenken, schreitet meine Hand zwischen ihr Gefummel. Auch wenn ihr doofer Freund und eine Reportage immer zwischen uns schweben, ich kann nicht länger leugnen, dass ich sie mag. »Du machst das schon.« Ich drücke ermutigend ihre Finger. »Wenn du willst, zocken wir morgen 'ne Runde FIFA auf der Playstation. Dabei lernst du alles über Fußball, was du wissen musst.«

Mit einem Ausdruck, den ich nicht im Geringsten deuten kann, sieht sie mich an.

»Du darfst auch ich sein, wenn du willst«, versuche ich sie aufzumuntern.

In Zeitlupe wandern ihre Mundwinkel nach oben. »Man kann bei einem Playstationspiel du sein?«

Langsam kehrt die neugierige Lauren zurück.

»Klar«, sage ich und mein Grinsen könnte nicht breiter sein.

Während der kurzen Fahrt zu meiner Wohnung versuche ich Lauren die Regeln des Fußballs irgendwie in den Kopf zu pflanzen, aber merke schon nach Kurzem, dass wir ganz bei null anfangen müssen. Die gesamte Woche habe ich sie ziemlich im Dunklen stehen lassen, was meinen Job angelangt. Das werde ich in der nächsten Woche auf jeden Fall nachholen.

Wir parken den BMW in der Tiefgarage und unter der Innenbeleuchtung sehen ihre Wangen so weich aus, dass ich Fäuste ballen muss, um sie nicht zu berühren.

»Und du bist sicher, dass ich wirklich mitkommen soll? Ich meine, das ist eine private Feier und ich ...«

Noch im Stadion habe ich ihr erzählt, dass Lynel die traditionelle Siegesparty bei sich schmeißt. Der einzige Abend, an dem wir Spieler auch mal mehr trinken dürfen. Für mich der einzige Abend, an dem ich überhaupt was trinke. Der Whiskey bei Camilla am Montag war eine absolute Ausnahme.

Heute kaum vorstellbar, dass ich wegen Lauren so sauer war, dass ich meine wichtigste Regel über Bord geworfen habe.

»Und du bist heute Abend privat unterwegs«, vervollständige ich ihren Satz. »Und ja, ich bin mir sicher«, schiebe ich nach und wir steigen synchron aus dem Auto. »Wir ziehen uns um und dann nehmen wir uns ein Taxi.«

Lauren antwortet nicht. Sie presst lediglich die Lippen aufeinander, als wir den Fahrstuhl betreten. Anfang der Woche war es eine Bestrafung, mit ihr in einer Kabine eingeschlossen zu sein. Jetzt, gerade mal fünf Tage später bräuchten die Türen so schnell nicht wieder aufzugehen, wenn es nach mir ginge. Hier drinnen gibt es nur sie und mich. Keine Story. Keine Erwartungen. Und das ist ein Gedanke, der mich mehr und mehr verfolgt.

***

**Lauren**

»Nein, Schatz. Mach dir keine Sorgen. Ich kenne bereits ein paar Leute, die da sein werden«, lüge ich David an und jedes Wort brennt sich wie Säure in meine Kehle.

Warum? Warum sage ich ihm nicht einfach, dass Scott mich auf eine Party eingeladen hat, weil die *Silvers* gewonnen haben. Privat. Ohne den Job. Denn so ist es doch nun mal. Das gleiche Spiel wie am Montag, nur dass ich diesmal offiziell gefragt wurde.

»Ich kann mir das immer noch nicht vorstellen. Du bei einem Fußballspiel. Zwischen Bier trinkenden und pöbelnden Fußballfans.«

Auch wenn ich weiß, dass er recht hat, ärgert es mich. Heute live im Stadion dabei zu sein war der absolute Wahnsinn. Ich kann mich nicht erinnern, wann zuletzt so viel Adrenalin durch meinen Körper geflossen ist.

»Na ja, eigentlich war es total cool. Erst war ich bei den Presseleuten, aber Scott wollte, dass ich bei Maggie und Mitchel sitze«, plappere ich beim Gedanken an diesen grandiosen Abend.

»Dieser Schnösel darf dir nicht vorschreiben, wo du zu sitzen hast, Lauri. Als Journalistin hast du Anrecht auf einen Platz im Pressebereich.«

»Du hast recht«, verzichte ich darauf, das klarzustellen.

Mein Spiegelbild verspottet mich für das Spiel, das ich hier gerade spiele. Grandpa Georges Koffer gibt keine Pailletten besetzten Minikleider her, aber ich habe versucht mich wenigstens ein bisschen in Schale zu werfen.

»Ich vermisse dich«, säuselt David und ich kann hören, wie er tief ein- und ausatmet. »Heute war ich mit Kimberly in der Mensa essen und es war dämlich ohne dich.«

»Du warst mit Kimberly essen?«

David und ich gehörten noch nie zu der Sorte eifersüchtiger Partner, aber dass er ausgerechnet mit Brightons längsten Beinen seine Mittagspause verbracht hat, geht mir schon ein bisschen auf die Nerven.

»Ja. Ist das ein Problem?«

Die Warmherzigkeit in seiner Stimme macht mich sauer. Und zwar einzig und allein auf mich selbst. Wer bin ich, dass ich denke, ich könnte eifersüchtig sein?

»Nein. Natürlich nicht«, sage ich und meine es auch so. »Ich vermisse dich auch. Aber die Hälfte haben wir doch fast geschafft.«

*Hast du das?*, frage ich wortlos das Mädchen mit dem Jeansrock und dem viel zu weit ausgeschnittenen Top im Spiegel. Sie sieht nicht so aus, als wartete sie auf das Ende dieser Wochen. Sie sieht eher aus, als verfolgte sie an diesem Abend ganz andere Absichten. Das bin doch nicht ich.

»Vielleicht können wir ja morgen etwas länger telefonieren? Schließlich ist Samstag.«

Mir war bis zu diesem Moment nicht klar, das Hoffnung im Bauch wehtun kann. Aber so ist es. Mir bereitet es körperlich Schmerzen, wie mein Freund auf ein Telefonat mit mir hofft, während ich mir Lipgloss für die Party mit einem anderen auf den Mund schmiere.

»Morgen wird eng. Da hat …«, beginne ich, entscheide mich aber im letzten Moment für eine weitere Unwahrheit, »Derrek einen weiteren Fototermin angesetzt.«

Schon meine Mum hat am Nachmittag bei unserem Telefonat komisch reagiert, als ihr ich erzählt habe, dass ich auf Gracys Party eingeladen bin. Ich habe gerade weder Lust noch Zeit, diese Diskussion ein weiteres Mal zu führen.

»Oh. Okay. Aber du meldest dich trotzdem, oder?«

»Ja klar.«

Wir schreiben mindestens dreimal am Tag und telefonieren abends.

»Dann pass auf dich auf heute Abend, okay? Und lass dir ja nichts von diesem Kerl erzählen. Halt dich an die netten Leute.«

»Versprochen«, hauche ich und habe keine Ahnung, in was ich da gerade eingewilligt habe.

Ich beende das Telefonat mit dem täglichen »Ich liebe dich« und frage mich unwillkürlich, wann wir dazu übergegangen sind, diese drei wertvollen Worte bei alltäglichen Situationen zu benutzen. Wie Hallo oder Tschüss. Das ist eigentlich nicht richtig. Es gibt kein größeres Geständnis, das man einem Menschen machen kann. Und es dann als Floskel zu benutzen ist das Unromantischste, was es gibt. Keine Ahnung, warum mir das ausgerechnet jetzt auffällt.

Ein zaghaftes Klopfen an meiner Tür hindert mich daran, meine Beziehung weiter zu analysieren. »Bin fertig«, rufe ich und fahre mir ein letztes Mal mit den Fingern durch die Haare. »Du kannst reinko...«

Ich habe keine Chance, den Satz zu Ende zu bringen, da steht Scott auch schon im Türrahmen. Aber statt einen dummen Spruch zu bringen, kratzt er sich am Kopf, was Irrsinn ist, da er seine *Yankees*-Kappe über dem wilden Haar trägt. Natürlich wie immer falsch herum. Keine Ahnung, warum ich das so toll finde.

»Lass mich raten.« Immer wieder wandert mein Blick zwischen ihm und dem mir so fremden Mädchen im Spiegel hin und her. »Du kannst mich so nicht mitnehmen«, quittiere ich seinen seltsamen Blick. Seine Augen sind weit und ich sehe genau, wie die Muskeln an seinem Kiefer zucken.

»Äh ...« Er sieht kurz über seine Schulter. »Doch«, kommt es hastig über seine Lippen. »Du ...«

Ganz langsam kommt er einen Schritt näher und ich erkenne, wie seine Augen in meinen Ausschnitt gleiten.

Falsch. Falsch. Falsch. Das hier ist falsch, Lauren.

»... siehst sehr hübsch aus«, bringt er seinen Satz zu Ende, aber ich kann ihm nicht ins Gesicht sehen. Fürchte mich vor dem Blick, den er mir seit vorgestern immer wieder zuwirft. Nicht weil es kein schöner Blick ist. Ganz im Gegenteil. Es ist der verführerischste und funkelndste Blick, den ich je gesehen habe. Er sieht mich an, als gäbe es nur mich auf der Welt. So als wäre alles im Vergleich zu meinem Glück nur Schall und Rauch und nichts außer meinem Körper für ihn von Belang. Das Problem dabei ist, dass ich diesen Blick unbedingt sehen will. Und ich will nicht, dass ich das will. Ich darf es nicht wollen. Ich liebe David. Ganz egal, ob wir uns das jeden Tag wahllos dreimal um die Ohren hauen.

»Na dann los«, presse ich zwischen meinem verkrampften Kiefer hervor und vermeide es auch auf dem Weg zum Taxi und die gesamte Fahrt durchs wunderschön beleuchtete London, in Scotts Gesicht zu sehen.

***

»Mister Scott Ich-hau-jede-Bude-Rein Peterson und die wunderschöne Miss Lauren Charmanteste-Journalistin-aller-Zeiten Bell. Nett, Sie in meinem Anwesen begrüßen zu dürfen.«

Lynel, dessen Bekanntschaft ich schon am ersten Tag in der Kabine der *Silvers* machen durfte, öffnet uns die Tür zu seinem Apartment. Seine Wohnung ist die erste in dieser Woche, die mir auf Anhieb gefällt.

»Mister Awolowo«, antworte ich und mache einen winzigen Knicks, während er mir einen Kuss auf meine Hand haucht.

Vorgestern haben Scott und ich nach dem Training etwas Zeit mit Lynel verbracht. Ich habe nie zuvor einen so witzigen Kerl getroffen. Seine Pupillen strahlen aus dem schwarzen Gesicht.

»Hereinspaziert, hereinspaziert. Trinkt, bis nichts mehr reinpasst, und tut nichts, was ich nicht auch tun würde«, singt er und ist schneller wieder in der Menge verschwunden, als wir gucken können.

Scott schmunzelt nur. Als ich es wage, ihn kurz anzusehen, fängt er sofort meinen Blick auf.

»Was willst du trinken?« Er legt seine Hand auf meinen unteren Rücken und schiebt mich Richtung Menschenmenge. Ich glaube, das hier ist Lynels

Wohnzimmer, aber es sind so viele Leute, die überall verteilt auf Sofas oder Stühlen sitzen, dass man den Ursprung des Raums kaum erkennen kann.

»Wasser«, sage ich und hebe zaghaft meine Hand, als ein paar von Scotts Mitspielern uns zuwinken. Sie alle tragen wie Scott ein schwarzes Poloshirt mit dem *Silvers*-Logo drauf.

»Sicher?«, fragt Scott und seine Hand auf meiner Wirbelsäule fährt ein Stück nach unten.

»Sicher«, keuche ich. An der eigenen Spucke zu ersticken ist auch keine Lösung für meine Probleme.

»Bin gleich wieder da.«

Die Enttäuschung in seiner Stimme ist nicht zu überhören. Scott ist ein sehr extrovertierter Mensch. Man sieht ihm seine Laune beim ersten Blick an. Und er trägt sein Herz auf der Zunge. Ich hingegen bin eine dumme Nuss. Wenn Scott unfreundlich zu mir ist, will ich, dass es sich ändert. Und wenn er sich dann um mich kümmert, komme ich auch nicht damit klar. Keine Ahnung, was hier gerade passiert, aber ich weiß nicht mehr, was ich will. Ich weiß nicht mehr, was falsch und was richtig ist. Und dann schaffe ich es, gleich zwei Männern innerhalb einer Stunde die Laune zu verderben und trotzdem nicht glücklich zu sein. Das alles muss ganz dringend aufhören. Ich schreibe eine Story. Kehre nach Plumpton zurück und in ein paar Wochen ist all das hier nicht mehr von Bedeutung.

Oder nicht?

# KAPITEL 12

**Scott**

»Er hat mich auf dem Kieker, Scott. Das siehst du doch auch so«, lallt Brane.

Seit geschlagenen vierzehn Minuten heult er mir die Ohren voll, dass Russo ihn unfair behandelt. Ganz unrecht hat er sicher nicht, aber hier rumzuheulen wird daran nichts ändern. Außerdem habe ich ganz andere Sorgen. Im Augenwinkel beobachte ich, wie Lynel und Alex, unsere zweite Sturmspitze, um Lauren herumschlängeln wie zwei hungrige Boas. Prinzipiell ist das nichts Besonderes. Lauren ist für sie Frischfleisch und noch nicht resistent gegen ihre bescheuerten Sprüche. Was mich aber richtig nervt, ist, dass sie es offensichtlich genießt. Sie lacht und legt Lynel die Hand auf die Schulter, wenn er was Doofes vom Stapel lässt.

»Wir müssen da zusammenhalten«, säuselt Brane weiter und redet, als hätte er ein Handtuch im Mund. Er wird heute Abend nicht mehr lange aushalten.

Ich bin vielleicht nicht der Intelligenteste. Aber dass Lauren immer wieder in meine Richtung schaut, nur um sich dann schnell wieder abzuwenden, entgeht mir nicht. Seit sie vorhin mit ihrem dämlichen Freund telefoniert hat, ist irgendwas anders. Sie sieht mich nicht an, redet kaum mit mir und geht mir ganz eindeutig aus dem Weg. Das will so gar nicht zu der Lauren passen, die ich gestern und noch heute Abend erlebt habe. Irgendwas ist da los und es wird Zeit, dass wir das beheben.

»Sorry, Brane. Ich muss kurz …«

Ein Blick auf ihn genügt, um zu sehen, dass er eh nicht mehr checkt, mit wem er redet, also lasse ich ihn einfach stehen.

Von hinten schleiche ich mich an meine beiden Mitspieler und lege meine

Arme um sie. »Na Champions, versucht ihr mir meine Lieblingsjournalistin auszuspannen?«

Ich habe keinen Grund, warum ich nicht langsam alles auf eine Karte setzen sollte. Ich will sie. Und das soll sie auch wissen. Scheiß auf ihren Job. Und scheiß auf den Karohemden-Kerl. Zum ersten Mal habe ich wirklich das Gefühl, eine Frau zu brauchen und das werde ich nicht wegen eines dämlichen Zeitungsberichts oder eines Kerls, den ich nicht mal kenne, ignorieren.

»Jo, Scotty. Miss Lauren hat sich gerade dazu entschieden, die Story doch über mich zu bringen. Sie ist viel zu schön, um über ein Weißbrot wie dich zu schreiben …« Lynel fasst sich mit beiden Händen ans Herz. »Sieh dir doch nur diese Haare an. Ich liebe dieses Rot.«

Lynel steht eigentlich auf jede Haarfarbe.

Mein Blick geht zu Lauren, die ihren beschämt gesenkt hält. Ein winziges Lächeln im Gesicht.

»Da gibt's nur ein Problem, Ly«, raune ich meinem Freund zu und wuschle ihm über den Kopf. Er sieht mich an wie ein verspielter Hund. »Meine Miss Bell ist viel zu schlau für dich.«

»Alter! Deine Miss Bell?«, schaltet sich Alex ein. So wie ich ist er ein ganzes Stück größer als Lynel. »So weit seid ihr schon? Was bezahlt er dir dafür, dass du was Positives über ihn schreibst, Lauren?«

Dieser Penner. Ausgerechnet den wunden Punkt zwischen mir und Lauren rauszuhauen. Wenn er denkt, dass er so Chancen bei ihr hat, irrt er sich gewaltig.

Lauren ist die Situation mehr als unangenehm. Sie tritt von einem Fuß auf den anderen und knetet am Saum ihres Shirts herum. Das Schlimmste aber – sie sieht mich immer noch nicht an.

»Ignorier ihn einfach«, wende ich mich an sie, aber sie erwidert meinen Blickkontakt nur für eine Millisekunde. »So …« Ich lege beiden Männern eine Hand auf den Kopf. »Und jetzt verpisst euch. Ich hab was mit Lauren zu besprechen.«

»Miss Lauren … Brich mir nicht das Herz«, säuselt Lynel und hängt sich an ihre Arme. Aber ich verpasse ihm einen Klaps auf den Hinterkopf und er ist

Gott sei Dank nüchtern genug, um es endlich zu raffen und sie ziehen beide ab.

Die riesige Sofalandschaft schottet uns etwas vom Rest der Horde ab und Lauren wendet sich den bodentiefen Fenstern zu. Schweigend sieht sie mit verschränkten Armen in die Nacht.

»Hast du gesehen, von hier aus sieht man die London Bridge und den Tower.« Ich trete dicht hinter sie und zeige mit einem Arm über ihren Körper auf die Sehenswürdigkeiten.

»Wunderschön«, haucht sie, und nein, ich bilde mir es nicht ein. Sie lässt sich ganz minimal gegen meine Brust fallen. Nur ein kleines Stück, aber ich spüre es deutlich.

Ich lege meine andere Hand auf ihre Schulter und streiche mit dem Daumen über ihren Nacken. Mir ist nicht entgangen, dass sie sehr sensibel auf Körperkontakt reagiert. Bei jeder noch so kleinen Berührung verspannt sie sich. Kein Plan, was ihr komischer Kerl da falsch gemacht hat, aber ich will das unbedingt in Ordnung bringen. Suche ihre Nähe und genieße ihre sanfte Haut unter meinen Fingern. Ja, sie ist meine Journalistin und ich dürfte all das hier nicht so sehr wollen. Aber ich bin über den Punkt hinweg, in dem ich das bewusst steuern kann.

»Wir können es uns ansehen, wenn du möchtest.«

»Hm«, murmelt sie und das Vibrieren ihres Oberkörpers, der sich immer weiter an meinen drückt, macht Dinge mit mir, die in der Öffentlichkeit nicht passieren sollten.

Ich verharre ganz ruhig, um genau zu beobachten, was sie tut. Ich kann es sehen. Wie ihre Schultern langsam absacken und sie sich fallen lässt. Bei mir.

»Wir sollten von hier verschwinden.« Ich schiebe ihre Haare aus dem Nacken, damit ich ungehindert meine Wange an ihr Ohr legen kann. »Ich will mit dir allein sein«, flüstere ich.

Und Scheiße noch mal, das ist es, was ich schon seit unserer Begegnung auf dem Balkon gestern Abend will. Aber Lauren rührt sich nicht. Sie lehnt sich nach vor gegen meine Brust, aber sie bewegt sich keinen Millimeter.

Ich beuge mich ein Stück zur Seite. Ich muss ihr Gesicht sehen. Aber als ich die Träne auf ihrer Wange erkenne, wünschte ich, ich hätte es nicht gesehen. Sie zum Weinen zu bringen stand ganz sicher nicht auf meiner Liste.

»Hey.« So, dass kein anderer sie sehen kann, trete ich neben sie und blicke ihr ins Gesicht. »Was ist los mit dir?«

»Nichts«, antwortet sie hastig und wischt sich über die Wangen. »Alles okay.« Dabei schenkt sie mir ein Lächeln, das falscher nicht sein könnte.

»Lauren ...« Eine Hand in ihrem Nacken ziehe ich ihr Gesicht näher an meins. Eigentlich nur, damit keiner uns hören kann. Was passiert hier gerade? Scheiße, bei allem, was mir wichtig ist, ich wollte doch nicht, dass sie heulen muss. Und schon gar nicht auf einer Party. Aber als mein Daumen über ihre Wange streicht und ich ihren Atem auf meiner Haut spüren kann, wird das plötzlich nebensächlich. Denn als unsere Münder dicht voreinander sind, bin ich ganz kurz davor, sie zu küssen. Und sie will es. Ich sehe das. Ich kann spüren, wie sich ihre Arme lösen und ihre Hände sich in meinem Shirt festkrallen. Aber vor allem sehe ich es in ihren Augen. Denn zum ersten Mal seit Stunden sieht sie mich direkt an. Und ich erkenne es. Sie braucht das hier genauso sehr wie ich. »Sag was«, bettle ich, denn sonst kann ich mich nicht länger zurückhalten. Das ist ihre letzte Chance. Meine Lippen spüren schon die Wärme ihres Mundes, als sie den Kopf plötzlich zur Seite neigt.

»Nicht«, keucht sie und ich fühle mich wie mit Eiswürfeln überschüttet.

»Was ist los, Lauren?« Ich will nicht frustriert klingen, aber Scheiße noch mal, ich bin es.

»Ich will das nicht«, lügt sie. Noch immer krallt sie sich an mir fest, als wäre ich ihr einziger Anker.

»Du willst das nicht?« Ein sarkastisches Lachen entweicht mir, bevor ich wieder ernst werde. »Du lügst.«

»Scott, du hast getrunken und ich ...« Sie zieht ihre Hände zurück und bringt ein bisschen mehr Abstand zwischen uns.

Wem will sie hier eigentlich etwas vormachen?

»Ach. Bullshit, Lauren!« Bedacht darauf, nicht zu brüllen, beuge ich mich ein Stück vor. »Du lügst«, wiederhole ich mich.

»Tue ich nicht«, zickt sie mich an.

»Tust du nicht?«, frage ich. Ich bin enttäuscht. Vertraut sie mir denn so wenig? Ist es doch nur ein dämlicher Job für sie? Und dann werde ich wütend. Mit einem falschen Lächeln im Gesicht balle ich die Hände zu Fäusten. Ich drehe sie ein Stück zu mir und schiebe sie mit dem Rücken an die Glasfront. »Sieh mich an und sag mir, dass du das hier nicht willst«, raune ich dicht vor ihrem Mund, beide Hände über ihrem Kopf gegen die Scheibe gestützt.

Ihr Kinn zittert und eine weitere Träne ruht in ihrem Augenwinkel. »Ich will das nicht«, flüstert sie, den Blick auf den Boden gerichtet.

»Was?«, frage ich und hebe ihr Kinn mit zwei Fingern an. »Ich habe dich nicht verstanden.«

Ich bin und bleibe ein Arschloch.

»Ich will das nicht«, sagt sie etwas lauter und zerschmettert mein Herz wie ein Stein eine Fensterscheibe.

»Gut. Dann noch einen schönen Abend«, fauche ich sie an und löse mich von ihr. Mein Blick geht einmal durch den Raum. »Cassy«, rufe ich und die Blondine, die mir schon so manchen Sieg versüßt hat, ist sofort zur Stelle. »Wie geht's?«, flöte ich und lege ihr eine Hand auf den Rücken.

»Scotty«, singt sie meinen Namen und legt ihre Hände um meinen Nacken.

Eigentlich würde ich ein Gespräch mit ihr anfangen und erst mal ein bisschen den Gentleman mimen, aber dafür habe ich gerade keine Zeit. Also packe ich sie in der Taille und lasse ohne Umschweife meine Zunge in ihren Mund tauchen. Sie keucht überrascht auf, aber erwidert den Kuss ohne Umschweife.

Ich frage mich, warum hübsche, intelligente Mädchen es nötig haben, sich so für Idioten wie mich zum Affen zu machen.

Während des Kusses, der gefühlloser nicht sein könnte, lasse ich Lauren nicht aus den Augen. Und ihr Anblick gießt Benzin in mein inneres Feuer. Noch immer steht sie an die Glasscheibe gepresst und Tränen rollen über ihre Wangen. Das Gesicht über und über mit roten Flecken, fängt sie sich irgendwann und geht mit schnellen Schritten in Richtung Ausgang.

Toll, Scott. Zwei Mädchen in weniger als fünf Minuten die Würde genommen. Ich bin ein echter Held.

***

**Lauren**

Die Tränen brennen heiß im schneidenden Wind der Nacht. Egal, wie schnell ich einen Fuß vor den anderen setze, ich komme einfach nicht schnell genug von hier weg. Mit dem Handrücken wische ich mir über das Gesicht. Es tut weh. Alles tut mir weh. Ich wollte das nicht. Falsch, ich will das nicht. Das hier sollte eine Chance für meine Karriere sein. Ich wollte doch nur alle stolz machen, mit einer professionellen Reportage. Und jetzt? Jetzt mache ich alles kaputt.

*Und was macht er?*, fragt eine Stimme in meinem Inneren.

Neue Schluchzer drängen sich laut und peinlich aus meinem Hals, als ich daran denke, wie Scott diese Frau geküsst hat. Es tut einfach nur weh. Auch wenn es mir egal sein müsste. Aber das ist es nicht.

»Lauren.«

Anstatt mich umzudrehen, beschleunige ich meine Schritte. Ich will ihn nicht sehen. Ich will ihn nie wiedersehen. Er ist es. Er ist derjenige, der alles kaputtmacht.

Irgendwo in meinem Inneren schreit wieder diese wütende Stimme. Und ich gehorche ihr, drehe mich auf dem Absatz um und gehe mit zielsicheren Schritten auf ihn zu. Scott bleibt stehen, als ich dicht vor ihm bin und zusammen mit einem Schluchzen knallt meine Hand auf seine Wange.

Wir sehen uns mit großen Augen an. Beide offensichtlich gleichermaßen schockiert darüber, dass ich dazu imstande war. Scotts Brust hebt und senkt sich genauso angestrengt wie meine.

»Geht's dir jetzt besser?«, fragt er in völlig ruhigem Ton, als ich schon wieder kehrtgemacht habe, um endlich von hier wegzukommen.

»Du bist ein Arschloch«, feuere ich ihm über meine Schulter zu.

»Mag sein.«

Der lockere Klang seiner Stimme lässt meine Tränen versiegen und ich bin nur noch wütend. Will nur noch nach Hause.

Ein Taxi saust an uns vorbei und ich hebe meinen Arm viel zu spät. Es ist viel zu kalt nur im Top hier draußen, aber das ist mir gerade völlig egal.

»Los«, fordert er mich auf, »sag es mir. Warum genau hältst du mich für ein Arschloch, Lauren?«

»Das fragst du noch?« Ich trete ihm dicht unter die Nase. »Weißt du, wie sehr mich das gerade verletzt hat?« Ich sehe kurz in den Nachthimmel. Es dürfte mich nicht verletzen. »Und diesem Mädchen tust du genauso weh«, fauche ich und stapfe davon.

»Wenigstens mache ich mir nicht ständig selbst was vor.«

»Was?«, keife ich und wende erneut, um ihn anzusehen. »Du hast sie doch nicht alle.«

»Ich hab sie nicht alle, ja?« Langsam kommt Leben in ihn und in Sekundenschnelle ist er bei mir und hindert meinen Arm daran, ein Taxi anzuhalten. »Du wolltest es doch so. Hast förmlich danach geschrien.« Er reibt sich mit der freien Hand übers Kinn. Sein Blick geht an mir vorbei in die Dunkelheit. »Du kannst es leugnen, so lange du willst. Zwischen uns geht es nicht mehr um diesen Scheißartikel. Da ist viel mehr. Du willst nur nicht wahrhaben, dass dein verschissener Freund nicht das Gleiche in dir auslöst wie ich.«

»Das stimmt doch überhaupt nicht.« Denn das darf nicht sein.

»Dich verletzt es, wenn ich eine andere küsse? Warum? Es sollte dich eher freuen. Geh und interview sie«, faucht er mich an. »Frag sie, wie oft ich sie schon flachgelegt habe. Sie wird dir einiges berichten können. Dann hast du deine Story. Denn einzig und allein darum geht es dir doch, richtig?«

Ich kann nicht kontrollieren, dass ich immer heftiger weine. Ich will das nicht hören.

»Ja. Dich verletzt es. Weil du was für mich empfindest, Lauren. So wie ich etwas für dich empfinde.«

Seine Stimme wird ruhiger und ich kann die Verzweiflung in seinem Gesicht sehen. Was passiert hier gerade? Warum sagt er solche Dinge? Ein Mann wie Scott sollte nichts für mich empfinden. Und ich? Ich darf das nicht erwidern.

»Denkst du, mich verletzt es weniger, wenn du deinem Freund am Telefon vorlügst, wie sehr du ihn liebst?«

»Das ist keine Lüge«, presche ich dazwischen.

Sein Blick zuckt zu mir. »Du lügst schon wieder. Und glaub mir, mir wäre es anders auch lieber.«

»Ich lüge nicht«, sage ich, meine Stimme nur noch ein Flüstern.

*Und ob du das tust.*

»Und ob du das tust«, wiederholt Scott meine Gedanken. »Genau wie eben.« Er deutet auf den Wohnkomplex in seinem Rücken. »Sei doch nur ein einziges Mal einfach du, Lauren Bell.«

Grob packt er mein Handgelenk, damit ich stehen bleibe.

Ich weiß nicht, was ich darauf sagen soll. Ich pruste ihm ein »Tz« entgegen. »Du weißt gar nichts über mich«, möchte ich fauchen, aber es ist mehr ein heulendes Schluchzen.

»Ich weiß eine Menge über dich, Prinzessin«, raunt er zurück und seine Stimme jagt mir einen Schauer über den Rücken. »Ich weiß, dass du immer versuchst, alles richtig zu machen. Ich weiß, dass du neugierig und abenteuerlustig bist, aber ich habe das Gefühl, dass du dir das selbst verbietest. Ich weiß, wie sehr du es genießt, wenn ich so wie jetzt deine Hand halte.«

Seine Finger gleiten über mein Handgelenk zu meinen und ich lasse zu, dass sie sich miteinander verflechten. Ich will nicht, dass er recht behält.

»Aber was ich nicht weiß, ist, was du willst. Und langsam frage ich mich, ob du das je zugelassen hast. Hast du jemals einfach getan, was du möchtest?«

»Ich kann nicht«, jammere ich und zerre an meiner Hand, aber er gibt sie nicht frei. Seine Worte haben einen neuen Schwall Tränen freigelassen. Alles, was er sagt, stimmt. Alles.

»Du kannst«, fährt Scott mich an. »Bei mir.« Das Loslassen seiner Hand hinterlässt quälende Leere auf meiner Haut. Er legt seine Hände auf meine bebenden Schultern. »Bei mir kannst du es.«

Ohne es kontrollieren zu können, schüttelt mein Kopf unaufhörlich hin und her. »Ich kann nicht«, hauche ich, mit meinen Gedanken tief in meinem Inneren versunken.

Wann? Wann habe ich das getan, was ich mir wünsche, ohne auf meinen Kopf zu hören?

»Lauren!«, holt Scott mich zurück auf den feuchten Gehweg. »Lass los.«

Fast in Zeitlupe wende ich mich von ihm ab. Was ist es, was ich will?

Ein Schritt. Zwei Schritte. Drei. Langsam bringe ich Abstand zwischen uns. Aber es fühlt sich falsch an. Jedes noch so kleinste Stück zwischen uns ist ein Fehler. Also stoppe ich. Verharre.

»Lass endlich los«, wiederholt Scott und auch wenn der dichte Straßenverkehr Bruchteile seiner Worte schluckt, spüre ich jedes einzelne in meiner Seele.

Und dann ist es, als legte sich ein Schalter um. Ich sehne mich nach seiner Umarmung. Ich brauche seinen Geruch, der mich einhüllt, muss seine Lippen auf meinen spüren. Ich kann endlich fühlen, was ich will. Und mein Denken setzt aus.

Es sind nur ein paar Schritte, aber ich renne so schnell wie ich kann, schlinge meine Arme um seinen Hals und lege meinen Mund auf seinen. Lasse zu, dass seine warmen Lippen meine salzigen Tränen abfangen. Und es fühlt sich richtig an. Auch wenn ich weiß, dass es falsch ist.

Scott zögert nicht. Er umschließt mein Gesicht mit seinen großen Händen und stöhnt leise und genüsslich gegen meinen Mund. Allein dieses Geräusch, das nicht vielmehr ist als ein Brummen in seinem Hals, nimmt langsam alle Anspannung aus meinem Körper.

Ich gebe mich hin. Nicht nur ihm. Sondern dem Drang, meinem Herzen zu folgen und zu fühlen statt zu denken. Sein Atem kitzelt auf meiner Oberlippe. Jede Berührung seiner Hände, die sich langsam einen Weg über meinen Rücken bahnen, sendet Wärme in meinen Körper. Eine Wärme, von der ich bislang nichts wusste.

Alles um uns herum ist unscharf gestellt. Nur durch einen Filter nehme ich den Straßenverkehr wahr und höre die pfeifenden Fußgänger, die an uns vorbeitaumeln. In meiner Empfindung ist nur Platz für Scott. Für seinen Mund, der sich in Zeitlupe öffnet und seine Zunge auf den Vormarsch zwischen meine Lippen sendet. Nur einen Spaltbreit öffne ich meinen Mund, rücke noch ein Stückchen näher an seinen wärmenden Körper. Nicht zuletzt, weil seine Hände mich beschützend an ihn ziehen. Das Gefühl, als unsere

Zungen sich berühren, ist unbeschreiblich. Es gibt keine Worte, die erklären können, wie nah ich Scott in diesem Moment bin. Nichts, das zwischen uns steht.

Fordernd drängt seine Zunge sich in meinen Mund, verbindet sich mit meinem Körper ohne die Zustimmung meines Verstandes. Und ich will das. Will diesen Moment zwischen uns, der intimer ist als alles, was ich bisher erlebt habe.

Scotts Hand streicht über meine Haare, streichelt meine Wange. Seine Hände sind überall, während seine Zunge weiter unanständig tief in meinem Mund verharrt. Ich lege meine Hände auf seine Brust. Spüre durch den Stoff seines Poloshirts nicht nur die Muskeln, von denen ich mir schon unzählige Male vorgestellt habe, sie zu berühren. Ich spüre seinen Herzschlag. Im Einklang schlagen unsere Herzen schneller, als für den menschlichen Organismus gesund ist. Unsicher und zögerlich fahre ich über seinen Oberkörper, hinauf zu seinen Schultern.

Scotts Mund löst sich langsam von mir und ehe ich einen Gedanken daran verschwenden kann, wie es weitergeht, zieht er mich in eine feste Umarmung. Eine Hand auf meinem Hinterkopf, die andere um meine Taille, hält er mich fest. Seinen Atem auf meinem Kopf zu spüren löst die letzten Tränen. Tränen der Erleichterung. Aber auch des Kummers. Der Angst. So fest ich kann, schlinge ich meine Arme um seinen Körper und vergrabe mein Gesicht an seiner Brust. Und er hält mich. Hält mich, weil es das ist, was ich will. Das ist, was ich brauche. Ganz ohne dass ich es sagen musste.

Aber was wenn ich meine Augen wieder öffne, die ich fest geschlossen gegen die Stelle seines Herzens drücke? Was wird es dann sein, was ich will?

# KAPITEL 13

**Scott**

Unsere Gedanken füllen den Innenraum des Taxis komplett aus. Lauren kauert eng an mich geschmiegt und das Zittern ihres Körpers treibt mich in den Wahnsinn. Ich schlinge meinen Arm noch etwas fester um sie, reibe ihre Hände in meinen. Scheiße noch mal, am liebsten würde ich die verdammte Erderwärmung in diesem Moment ankurbeln, nur damit ihr nicht mehr kalt ist. Ich kann es nicht ertragen, wenn sie sich nicht wohlfühlt. Ich will, dass sie glücklich ist. Mehr als alles andere auf der Welt.

Der Ausdruck in ihrem Gesicht, als ich Cassy geküsst habe, brodelt nach wie vor drückend in meinem Magen. Es war ein Fehler. Das war mir schon in dem Moment klar, als ich ihren Namen rief. Aber zu sehen, wie sehr sich Lauren dagegen wehrt, was sie möchte, sich gegen mich wehrt, hat mich so zornig gemacht. Und hilflos.

Diese flüchtige Begegnung mit Cassys Lippen war nichts. Es hat mir nichts bedeutet. Überhaupt wird mir in den letzten Minuten immer klarer, dass mir noch nie etwas so viel bedeutet hat wie der Kuss mit Lauren. Noch immer schmecke ich ihre Zunge auf meiner. Spüre das Salz ihrer Tränen auf meinen Lippen.

»Da wären wir«, unterbricht der Taxifahrer unsere Gedanken und ich bezahle ihn. Wir rennen über die Straße, stoßen die Tür auf und Frank, mein Lieblingsconcierge, nickt uns höflich zu.

Erst oben in meiner Wohnung löst Lauren ihre Hand aus meiner und sie fehlt mir direkt.

»Ist es …«, stottert sie wie bei unserer ersten Begegnung.

Ich lege Geldbeutel, Handy und Schlüssel auf die Kommode. Als ich ihre Unsicherheit spüre, wende ich mich ihr zu.

»Ist es okay, wenn ich ins Bett gehe?«

Zu sehen, wie sehr sie schon wieder mit den Tränen kämpft, macht mich verrückt.

»Lauren«, entweicht es mir mit einem Seufzen. Ich kicke meine Air Max zur Seite und trete vor sie. Noch immer bibbern ihre Beine, die in dem kurzen Minirock unwiderstehlich aussehen. »Du solltest mich nicht fragen müssen, ob du ins Bett gehen darfst.« Mit dem Zeigefinger fahre ich durch die vordere Strähne ihrer Haare. »Ich habe das ernst gemeint. Tu, was dich glücklich macht. Wenigstens bei mir.« Ein Lächeln legt sich auf mein Gesicht. »Übrigens … ist das Mahagoni.«

»Hm?«, fragend blicken mich ihre rot geweinten Augen an.

»Deine Haarfarbe. Lynel hat keine Ahnung. Das ist nicht Rot. Das ist Mahagoni.«

Ich lasse eine ihrer seidigen Strähnen durch meine Finger gleiten. Ihr Mundwinkel zuckt, aber ein Lächeln will ihr nicht wirklich gelingen.

Im Nacken ziehe ich sie ein Stück zu mir heran und gebe ihr einen Kuss auf ihre fruchtig duftenden Haare. »Schlaf gut, Prinzessin«, hauche ich gegen ihren Kopf, auch wenn es mir alle Kraft abverlangt, mich zu verabschieden. Es fühlt sich nicht an wie ein *Bis morgen*. Eher wie ein *Leb wohl*.

***

»Okay. Meine Geduld ist gut, aber eben auch nur gut, nicht überragend.«

Mein Herz schlägt mir bis zum Hals, als ich die Tür zum Gästezimmer einfach öffne. Ich kann es nicht länger hinauszögern. Seit zwei Stunden tigere ich in meiner Wohnung hin und her, ohne einen Mucks von ihr zu hören. Ich habe es einfach nicht länger ausgehalten. Diese Ungewissheit zerrt an meinen Nerven.

»Ey«, quietscht sie und zieht die Decke bis zum Kinn, »ich hätte nackt sein können.«

»Um ehrlich zu sein«, sage ich und lehne mich mit der Schulter gegen den Türrahmen, »hatte ich das gehofft.«

Die ganze Nacht habe ich wach gelegen und mir den Kopf zerbrochen.

Über Lauren. Über mich. Ihren Job. Meinen Job. Sogar über ihren bescheuerten Freund, den ich hoffentlich niemals kennenlerne. Ich habe mir das Hirn zermartert, ohne irgendein Ergebnis.

»War nur ein Scherz«, versuche ich wieder ein wenig Entspannung auf ihr schockiertes Gesicht zu zaubern. Ich gehe einen Schritt näher und werfe ihr einen Controller aufs Bett. »Wir hatten ein Gaming-Date, schon vergessen?«

Ich habe mir fest vorgenommen, sie heute nicht zu bedrängen. Gestern Abend war ... heftig. Egal, was sie im Endeffekt über mich schreibt, für mich geht es ab jetzt um sie, nicht um mich. Ich habe das wirklich ernst gemeint. Ich will, dass sie glücklich ist. Vorzugsweise natürlich mit mir, aber ich werde sie zu nichts überreden.

»Du willst Playstation spielen?«, fragt sie und starrt auf den Controller, als hätte sie sowas nie zuvor gesehen. Gut möglich, dass dem auch so ist.

»Nicht ganz. WIR spielen Playstation«, korrigiere ich und grinse sie extra breit an. Sie soll nicht denken, dass es jetzt komisch ist zwischen uns. Nur wegen eines Kusses. Okay, zugegeben, es war nicht irgendein Kuss. Es war *der* Kuss. Wenn es nach mir ginge, könnten wir den ganzen Tag darüber philosophieren, was das zu bedeuten hatte und welche Konsequenzen wir dafür tragen müssen. Ich kann ihr aber auch einfach zeigen, dass alles cool ist und sie bei mir sicher ist. Ohne Vorwürfe. Ohne Erwartungen. Unbeschwert und glücklich. Dass ich eine Heidenangst habe, dass sie sich bei einem solchen Gespräch gegen mich entscheidet, spielt eine nicht ganz unberechtigte Rolle.

Ihr Blick wandert immer wieder zwischen mir und dem Controller hin und her. Alles, was ich wahrnehme, seit ich dieses Zimmer betreten habe, erfüllt meine Erwartungen. Ihr geht es beschissen. Neben dem Bett türmen sich benutzte Taschentücher. Ihr Handy liegt auf dem Teppich vor dem Kleiderschrank und ihre Sachen von gestern Abend sind auf dem Boden verteilt. Die sonst so funkelnden Augen sehen müde aus und ihre Nase ist rot vom vielen Schnäuzen.

»Du kannst lernen, wie man eine Abseitsfalle stellt«, ködere ich sie und wackle mit den Augenbrauen. Natürlich will ich lieber ganz andere Dinge tun, als Playstation zu zocken, aber erst mal ist es wichtig, sie wieder zum Lachen zu bringen.

»Hm … Okay«, murmelt sie leise, die Bettdecke immer noch mit beiden Händen bis zum Kinn gezogen. Abwartend ziehe ich die Brauen hoch. »Du musst draußen warten«, quittiert sie meinen Blick.

»Warum?« Ich verschränke die Arme vor der Brust.

Ein winziges Funkeln leuchtet aus ihren grünen Augen.

»Bist du doch nackt?«

»Schlimmer«, sagt sie gedämpft in die Daunen.

»Lauren, es gäbe für mich nichts Schöneres als deinen nackten Körper zwischen diesen weißen Laken«, gestehe ich offen und ehrlich. Warum auch nicht? Sie nicht zu drängen oder ihr offen klarzumachen, was ich von ihr will, sind zwei verschiedene Paar Schuhe. Ich war noch nie verklemmt und werde bei ihr sicher nicht damit anfangen.

Alles, was über dem Rand der Decke hervorlugt, sind ihre Augen, die mit jedem meiner Worte größer geworden sind.

»Aber das hat gerade keine Priorität. Sondern das«, sage ich und wackle mit meinem eigenen Controller, der in meiner Hand baumelt. »Also, egal wie hässlich dein Pyjama ist, du wirst jetzt dieses Bett verlassen, mit mir Playstation spielen und Honey loops essen.« Ohne zu zögern, trete ich an ihr Fußende.

»Wag es ja nicht«, warnt sie, aber da ist es schon zu spät. Ich ziehe die Decke mit einem kräftigen Ruck von ihr runter. »Scott«, schrillt es quer durch mein Gästezimmer.

Ich lege meinen Kopf zurück und lache. »Gott, das ist wirklich zu niedlich. Ich hoffe, dass ich diesen Anblick niemals vergessen werde.«

Und das werde ich ganz sicher nicht.

»Du bist ein Arsch«, mault sie, aber ihre Mundwinkel zucken bedrohlich zu einem Lachen, als sie aus dem Bett hüpft.

Dieser Anblick, wie sie vor mir steht. Wütend und gleichzeitig gekleidet in einen Ganzkörperanzug mit Wölkchen verziert.

»Das hatten wir doch schon geklärt«, schmunzle ich und hebe den Controller auf, der bei meinem Übergriff vom Bett geflogen ist. »Na komm schon, Prinzessin«, necke ich sie. Und irgendwann wird ihr klar, sie hat keine Wahl. Zumindest nicht für den Moment.

»Ich werde dich sowas von abziehen«, droht sie, reißt mir das Bedienpanel aus der Hand und stapft mit ihrem zierlichen Körper an mir vorbei.

»Ich freu mich drauf«, zwitschere ich und kann nicht zurückhalten, dass meine Hand ihr einen Klaps auf den Hintern gibt.

***

**Lauren**

»Das ist abartig.«

Ich lasse die Milch zusammen mit dem Getreidering aus meinem Mund wieder in die Schüssel plumpsen.

»Sicher?«, murmelt Scott, den Mund so voll, dass ich ihn kaum verstehen kann.

Wir haben unsere erste virtuelle Meisterschaft hinter uns und langsam fange ich an mich zu entspannen. Die Nacht war die Hölle. Ich habe stundenlang versucht meine Gefühle zu sortieren und Stellung zu beziehen zu dem, was ich getan habe, aber es geht nicht. Ich kann nur an Scotts Hände denken, die mich beschützend packen. Immer wieder habe ich jedes noch so kleinste Detail unseres Kusses durchdacht. Und statt dem Betrug, den ich damit begangen habe, durchfährt mich etwas anderes.

»Absolut. Das ist kein Frühstück. Das ist ... Ich weiß auch nicht. Auf jeden Fall keine Nahrung.« Mein Kopf schüttelt sich immer noch beim Blick in die Schüssel.

»Du weißt nicht, was gut ist«, sagt er in Gedanken, während er mit einer Hand seine Mannschaft aufstellt. Er hat ja keine Ahnung, wie recht er damit hat.

Seit zwei Stunden lümmeln wir auf der Couch und gegen all meine Erwartungen ist es kein bisschen komisch. Es wirkt fast, als wären wir ... Ich weiß nicht ... Freunde? Wenn das überhaupt möglich ist. Er hat noch kein Wort zu gestern verloren und ich bin unsicher, ob das gut oder schlecht ist. Denn wenn wir erst darüber reden, wird es endgültig real und ich muss mich den Konsequenzen stellen.

Ich habe einen Großteil meines Körpers in die beige Decke gehüllt, die sonst penibel gefaltet auf der Lehne liegt. Scott sitzt auf dem weichen Teppich vor der Couch, die langen Beine neben dem Glastisch ausgebreitet.

»Aaaaber«, zieht er in die Länge. Zum ersten Mal überrage ich ihn und habe uneingeschränkten Blick auf die dichten Wimpern, die seine braunen Augen einrahmen. Auf seinen Wangen habe ich schon gestern die piksenden Bartstoppeln gespürt. David ist seit ich denken kann immer glatt rasiert.

Schnell versuche ich meine Gedanken vom gestrigen Abend und meinem Freund abzuwenden. Ich habe in den letzten Stunden viel über die Jahre mit David nachgedacht. Über die Tatsache gegrübelt, dass ich mir eingestehen muss, dass ich ihn zwar vermisse, aber nicht so, wie ich es vielleicht sollte. Es ist kein körperliches Vermissen. Die Berührungen mit Scott hingegen lösen jedes Mal ein Kribbeln in meinem Magen aus, das ich nie zuvor gespürt habe. Ich muss aufhören, darüber nachzudenken.

»Aber was?« Es juckt mir in den Fingern, seine geraden Augenbrauen nachzufahren.

»Ganz vielleicht hätte ich da eine Alternative, die dir gefallen könnte.«

Dadurch, dass er seinen Kopf nach hinten auf meine Sitzfläche hat fallen lassen, sehe ich sein Gesicht verkehrt herum, was mich zum Lachen bringt. Und das tut so unglaublich gut, dass ich es frei und ungehindert rauslasse.

»Was?«, fragt er und sein Kinn zuckt aus meiner Perspektive als übergroße Nase in seinem Gesicht.

»Du siehst komisch aus.« Umso weiter er das Gesicht verzieht, desto lauter wird mein Lachen.

»Ich sehe komisch aus?«

Ich zucke zusammen, als ich seine Hand unter meiner Wolldecke spüre.

»Ich bin nicht derjenige im Wölkchendress.«

Mit einem Ruck zieht er mich vom Sofa. Seine Hände sind überall und kitzeln mich durch, bis ich zappelnd auf dem Rücken liege.

»AHH«, kreische ich und versuche mich zu wehren. Nicht weil ich so kitzelig bin, sondern weil seine Berührungen nur durch den Stoff meines Pyjamas viel zu intim sind für ein simples Gekabbel unter Freunden.

*Gott, Lauren, hör endlich auf es zu leugnen.*

»Kapitulierst du?« Seine Augen strahlen direkt über meinem Gesicht. Seine Hände fixieren meine über unseren Köpfen und der weiche Teppich schließt sich um meine Handflächen.

So fest ich kann, presse ich die Lippen aufeinander. Ich will nicht aufgeben, aber der Drang, meinen Kopf zu heben und ihn zu küssen, ist einfach zu groß. Daher nicke ich nur.

»Braves Mädchen. Komm.« Mit einem Satz ist er auf den Knien und zieht mich mit sich in den Stand. »Ich habe eine Überraschung.«

Meine Hand schmiegt sich perfekt in seine und ich müsste mir eigentlich viel dümmer vorkommen, als ich in meinem Jumpsuit hinter ihm her hopse.

»Ich habe etwas bestellt.«

Sein Grinsen ist jugendlich und furchtbar süß. Er wirkt richtig aufgeregt, als er in die Hocke geht, um den Karton zu öffnen, der in einer Ecke der Küche steht. Ohne darüber nachzudenken, fasse ich ihm in die Haare, die von unserem kleinen Kampf ganz strubbelig sind. Für den Bruchteil eines Moments verharrt er im Öffnen des Pakets. Kaum merklich, aber ich habe es gesehen. Den sanften Ausdruck, der über sein Gesicht gehuscht ist.

»Ich bin mir ziemlich sicher, dass du die hier lieben wirst.«

Seine Augen glänzen, während er eine gigantische Kaffeemaschine aus dem Karton zaubert. Mit offenem Mund starre ich auf das rote Hochglanzgerät. Eins von dieser Sorte, wo ein Knopfdruck ausreicht, um die leckersten Kaffeevariationen zu bekommen.

»Du hast eine Kaffeemaschine gekauft?«

»Und sie ist rot.« Seine Augenbrauen wackeln.

Ich glaube, die Maschine ist bis auf seinen roten *Silvers*-Pulli das einzig Farbige hier im Raum.

»Du hast eine Kaffeemaschine gekauft«, wiederhole ich mich.

Scott stellt die Maschine neben den Herd und ich kann meinen Körper nicht daran hindern, meine Arme von hinten fest um seine Taille zu schlingen.

»Du hast eine Kaffeemaschine gekauft«, flüstere ich, den Kopf fest zwischen seine breiten Schulterblätter gepresst.

»Deine Platte hat einen Sprung, Lauren«, sagt Scott. Seine Hand liegt auf meinen. Drückt sie fest gegen seinen flachen Bauch.

»Ich kann nicht fassen, dass du mich gezwungen hast, diese Kringel zu essen, obwohl die hier die ganze Zeit im Raum war.« Mein Kopf wippt unter seinem Schmunzeln.

»Man muss immer seine Möglichkeiten abwägen«, scherzt er, aber seine Worte treffen mich.

Mache ich das gerade? Meine Möglichkeiten abwägen?

Eine Zeitlang stehen wir einfach so da. Er in seinem Schlabberpulli und barfuß. Ich in meinem Wölkchenanzug, von hinten an ihn geschmiegt. Für einen Augenblick wünschte ich, die Zeit könnte so stehen bleiben. Wir beide hier in seiner Wohnung. Kein *GB-Life*, kein Kensington und kein ...

Ich verbiete mir, den Gedanken weiterzuführen. Es muss aufhören. Das hier darf nicht die Realität sein. Und das ist es nicht. Meine Realität wartet in Plumpton auf mich.

»Also«, unterbricht Scott die Stille, »du hast noch genau ...« Er blickt auf die schwarze Uhr, die über der Spüle hängt. »... drei Stunden Zeit, dich durch mein neues Sortiment zu probieren, ehe du den Peterson/Handerson-Clan um die Ohren gehauen bekommst.« Er verflicht seine Finger vor seinem Bauch mit meinen. »Natürlich nur, wenn du das noch möchtest.«

»Den Kaffee oder den Clan?«, frage ich, ohne es ernst zu meinen. Ich freue mich auf beides.

»Beides?«, spricht er meine Gedanken aus.

»Ich würde für kein Geld der Welt darauf verzichten.«

Scott hebt einen Arm, sodass ich unter ihm hindurchschlüpfen kann und mein Oberkörper dicht vor seinem liegt. »Auf den Kaffee oder den auf Clan?«, wiederholt er mein kleines Spiel und ein Grinsen breitet sich auf meinem Gesicht aus.

»Beides«, sage ich und gebe ihm einen hauchzarten Kuss auf die Wange. »Danke«, flüstere ich dabei und drehe mich schnell zu meinem neuen Spielzeug, ehe mein Körper auf dumme Ideen kommt.

Als Scott heute Morgen in mein Zimmer gekommen ist, dachte ich, die Welt stünde kurz vor der Apokalypse. Einfach alles war furchtbar und ich fand keinen Ausweg aus dieser Misere, egal wie lange ich darüber gegrübelt habe. Und dann sollte ich auch noch Playstation spielen, als wäre nichts passiert. Als hätte dieser Moment gestern nichts zu bedeuten. Aber das hatte er. Er hat alles verändert. Alles. Mich. Ihn. Meine Beziehung. Mein Leben. Meine Wünsche. Ich könnte die Liste ins Unendliche fortführen. Aber ohne es zu ahnen, war dieses dämliche Computerspiel, das ich im Übrigen kein Stück beherrsche, die beste Idee für diesen Vormittag.

Scott bedrängt mich nicht. Er fordert nicht. Er ist einfach da. Wir lachen. Wir albern. Aber wir reden auch ernst miteinander. Er erklärt mir viel über Fußball. Und das so, dass sogar ich es verstehe. Er ist geduldig und witzig und …

Scheiße. Es ist einfach ein Traum. Ja, ein Traum. Aber ein Traum ist nun mal nicht real.

Bei meinem dritten Latte haben wir das FIFA spielen aufgegeben und sind zu Netflix übergesiedelt. Ich sitze dicht neben Scott und er hat seinen Arm um mich gelegt, was ein wundervolles Gefühl ist. Wäre da nicht die Realität, die mich mit einem kleinen *Bing* meines Handys regelmäßig daran erinnert, wo ich hingehöre. Jede WhatsApp, die ich von David bekomme, schnürt mir ein bisschen mehr die Luft ab. Er ist mein Freund. Mein Seelenverwandter. Er kennt jeden meiner Fehler genauso wie meine Talente. Wir verstehen uns blind. Sowas wirft man doch nicht einfach weg, schon gar nicht für eine kurzfristige Affäre mit einem Profisportler. Vielleicht gibt es Frauen, die so etwas tun, aber so bin ich doch nicht. Und das obwohl jede Faser meines Körpers sich danach sehnt, Scott nah zu sein. Ich will das. Will diesen Traum hier so sehr, dass es wehtut.

Wie kann es sich so richtig anfühlen, im Pyjama bei einem anderen Mann zu liegen? Ich spüre die Wärme seines Körpers neben mir und rieche seinen Duft, der heute Morgen nicht aus Parfüm, sondern einfach aus Scott besteht.

Kann ich jemals zu David zurückkehren und das hier vergessen? Und viel wichtiger ist die Frage: Möchte ich das überhaupt? So viele Fragen, die ich mir selbst nicht wage zu stellen. Und das obwohl ich genau dafür eigentlich hier bin. Um Fragen zu stellen. Aber mein Job und der verflixte Artikel waren noch nie so unwichtig wie in diesem Moment.

Viel schlimmer ist, dass ich gerade vermutlich den größten Fehler meines Lebens begehe. Und das mit einem Kerl, der mich wahrscheinlich schneller ersetzt hat, als ich Plumpton auch nur aussprechen kann.

# KAPITEL 14

**Scott**

»Du wirkst nervös.«

Wir haben die neunzigminütige Fahrt beinahe komplett schweigend hinter uns gebracht. Lauren hat entweder an ihrem Handy rumgespielt oder aus dem Fenster gestarrt.

»Das bin ich auch.« Sie schnaubt und klappt die Sonnenblende runter, um ihre Haare glatt zu streichen. Sie trägt sie offen, nur die vorderste Strähne hat sie mit einer perlenbesetzten Spange nach hinten gelegt.

»Dafür gibt es keinen Grund«, beruhige ich sie. »Bei Sam und Maggie ist es …« Ich muss lachen bei dem Gedanken an das Chaos, das bei den Handersons immer herrscht. »Sagen wir mal, es ist immer was los.«

Wir tauschen kurz Blicke. Sie sieht nicht wirklich beruhigter aus.

»Lauren. Du könntest auf einem Pony durch die Küche reiten und es besteht die reelle Chance, dass dich niemand bemerkt.«

»Oookay«, zieht sie in die Länge und starrt immer noch in meine Richtung.

Mein Blick wechselt zwischen der Straße und ihr hin und her. Wie ein Geier lauern die letzten Stunden zwischen uns. Natürlich mache auch ich mir meine Gedanken und die Tatsache, dass sie jedes meiner Worte in ihrem Bericht erwähnen könnte, nagt grauenvoll an mir.

»Maggie und dein Dad waren gestern auch wirklich nett zu mir …«

»Aber …«, fordere ich. Ich sehe, dass da noch was schlummert, was sie nicht sagt. Immer habe ich das Gefühl, sie ist nicht ehrlich, und das treibt mich an den Rand des Wahnsinns.

»Was ist mit deinem Dad?«

»Was soll mit ihm sein?«

»Na ja.« Ihre Schultern heben sich unter einem tiefen Seufzer. »Er wird bereits gestern gemerkt haben, dass ich völlig unqualifiziert bin, was deinen Job angeht.«

Mein Dad hat mich in der Tat schon gestern Abend auf dem Weg zur Kabine angehauen, dass das wohl ein schlechter Scherz von Derrek sei. Aber das muss sie nicht wissen.

»Du musst dich vielleicht entscheiden, ob du privat hier bist oder beruflich.« Auch wenn das für meinen Dad nicht von Belang ist. Für mich aber.

»Privat«, sagt sie, ohne zu zögern, und meine Schultern sacken ein Stück ab.

»Keine Recherche?«

»Keine Recherche.«

»Dann solltest du es einfach vermeiden, mit meinem Dad über Fußball zu sprechen.«

»Und wenn ich beruflich gesagt hätte?«

Ihr Blick ist so niedlich, dass ich unentwegt darüber nachdenken muss, wie sich ihr Mund auf meinem Körper anfühlt.

»Dann hätte ich dir das Gleiche geraten.«

Wir sehen uns an und langsam beginnt sie zu grinsen.

»Aber so weiß ich wenigstens, dass du hier sein willst«, sage ich und schaue zurück auf die Straße. Wir haben die Autobahn hinter uns gelassen und fahren durch die engen Gassen Whitstables.

»Ja«, haucht sie kaum hörbar. »Das möchte ich.«

Das seltsame Schweigen, das ich so schnell es geht wieder nach draußen verbannen, will kehrt zurück.

»Außerdem hast du als Scott Peterson fast ein Tor geschossen.«

Das Playstationspiel mit Lauren war definitiv ein unvergessliches Erlebnis.

»Das war ein Eigentor«, lacht sie.

Ich ärgere sie ein wenig, um wenigstens das Eis zwischen uns wieder vollständig zu brechen, dass jedes Mal erneut zufriert, wenn sie Kontakt zu einem ihrer Familienmitglieder hatte oder wir über die Reportage sprechen. Am liebsten würde ich ihr Handy samt dem Notizbuch im Meer versenken.

»Weißt du eigentlich schon, wohin du mich morgen Abend einlädst?« Ich blicke kurz auf die Rückbank, auf der Gracys neuer überdimensionaler Teddy hockt.

»Wer sagt, dass ich verliere? Hierbei geht es um Empathie. Nicht um Fußball.« Sie lacht laut. »Der Punkt geht sowas von an mich, Peterson.«

Wahrscheinlich könnte sie sogar recht haben und die Tatsache, dass sie mir nicht in dem Punkt widerspricht, dass wir morgen Abend gemeinsam essen gehen, ist doch schon mal was.

»Warten wir's ab«, sage ich und parke den BMW in der breiten Hauseinfahrt zu Sams und Maggies Haus. Sie haben es vor zwei Jahren gekauft und damit eine Menge Ärger gehabt. Aber egal wie viele Macken es auch hat, es ist ein echtes Zuhause.

Lauren atmet tief aus und ich nicke ihr aufmunternd zu, bevor wir aus dem Wagen steigen.

»Scott«, ertönt eine vertraute Stimme und ein Lächeln legt sich auf mein Gesicht.

»Karen«, rufe ich und Sams Mum kommt uns die Stufen, die zur Haustür führen, entgegen. Sie zieht mich in eine mütterliche Umarmung, die ich gern erwidere. Karen ist einfach toll. Sie war für Maggie von Anfang an wie eine Mutter.

»Schön, dass du kommen konntest.« Ihre langen blonden Locken fliegen im Wind, der immer an der Küste weht. »Tolles Spiel gestern.«

»Du hast es gesehen?« Mein Blick gleitet an ihr vorbei und ich sehe meinen Dad, der vor der Haustür steht, eine Zigarette in der Hand. Dass er neuerdings so viel raucht, gefällt mir nicht.

»Nicht freiwillig, muss ich zugeben. Aber du kennst ja meine Bande.« Ihr Blick gleitet über meine Schulter. »Und du musst Lauren sein.«

»Ja. Hi«, sagt sie und in schnellen Schritten umrundet sie das Auto. »Lauren Bell.«

»Schön, dich kennenzulernen, Lauren. Maggie hat mir schon von dir erzählt. Und du schreibst einen Artikel über Scott?« Karen schüttelt Lauren die Hand.

»Sie ist privat hier«, gehe ich dazwischen. Ich habe keinen Bock, mit anzuhören, wie sie den ganzen Nachmittag wegen des Artikels gelöchert wird.

»Noch besser. Kommt. Gehen wir rein. Es spielen schon alle völlig verrückt.«

Karen legt einen Arm um Laurens Schultern und führt sie zum Eingang. Der weiße Kies knirscht unter ihren Schuhen, während ich den Teddy und das gigantische Bällebad aus dem Auto wuchte.

»Privat hier, he?«, stößt mein Dad aus, der aus dem Nichts neben dem Kofferraum auftaucht.

»Dir auch einen schönen Sonntag, Dad.« Ich stöhne übertrieben. »Hast du irgendein Problem damit?«

Es gibt keinen Grund, so gereizt zu reagieren, aber ich kann nicht aus meiner Haut.

»Pass bloß auf, Junge. Das hat schon einen Grund, warum sie ausgerechnet dir ein hübsches Mädchen schicken.« Er greift nach dem riesigen Netz voller Bälle und schultert es.

»Weil ich so blöd bin, auf eine Journalistin reinzufallen?«, fauche ich. Nicht zuletzt, weil genau dieser Fall eingetreten ist. Verdammt, wenn sogar meinem Dad klar ist, dass es so ist, warum zur Hölle kann ich nicht einfach die Finger von ihr lassen? Immerhin hat sie laut und deutlich Nein gesagt.

»Ich bitte dich bloß vorsichtig zu sein.«

»Darauf kann ich verzichten. Ich hab's im Griff«, lüge ich. Denn das habe ich nicht. Kein bisschen. Ich kann den ganzen Morgen mit Lauren rumalbern und PS4 spielen, aber das ändert nichts an der Tatsache, dass mir in jeder Minute, in der wir zusammen sind, klar ist, dass sie in einer Woche wieder zu ihrem Freund geht und alles, was übrig bleiben wird, sind ein paar Zeilen über mich, die sie auch noch mit der Öffentlichkeit teilt.

»Und warum zur Hölle stellt Russo immer wieder John in die Verteidigung, anstatt Brane zu bringen?«

Vierzig Sekunden. So lange hat es heute gedauert, bis mein Dad wieder beim Fußball ist. Manchmal habe ich das Gefühl, er lebt in seiner ganz eigenen Welt.

»Das solltest du ihn fragen. Brane ist da ganz deiner Meinung.«

»John läuft die Bälle nicht an. Seine Pässe sitzen nicht und er ist viel zu hitzköpfig.«

Das sagt gerade der Richtige.

»Ich weiß Dad«, erwidere ich genervt und werfe mir den Riesenteddy über die Schulter. Im Augenwinkel sehe ich, dass Lauren zusammen mit Karen und meiner Schwester auf der Haustürschwelle steht. »Aber jetzt ist erst mal Grace dran. Über die Mannschaft können wir morgen wieder diskutieren.« Mit meinem Nicken deute ich in Richtung der Frauen, damit Coach Peterson checkt, dass auch ich privat hier bin.

***

**Lauren**

Wir betreten das Haus und ein wunderbarer Geruch nach Waffeln und Kuchen schlägt uns entgegen.

»Ihr habt wirklich ein wunderschönes Haus«, sage ich zu Maggie, die ich ohne Kappe und Trikot fast nicht wiedererkannt hätte. Sie trägt ein *Alife and kickin*-Kleid, das ich total fasziniert betrachte. Der ausgefallene Schnitt, die Farbe, allein die Knöpfe in Herzform sehen total cool aus. Alles an ihr wirkt so elegant und gleichzeitig lässig. Ich komme mir total dumm vor in meiner einfachen Jeans und dem schwarzen Rollkragenpullover.

»Ach, lass dich von der Lage und dem Ausblick nicht blenden.« Wir pressen uns alle in den engen Eingangsbereich, der mit seinen hellblauen Wänden total zu der maritimen Deko passt. »Das haben wir damals auch. Und jetzt haben wir einen feuchten Keller und undichte Türen.« Ihr Lächeln wirkt müde.

»Aber wir lieben es trotzdem«, ertönt eine tiefe Männerstimme. Der Mann, der in den Rundbogen am Ende des Flurs tritt, stützt sich am oberen Türrahmen ab. Wenn das Maggies Mann ist, habe ich irgendeinen Teil der Geschichte verpasst. Ich hatte mir einen schlichten jungen Mann vorgestellt. Seine Arme sind jedoch bis zu den Fingerspitzen tätowiert und die Plugs in seinen Ohren wollen sich so gar nicht in das weiße Einfamilienhaus am Strand fügen.

»Hi.«

Sein Lächeln und der freundliche Ausdruck in seinem Gesicht wiederum passen zu dem in Maggies Augen, der Dutt an seinem Hinterkopf und die komplett schwarze Kleidung allerdings kein bisschen zu dem Gedanken, dass er für seine Tochter Disneyworld nachbauen wollte.

Scott ist der Erste, der bei ihm ankommt und die Männer nehmen sich freundschaftlich in die Arme.

»Schön, dass du kommen konntest, Mann.«

Er klopft Scott brüderlich auf den Rücken. Der journalistische Teil in mir schließt, dass Scott nicht besonders oft herkommt. Aber ich bin privat hier, deshalb versuche ich das zu ignorieren. Auch wenn es mir immer schwerer fällt, berufliche von privater Neugierde zu trennen.

»Und du bist Lauren, oder?«

Irgendwie weiß offensichtlich jeder, wer ich bin.

»Ja genau«, sage ich. Ich strecke ihm meine Hand entgegen, aber seinem dunklen Blick standzuhalten, fällt mir schwer.

»Ich hab schon gehört, dass du die beiden Härtefälle gestern eine Halbzeit lang ertragen musstest.«

Er und Scott lachen rau und ich fühle mich ein kleines bisschen fehl am Platz.

»Das ist Sam«, übernimmt Maggie für ihn das vorstellen. »Am besten ignorierst du ihn einfach.«

Sie ergreift genau wie gestern meine Hand und zieht mich hinter sich her. Wir treten in ein umwerfend schönes Wohnzimmer. Durch die Fenster hat man uneingeschränkten Blick auf das Meer. Die ganze Einrichtung ist bunt. Ein Sofa gelb, das andere schwarz. Die Tapete an einer Wand erschlägt einen beinahe mit ihrem Retromuster, aber ich mag es. Es ist so gemütlich. Ich gehe davon aus, dass die ganzen Minnie und Mickey Mäuse, die verteilt im Raum hängen, nicht zur eigentlichen Einrichtung gehören.

Aus dem Nebenraum dringt ein enormer Geräuschpegel zu uns herüber und ehe ich Zeit habe, alles mit den Augen aufzunehmen, werde ich auch schon weitergezogen.

»Du musst unbedingt alle kennenlernen.«

Maggies Pferdeschwanz wippt bei jedem Schritt und plötzlich stehe ich inmitten eines vollen Esszimmers. Hier ist der absolute Disneywahnsinn ausgebrochen und von der Decke hängen unzählige Girlanden und Ballons.

Aber was mich viel nervöser macht, sind die vielen fremden Menschen, die allesamt in meine Richtung schauen, als käme ich geradewegs vom Mars. Es herrscht plötzlich Stillstand. Dafür brauche ich nicht mal mit dem Pony hier durch zu reiten.

Neben mir taucht Maggies Mann auf und egal, wie nett er ist, ihn so neben mir stehen zu haben schüchtert mich irgendwie ein.

»Ihr habt sie doch nicht alle.«

Scott taucht auf meiner anderen Seite auf und wedelt mit der Hand ein paar Luftschlangen zur Seite, die vor seinem Gesicht baumeln, weil er viel größer ist als ich und Maggie. Ihn zwischen den fremden Menschen hinter mir zu spüren beruhigt mich. Und ja, ich dürfte das nicht tun, aber ich greife hinter mich und fasse nach seiner Hand.

»Alles klar?«, flüstert er in mein Ohr. Zeitgleich ruft Maggie »Leute, das ist Lauren« quer über den riesigen Tisch.

»Hey, Lauren«, sagt ein kleines Mädchen mit lockigen Haaren, das direkt vor mir sitzt. Und auch die anderen singen wie im Chor ihre »Hallo«s und »Willkommen«s.

»Hm«, flüstere ich und nicke dabei, weil Scott in dem Chaos, das wieder seinen Gang geht, keine Chance hat, mich zu verstehen.

Er hat wirklich nicht übertrieben. Es ist so ... laut.

»Sucht euch irgendeinen Platz.« Maggies Augen fallen fast aus ihrem Kopf, während sie an uns vorbeisieht. »Chand!«, schreit sie. »Finger von der Torte.«

Viele Augenpaare starren auf einen kleinen Jungen mit pechschwarzem Haar, der gerade dabei ist, seinen Finger in die Minnie Mouse-Torte zu bohren.

»Mum hat gesagt, ich soll mich setzen, weil es Torte gibt. Also esse ich Torte«, protestiert er. Er sieht Sam zum Verwechseln ähnlich. Okay, bis auf den Körperschmuck und die düstere Aura, die ihn zweifelsfrei umgibt.

Scott lässt meine Hand los und zieht zwei Stühle hervor, die neben dem kleinen Lockenkopf frei sind. »Miss Molly«, begrüßt er die kleine Dame, vielleicht neun oder zehn Jahre alt. Er hält ihr die Hand hin, aber sie dreht sich demonstrativ von ihm weg.

»Du weißt, dass dir das überhaupt nichts bringt, Peterson«, herrscht sie ihn an und alle lachen.

Ich verstehe den Witz nicht, versuche mir aber dennoch ein schmales Lächeln abzuringen, während ich mich zögerlich setze.

»Das ist so eine Sache zwischen den beiden«, lacht eine ältere Dame neben mir. »Hi«, sie hält mir ihre Hand hin und ihre mollige Gestalt erinnert mich an meine Grandma, »ich bin Rita.«

»Hi.«

Zu viel mehr komme ich nicht, weil ein großer Mann meine Aufmerksamkeit erregt.

»Peterson«, ruft er quer durch den Raum und im nächsten Moment ist Scott auch schon wieder auf den Beinen und sie liegen sich in den Armen.

»Das ist Matt«, erklärt Rita mir. Ganz automatisch ist sie zu meinem Partyguide geworden. »Die Jungs haben früher zusammen Fußball gespielt. Die junge Dame da drüben …« Sie deutet auf eine schwangere Frau am anderen Ende des Tisches. Sie winkt mir euphorisch zu. Ich versuche es möglichst freundlich zu erwidern. »… ist Cindy. Seine Frau.«

Im gleichen Moment fährt Karen einen riesigen Rollstuhl durch einen Durchgang, der, wie es scheint, in die Küche führt. Dieses Haus ist riesengroß und dennoch wirkt es wie in einem Ameisenhaufen.

»Scott«, quietscht das blonde Mädchen, dessen Arme an den Lehnen festgebunden sind. Der Rollstuhl ist viel größer als gewöhnlich und vor ihrer Brust gibt es eine Art Tisch mit Tablet darauf. »Ich wusste, dass du kommst. Alle haben behauptet, du wirst nicht kommen, aber ich wusste es!«

Während ich mich im Raum umsehe, um zu schauen, was die anderen dazu sagen, geht Scott auf sie zu und vor ihr in die Hocke, um mit ihr auf einer Höhe zu sein.

»Um nichts auf der Welt hätte ich verpasst, dich zu treffen, Hope.« Er streichelt ihr liebevoll über die Hand und haucht ihr einen Kuss auf die Wange. Ihr Gesicht entwickelt die gleiche Farbe wie meins, wenn er mir zu nah kommt. »Bei mir und Lauren ist leider kein Platz mehr frei, aber nachher musst du mir unbedingt zeigen, wie das Teil hier funktioniert, okay?«, sagt er mit einem Blick auf das Tablet.

Als er sich aufrichtet, wirkt seine Statur noch ein Stück größer als zuvor. Das minimale Zwinkern, das er mir zuwirft, will gerade ein Kribbeln in meinem Bauch auslösen, da bemerke ich, wie das Mädchen im Rollstuhl mich fixiert. Ich bin mir nicht sicher, aber ich glaube, sie funkelt mich wütend an.

»Na sieh sich das einer an«, flüstert Rita mir ins Ohr. »Ich glaube, sie ist in Scotty verliebt.«

Mein Blick verfolgt ihren zu Scott und dann wieder zu der Kleinen. »Ich gehe mal davon aus, sie ist …«, zögere ich in der Hoffnung, Rita hilft mir. Die Familienverhältnisse zu durchschauen stellt mich vor eine Herausforderung, mit der ich so nicht gerechnet hatte. Vor allem habe ich bei allem, was ich frage, das Gefühl, die Leute auszuhorchen. Und das möchte ich auf keinen Fall.

»Das sind alle drei Sams Geschwister – Hope«, zeigt sie auf die blonde Schönheit im Rollstuhl, »unsere Miss Molly«, lacht sie, während der Lockenkopf neben Scott sie anfunkelt. Erst jetzt fällt mir auf, dass sie komplett in Schwarz gekleidet ist und sich einen dunklen Strich unter die Augen gemalt hat. Offensichtlich eifert da jemand dem großen Bruder nach. »Und der kleine Tortendieb ist Chandler.«

»Ich habe nicht geklaut. Sie steht doch auf dem Tisch«, verteidigt er sich in meine Richtung, als ob wir beste Freunde wären. Ich kann nur mit den Schultern zucken.

Noch ehe ich auf Ritas Erklärung eingehen kann, geht es auch schon weiter. Scott hatte recht. Hier herrscht Chaos. Es ist wie bei einem Karussell. Ich weiß gar nicht, wo ich hinsehen soll, weil so viele Dinge sich auf einmal um mich herumdrehen.

»Das Geburtstagskind«, ruft Scotts Dad und zum ersten Mal wirkt der Blick von Coach Peterson weich. Er steht im Türrahmen und seine Augen leuchten, als er seine Enkelin sieht.

»Gracy«, quietscht der Junge, dessen Finger immer noch voller Sahnecreme ist.

Das Mädchen, das sich auf Sams Arm schmiegt, hat noch ganz verschlafene Äuglein. Grace hat die Haarfarbe ihrer Mutter, aber die strahlend blauen Augen ihres Dads. Sie trägt ein niedliches Kleid mit schwarzen und weißen Punkten und auf ihrem Kopf prangt ein glitzernder Haarreif mit Minnie-Ohren. Ich beobachte, wie jeder hier im Raum sie anhimmelt.

Und dann spüre ich Scotts Hand auf meinem Rücken. Er hat sich neben mich gesetzt und seinen Arm auf meiner Stuhllehne abgelegt. Ganz sanft fährt sein Daumen über meinen Rücken und zaubert ein Lächeln auf mein Gesicht. Ich weiß nicht, ob ich jemals Teil einer solch verrückten Gruppe sein könnte. Aber ich will nicht, dass er aufhört mich zu berühren. Es gibt mir so unfassbar viel.

»Los, wir müssen singen«, ruft Maggie und verteilt Wunderkerzen. Wir zünden sie an und singen Happy Birthday. Scott singt grauenvoll schief und ich kann mein Lachen wirklich nicht unterdrücken. Daraufhin singt er absichtlich noch etwas lauter und die kleine Molly neben ihm hält sich die Ohren zu.

Es ist so ganz anders als bei uns zu Hause. Alle reden durcheinander, die Kinder bekleckern den ganzen Tisch mit Torte und ich würde mir verloren vorkommen, wenn da nicht Scotts Hand wäre, die warm und groß auf meinem Bein ruht. Umso länger ich dasitze und ihn beobachte, schick gemacht in Jeans und hellblauem Buttondownhemd, wird mir etwas mehr und mehr klar. Egal, was ich will oder nicht will, ich habe Gefühle für diesen Mann, die ich nicht mehr abstellen kann. Ja, ich bin in einer Beziehung und es war niemals meine Absicht, David zu verletzen. Aber wenn Scott mich wie in diesem Moment anlächelt und seine Lippen ein tonloses *Alles okay?* formen, rührt sich etwas in mir, das bislang nicht da war, und ich möchte unbedingt wissen, was es ist. Ich kann es nicht länger leugnen und vor allem will ich nicht, dass es aufhört.

# KAPITEL 15

**Scott**

Es ist wie immer. Alles geht drunter und drüber. Aber das kenne ich schon von Sam und Maggie. Das Einzige, was anders ist, ist die Tatsache, dass ich dieses Mal nicht allein hier bin. Meine Freude darüber bekommt allerdings jedes Mal einen Dämpfer, wenn jemand Lauren auf die Reportage anspricht. Und das ist nicht gerade selten. Erst hat sie Rita während des Kaffeetrinkens von ihrem Studium und der Chance, diesen Artikel zu schreiben, erzählt. Mir ist beinahe der Kuchen im Hals stecken geblieben. Als dann auch noch Cindy anfing sie auszufragen, ob es auch Fotos geben wird, ist mir fast der Kragen geplatzt. Denn auch wenn ich es nicht wahrhaben will – wenn es keine Story über mich geben würde, wäre sie nicht hier. Und das ist ein Gedanke, den ich beinahe nicht ertragen kann.

»Du magst sie, hm?«

Sam hält mir eine Flasche Bier vor die Nase, die ich dankend ergreife. Eins wird schon nicht schaden. Durch die Glasfront des riesigen Balkons beobachte ich Maggie und Lauren, wie sie zusammen mit Grace und Rita auf dem Wohnzimmerteppich hocken und die Geschenke öffnen.

»Und wenn schon«, schnauze ich meinen Schwager an. Ich bin einfach genervt von der gesamten Situation. Kann nicht einfach für einen dämlichen Nachmittag lang nichts zwischen uns stehen?

»Und wenn schon? Wann hat der große Scott Peterson zuletzt ein Mädchen gemocht?«

»Du schwafelst schon genauso einen Müll wie Greg«, werfe ich ihm vor, was Sam nur einen Lacher entlockt.

»Du solltest mich lieber nicht mit diesem Idioten vergleichen, wenn du mein Haus noch länger beehren möchtest.«

Das wiederum bringt mich zum Lachen. Sam und Greg können sich nicht ausstehen. Nicht zuletzt weil Greg auf Maggie abfährt, als wäre sie die einzige Frau auf der Welt. Ich hatte anfangs auch so meine Differenzen mit Sam, aber wir haben Gott sei Dank schnell gemerkt, dass wir auf derselben Seite spielen.

Mein Schwager lehnt sich mit den Ellbogen auf das rustikale Holzgeländer und schaut auf das Meer. »Und was ist mit ihr? Mag sie dich auch?«

»Sie hat einen Freund in Plumpton und ein Notizbuch voller Insiderwissen über mich. Das ist mit ihr.«

Ich weiß, dass es nicht fair ist, so über Lauren zu sprechen, aber ich bin einfach verwirrt. Und auch wenn ich es nicht gern zugeben will – ich habe Angst. Da finde ich einmal ein Mädchen, das mir wirklich was bedeutet, und alle, aber auch wirklich alle Fahnen wehen gegen mich.

»Das ist nichts, was dich davon abhalten sollte, ihr zu sagen, was du empfindest.«

»Alter, studierst du jetzt Psychologie?« Auch ich drehe den Frauen den Rücken zu und blicke aufs Meer, während das kühle Bier meine Kehle hinabläuft.

»Ich wollte nur helfen.« Sam schmunzelt.

»Mir ist nicht zu helfen, das solltest du langsam begriffen haben.« Meine Stimme schwankt zwischen ernst und belustigt. Sam und ich kennen uns gut genug.

»Wenn du dir das lange genug einredest, glaubst du irgendwann sicher selbst daran.« Mein Schwager nimmt einen großen Schluck Bier aus seiner Flasche.

»Scott ...« Matt, ein ehemaliger Mannschaftskollege von den *Firebirds*, streckt den Kopf zur Tür raus. »Maggie sagt, das musst du dir anschauen.«

Matt und seine Frau Cindy sind gute Freunde von Sam und Maggie und erwarten schon bald ihr erstes eigenes Kind.

Schon bevor ich das Wohnzimmer betrete, sehe ich, worauf er anspielt. Mitten zwischen Papier und Spielzeug und dem wilden Stimmengewirr der anderen Gäste liegt Gracy. Sie schmiegt sich in den Arm meines Giganto-Teddys und schlummert friedlich. Ihre feinen braunen Härchen liegen ihr auf der Stirn und das hübsche Kleid ist über und über mit Sahnecreme bekleckert. Aber sie sieht so glücklich aus.

Unwillkürlich legt sich ein Lächeln auf mein Gesicht. Ich würde für meine Nichte sterben. Und zwar hier und auf der Stelle.

»Okay. Ich geb's zu. Du hattest recht.«

Lauren erscheint neben mir und verschränkt die Arme vor der Brust. Alles in mir schreit danach, einen Arm um sie zu legen und ihr einen Kuss auf den Kopf zu geben. Das Grün ihrer Augen leuchtet wie ein Smaragd.

»Ich könnte sowas sagen wie ...« Mir will ein Lachen nicht so recht gelingen.

»Ich fasse das immer noch nicht«, unterbricht Maggie uns. Meine Schwester hat die Angewohnheit, immer wie ein Wirbelsturm aufzutauchen. »Ich hätte alles darauf geschworen, dass sie eine Panikattacke bekommt.«

»Das hatte ich auch erwartet«, pflichtet Lauren ihr bei und die beiden lachen gemeinsam.

Die beiden so losgelöst zusammen zu sehen, schmerzt mich. Wird Maggie sie auch noch mögen, wenn Lauren das Chaos in ihrem Haus in einem der größten Magazine Londons breittritt?

»Sie ist so niedlich«, sagt sie und legt den Kopf schief.

»Wenn sie schläft, ja«, lacht Maggie. »Sie hat das Temperament ihres Dads.« Sie schaut rüber zu Sam, der sich zu den anderen Kindern an den Tisch gesetzt hat. Sie spielen irgendein Spiel. »Ganz genau wie der Rest der Bande.«

»Rita hat mir schon erklärt, dass die drei seine Geschwister sind.«

Ein schlechtes Gewissen zupft an mir, weil ich Lauren niemandem so richtig vorgestellt habe.

Die Gäste haben sich mittlerweile im ganzen Haus verteilt. Wir nehmen auf dem gelben Sofa Platz, von dem ich immer noch nicht glauben kann, dass Sam es ausgesucht haben soll.

»Erzählen Sie mal, Lauren«, Coach Peterson lehnt sich in dem geblümten Cocktailsessel nach vorn und knetet die Hände, »haben Sie schon viele Information über meinen Sohn gesammelt?«

Er kann es einfach nicht lassen. Und obwohl genau das es ist, was mich selbst in den Wahnsinn treibt, und seine Frage dem entspricht, was mir auf der Seele brennt, möchte ich mich vor Lauren werfen und sie beschützen. Das ist doch völliger Irrsinn.

»Na ja«, stammelt sie. »Wir hatten ein Fotoshooting und auch ein paar Interviews.«

Ich kenne sie mittlerweile gut genug, um zu erkennen, wie unangenehm ihr das ist. Und das kann ich mehr als verstehen. Mir geht es nämlich ausnahmsweise genauso.

»Ach komm schon, Dad«, geht Maggie dazwischen, die sich zwischen den Geschenkeberg gesetzt hat, einen Teller mit Sahnetorte auf einem Knie balancierend. »Lauren ist privat hier und nicht als Journalistin.«

Lauren und ich atmen synchron aus. Meine Schwester ist die Beste.

»Erzähl uns lieber was von dir. Du kommst nicht aus London, oder?«

»Nein. Aus Plumpton«, antwortet Lauren wie bei einem Interview.

Die ganze Situation hier ist dermaßen ätzend. Ich kenne sowas nicht. Das letzte Mädchen, das ich mit nach Hause gebracht habe, war Ember. Das ist viele Jahre her und damals gab es nur mich, Maggie und meinen Dad. Keine Horde neugieriger Verwandte oder Freunde.

»Und, hast du einen Freund in Plumpton?«

Meine Familie will mich doch verarschen. Können sie sich jetzt bitte wieder mit ihrem eigenen Leben beschäftigen? Ich balle die Hände zu Fäusten.

»Ähm«, stottert sie und dreht das Wasserglas in ihrer Hand in alle Richtungen.

»Vielleicht redet Lauren in der Öffentlichkeit nicht gern über ihr Privatleben«, schießt der Coach dazwischen.

»Mitchel«, tadelt Rita ihn, die in diesem Moment hinter seinem Sessel auftaucht und ihm eine Hand auf die Schulter legt. »Jetzt lass die jungen Leute in Ruhe. Das geht dich überhaupt nichts an. Komm lieber und hilf mir beim Abwasch.«

Mein Dad sieht sie streng an, steht dann aber widerwillig auf. Uns ist beiden klar, dass Sam und Maggie einen Geschirrspüler haben. Dass er und Rita seit einigen Jahren ein Paar sind, ist ein Segen für uns alle. Sie ist die Einzige, die den Coach im Griff hat.

»Nett, deine Mum«, flüstert Lauren und bringt damit mein Fass endgültig zum Überlaufen. Es ist einfach zu viel. Erst dieser Kuss, der viel mehr war als alle anderen, die ich je erlebt habe. Dann dieser Morgen. Ihre Verzweiflung und den Schmerz in ihren Augen zu erkennen, sobald ich sie angesehen habe. Und jetzt auch noch diese Katastrophe hier. Ich kann mir das nicht länger mit anhören.

»Du weißt rein gar nichts über meine Mum«, schnauze ich sie laut und ungebremst an, ehe ich aufstehe und mir einen Weg nach draußen bahne. Ich brauche wirklich dringend Luft zum Atmen, sonst ersticke ich.

***

**Lauren**

»Er meint das nicht böse.« Maggie sitzt mir gegenüber vor dem Sofa und schaufelt Torte in sich rein, obwohl das Kaffeetrinken schon lange vorüber ist. Plötzlich sind nur noch sie und ich da. Und die schlafende Gracy. »Rita ist nicht unsere Mum.«

»Das wusste ich nicht«, murmle ich. Im Augenwinkel sehe ich, wie Scott seine Jacke von der Garderobe nimmt und durch die Haustür verschwindet. Panik breitet sich durch meine Arme und Beine in meinem Körper aus. Er wird mich doch nicht hier sitzen lassen? Mitten im Nirgendwo? Zwischen Menschen, die ich nicht kenne und die allesamt Gefahr in mir wittern? Auch wenn Rita und Maggie nett zu mir sind – ich kann es in ihren Augen sehen. Ich bin ein Eindringling in diesem Haus. Scotts Dad behandelt mich wie einen feindlichen Spion und Maggie streut mit ihren Fragen Salz in meine Wunde, ohne es zu ahnen. Ich weiß doch selbst nicht, was ich will, wie soll ich da irgendwelchen Fremden etwas über mich erzählen? Ich wollte Scott doch einfach nur im Kreis seiner Familie erleben, aber alles läuft irgendwie aus dem Ruder.

»Darf ich dich was fragen, Lauren? Ich meine, nicht als Journalistin, die über meinen Bruder schreibt, sondern vielleicht als … Freundin?«

Ich würde ihr so gern sagen, dass ich eine Freundin wirklich dringend gebrauchen könnte. Es geht doch schon lange nicht mehr um die verdammte Story, aber das kann sie nicht wissen. Ich bringe nur ein Nicken zustande, der Kloß in meinem Hals ist einfach zu groß.

»Kann es sein, dass du etwas für meinen Bruder empfindest?«

Wow. Ich brauche einen Moment, um die Frage sacken zu lassen. Damit habe ich nicht gerechnet. Ich schlucke, um das drückende Gefühl in meiner Kehle loszuwerden. Nein. Die Antwort müsste ganz klar Nein sein.

»Ja, das tue ich.«

Denn das ist nun mal die Wahrheit. Ich will es nicht länger geheim halten. Am liebsten würde ich es in die ganze Runde brüllen: Ich will nichts Böses, ich empfinde nur etwas für diesen Mann. Wahrscheinlich wären alle erleichtert, außer Hope.

»Ich wusste es«, sagt sie eine Spur zu laut, sodass Gracy im Schlaf kurz zuckt, ihr kleiner Körper anschließend aber wieder entspannt. Als ich sie nur fragend ansehe, erklärt sie es mir: »Ich habe ihn noch nie so vertraut mit jemandem gesehen. Überhaupt, dass er jemanden so ansieht, wie er dich anhimmelt. Und gestern beim Spiel. Na ja ...«, druckst sie. »Wie du ihn angesehen hast ...« Ihr Blick zuckt kurz zu Sam. »Ich kenne dieses Gefühl.«

Ein paar Sekunden zögere ich. Aber was habe ich schon zu verlieren? Außer meinen Job, meinen Freund und den Mann, an den ich seit Tagen denke, egal wie sehr ich mich dagegen wehre. Ich muss endlich mit irgendjemandem darüber sprechen, sonst platze ich.

»Ich verstehe ihn manchmal nicht. In der einen Minute ist er so fürsorglich und nett, und dann ...« Ich blicke kurz zur Decke, um die Fassung zu bewahren. »Ich verstehe ihn einfach nicht«, wiederhole ich mich. »Und dabei möchte ich wirklich ...« Ich spreche nicht weiter.

*Tja, was ist es, was du willst, Lauren Bell?*

»Scott ist ...« Maggie sieht sich kurz um, aber außer der schlafenden Gracy, die sich wie ein Engel in Scotts Teddy kuschelt, ist niemand in Hörweite. »Er tut sich schwer damit, jemanden an sich ran zu lassen.«

»Dein Eindruck hatte ich nicht«, rutscht es mir raus und ich presse sofort eine Hand auf den Mund. Ich wollte das nicht sagen, aber die quälenden Erinnerungen, wie er andere Frauen küsst, sind immer noch präsent in meinem Kopf. Ich blicke betreten auf den Boden. Ihn bei seiner Schwester zu beleidigen ist vielleicht nicht die beste Idee.

»Ich weiß, was du meinst«, lacht Maggie und mein Blick huscht zurück zu ihr. Ich mag sie in diesem Moment so sehr, dass ich blinzeln muss, damit mir keine Tränen kommen. Das hier tut noch viel besser, als ich gedacht hätte. Ich habe so sehr jemanden gebraucht, der mir zuhört.

»Aber das ist nicht der wahre Scott«, lacht sie. »Diese ganzen Frauen ... Das bedeutet ihm nichts.«

»Aber warum ist er so?« Endlich habe ich die Chance, hinter seine Fassade zu blicken. Nicht für den Artikel, der mir momentan egaler nicht sein könnte. Nein. Für mich. Ich muss einordnen können, was das zwischen uns zu bedeuten hat. Riskiere ich so viel für ihn, nur um eins seiner Betthäschen zu werden?

»Unsere Mum hat uns verlassen, als er noch sehr klein war. Viele Jahre haben wir geglaubt, sie wäre tot, aber das ist sie nicht.« Maggie stellt den leeren Teller auf den steinernen Couchtisch und zieht die Beine vor ihren Körper. »Vor ungefähr einem Jahr, kurz bevor er zu den *Silvers* gegangen ist, hat Scott versucht Kontakt zu ihr aufzunehmen.«

Ich halte den Atem an, weil das die ersten Informationen über Scott sind, die mir erklären, warum er so ist, wie er ist. Ich möchte ihn so gern besser verstehen können.

»Was ist dann passiert?«, frage ich leise und lehne mich Maggie ein Stück entgegen.

»Sie wollte es nicht. Hat ihn einfach fortgeschickt. Sie hat eine neue Familie in Manchester und wollte nichts von ihm wissen. Das hat ihn fertiggemacht. Er war so wütend, als er wiederkam. Das war schlimm.«

Ich lege beide Hände über Gesicht und Nase. »Das ist ja furchtbar.«

»Ja. Das war es. Für uns alle. Mein Dad hat uns ein Leben lang vor diesem Moment bewahren wollen, aber Scott wollte ihr eine Chance geben.«

»Wie kann eine Mutter einfach ihr eigenes Kind wegschicken?«

Ich kann mir nicht mal ansatzweise vorstellen, wie das für ihn gewesen sein muss.

»Da fragst du die Falsche.« Maggie sieht seufzend zu ihrer eigenen Tochter. »Ich hatte sowas schon befürchtet. Ich selbst wollte sie nicht kennenlernen. Ich kannte sie nie. Sie ist abgehauen, als ich vier Wochen alt war. Und ich habe hier meine Familie.« Ihr Blick gleitet durch das angrenzende Esszimmer, in dem alle wild durcheinander reden. »Aber Scott hat das fertiggemacht. Die Ungewissheit, dass sie irgendwo da draußen ist ...«

Mein Blick fällt automatisch zur Tür, aber sie ist verschlossen.

»Keine Sorge. Er kommt wieder.«

»Es wäre nicht das erste Mal, dass er mich irgendwo stehen lässt«, sage ich und erinnere mich an Montag, der so lange her erscheint.

»Die ganze Sache hat ihn mehr mitgenommen, als er sich eingestehen will. Er hat Schwierigkeiten damit zu vertrauen.«

»Verständlich«, murmele ich und denke zum ersten Mal darüber nach, wie diese Woche für ihn sein musste.

»Ich weiß nicht, was da zwischen euch ist. Und na ja ...« Maggie zögert kurz. »Mit der Reportage ... das ist vielleicht auch etwas ...«, sie zuckt die Schultern, »unglücklich.«

Ich presse die Lippen aufeinander. *Von meinem Freund mal ganz abgesehen*, möchte ich am liebsten sagen.

»Aber wenn du wirklich etwas für ihn empfindest, solltest du ihm das sagen, Lauren.«

»Das zwischen uns ist ... kompliziert.« Meine Stimme ist nur noch hauchdünn. Es fällt mir immer noch schwer, mit einer fast Fremden so offen über Gefühle zu sprechen.

Maggie lacht. »Lauren«, sagt sie lang gezogen, »nenn mir eine Beziehung, die das nicht ist.« Sie tätschelt mein Knie und unsere Blicke wandern zeitgleich zu Gracy, die langsam aus ihrem Power nap erwacht.

»Dada«, lallt sie noch ganz schlaftrunken.

»Frustrierend«, jammert Maggie. »Wir haben uns zehn Monate meinen

Körper geteilt, aber seit sie das Licht der Welt erblickt hat, hat sie nur noch Augen für ihn.«

»Hey, Prinzessin«, sagt Sam, der sich sofort in Bewegung gesetzt hat. Er nimmt seine kleine Tochter hoch und sie krallt sich um seinen Hals. Dass er sie Prinzessin nennt, rüttelt mich wach.

»Ich sollte …«, stottere ich schon wieder.

»Er ist unten am Strand«, sagt Sam und mit dem Baby auf dem Arm und dem weichen Klang in seiner Stimme wirkt er plötzlich kein bisschen bedrohlich mehr auf mich.

»Danke«, hauche ich und lächle die kleine Familie an, bevor ich mir meine Jacke von der Garderobe schnappe und die wenigen Stufen zum Strand laufe. Schon von Weitem erkenne ich Scotts Statur. Die lauten Wellen verschlucken meine Schritte und er bemerkt mich nicht.

»Er kann auch nichts dafür«, sage ich vorsichtig, während er einen dicken Stein wütend in die tobenden Wellen wirft. Scott sieht mich nicht an, nimmt nur einen weiteren Kiesel und haut ihn so weit von sich wie möglich. »Können wir reden?«, wage ich einen weiteren Versuch.

»Worüber?«

Ein Wort, aber es schneidet wie eine Klinge durch die kalte Oktoberluft. Der Strand von Whitstable ist schmal und besteht eigentlich nur aus Steinen. Doch der Himmel, der viel zu schnell dunkel wird, ist hier draußen wunderschön.

»Darüber, dass mir die Story egal ist.«

Scott hält inne, aber er dreht sich nach wie vor nicht um.

»Darüber, dass es mich verletzt, wenn du andere Frauen küsst.«

An seinen Schultern sehe ich, wie er schnaubt.

»Darüber, dass ich nicht weiß, was das alles zu bedeuten hat.«

Sein Blick geht starr aufs Meer raus. Ich trete ein Stück dichter hinter ihn.

»Darüber, dass ich mich dagegen gewehrt habe, das hier zu wollen.« Ich lege vorsichtig meine Hände an seine Hüften. »Oder darüber, dass ich gemerkt habe, dass ich mich nicht länger dagegen wehren will.«

Endlich wendet er sich zu mir. Seine Augen sind glasig. »Und darüber, dass du heute in einer Woche wieder bei David bist«, presst er zwischen zusammengebissenen Zähnen hervor und wendet den Kopf zur Seite. Er ist verletzt. Und ich kann das verstehen. Ich will keinem von beiden wehtun, aber ganz gleich, was ich tue, irgendjemand wird dadurch unglücklich. Und das ist ein schreckliches Gefühl.

»Scott.« Ich lege ihm meine kalte Hand an die Wange und bitte ihn stumm mich anzusehen. »Ich kann dir nicht versprechen, dass alles gut wird. Ich weiß nicht, wie es nach nächster Woche weitergeht.« Eine einzelne Träne rollt über meine Wange. »Aber was ich weiß ...« Ich nehme die zweite Hand dazu und schließe sein Gesicht in meine Hände. »... ist, dass ich etwas für dich empfinde. Und zwar nicht nur ein bisschen. Sondern sehr viel. Ich kann an nichts anderes mehr denken. Ich will das hier genauso sehr wie du.«

Die letzte Silbe noch auf der Zunge, liegt bereits sein Mund auf meinem und diesmal bin ich es, die erleichtert aufstöhnt. Ich habe nicht gelogen. Ich will das. Will ihn. Ja, die Sache mit David steht wie eine Mauer zwischen uns und es wäre nicht die Wahrheit, wenn ich sagen würde, dass er mir nichts mehr bedeutet. Aber jede Sekunde, in der ich Scott nicht berühre, fühlt sich leer und kalt an.

Seine Lippen liegen warm auf meinen und er zieht mich am Hinterkopf noch etwas näher an sich. Doch ehe ich meinen Mund für seinen öffnen kann, löst er sich von mir.

»Gib mir diese Woche«, haucht er dicht vor meinem Mund. Meine Arme sind um seine Taille geschlungen und ich muss den Kopf in den Nacken legen, um ihn anzusehen. »Scheiß auf die Story. Scheiß auf deinen Kerl. Gib mir nur diese eine Woche.«

»Okay«, wispere ich und mein Kopf nickt automatisch, weil mein Körper das ebenso sehr will wie mein Herz. Natürlich kann und will ich nicht auf David scheißen, aber das hier ist keine willkürliche Entscheidung gegen meinen Freund. Lediglich eine direkt aus meinem Herzen. Und das kann doch nicht falsch sein.

Jetzt ist er es, der mein Gesicht in seine Hände nimmt, aber mit dem Kuss, der dann folgt, lege ich noch viel mehr in seine Hand. Ich gebe ihm mein

Herz. Schenke ihm mein Vertrauen. Dieser Kuss, mit dem ich meine Gefühle besiegele, der gehört nur uns allein. Auch wenn nach wie vor alles gegen uns spricht. Es macht keinen Sinn, sich weiter zu wehren. Wir sind wie zwei Magnete, die nicht mehr vom anderen loskommen, ganz gleich, ob wir zusammen sein sollten oder nicht. Gegen die Magnetkraft kommt kein Verstand dieser Erde an. Das hier geschieht. Ob wir es wollen oder nicht.

# KAPITEL 16

**Scott**

»Okay, lasst uns über Scott Peterson sprechen.«

Sam liegt der Länge nach auf der gelben Couch, den Kopf auf Maggies Schoß gebettet. Es ist spät. Alle anderen sind im Bett, zurückgeblieben sind Lauren und ich, Sam und Maggie sowie Matt mit Cindy. Am liebsten wäre ich direkt nach unserem Kuss aufgebrochen, aber zurück im Haus hat der Coach mich in eine Fußballdiskussion verwickelt und mittlerweile genieße ich es, mit Lauren hier zu sein.

»Du bist betrunken«, sage ich und werfe ihm ein geblümtes Kissen auf den Kopf. Ein bisschen ärgert es mich, dass ich nicht mit trinken konnte.

»Na ja, vielleicht ein wenig. Aber Scotty ...«, er hebt seinen Zeigefinger, »du bist mein verdammter Held.«

Wir anderen lachen. Es kommt wirklich nicht oft vor, dass Sam trinkt, aber wenn, wird er dadurch ungewöhnlich redselig. Und jedes Mal verfällt er in Sentimentalitäten.

»Ganz unrecht hat er ja nicht«, sagt Cindy. Die kleine Schottin streichelt ihren runden Bauch und Matt fährt ihr liebevoll durchs wasserstoffblonde Haar. Er hat es geschafft. Genau wie Sam und Maggie. »Als Maggie mir davon erzählt hat, habe ich beinahe geweint.«

»Ach kommt schon, Leute. Du bist betrunken«, sage ich zu Sam, »und deine Hormone drehen durch.« Ich deute auf Cindy. »Also ... Ist gut jetzt.«

»Was?«, fragt Lauren. Sie sitzt völlig entspannt auf meinem Schoß in Maggies Lesesessel. Seit mein Dad weg ist, gibt es für mich keinen Grund, das mit uns zu vertuschen. Ich bin mir ziemlich sicher, dass sie das hier gerade genauso genießt wie ich. »Wovon redet ihr?«

Maggie hat ihr ein Glas Sekt angedreht und dieses Mal bin nicht ich es, der ihre roten Wangen zu verantworten hat.

»Der Mann ist ein Held, Lauren«, ruft Sam und Maggie hält ihm die Hand vor den Mund.

»Pssst«, zischt sie. »Die Kinder schlafen.«

Warum auch immer sind Molly und Chandler zum Schlafen hiergeblieben. Karen und die Kinder wohnen nur einen Katzensprung entfernt, aber wer eigentlich wo wohnt, sehen sie scheinbar nicht so eng.

»Darüber sollte sie berichten«, reißt Sam die gerade heilenden Wunden in mir auf. Noch ein Wort über den Artikel und ich vergesse, dass ich ihn eigentlich wirklich gut leiden kann.

»Scott hat vor einigen Monaten einen neuen Rollstuhl für Hope gekauft«, klärt Maggie Lauren auf. Dass alle so eine Riesensache daraus machen, ist mir fast ein bisschen peinlich. »Er wird über das Tablet mit den Augen gesteuert und schenkt ihr ganz neue Möglichkeiten.«

»Er hat sie aus ihrem verschissenen Gefängnis geholt«, lallt Sam dazwischen und ich muss schmunzeln. Er ist wirklich betrunken.

»Ich hab's gern gemacht«, sage ich und mir entgeht nicht, wie Lauren mich anstarrt. Für mich war das wirklich kein großes Ding. Dass ich mit meinem Hobby Bergeweise Geld verdiene, kann schließlich auch für irgendwas gut sein.

»Das ist eine Story wert«, sagt Sam und setzt sich auf, um einen Schluck zu trinken.

Matt wirft irgendwas in die Runde, aber ich bekomme nicht mit, worüber sie reden, weil Laurens Hand meinen Arm entlangfährt und mich ablenkt.

»Das ist es wirklich«, flüstert sie, doch der Klang ihrer Stimme sagt etwas ganz anderes.

»Keine große Sache. Hope steht total auf mich, seit sie in der Pubertät war.« Ich zucke mit den Schultern. »Und für meine Mädels bin ich zu allem bereit«, feixe ich und zwinkere, nur für den Fall, dass ihr entgangen ist, dass das nur ein Scherz war. Und das nicht mal vorwiegend deshalb, weil Hope querschnittsgelähmt ist, sondern vielmehr wegen der Tatsache, dass sie erst sechzehn und noch dazu Sams Schwester ist. Aber sie ist eines der wenigen Mädchen, bei denen es mich stolz macht, dass sie auf mich stehen. Für die Sache mit dem Rollstuhl hätte ich alles Geld der Welt bezahlt. Ihre Freude darüber war jeden Penny wert.

Laurens wunderschönes Lächeln zeigt mir, dass ihr gar nichts entgeht. Sie so fröhlich zu sehen, macht mich glücklich. Ich will, dass das mit uns funktioniert.

Einen Moment lang sehen wir uns an und meine Hand legt sich wie von allein auf Laurens Rücken und wandert vorsichtig talwärts. »Wir sollten langsam aufbrechen«, sage ich und habe keine Ahnung, wie ich es bis London aushalten soll, sie nicht zu berühren. Jeder Nerv in meinem Körper bettelt danach, sie zu spüren.

»Okay«, murmelt sie ganz leise und haucht mir einen Kuss auf die Wange. Davon werde ich niemals genug bekommen.

Ohne große Worte verabschieden wir uns bei den anderen, die gerade eine hitzige Diskussion über Superhelden führen. Warum auch immer. Nur Maggie bringt uns bis zum Flur und nimmt mich fest in den Arm.

»Komm bald mal wieder, ja?«

Dass Maggie und ich uns so gut verstehen, ist zum Teil Sams Familie zu verdanken. Sie haben uns gezeigt, wie wichtig es ist, für den anderen da zu sein und wie irrelevant es dabei ist, ob man verschiedener Meinung ist oder einfach aus einem anderen Holz geschnitzt. Maggie ist mir wichtiger als alle anderen Menschen auf dieser Welt. Das habe ich erst in den letzten Jahren kapiert.

»Ich versuch's. Kommt ihr gegen Bristol?«

Unser nächstes Heimspiel ist erst in zwei Wochen.

»Was glaubst du denn? Klar! Vielleicht sehen wir uns da?«, wendet sie sich an Lauren. Diese sieht kurz zu mir, ehe sie unbeholfen mit den Schultern zuckt. Sie weiß nicht, was in zwei Wochen ist. Ich auch nicht. Auch wenn ich genau weiß, was ich gern hätte. Aber die Entscheidung liegt nicht bei mir.

Eine Woche. Sie gibt mir eine Woche.

»Vielleicht. Mal sehen«, weicht sie der Frage aus und die beiden nehmen sich ebenfalls in den Arm.

»Es war so schön, dass du da warst. Wir müssen uns unbedingt mal wieder treffen, ja?«

Maggie hält Lauren an den Händen. Irgendwas ist zwischen den beiden passiert. Sie sehen sich anders an als noch heute Mittag.

»Ja, das machen wir auf jeden Fall«, antwortet sie und ich stehe die ganze Zeit wie ein Depp daneben. »Und vielen Dank«, säuselt Lauren und zieht Maggie noch einmal zu sich heran, »für alles.«

»Nun los. Genug geschleimt«, unterbreche ich ihr Geschunkel und nehme Laurens Hand.

»Fahrt vorsichtig«, ruft Maggie noch hinter uns her und als ich die Haustür ins Schloss fallen höre, verliere ich meine Beherrschung. Ich halte Lauren zurück, ziehe sie zu mir heran und küsse sie. Wild und stürmisch. Bislang waren all unsere Küsse vorsichtig und ein bisschen zaghaft. Aber nach dem, was sie mir heute gesagt hat, gibt es keinen Grund zur Zurückhaltung mehr. Ich brauche das hier genauso wie ihre Worte.

Sie erwidert den Kuss, keucht aber überrascht auf, als ich meine Hände auf ihren Hintern gleiten lasse und sie mühelos anhebe. Ich kann spüren, wie sie zögert. Wie sie mit sich hadert, aber schließlich den Kampf verliert und ihre Beine um mich schlingt. Ohne unsere Münder voneinander zu lösen, setze ich sie auf der Motorhaube meines BMW ab, damit ich meine Hände frei habe, um ungehindert über ihren Körper zu fahren. Ich lasse meine Finger über ihre schmale Hüfte gleiten und schiebe sie unter ihren Pullover. Ein Knurren entweicht mir, weil ein Top mich immer noch daran hindert, ihre Haut zu berühren.

»Scott«, keucht sie und ich merke, wie sie sich windet. »Nicht hier.« Sie schiebt mich ein kleines Stück von sich weg.

Ich hebe meinen Blick und sehe mich um. Es ist fast Mitternacht. Kein Mensch ist auf den Straßen. Außerdem liegt Sams und Maggies Haus am Ende einer Gasse und die Zufahrt ist nicht einsehbar. Ich bin da recht pragmatisch veranlagt.

»Sicher?«, frage ich und schiebe mich ein Stück näher zwischen ihre Schenkel. Ich kann sehen, dass sie es will. Ich spüre, wie ihre Beine zittern und sie sich in den Ärmeln meiner Jacke festkrallt. Sie macht sich schon wieder was vor, wenn sie mir erzählen will, dass sie das hier nicht genauso dringend braucht wie ich. Aber auch das ist nicht meine Entscheidung. Sie muss lernen loszulassen.

»Sicher«, stößt sie heiser aus. Sie gibt mir einen warmen Kuss auf den Mund. »Lass uns nach Hause fahren.«

Ich weiß, ich sollte nicht seufzen. Es geht bei Lauren schließlich nicht um eine schnelle Nummer. Sie ist mehr für mich. So viel mehr. Dennoch rutscht es mir raus. Ich küsse sanft ihre Nasenspitze. »Das hört sich schön an aus deinem Mund«, hauche ich und küsse sie noch einmal.

»Finde ich auch«, murmelt sie und ich löse mich von ihr. Wenn auch widerwillig und nur ganz langsam, denn der Anblick, wie sie breitbeinig vor mir auf dem M5 sitzt, ist einfach zu schön, um wahr zu sein. Ich bin eben auch nur ein Mann. »Du musst mir auf der Fahrt ein bisschen was erzählen.«

Ich reiche ihr die Hand, bis sie wieder aufrecht steht und wir steigen ins Auto.

»Was willst du wissen?«, frage ich, als der Motor die Stille der Nacht durchbricht und ich uns zurück auf die Straße bringe.

»Alles«, schießt es aus ihr heraus. »Die ganze Geschichte über die Rollstuhlsache und was das mit Molly auf sich hat. Und wer Rita ist und seit wann sie mit deinem Dad zusammen ist. Und wie Maggie und Sam sich kennengelernt haben.«

Sie plappert ohne Pause und ich muss schmunzeln. Ihre Stimme ist das Einzige, was in meinem Wagen zu hören ist, und ich mag das. Genieße es so sehr, dass sie ihre Zurückhaltung mir gegenüber komplett abgelegt hat. In den letzten Stunden sind wir so vertraut miteinander. Alles scheint auf einmal so offensichtlich und einfach.

Nur ganz tief in mir drin schlummert sie. Die Angst, dass all diese vielen Fragen, die mir gerade gestellt werden, von einer Journalistin kommen und nicht von meiner Freundin. Aber ich will nicht darüber nachdenken. Nicht jetzt. Nicht heute Nacht.

Eine Woche. Ich gebe auch ihr eine Woche.

***

**Lauren**

»Und du denkst wirklich, wir sollten da hingehen?«

Ich rolle mich auf den Rücken und starre an die Decke in Scotts Wohnzimmer. Anstatt meinen Wetteinsatz einzufordern hatte er die Idee, Emilys Einladung anzunehmen.

»Ich denke gar nichts. Das ist deine Entscheidung.«

Er liegt mit einem Arm unter dem Kopf, den anderen unter mir ausgebreitet auf der Couch. Eigentlich wollten wir eine Sightseeingtour durch London machen, aber seit Stunden kann sich keiner von uns aufraffen. Dafür genießen wir viel zu sehr die Wärme des anderen. Wir igeln uns in diesem Penthouse ein. Denn hier gibt es nur ihn und mich. Jeder Kuss, den Scott mir gibt, kribbelt bis in meinen kleinen Zeh. Von dem ersten, den er mir aufgedrückt hat, nachdem er mit einem köstlichen Kaffee – natürlich ohne anzuklopfen – auf meiner Bettkante saß. Bis zu denen, die in den letzten Stunden immer länger und heißer werden. So heiß, dass meine Knie zittern, wenn seine Zunge an meinem Hals entlangwandert. Und mit jedem Mal wird es schwerer, die Notbremse zu ziehen.

»Ich weiß nicht. Was wenn Emily und ich uns nicht verstehen?«

»Dann gehen wir wieder«, sagt Scott und zieht mich ein Stück näher an sich heran.

Seine körperliche Nähe ist wie ein neues Element, das ich entdeckt habe und so lebenswichtig wie die Luft scheint. Mir ist klar, dass ich ein viel schlechteres Gewissen haben müsste, aber ich kann das hier nicht aufhalten. Ich kenne David, seit ich vier war, und ich bin mir nicht sicher, ob wir uns jemals so nah waren wie Scott und ich an diesem einzigen Tag. Ich verbiete es mir, darüber zu grübeln. Ich habe ihm diese Woche versprochen und ich werde mein Versprechen halten. Allerdings nicht nur für ihn. Sondern genauso meinetwegen. Weil ich es möchte. Weil mein Herz gewonnen hat. Der menschliche Verstand ist stark. Aber wenn das Herz entscheidet, hat keine andere Instanz mehr eine Chance.

»Bei dir klingt das immer so einfach.« Erneut greife ich nach meinem Handy und starre auf die Nachricht, die Emily mir geschickt hat. Ich hatte die Party, zu der sie uns eingeladen hat, völlig ausgeblendet.

Scott dreht sich auf die Seite und stützt seinen Kopf auf einer Hand auf. »Was war eigentlich damals mit dir und ihr?«

Er kneift die Augenbrauen zusammen und diesmal halte ich mich nicht davon ab, die kleine Falte mit einem Finger nachzuzeichnen.

»Na ja ... Als Kinder waren wir beste Freunde. Sie, ich und ...« Ich blicke ihn an. »David«, sage ich zögerlich.

Scott hält kurz die Luft an, lässt sich aber nichts weiter anmerken. Wir thematisieren meine Beziehung nicht.

»Als wir älter wurden, so siebzehn, achtzehn, wollte sie jedes Wochenende auf irgendwelche Partys gehen und dann haben wir sie mit einem Jungen, der viel älter war als sie, erwischt. In unserer Garage. Sie war damals nicht mal volljährig.«

»Ganz ehrlich?« Scott fährt mit seinem Finger von meinem Hals bis zu meinem Bauch und ich muss mich bemühen, seinen Worten weiter zu folgen, weil ein Schauer über meinen Körper huscht. »Ich finde da bislang noch nichts gravierend Schlimmes dran.«

»Es war widerlich«, halte ich dagegen. »David wollte seitdem nichts mehr mit ihr zu tun haben.«

»Weil sie Sex hatte?«

»Er mag solche Mädchen nicht.«

»Solche, die Sex haben?«

Die Falte zwischen Scotts Augen wird immer tiefer und wenn er noch einmal das Wort Sex in den Mund nimmt, platzen meine Wangen mit Sicherheit.

»Wir sind so nicht ...«, versuche ich das irgendwie klarzustellen. Mein Gott, können wir nicht über irgendwas anderes reden?

»Ihr seid wie? Ist er Vorsitzender der Anti-Sex-Partei?«

Ich kann mir ein dämliches Kichern nicht verkneifen. Ich will darüber nicht lachen, es hat jeder seine eigenen Ansichten. Aber Scotts Gesichtsausdruck ist einfach zu komisch. Mir ist schon klar, dass er unsere Einstellung nicht teilt. Gerade als ich es ihm vernünftig erklären will, meldet sich mein Handy zu Wort.

»Meine Mum«, sage ich beim Blick aufs Display.

»Nur zu«, ermutigt Scott mich ranzugehen. »Es ist ja kein Videoanruf.«

Dennoch sehe ich, wie es ihm jedes Mal einen Stich versetzt, wenn jemand aus meiner Familie sich meldet.

»Hi, Mum.«

»Lauri. Was ist los bei dir?«

Für einen Moment stehe ich auf dem Schlauch, aber dann macht es Klick.

»Ich fühle mich nicht besonders«, lüge ich. Ich habe David heute Morgen geschrieben, dass ich mir den Magen verdorben habe und nicht telefonieren kann. Ich wusste einfach nicht, was ich sagen soll. »Aber es wird schon wieder. Ist bei euch alles klar?«

»Ich wusste es«, schnauft meine Mum und sogar Scott zuckt bei der Lautstärke ihrer Worte zusammen. »Diese Londonsache bringt dir überhaupt nichts Gutes.«

Scott, der jedes Wort mithören kann, weil sein Kopf direkt neben meinem ruht, schüttelt empört den Kopf. Aber dann schleicht sich ein schelmisches Lächeln auf sein Gesicht. Er beugt sich vornüber und hält kurz den Zeigefinger hoch.

»Das kann ich so nicht sagen.«

Ich unterdrücke ein Seufzen, da Scott sanfte Küsse auf meinen Hals verteilt. Ich schließe die Augen und versuche mich irgendwie auf die Stimme meiner Mutter zu konzentrieren, aber Scott demonstriert allzu anschaulich, was es hier Gutes für mich gibt.

»Soll ich dich abholen, Lauri? Brauchst du einen Arzt?«

»Nein, Mum«, keuche ich beinahe, weil Scotts Mund ganz langsam südlich wandert. »Scott kümmert sich um mich.«

Er lacht und sein Atem auf meinem Bauch zaubert mir eine Gänsehaut auf den ganzen Körper. Nur noch wenige Küsse und er ist beim Saum meiner Jogginghose angelangt. Ich kann nicht mehr denken. In meinem Gehirn scheint nur noch Watte zu sein.

»Mum, ich befürchte mir wird wieder schlecht. Ich melde mich«, rufe ich noch und springe im gleichen Moment vom Sofa auf. Das geht nicht.

»Hey«, protestiert Scott, der nach wie vor auf seinen Armen abgestützt einen derart sexy Ausdruck im Gesicht hat, dass ich wegsehen muss. »Ich war noch nicht fertig.«

»Ich gehe duschen. Wir gehen zur Party.«

Ehe ich es mir anders überlegen kann, flitze ich den Flur entlang und stürme in mein Zimmer. Mit Scott zu knutschen und Händchen zu halten ist das eine, aber alles, was weitergeht als das, bereitet mir Angst. Das ist ein großer Schritt und ich fürchte mich davor, ihn zu bereuen.

Unentwegt wandern meine Gedanken zurück zu dem Moment gestern Nacht auf seinem Auto. Ich kann mich nicht erinnern, mich je so gefühlt zu haben. Und wenn ich ganz ehrlich zu mir selbst bin – und das versuche ich seit Neuestem wirklich –, ist es genau das, was ich will. Ich will das spüren. Will ihn nicht aufhalten.

Warum bin ich gerade eben dazwischengegangen? Wegen meiner Mum? Oder David? Oder einfach nur weil ich ein Hosenschisser bin? Denn so ist es. Ich kann mir vorlügen solange ich will, dass ich aus reiner Vorsicht vor ungeahnten Konsequenzen immer wieder die Bremse trete. Aber das ist es nicht. Ich habe schlichtweg die Hosen voll.

***

»Und du bist sicher, dass alles okay ist?«

»Ja«, sage ich und lehne mich ein Stück vor, um Scott einen Kuss zu geben. Er unterbricht kurz seinen Blick zur Straße, um seine Lippen auf meine zu legen. »Du hast jetzt schon dreißig Mal gefragt und ich habe dreißig Mal Ja gesagt.«

Ich sehe zurück aus dem Fenster, weil ich es immer noch faszinierend finde, im Dunkeln durch London zu fahren.

»Es wirkte nur eben für einen Moment, als ob dir wirklich schlecht ist.« Sein rechter Arm hält ausgestreckt das Lenkrad, während seine linke Hand auf meinem Oberschenkel ruht.

»Nein. Es ist nur …« Wahrheit oder Notlüge? »Es ist komisch, sie anzulügen.«

Okay, Notlüge.

Ich lege meine Hand auf seine und ärgere mich über mich selbst. Denn im Grunde genommen will ich die letzte Grenze zwischen uns genauso gern überwinden wie er. Und vor allem sollte ich ehrlich zu ihm sein. Wir haben nur diese eine Chance und wenn ich mich bei ihm nicht öffnen kann, ist unsere Aussicht auf ein Happy End gleich null.

»Ich glaube, hier ist es«, sagt er, ohne auf meine halbe Wahrheit einzugehen, denn natürlich fällt es mir tatsächlich nicht leicht, meine Familie anzulügen.

Wir parken den Wagen in einer freien Lücke auf dem Seitenstreifen und sehen uns durch die Windschutzscheibe um.

»Was ist das hier für ein Viertel?«

Die Häuser haben alle eine beige oder braune Fassade und hier und da entdecke ich Graffiti an den Wänden.

»Das ist east end«, sagt Scott, aber das bringt mich nicht wirklich weiter.

»Bedeutet?«, frage ich deshalb.

»Na ja, früher war es das Armutsviertel in London, aber mittlerweile ist es nicht mehr halb so schlimm, wie überall erzählt wird.«

»Nicht sehr beruhigend.«

Ich schaue aus meinem Seitenfenster, aber durch die spärliche Straßenbeleuchtung kann ich in den dunklen Gassen nicht wirklich viel erkennen.

»Komm schon, Prinzessin. Sei nicht immer so ein Angsthase«, sagt Scott locker. Beinahe, als hätte er die ganze Zeit meine Gedanken belauscht.

# KAPITEL 17

**Scott**

»Zugegeben, das hätte selbst ich nicht erwartet.«

Ich lege meine Wange an Laurens Ohr, da die Musik nicht laut genug ist, um meine Stimme zu übertönen.

»Das ist …« Sie lässt ihren Blick durch das Loft gleiten.

»Ziemlich cool«, spreche ich den Satz für sie zu Ende.

Die Wohnung, die Laurens Freundin sich mit zwei Kunststudenten teilt, ist anders als alle, die ich bislang in London gesehen habe. Die Decken sind bestimmt vierzehn Fuß hoch und überall ragen Eisenträger in den Raum, an denen Lampen befestigt sind. Der Boden und die Wände sind dunkel, aber dennoch wirkt es einladend.

»Wusstest du, dass Jack the Ripper aus diesem Viertel kommt?«

Das hatte ich eben schon auf den Lippen, aber Lauren sah so ängstlich aus, dass ich es nicht übers Herz gebracht habe.

»Du verarschst mich.«

Ihr Mund steht noch offen, als Emily uns zwischen den Gästen entdeckt, die sich an Stehtischen tummeln und Wein trinken.

»Ahh«, kreischt sie und nimmt Lauren in die Arme. »Ihr seid gekommen! Ich freue mich so!«

»Es ist echt cool hier.«

Lauren faltet die Hände vor dem Körper und ich würde so gern ihre Hand ergreifen, aber es ist klar, dass das hier keine gute Idee ist. Immerhin kennt Emily Laurens Freund.

»Unfassbar, dass du hier lebst.«

»Ja, nicht? Kommt, ich stelle euch den anderen vor.«

Wir folgen der flotten Brünette, die in enger Jeans und ärmellosem Levis Shirt genauso lässig wirkt wie ich sie kennengelernt habe. Alles an Emily ist cool. Ich verstehe nicht, warum dieser David so ein Problem mit ihr hat.

»Das da vorn sind meine Mitbewohner.«

Wir schieben uns an einer Horde Jungs vorbei, die wirken, als wären sie nicht mal volljährig. Die meisten von ihnen tragen Skaterhosen, bei denen die Hälfte ihrer Hintern rausguckt.

»Dan, Paul, das ist Lauren«, sagt Emily mit einem Strahlen im Gesicht. Wir stehen vor zwei jungen Männern, die Brüder sein könnten.

»Hi«, sagen sie fast monoton. Man kann dabei nicht sagen, ob ihre Münder sich bewegen, weil beide einen dunklen Vollbart tragen.

»Zeigt Lauri doch mal den Rest der Wohnung. In der Zeit kümmere ich mich mit …« Sie blickt in meine Richtung. »Wie war dein Name noch mal?«

»Scott«, sage ich.

»Scott und ich kümmern uns um die Getränke.«

Bevor Lauren oder ich Einwände erheben können – und ich bin mir sicher, das hätten wir beide getan –, schiebt Emily mich in die offene Küche, in der Hunderte Weinflaschen in alten Ziegelhalterungen stecken.

»Ich hätte nicht gedacht, dass ihr kommt.«

Sie zieht das Piercing in ihrer Lippe zwischen die Zähne. Heute kann ich nichts Anziehendes mehr daran finden. Ich sehe mich um, aber ich kann Lauren und die Waldschrate nirgendwo entdecken.

»Sie ist nicht so der Partytyp«, plappert Emily unbeirrt weiter und schüttet, ohne zu fragen, Rotwein in drei Gläser. »Ich habe jahrelang darauf gewartet, dass ein Kerl wie du kommt und sie endlich aus ihrem Schneckenhaus lockt.«

Langsam werde ich hellhörig. Aber ich hebe nur eine Augenbraue. Keine Ahnung, worauf sie hinauswill. Und mein Verfolgungswahn ist noch nicht vollständig im Keim erstickt. Besser ich halte mich vorerst bedeckt.

»Ach komm schon. David? Das kann unmöglich ihr Ernst sein.« Emily nippt an ihrem Wein und reicht mir eins der Gläser, das ich dankend annehme, aber nicht trinken werde.

»Wie meinst du das?«, frage ich, weil die Neugierde in mir über den Verstand siegt.

»Ach. Seit sie jung sind, engt er sie ein und hält sie so klein.« Sie nimmt einen weiteren Schluck und sieht an mir vorbei. »Ich weiß, wie sehr er sie gegen mich aufgehetzt hat, nur weil ich meine Jugend ausgelebt habe. Bei ihm gibt es nur schwarz und weiß.«

»Aber«, will ich gerade nachhaken, doch Emily schüttelt kaum merklich den Kopf.

»Und?«, fragt sie, als Lauren neben mir auftaucht. Ohne weiter darüber nachzudenken, reiche ich ihr mein Glas Wein. »Wie gefällt dir unsere bescheidene Hütte?«

»Alles hier ist der Hammer.« Ihre Euphorie bremst kurz, als sie in ihr Glas schaut. »Ich trinke nicht«, flüstert sie, sodass nur ich es hören kann.

»Das eine Glas wird schon nicht schaden«, necke ich sie und lege meine Hand auf ihren Rücken. Wenn mich nicht alles täuscht, wird Emily nicht auch nur daran denken, David von uns zu erzählen. Aber vielleicht wird es Zeit, ihr etwas näher auf den Grund zu gehen.

»Und was machst du in London?«, frage ich und lehne mich an die Arbeitsplatte. Lauren stellt sich dicht neben mich. So dicht, dass allen halbwegs normalen Menschen klar sein sollte, dass wir nicht nur beruflich verbunden sind.

»Ich habe erst Kunst studiert, aber irgendwie war das nicht so meins.« Sie schielt in die Richtung ihrer Mitbewohner, die sich mit ein paar Jungs und Mädels unterhalten. »Die sind selbst für mich zu crazy«, sagt sie hinter vorgehaltener Hand und kichert. Lauren starrt sie mindestens genauso gespannt an wie ich. »Jetzt studiere ich Fotografie, und ich liebe es.«

»Fotografie«, wiederholt Lauren. Immer wenn Emily in der Nähe ist, wirkt sie so nachdenklich.

»Und ihr habt die letzten Jahre gar nichts mehr voneinander gehört?«, frage ich. Ich spüre, wie Lauren sich neben mir verkrampft. »Wie kam es, dass ihr keinen Kontakt mehr hattet?«

Schon klar, ich sollte den wunden Punkt nicht absichtlich suchen und treffen, aber irgendwie passt das alles nicht zusammen und ich will von Emily hören, was da los war. Neugierde? Eine Chance, Laurens Freund noch ein bisschen bescheuerter zu finden? Keine Ahnung. Jedenfalls versuche ich die Regung in Emilys Blick genau zu beobachten.

»Ich hatte Sex auf dem Wagen der Bells.«

Ich brauche nicht weiter ihr Gesicht zu studieren. Sie sagt das einfach so geradeheraus. Ich mag Emily jede Minute mehr.

Lauren setzt ihr Glas an und trinkt einen großen Schluck Rotwein. Das hier wird ihr ganz sicher furchtbar peinlich sein. Aber man kann sich nicht immer vor der Wahrheit verstecken.

»Soweit kapiert«, sage ich vollkommen gelassen mit einem süffisanten Grinsen im Gesicht. Natürlich reagiere ich nicht schockiert. Bis hierher kannte ich die Geschichte schließlich schon.

»Na ja, da David ziemlich …«, ihr Blick liegt unbeirrt auf Lauren, aber sie wirkt nicht wütend, sondern vielmehr besorgt, »engstirnig ist, war ich seit diesem Moment Staatsfeind Nummer eins für ihn.«

Lauren sagt kein Wort. Hier müsste sie ihr doch spätestens widersprechen. Aber sie bleibt still. Was ist das bloß für ein seltsamer Kerl, den sie da hat?

»Ich mache dir deswegen keinen Vorwurf«, sagt Emily diesmal direkt an Lauren gerichtet.

Und dann treffen sich ihre Blicke. Lauren presst den Kiefer aufeinander. Ist es das? Hat sie Angst, Emily ist sauer auf sie? Denn so wirkt sie überhaupt nicht.

»Ich meine … ihr kanntet euch schon viel länger. Und er hätte nie akzeptiert, wenn du mit mir auf Partys gegangen wärst. Du musstest dich entscheiden. Und das hast du.«

Mein Blick wandert zwischen den Frauen hin und her. Ich lege meine Hand auf Laurens Nacken und male mit dem Daumen kleine Kreise darauf. Scheiß auf ihren Kerl. Emily wird das nicht verraten. Und wenn schon. Das ist mir mittlerweile egal. Denn ich will derjenige sein, der an Laurens Seite ist.

***

**Lauren**

Meine Beine zittern, meine Hände schwitzen und mir ist viel zu heiß. Aber ausnahmsweise liegt es nicht an Scott und auch nicht an dem halben Glas Wein, das ich getrunken habe. Meine grenzenlose Aufregung rührt da her, dass ich in einem abgefahrenen Loft mitten in London stehe und, ohne es zu wollen, in das Gespräch gerauscht bin, vor dem ich mich seit Jahren fürchte.

»Emily«, bringe ich hervor, weiß aber einfach nicht, was ich sagen soll. Sie hat recht. Sie hat mit allem sowas von recht. Ich habe mich damals entschieden. Aber das ist mir nicht leichtgefallen. Ich habe meine Freundin so schmerzlich vermisst. So oft habe ich mir ausgemalt, wie es wäre, wenn wir zusammen studieren würden oder uns einfach nur zum Quatschen auf einen Kaffee treffen könnten. Heute, hier, erwachsen, mit Scotts Hand auf meinem Rücken, weiß ich nicht mehr, wie es überhaupt so weit kommen konnte, sie zu verlieren.

»Schon gut, Lauri. Das ist so lange her.«

»Vielleicht sollte ich euch allein lassen«, sagt Scott und seine Hand gleitet über meine Wirbelsäule. An meinem Steißbein ruht sie und seine Augen sehen mich fragend an.

»Nein«, stoße ich hervor. »Bleib.«

Ich greife nach seiner Hand und halte sie ganz fest. Emily betrachtet unsere ineinander verflochtenen Finger. Ein sanftes Grinsen legt sich auf ihr Gesicht und sie sieht mich an, als wollte sie sagen: *Hab ich's doch gewusst.*

»Es tut mir leid, dass wir so auseinander gegangen sind. Ich könnte jetzt sagen, dass ich das nicht wollte. Aber das ... stimmt nicht.« Scott drückt meine Hand ein wenig fester. »Ich war jung und dumm und ich dachte, ich tue das Richtige. Ich kann mich nur entschuldigen.«

»Ach Lauri.« Emilys Augen sind so warm und sie kaut nervös auf ihrem Piercing herum. Auch an ihr geht das nicht spurlos vorüber, das sehe ich. »Ich bin einfach froh, dass du jetzt hier bist. Lass uns das doch vergessen. Wir machen alle Fehler.«

Sie macht einen Schritt auf mich zu und ich löse widerwillig meine Hand aus Scotts, um meine Freundin in den Arm zu nehmen. Es tut so gut, in ihrer Nähe zu sein. Wir hatten eine tolle Zeit zusammen und ich habe es viel zu lange ignoriert, wie sehr sie mir gefehlt hat. War es ein Fehler, mich für David zu entscheiden? Das will ich nicht sagen. Aber ich hätte Emily niemals derart hängen lassen dürfen.

»Und du bist mein Held.« Sie klatscht Scott fest auf die Schulter und er zuckt zusammen. Höchstwahrscheinlich vielmehr vor Schreck als von dem Schlag. »Immerhin hast du sie hergebracht. Du hast einen gut bei mir.«

Sie funkelt Scott fröhlich an und er hält ihr die Hand für einen High five hin.

»Wir spielen im selben Team«, singt er beinahe und die beiden schlagen ein. Die Stimmung wirkt kein bisschen komisch, dafür, dass wir gerade das erste Mal seit vier Jahren darüber gesprochen haben, was damals zwischen uns war.

»Entschuldigt mich kurz. Ich bin gleich wieder da.«

Ich zwinge mich zu einem schmalen Lächeln.

Nachdem ich die Toilettentür hinter mir verriegelt habe, lege ich beide Hände vors Gesicht. Der Tag zwingt mich allmählich in die Knie. Unaufhörlich drehen sich meine Gedanken um mich, Scott, David und jetzt auch noch um Emily.

Ohne lange darüber nachzudenken, ziehe ich mein Handy aus meiner Gesäßtasche und drücke die Kurzwahltaste. Ich lasse mich auf den Toilettendeckel sinken, denn es wird langsam Zeit für ein weiteres Gespräch, das an mir nagt.

Das erste Freizeichen ertönt. Ich muss es ihm sagen. Damals habe ich mich für David entschieden.

Das zweite Freizeichen. Heute entscheide ich mich für Scott. Ich will nicht in vier Jahren aufwachen und merken, dass ich einen großen Fehler begangen habe.

Das dritte Freizeichen. Scott und ich haben eine Chance verdient. Mein Herz schlägt für ihn. Auch wenn ich es nicht glauben wollte. Ich bin verliebt in Scott Peterson.

Das vierte Freizeichen. David wird immer einen Platz in meinem Herzen haben, aber jetzt gerade muss ich den Mut aufbringen und mich entscheiden. Und das habe ich.

Es klackt in der Leitung und mein Puls beschleunigt sich.

»Das ist die Mailbox von David Middlestone …«

Ich lege auf, bevor die Ansage fertig ist. Ich kann wohl schlecht mit seiner Mailbox Schluss machen.

»Lauren.«

Es klopft an der Tür und ich fahre hoch. Mit schnellen Schritten öffne ich und noch bevor ich Scott in die Augen sehen kann, falle ich ihm um den Hals.

»Alles okay?«, flüstert er in meine Haare.

»Hm«, nicke ich, meinen Kopf an seinem, aber das scheint ihm nicht zu genügen. Er rückt ein Stück ab und nimmt mein Gesicht in seine Hände.

»Sicher?« In seinen Augen steht nichts als Sorge.

»Ich muss mit dir reden.«

»Okay.«

Sein ganzer großer Körper verspannt sich und er wirkt so unsicher, dass ich einfach kichern muss. Ganz gleich, wie unpassend das ist. Ich stelle mich auf die Zehenspitzen und lege meine Lippen auf seine. Das einfach tun zu können, ist gerade das schönste Gefühl der Welt.

»Keine Sorge.« Ich nehme ihn an der Hand und ziehe ihn zu mir ins Bad.

»Hier?«, fragt er und ist sichtlich irritiert. Schon klar, dass ausgerechnet ich mich während einer Party mit einem Kerl auf dem Klo einsperre, ist eher ungewöhnlich, aber ich muss das loswerden. Und zwar jetzt.

»Scott.«

Scheiße. Plötzlich weiß ich selbst nicht mehr, was genau ich sagen wollte.

»Ja«, brummt er lang gezogen und seine Verwunderung ist einfach nur niedlich.

»Ich muss dir was sagen.«

Ohne es zu wollen, spüre ich, wie meine Wangen warm werden. Scott lehnt sich rücklings gegen die Tür, die Hände hinter sich unter seinen Hintern geschoben. Er nickt mir lediglich zu. Was soll er auch dazu sagen?

»Ich …« Ich hole tief Luft. Das hier ist schwerer, als ich dachte.

»Du …«, fordert er und wir müssen beide grinsen. Das hatten wir doch schon mal.

»Ich will mehr als diese Woche.«

Okay, das ist nicht ganz das, was ich sagen wollte. Aber kann ich ihm einfach so meine Liebe gestehen? Hier in Emilys Badezimmer? Ohne zu wissen, wie er das sieht?

»Sollst du haben«, sagt er und drückt sich von der Wand ab, um endlich die Luft zwischen uns zu vertreiben. Er legt mir eine Hand in den Nacken und zieht mich zu einem Kuss heran. Noch ehe ich meine Zunge mit seiner verbinden kann, lächelt er an meinem Mund. »Aber vielleicht nicht hier«, raunt er und mein Blick schweift minimal durch das spärlich eingerichtete Studentenbad. »Da wäre der BMW eine bessere Wahl gewesen.«

Ich muss kichern und drücke ihm lachend einen Kuss auf den Mund.

»Sollen wir fahren?«

Ich will keine Grenze mehr ziehen. Ich möchte alles von Scott. Auch wenn ich noch nicht mit David gesprochen habe. Mein Herz hat für mich entschieden. Ich werde meinen Freund nach sieben Jahren verlassen, denn ich liebe einen anderen.

# KAPITEL 18

**Scott**

»Ich bin froh, dass wir da waren.« Lauren löst das Haargummi aus ihren Haaren und wirft es auf die Arbeitsplatte. Wie ein Schleier legen sich die Wellen über ihre Schultern. »Es war wirklich schön, Emily wiederzusehen.«

»Das freut mich«, sage ich und schleiche auf sie zu. »Und es war gut, dass wir über damals gesprochen haben.«

Sie dreht sich um und ich stehe dicht vor ihr.

»Ich fand's auch schön«, flüstere ich und hebe sie neben die Herdplatte. »Ich finde deine Freundin wirklich nett«, sage ich und verteile Küsse auf Laurens Hals. Ich versuche dabei jeder ihrer Regungen zu deuten. Der Wein hat ihre Wangen bereits verfärbt. Sie zögert, die Knie zittern leicht, aber der Ausdruck in ihrem Gesicht spricht eine ganz eigene Sprache.

Sie fährt mir durchs Haar. Ich streiche durch ihres. Sie einfach so anfassen zu können ist noch immer wie ein Geschenk. Sie will mehr als diese Woche. Sie hat es deutlich gesagt und mich damit zum glücklichsten Kerl in Großbritannien gemacht.

»Hm«, macht sie und legt ihre Arme um meinen Nacken. »Ihr seid euch ziemlich ähnlich. Ich denke, sie mag dich auch. Allein wie sie dich anlächelt.«

»Bist du etwa eifersüchtig?«, frage ich und rücke ein Stück ab, um die Wahrheit in ihren Augen zu lesen. »Du bist eifersüchtig«, deute ich ihren Blick und drücke ihr einen festen Kuss auf den Mund. Es gab schon immer eine Menge eifersüchtige Frauen in meinem Leben, aber noch nie zuvor hat es mich gefreut.

»Dazu habe ich nicht das Recht«, haucht sie und streift mit ihren Lippen über meinen Mund. Sie hat noch immer nicht mit David gesprochen. Wie ein Geist schwebt er permanent zwischen uns.

Alles in mir reckt sich ihr entgegen. Ich fasse sie an den Hüften und ziehe sie so nah an mich, dass sie es durch ihre Hose spüren kann. Sie soll wissen, wie dringend mein Körper sie braucht.

»Ich erteile es dir hiermit.«

Und damit lege ich meinen Mund auf ihren und küsse sie mit allem, was ich habe. Ich will auch mehr als diese Woche.

Lauren stöhnt und krallt sich in meinen Haaren fest. Und dann merke ich es. Fühle, wie sie langsam lockerer wird und mir ihre Hüften entgegenstreckt. Mit beiden Händen umfasse ich ihr Gesicht, blicke in ihre wunderschönen Augen. Noch nie zuvor habe ich so für eine Frau empfunden.

»Bleib heute Nacht bei mir.«

Unsere Münder haben sich voneinander gelöst, aber noch immer spüre ich ihre Lippen auf meinen. Meine Hände erforschen ihren Hals und die roten Verfärbungen in ihrem Dekolleté.

»Wir brauchen das Gästezimmer nicht mehr.«

Ihre kleinen Hände streicheln mein Gesicht. Fahren über meine Wangen, meinen Hals, über meine Schultern. Sie gleiten zum Saum meines T-Shirts, um es mir über den Kopf zu ziehen. Die Unterlippe fest zwischen die Zähne gepresst betrachtet sie meinen nackten Oberkörper.

»Als ich dich zum ersten Mal sah ...« Sie küsst mein Schlüsselbein und lässt ihre Lippen genüsslich über meine Haut wandern. »... hätte ich nie und nimmer gedacht, dass ich das jemals tun werde.« Ihre Finger streichen die Bögen meiner Muskulatur entlang und ich knurre gegen ihren Hals. »Ich bin so eigentlich nicht«, säuselt sie und ich kann nur mit einem Ohr zuhören, weil ihre Berührungen mir jeden klaren Verstand rauben.

Meine Hände wandern unter ihr Shirt und ich zögere nicht, ihr den Pullover ebenfalls über den Kopf zu ziehen. Wir saugen beide scharf die Luft ein. Ich, weil sie in ihrer schwarzen Unterwäsche einfach nur atemberaubend schön ist. Sie, weil ... Warum eigentlich?

»Alles okay?«, frage ich und versuche wirklich mich auf ihr Gesicht zu konzentrieren und nicht zu sehr auf den Drang, ihre nackte Haut auf meiner zu spüren.

»Das ist eine große Sache«, flüstert sie, beide Hände reglos auf meinem Brustkorb ruhend.

»Lauren, ich weiß, was ich will.« Ich streichle ihre Oberarme bis hin zu ihrem Hals. »Die Frage ist nur, ob du das auch weißt.«

Sie zieht die Unterlippe zwischen die Zähne und nickt.

»Sag es«, fordere ich, denn egal wie sehr ich sie will, ich muss hören, dass sie es auch will.

»Schlaf mit mir, Scott«, flüstert sie und mehr brauche ich nicht. Ich hebe sie mühelos an und ohne dass unsere Münder sich voneinander lösen, trage ich sie in mein Zimmer, um auch die letzte Mauer zwischen uns endgültig zum Einsturz zu bringen. Ich will endlich, dass keine Barriere mehr zwischen uns steht. Um die beschissene Story geht es schon lange nicht mehr und ich hoffe, dass wir mit diesem letzten Schritt endlich auch ihren lästigen Freund loswerden. Nie zuvor habe ich eine Frau so sehr gewollt wie Lauren. Und das nicht nur körperlich.

Ich bin eigentlich nicht der Typ, der vor dem Sex nervös ist. Aber ich möchte sie glücklich machen. Ich möchte alles richtig machen und vor allem wünsche ich mir, dass das mit uns funktioniert. Auf lange Sicht. Ich will der Mann an ihrer Seite sein. Ich will sie trösten, wenn sie wirklich krank ist, und ich will mit ihr lachen, wenn sie fröhlich ist. Das hier ist keine einmalige Sache, bei der es mir egal sein kann, was die Frau in meinem Bett denkt. Ich möchte, dass sie es genießen kann und nie wieder den Wunsch hat, in ihr altes Leben zurückzukehren.

Mitten in meinem Schlafzimmer mache ich noch einmal Halt. Sie krallt ihre dünnen Beine um mich, aber ich spüre noch immer, wie sie zittern.

»Sicher?«, frage ich ein letztes Mal.

***

**Lauren**

»Sicher«, sage ich und schlinge meine Arme noch etwas fester um Scott. Und das bin ich. Ich bin sicher. Nie zuvor habe ich mich so sicher gefühlt wie auf seinem Arm.

Noch immer kann ich es nicht glauben, dass ich gleich mit einem anderen Mann schlafen werde. Aber für mich fühlt es sich nicht an wie Betrug. Nicht im Entferntesten. Ich habe mich längst entschieden. Und das zu besiegeln kann nicht falsch sein. Scott so nahe zu sein ist kein Fehler. Es ist das einzig Richtige für mich.

Sein Mund legt sich auf meinen und er verschlingt mich beinahe in einem Kuss. Ohne unsere Münder voneinander zu lösen, legt er mich auf sein Bett und ich spüre seinen Körper überall auf meinem. Ich habe viel zu lange auf diesen Moment gewartet. Und ich will das hier wirklich. Sicher, ich habe Angst. Immer noch Angst, einen Fehler zu machen. Angst. ihm nicht gerecht zu werden. Aber ich verlasse mich auf Scott. Weiß, dass er bei mir ist. Es ist ihm nicht egal, was ich fühle.

Sein Mund löst sich von meinem und er sieht mich an. Die Lippen ganz rot und feucht. Das Haar von meinen Fingern zerwühlt. Er zögert, das spüre ich. Wie in Zeitlupe wandern meine Mundwinkel nach oben. Am liebsten würde ich ihm sagen, dass ich ihn liebe. Aber alles, was ich tue, ist ihm auffordernd zuzunicken. Es soll nichts mehr zwischen uns stehen. Nie wieder.

***

Ich bereue es nicht. Nein, vielmehr fliege ich. Schwebe über den zerwühlten Laken, in denen Scott und ich liegen. Schon seit Stunden beobachte ich ihn im Schlaf. Ich bringe es einfach nicht über mich, meine Augen zu schließen und auf diesen Anblick zu verzichten. Einen seiner nackten Arme hat er unter dem Kopf angewinkelt, die Decke reicht nur bis ganz knapp über die Hüften und lässt die schmale Spur feiner Härchen sichtbar werden, der bis in Bereiche führt, von denen ich niemals zu träumen gewagt hätte. Nein. Ich bereue es nicht. Das hier ist richtig. Es ist das, was mich glücklich macht. Und das nicht nur für diese eine Woche. Ich will mehr. Lechze nach einer Zukunft mit diesem Mann, der ein leises Brummen von sich gibt. Mein Arm, auf den ich mich stütze, schläft langsam ein, daher löse ich ihn und schmiege mich an

Scotts Seite. Meine Hand, kalt wie immer, lege ich ganz vorsichtig auf seinen nackten Bauch.

»Hm«, knurrt er und drückt sie mit seiner eigenen etwas fester auf sich. »Komm her, Prinzessin. Du bist ganz kalt.« Er rollt sich leicht auf die Seite und hüllt mich mit seinem kompletten Körper ein. »Ich kann dich gar nicht nah genug bei mir haben«, haucht er schlaftrunken und bevor ich auf dieses wunderschöne Geständnis reagieren kann, wird sein Atem wieder tiefer und das leichte Grummeln in seiner Kehle entlockt mir ein Kichern. Der große Scott Peterson schnarcht. Aber es stört mich nicht. Nicht im Geringsten. Ich liebe es. Liebe, wenn sein Atem auf meinem Kopf zu spüren ist. Und liebe es, wenn seine Arme und Beine mich so fest einschließen, dass ich mich nicht mehr bewegen kann. Seine Haut auf meiner zu fühlen. Nichts mehr zwischen uns. Noch nie in meinem ganzen Leben habe ich mich so beschützt gefühlt.

Seit ich Scott meine Gefühle offenbart habe, haben sich meine Prioritäten komplett verschoben. Ich weiß, dass ich meine Beziehung mit David beenden muss. Mir ist nach allem, was ich in den letzten Stunden an Berührungen und Liebkosungen genießen durfte, klar geworden, dass David und ich niemals so miteinander sein könnten. Natürlich tut es mir weh, ihn zu verletzen und ich habe höllische Angst davor, nach Hause zu kommen. Denn unsere Beziehung betrifft nicht nur uns beide. Die Middlestones und meine Eltern werden mindestens genauso schockiert über diese Wendung sein wie David.

Aber es ist nicht zu leugnen. Ich habe mich Herz über Kopf in Scott Peterson verliebt.

Ich schlinge meine Arme noch ein bisschen fester um ihn. Morgen werde ich es ihm sagen. Dass ich in ihn verliebt bin.

»Alles okay?«, murmelt er, weil ich mich an ihn kette, als wäre er alles, was übrig bleibt. Und irgendwie ist er das im Moment auch.

»Ja«, hauche ich zusammen mit einem Kuss auf seine Brust.

»Lauren?«, fragt er, aber der Schlaf lässt seine Stimme schwammig klingen.

»Ja«, flüstere ich in die Dunkelheit.

»Darf ich dir was gestehen.«

»Immer«, hauche ich zusammen mit einem Kuss auf seinen Brustmuskel.

»Egal wie locker ich bin.« Er windet sich ein kleines bisschen. »Manchmal habe ich eine Scheißangst.«

Mein Herz setzt einen Schlag aus. »Wovor?«, flüstere ich weiter und fahre mit meinem Finger kleine Kreise auf seinen unteren Rücken.

»Vor dem, was am Ende übrig bleibt.«

Noch immer redet er leise. Sodass ich Mühe habe, ihn zu verstehen. Er steht auf der Schwelle zwischen Wachsein und Schlaf.

»Ich auch«, gestehe ich und meine Hand gleitet in sein Haar. »Ich auch«, wiederhole ich. »Schlaf jetzt«, sage ich noch und seine Brust vibriert an meinem Kopf unter einem leisen »Hm«, ehe sein Atem wieder ruhiger wird.

Nur noch drei Stunden und das Tageslicht wird die Dunkelheit verdrängen und uns in eine neue Zukunft blicken lassen. Mit diesem wunderschönen Gedanken schließe ich die Augen und lasse den Schlaf kommen. Einen Traum brauche ich heute Nacht nicht, denn den hatte ich bereits, als ich noch wach war.

# KAPITEL 19

**Scott**

Sechs Stunden Schlaf, aber ich könnte mich nicht ausgeruhter fühlen. Auf Socken schleiche ich aus meinem Zimmer und schließe die Tür so geräuschlos wie möglich. Es ist unnötig, Lauren zu wecken, damit sie mich zum Training begleitet. Die Story, ihr Freund – alles ist in dieser Nacht in den Hintergrund gerückt und ich werde dafür sorgen, dass das so bleibt. Ich kann Lauren nicht wieder gehen lassen. Die Gefühle, die sie in mir auslöst, sind erschreckend und heftig, aber für nichts auf der Welt würde ich darauf verzichten. Scheiße, ich bin verliebt in sie. Wir kennen uns nicht mal einen Monat, aber ich bin mir ziemlich sicher, dass das Liebe ist. Und zwar so richtig. Ich habe ernsthaft im Bett darüber nachgedacht, wo ich heute Morgen Blumen für sie besorgen könnte. Mein Verstand dreht völlig durch.

Ich gebe die Honey loops vorsichtig mit der Hand in die Schüssel, um nicht allzu viele Geräusche zu verursachen. Wie jeden Morgen in den letzten sechs Monaten sitze ich an dem weißen Hochglanztresen und schaufle meine Frühstücksflocken. Aber dennoch ist mein Gefühl heute ein komplett anderes. Nichts und niemand könnte heute meine Laune trüben.

Ich will das Training möglichst schnell hinter mich bringen, um den Tag mit Lauren zu verbringen. Gestern wollten wir uns schon einige Hotspots von London ansehen und sind auf der Couch hängen geblieben. Das werden wir heute nachholen. Und ich werde sie zum Essen einladen, auch wenn sie unsere Wette kläglich verloren hat. Und heute Nacht werde ich keine Sekunde vergeuden, ohne sie fest im Arm zu halten. Genau wie letzte Nacht.

Immer wieder wandern meine Gedanken zurück zu ihrem Körper. Es ist nicht mal der Sex, der mich so umgehauen hat. Vielmehr ihr so nah zu sein.

Sogar in meinem Kopf hört sich das bescheuert an. Aber so ist es. *Schlaf mit mir …* hat sie gesagt. Und das habe ich getan. Ich habe sie nicht benutzt oder zu einer meiner Gespielinnen werden lassen. Wir sind zu einem Körper zerschmolzen. Langsam, gefühlvoll, richtig. Mit Lauren zusammen zu sein fühlt sich zum ersten Mal richtig an.

Ich reibe mir übers Gesicht, in der Hoffnung, dass dieser seltsame romantische Kerl in meinem Inneren für einen Moment die Klappe hält. Dabei fällt mein Blick auf das kleine Einhornbüchlein, das auf der Kommode neben dem Fahrstuhl liegt.

*Nein, Scott. Das geht zu weit.*

Ich ignoriere es, hole meine Sporttasche aus dem Flur und bewaffne mich mit meinem Handy und den Schlüsseln.

Vielleicht könnte ich wenigstens einen winzigen Blick reinwerfen. Immerhin gibt es zwischen mir und Lauren keine Geheimnisse mehr und die Story sollte egal sein.

*Lass es,* warnt meine innere Stimme.

»Scheiß drauf«, murmle ich und stelle die Tasche ab, um das kleine Buch in die Hand zu nehmen.

Ich öffne die erste Seite, auf der ein paar Stichpunkte vermerkt sind.

*Klischeehaft teure Wohnung*

*Protziges Auto*

*Arroganter Mistkerl*

Ich lache über Laurens erste Einschätzung und blättere weiter.

*Frauenfeindlich*

*Egoistisch*

*Unwürdiges Verhalten gegenüber Mitmenschen*

Ich habe es wahrscheinlich nicht anders verdient, wie sie anfangs über mich gedacht hat, aber als ich weitere Seiten umschlage, schnürt sich mir die Kehle zu.

*Scott* steht dort mit Großbuchstaben und von meinem Namen gehen mehrere Striche weg. Sie alle führen zu Wörtern wie:

*Bindungsangst*

*Mangelndes Vertrauen gegenüber Frauen*

*Problematik Mutter*

*Schwester?*

*Vater ein Vollidiot*

Meine Hände zittern, als ich weiter umblättere.

*Unbedingt Vertrauen gewinnen*

Darüber prangt das Datum von vorgestern. Mir wird schlecht.

Ich wusste es. Tief in meinem Inneren habe ich es gewusst. Es ging die ganze Zeit nur um die beschissene Story. All das hier diente nur einem Zweck. Und das nicht mal insgeheim. Nein. Es war allen klar, dass Lauren Bell zwei Wochen hier sein wird, um möglichst nah an mich heranzukommen, um eine gute Story abzuliefern. Und das ist ihr offensichtlich gelungen.

Zornig knalle ich das Buch wieder auf die Kommode und steige in den Fahrstuhl, der bereits auf mich wartet.

Ich presche mit dem BMW zum Stadion und bin kurz vorm Explodieren, als ich wenig später auf dem Rasen auflaufe. Ich ignoriere Russo. Ich ignoriere Lynel. Und auch für all die anderen ist gerade kein Platz in meinem Kopf. Viel zu wütend bin ich über den Verrat, der an mir begangen wurde.

Ich werde Lauren Bell die komplette Rechtsabteilung der *London Silvers* auf den Hals hetzen. Ich werde ihre Karriere zerstören. Ich werde ihren Ruf ruinieren und ich werde ihren verfickten Freund anrufen. Wenn sie denkt, sie kann sich an mich heranschleichen wie eine Raubkatze, um mich bei nächster Gelegenheit der Menge zum Fraß vorzuwerfen, hat sie sich getäuscht.

*Ich mache dich fertig, kleine Journalistin. Darauf kannst du dich verlassen.*

***

»Alter, was stimmt nicht bei dir?«

Viel zu fest reiße ich die Tür zu den Kabinen auf. Der Regen hat sich mit dem Schweiß auf meiner Haut vermischt.

»Fick dich«, schnauze ich Lynel an. Sollen mich doch einfach alle in Ruhe lassen.

»Ach lass mal, das überlasse ich deiner kleinen Journalistin.«

Ich knurre ihn an wie ein Hund, dem man zu sehr auf die Pelle rückt.

»Ah …« Lynel hat Schwierigkeiten aus seinem nassen Shirt zu kommen. »Da drückt also der Schuh.«

»Ach vergiss sie. Sie ist nichts anderes als all die anderen Tussis in den Wochen vorher.«

»Also hast du sie flachgelegt. Ich wusste es. Brane«, schreit er quer durch den Raum, »du schuldest mir einen Hunderter. Peterson hat die Zeitungstussi doch genommen.«

Ein Grinsen breitet sich auf seinem Gesicht aus und ich möchte ihm am liebsten seine weißen Zähne aus dem Gesicht prügeln dafür, dass er so über Lauren redet. Aber es bringt ja doch nichts, sie zu verteidigen. Es ist so. Sie ist wie alle anderen. Auch wenn es sich nicht eine Minute so angefühlt hat.

»Die war keinen Hunderter wert«, schnaufe ich und werfe meine Klamotten in die Tasche. Jedes Wort fühlt sich wie Gift auf meiner Zunge an.

Es wird Zeit, unter die Dusche zu kommen. Ich muss mir die Erinnerungen an Lauren und die vergangene Nacht irgendwie vom Leib waschen, bevor ich noch durchdrehe und alles kurz und klein prügele.

»Scott«, ruft Lynel hinter mir her und kommt splitternackt wie Gott ihn schuf in den Duschraum. »Komm schon, Mann. Was ist da wirklich los?«

Ich reibe mir das Shampoo so fest auf den Kopf, dass es fast wehtut. »Fuck!«, brülle ich. Gut, dass wir momentan nur zu zweit hier sind. Die anderen sind entweder schon fertig oder noch in der Kabine. Nicht mehr viel und ich flenne wie ein kleines Kind. »Sie hat mich verarscht.«

»Lauren? Das kleine Mäuschen? Die, die rot anläuft, sobald du mit den Brustmuskeln zuckst?«

»Ja Mann«, stöhne ich. Die Wut in mir staut sich immer weiter an und ich bin kurz davor, meine Faust gegen die Fliesen zu schlagen. »Ich habe sie in mein Leben gelassen. Habe ihr vertraut. Und sie hat das alles nur für diese beschissene Story getan.«

Ich klatsche mit der flachen Hand gegen die Wand, aber es mindert meinen Zorn nicht im Geringsten.

»Fuck. Bist du sicher?«

»Mann, Lynel. Sie ist mit mir ins Bett gestiegen, nur um mir Vertrauen vorzuheucheln.«

»Aber war es nicht das, was du wolltest? Ich meine, sie ins Bett zu kriegen?«

»Nein.« Die Energie weicht langsam aus meiner Stimme. »Zum ersten Mal in meinem Leben war das nicht mein Ziel bei einer Frau. Scheiße, Ly, ich habe mich verliebt.«

»Fuck.«

»Ja. Fuck. Denn sie hat das schamlos ausgenutzt.«

»Und dabei wirkte sie immer so prüde.«

Als ob mir das nicht selbst schon hundertmal durch den Kopf gegangen wäre. All das passt nicht zusammen. Kann sie wirklich so eine gute Schauspielerin sein?

»Und was hast du jetzt vor?«, fragt mein Freund, als ich nicht reagiere.

»Jetzt schmeiße ich sie aus meinem Bett, aus meiner Wohnung und aus meinem Leben. Und wenn sie diese Reportage wirklich bringt, ist sie fällig.«

»Scheiße, Alter«, murmelt Lynel, doch ich beachte ihn gar nicht mehr. Verlasse mit großen Schritten die Dusche, um dieser Sache ein für alle Mal ein Ende zu bereiten.

***

**Lauren**

Der sagenumwobene Morgen danach. Schon mit dem ersten Wachwerden legt sich unwillkürlich ein Lächeln auf mein Gesicht. Ich bin mir ziemlich sicher, dass nie zuvor eine Frau glücklicher erwacht ist, als ich gerade in Scotts Bett. Ja, die Tatsache, dass ich das Gespräch mit David und meinen Eltern hinter mich bringen muss, lauert darauf, mir den Tag zu verderben. Aber vor der Tür. Denn hier, in dem wunderschönen Zimmer mit der roten Wand und dem riesigen begehbaren Kleiderschrank, durch den man ins Bad gelangt, ist kein Platz für meine Familie. Alles, was hier stattgefunden hat, geht nur Scott und mich etwas an.

Ich wälze mich in den weichen Laken und blinzle auf die andere Seite. Obwohl sie leer ist, duftet alles so wunderbar nach Scott, dass ich noch einmal genüsslich die Augen schließe und laut seufze. Er nennt mich schon die ganze Woche Prinzessin, aber heute Morgen fühle ich mich tatsächlich wie im Märchen. *Prinzessin.* Wie in einem kitschigen Hollywoodstreifen. Aber daran zu denken, wie es sich aus seinem Mund anhört, zerrt meine Mundwinkel noch ein Stückchen weiter nach oben.

Ich wage es langsam, meine Augen zu öffnen. »Scott?«, probiere ich es anschließend, aber es kommt keine Reaktion. Alles ist still.

Ich schlüpfe aus dem Bett in meinen Slip und will gerade mein T-Shirt und die Jeggins vom Boden aufsammeln, als ich es mir anders überlege. Ohne zu zögern, betrete ich Scotts Schrank, der eigentlich vielmehr ein Zimmer ist. Ich fahre mit einer Hand durch die Vielzahl an Pullovern und Hemden und versenke meine Nase in seinem Geruch, ehe ich mich für einen *Silvers*-Hoodie entscheide. Er reicht mir beinahe bis zu den Knien, aber das ist mir egal.

Mit einem breiten Grinsen gehe ich ins Esszimmer und finde schließlich einen Zettel neben der Kaffeemaschine, die seit Samstag mein bester Freund ist.

Bin beim Training. Du hast ja Kaffee.

Dahinter hat er einen Smiley gemalt.

Ich sehe auf die Uhr. Das Training dürfte gerade erst gestartet haben. Wenn ich mich beeile, kann ich ihn noch überraschen.

Ohne zu zögern, husche ich unter die Dusche, mache mich hübscher als für einen Montagmorgen notwendig und bestelle mir ein Taxi.

Ich bin überschwänglich freundlich zum Concierge und auch der Taxifahrer bekommt die volle Ladung Endorphine ab. Ich habe das Gefühl, sogar der Sicherheitsmann beim Stadion kann erkennen, dass ich mich anders fühle. Selbst der eisige Regen fühlt sich lebendig an auf meiner Haut, anstatt zu nerven. Ich finde nichts, aber auch rein gar nichts, was ich ändern möchte. Ich fliege quasi durch die Gänge, ein vollkommen übertriebenes Dauergrinsen im Gesicht.

Langsam finde ich mich in den Katakomben der *Silvers* zurecht und so trete ich schon kurze Zeit später auf den schwarzen Teppich der Mannschaft. Louis Davis kommt mir entgegen und begrüßt mich mit einem schmalen Lächeln. Die Tür zur Kabine will gerade hinter ihm ins Schloss fallen, da halte ich meine Hand dazwischen. Natürlich trete ich nicht einfach ein. Mein Bedarf an nackten Männern ist absolut gedeckt. Aber nur so kann ich wenigstens am Stimmengewirr erkennen, ob Scott noch da ist und irgendwie auf mich aufmerksam machen. Wie weiß ich selbst noch nicht genau.

»Fick dich«, höre ich Scott laut und deutlich und ich zucke beim Zorn seiner Stimme zurück. Er klingt so ganz anders, als ich mich fühle. Sollte er nicht ebenfalls auf Wolke sieben schweben?

Es wird kurz lauter, weil auf der anderen Seite des Raumes die Tür in Richtung Rasen geöffnet wird. Ich könnte meine Finger zurückziehen und warten, bis der nächste Spieler rauskommt. Ich sollte das sogar. Aber ich kann nicht, denn ich höre Lynel und werde hellhörig. Die Bruchstücke »kleine Journalistin«, dringen klar und deutlich an mein Ohr.

Eine ganze Zeit lang kann ich nichts verstehen. Mein Puls klopft hart gegen meinen Hals. Gerade als ich meine Hand zurückziehen will, ertönt Scotts durchdringende Stimme.

»Ach vergiss sie. Sie ist nichts anderes als all die anderen Tussis in den Wochen vorher.«

Mein Herz setzt aus. Wie ein Nebel nach einer langen Nacht lichtet sich alles und zurück bleiben meine schlimmsten Befürchtungen. Ich möchte weinen und schreien, aber dafür bleibt keine Zeit, denn das Gespräch, in dem es unmöglich um mich gehen kann, geht weiter.

»Also hast du sie flachgelegt. Ich wusste es. Brane«, schreit Lynel quer durch den Raum, und nimmt mir meinen letzten Hoffnungsschimmer, »du schuldest mir einen Hunderter. Peterson hat die Zeitungstussi doch genommen.«

Ich warte darauf, dass Scott etwas sagt. Meine Würde und seine eigene verteidigt. Ich warte, dass er rauskommt, meine noch wunden Lippen küsst, seinen Arm um mich legt und wir nach Hause fahren.

»Die war keinen Hunderter wert«, reißt er mit seinen Worten endgültig mein Herz aus der Brust.

Das ist zu viel. Ich ziehe die Hand aus der Tür und lasse sie ins Schloss fallen. *Konzentrier dich darauf zu atmen.* Das hier passiert doch nicht gerade wirklich. Das kann nicht sein. Darf nicht sein. Ich habe mit ihm geschlafen.

Der Teppich verspottet meine wütenden Schritte und ich muss schlucken, als ich an den Werbebannern vorbeilaufe, auf dem alle Spieler abgebildet sind. Bis ich am Eingang des Stadions angekommen bin, renne ich bereits. Ich muss hier raus. Weg von ihm. Weg von diesen Leuten.

Meine Mutter hatte recht. Hier wartet nichts Gutes auf mich.

Ich kann die Tränen nicht länger zurückhalten, als ich in eins der Taxis steige, die vor dem Stadion parken.

»Grosvenor Waterside«, schluchze ich und heule ungebremst drauflos.

»Alles okay, Ma'am?«, fragt der Fahrer und beäugt mich im Rückspiegel.

»Fahren Sie einfach«, herrsche ich ihn an und lege die Hände vors Gesicht.

Alles in mir zerbricht. Meine Hoffnungen. Meine Träume. Ich dachte, ich hätte meinen Weg gefunden. Jemanden, dem ich vertrauen kann. Und dabei war ich nichts weiter als eine Nummer. Eine Errungenschaft auf seiner langen Liste.

*Sie war den Hunderter nicht wert,* hallt es in meinen Ohren nach. Wie kann er so etwas sagen? Nach alldem, was in den letzten Tagen zwischen uns war. Nach dem, was vergangene Nacht war. Das kann unmöglich eine Lüge gewesen sein.

*Aber das war es,* flüstert meine eigene Stimme mir zu und die Tränen werden von tiefen Schluchzern begleitet.

Wie kann ein Mensch so verletzend sein? Ich verstehe es einfach nicht. Alles in mir schmerzt. Vielleicht dachte ich, mich hätte nie zuvor jemand so glücklich gemacht. Aber jetzt weiß ich, nie zuvor hat mich jemand so unglücklich gemacht.

Ich werfe dem Taxifahrer ein paar Scheine auf den Schoß. »Können Sie bitte warten?« Meine Stimme klingt fremd und ich vermeide es, ihn oder mich im Rückspiegel zu betrachten.

»Sicher, Ma'am«, antwortet er und setzt den Blinker.

Mit gesenktem Blick renne ich am Concierge vorbei, der mir Gott sei Dank auch ohne Aufforderung den Fahrstuhl kommen lässt. Meine Beine zittern und immer wieder werde ich von meinen Gefühlen beinahe in die Knie gezwungen.

»Warum?«, schluchze ich, während ich Grandpa Georges Koffer aus dem großen Schrank im Gästezimmer zerre und alles wahllos hineinwerfe. Ich kann diese Wohnung nicht länger ertragen.

Es dauert nur Minuten, bis ich all meine persönlichen Sachen zusammen habe und mein Gepäck durch den Flur schleife. Vor Scotts offener Tür verharre ich einen Moment und lehne mich gegen die Wand.

In diesen vier Wänden wurde mir so viel gegeben und schlussendlich alles genommen. Er hat mir einfach alles genommen. Ohne es kontrollieren zu können, lasse ich mich an der Wand nach unten sinken und kann nur noch weinen. Ich trauere. Um mein Herz. Um meine Vergangenheit und meine Zukunft. Die Hilflosigkeit treibt mich an den Rand meines Verstandes. *Warum hilft mir denn keiner?*, möchte ich schreien. Aber wer sollte kommen und mir helfen?

Alle Menschen, die mir wichtig sind, haben mich vor Scott Peterson gewarnt. Aber ich dachte, ich wüsste es besser. Dachte, ich wäre die Person, die alles für ihn ändern kann. Aber das war ich nicht. Ich war nur ein weiterer Körper für sein herzloses Ego. Dieser Gedanke frisst sich durch mich hindurch. Immer wieder zwinge ich mich, die Worte, mit denen er mir das Herz herausgerissen hat, in mein Gehirn zu lassen. Weil irgendeine Stimme in mir immer noch schreit, dass das nicht sein kann. Dass das, was wir zusammen hatten, nicht gespielt sein konnte. Aber ich habe es aus seinem Mund gehört. Ganz gleich, wie man es dreht und wendet. Ich habe es gehört.

Ich muss hier raus.

Ich rapple mich hoch, gehe in Richtung Fahrstuhl und sehe im letzten Moment mein Notizbuch auf der Kommode liegen. Ich nehme es und werfe es in den Küchenabfall. Es wird keine Story über Scott Peterson geben. Ich zerknülle unter einem Schluchzer seine Nachricht, lasse sie aber neben der Kaffeemaschine liegen, deren Anblick mir einen letzten Stich versetzt, ehe ich diese Wohnung für immer verlasse.

# KAPITEL 20

**Scott**

Der Bass hämmert in meinen Ohren, vibriert in meinem Bauch. Aber er ist nicht laut genug, um die Gedanken zu vertreiben, die in meinem Kopf schwirren wie lästige Parasiten.

Ich merke kaum, wie der Regen auf meinen Oberkörper prasselt, als ich den BMW mitten vor dem Haus stehen lasse und nur in T-Shirt und Shorts in die Eingangshalle marschiere.

»Mister Peterson«, spricht der Concierge mich an, aber ich zeige ihm die Zähne und knurre ein »Nicht jetzt«.

Der Fahrstuhl bringt mich viel zu langsam nach oben. Er lässt mir viel zu viel Zeit, um an die Fahrten mit Lauren zu denken. Anfangs, als wir uns nicht ausstehen konnten. Und erst gestern, als wir auf dem Weg nach oben wild geknutscht haben.

*Unbedingt Vertrauen gewinnen ...*, schlägt die Erinnerung wie eine Bombe ein. Das alles war ein Spiel. Und dabei habe ich gedacht, sie wäre eine miese Journalistin ...

»Wo bist du?«, brülle ich. Sie wird es bitter bereuen, sollte sie noch immer in meinem Bett liegen.

Ich stoße die Tür zu meinem Zimmer auf, doch es ist leer.

»Lauren?«, schreie ich weiter. Aber es bleibt still.

Und dann spüre ich es. Sie ist weg. Die Wohnung ist leer. Ich bin allein. Es ist wie vorher. Es sollte wie vorher sein. Aber das ist es nicht. Rein gar nichts ist mehr so wie vorher. Es wird nie wieder so sein.

Noch bevor ich die Tür zum Gästezimmer öffne, weiß ich es. Weiß, dass das Bett noch so ordentlich gemacht ist, wie Maria es gestern Morgen hinterlassen hat. Weiß, dass ihre Kleidung und der hässliche Koffer nicht mehr in dem weißen Schrank liegen.

Der Klingelton meines Handys zwingt mich zurück ins Esszimmer.

»Wenn du nicht anrufst, um dich mit mir zu betrinken, lautet die Antwort Nein«, herrsche ich ins Telefon.

»Dir auch einen wunderschönen guten Tag«, antwortet Greg.

Irgendwie bin ich froh, dass er anruft. Dieses Gefühl, das sich seit Stunden wie eine Schlange um meinen Hals legt, zieht sich immer weiter zu und ich habe keine Ahnung, was ich tun soll.

»Montagmittag und du willst dich betrinken? Die Lage muss ernst sein.«

Mein bester Freund weiß, wie ernst ich meinen Beruf nehme und dass ich daher niemals außer der Reihe trinken würde, schon gar nicht in der Woche … Mittags. Das ist schon das zweite Mal, dass ich wegen Lauren meine Prinzipien breche.

Ich lasse mich auf die Couch fallen, die mich mit ihren Erinnerungen genauso verhöhnt wie der Rest der Wohnung. Meine Augen schweifen durch den Raum, bis ich an der Kaffeemaschine hängen bleibe. Ohne zu zögern, stehe ich auf.

»Besorg Whiskey und komm her, Stevens.«

Ehe er antworten kann, beende ich das Gespräch und werfe mein Handy auf den Tisch.

»Fick dich, Lauren Bell«, schnaufe ich und ziehe den Stecker aus der Wand. Meine Nachricht liegt zerknüllt da und brennt mir im Hals wie ein Single Malt es niemals könnte. Mit einem Fuß öffne ich den Abfalleimer, aber da der große Scott Peterson natürlich die Luxusline der Kaffeemaschinen kaufen musste, passt dieses Monstrum nicht hinein. Am liebsten würde ich es aus dem Fenster werfen, aber bei meinem Glück erschlage ich eine Mutter mit ihren Kindern.

Mit der Maschine auf dem Arm laufe ich verzweifelt durch den Raum. »Ich werde dich einfach nicht los«, knurre ich, nicht sicher, ob ich das rote Hochglanzgerät oder Miss Lauren Bell persönlich meine.

Mit großen Schritten gehe ich durch den Flur ins Gästezimmer und öffne schließlich den Schrank. Obwohl sie nur eine verfluchte Woche hier war, riecht alles in diesem Zimmer nach ihr und lässt mich beinahe aufheulen wie ein Mädchen. Ich werfe die Maschine achtlos in den Kleiderschrank und knalle die Tür hinter mir zu.

Da sind Gefühle in mir, die ich nicht will. Gefühle, die mir schmerzhaft vertraut sind, die ich nie wieder spüren wollte.

*Sie hat mich genauso im Stich gelassen.*

Das Haustelefon kündigt einen Besucher an.

»Lassen Sie ihn hoch«, fahre ich den Concierge schon zum zweiten Mal über den Hörer an und komme mir vor wie der letzte Arsch.

*Du bist der letzte Arsch.*

»Ich hoffe, du bist nicht wählerisch.«

Greg hält eine Flasche billigen Fusel in der einen und ein Sixpack Bier in der anderen Hand. Das ist mal ein wahrer Freund.

Ohne mich anzusehen, tritt er aus dem Fahrstuhl, schlendert zur Couch und lässt sich in die Polster fallen.

»Fühl dich wie zu Hause«, knurre ich. Die Wut in meiner Brust will einfach nicht weniger werden.

»Wenn du mich montags um zwölf anrufst, um dich mit mir zu betrinken, haben wir keine Zeit für Förmlichkeiten.« Greg hält mir ein Bier hin und ich schließe die Lücke zwischen uns, um es entgegenzunehmen. »Dein Glück, dass ich immer noch Liebeskummer habe. Und dein weiteres Glück, dass das beschissene Wetter anhält.«

Greg hat den Sprung in eine höhere Fußballliga nie geschafft und arbeitet hauptberuflich als Dachdecker. Der Dauerregen der letzten Wochen hat ihm manch freien Tag beschert. Dass ich reich bin und er ein armer Schlucker ist, hat unserer Freundschaft nie geschadet. Niemals. Wir kommen von der gleichen Seite der Straße. Na ja, und bis vor ein paar Tagen hatte er ja auch eine stinkreiche Freundin.

»Also, willst du mir nun erzählen, was hier los ist, oder muss ich dich erst abfüllen, um Informationen zu bekommen?« Ein leichtes Schmunzeln verlässt Gregs Gesicht, aber als er sieht, dass ich es nicht erwidere, verebbt es. »Komm schon. Was ist los, Alter?«

Mit dem Bier in der Hand schlurfe ich zur Küche, um uns zwei Gläser zu holen. »Sie ist weg«, murmle ich, den Griff der Schranktür fest umklammert. Es laut auszusprechen tut höllisch weh. Es fehlt nicht viel und ich kippe das Bier weg und flenne in Gregs Armen, anstatt mich volllaufen zu lassen. »Lauren.« Meine Stimme zittert. »Sie ist weg«, wiederhole ich, nach wie vor den Rücken zu Greg gewandt.

Er schweigt. Ich schweige. Ein paar tiefe Atemzüge und ich habe mich wieder gefangen.

»Sie hat mich verarscht«, erkläre ich auf dem Rückweg zur Couch in einem ruhigeren Ton. »Womit sie nicht unbedingt die Erste ist.«

Ich reiche Greg die Gläser und er schenkt den billigen Whiskey aus. Er sagt kein Wort. Ich habe nichts anderes von meinem Freund erwartet. Er wartet geduldig ab, bis ich mir alles von der Seele geredet habe. Greg Stevens ist einer von den Guten.

Ich setze an und leere das Glas in einem Zug. »Fuck«, zische ich, während das eklige Gesöff mir die Kehle verätzt. »Der Unterschied ist nur der ...«, knurre ich und halte mein Glas erneut hin, damit Greg es wieder befüllen kann. Wieder exe ich es und muss mir ein Würgen unterdrücken. »Sie ist die Erste, in die ich mich vorher verliebt habe.«

Greg starrt mich mit großen Augen an. Ein Satz, den er nie zuvor von mir gehört hat und ganz sicher nie wieder hören wird. »Scheiße«, murmelt er nur und setzt sein Glas an die Lippen, um es in einem Schwung zu leeren.

***

**Lauren**

»Mein Gott, Lauri.«

Meine Mum schlingt, ohne zu zögern, ihre Arme um mich und ich kann es nicht mehr zurückhalten. Ungebremst schluchze ich gegen ihr Haar, das so wundervoll nach Vanille und frisch gebackenen Keksen riecht.

»Ich will nur noch nach Hause«, heule ich und klammere mich an ihren roten Wollmantel. Die erste Wut ist abgeflacht und zurück bleibt nur noch entsetzlicher Schmerz.

»Was ist denn los, Spätzchen?« Sie löst sich ein Stück von mir und streicht mir über die Haare.

Vor zwei Stunden bin ich in London in den Zug gestiegen, mit dem festen Vorsatz, es allein nach Hause zu schaffen. Aber mit jedem noch so kleinen Stück, mit dem ich mich von Scotts Penthouse entfernt habe, bekam ich weniger Luft. In Gatwick Airport Station bin ich schließlich aus dem Zug gestiegen, weil ich dachte, ich ersticke. Heulend habe ich am Bahngleis gesessen und meine Mum angerufen. Lächerlich. Ich weiß.

»Ich bin krank, Mum. Bitte«, flehe ich und halte mir den Bauch. Alles tut mir weh. Wirklich alles. »Können wir einfach nach Hause fahren?«

Sosehr ich es mir auch wünsche, so leicht lässt sich Amanda Bell nicht beruhigen.

»Ich bringe dich zu einem Arzt, Lauri.« Sie begutachtet mich von oben bis unten. Aber meine Wunden liegen viel tiefer. Fest verschlossen in meinem Herzen.

»Ich war schon bei einem Arzt«, lüge ich. Langsam wird es zur Gewohnheit, dass ich meine Eltern anlüge, was meinen Schmerz nicht gerade verringert.

Ich wische mir die Tränen aus dem Gesicht. Ich muss mich zusammenreißen, sonst wird sie nur noch skeptischer.

»Er hat gesagt, ich hätte eine Lebensmittelvergiftung.«

Ja, wie eine Vergiftung fühlt es sich zumindest an.

»O mein Gott!«, ruft meine Mum und einige Passanten sehen sich nach uns um. »Lauren, das ist gefährlich. Was zum Teufel hast du gegessen?«

»Ich weiß es nicht, Mum.«

Jedes Wort auf meiner Zunge fühlt sich falsch an. Warum sage ich es nicht einfach? Erzähle ihr, dass Scott Peterson mich ausgenutzt und schikaniert hat. Erzähle ihr, wie er mich genommen und achtlos weggeworfen hat. Was für ein riesiges Arschloch er ist. Verschweige ich die Wahrheit meinetwegen oder seinetwegen?

»Der Arzt hat gesagt, ich brauche einfach ein bisschen Ruhe.«

Und auch wenn das kein Arzt gesagt hat, ist es genau das, was ich brauche. Ich brauche mein Zimmer und mein Bett und Mister Tingles, das kleine

Plüschschwein, das seit meinem ersten Geburtstag neben mir schläft. Ich brauche Zeit. Zum Nachdenken. Zum Trauern.

»Kannst du mich bitte einfach nach Hause fahren, Mum?«, wiederhole ich mich und versuche die Tränen wegzublinzeln, die schon wieder in meinen Augenwinkeln lauern.

»Komm.« Meine Mum schnappt sich Grandpa Georges Koffer, als wiege er nichts, und schultert meine Tasche. »Ich koche dir eine Suppe und du legst dich erst mal ein bisschen hin. Danach sehen wir weiter.«

»Danke«, hauche ich und während sie vor mir hermarschiert, kullern die Tränen stumm über meine Wangen. Wenn sie doch nur wüsste, dass keine Suppe der Welt mich gesund machen kann.

Die Fahrt nach Plumpton verbringen wir schweigend. Die kalte Scheibe kühlt meine Stirn, als ich sie dagegen lehne und aus dem Fenster starre. Die Bäume, die die A23 säumen, ziehen wie in einem Film an mir vorüber. Meine Mum räuspert sich hin und wieder und jedes Mal, wenn ich spüre, dass sie ein Gespräch anfangen will, stelle ich mich schlafend. Mein Hals ist staubtrocken, als wir schließlich die schmale Straße in Richtung Plumpton nehmen. Rechts und links ist nichts zu sehen außer weidende Schafe.

Das Gefühl in meinem Magen, das sich tatsächlich mehr und mehr wie eine Lebensmittelvergiftung anfühlt, nimmt ganz neue Ausmaße an, als wir am Haus der Middlestones vorbeifahren. Die holzverkleideten Fronten, die solange ich denken kann, mein zweites Zuhause gerahmt haben, wirken auf eine verdrehte Weise vertraut und fremd zugleich.

»David musste zu einer dringenden Vorlesung. Aber er kommt danach sofort rüber.«

»Nein«, herrsche ich sie an und sie zuckt kaum merklich zusammen. Meiner Mum sind meine Blicke scheinbar nicht entgangen. »Ich meine … nein«, sage ich ruhiger und mit weniger Lautstärke. »Der Arzt hat gesagt, es könne eventuell doch was Ansteckendes sein.«

O Mann, ich befürchte, ich lande spätestens nach diesem Tag in der Hölle.

»Oh. Na darauf wird er sicher keine Lust haben. Nicht dass er zu viel in der Uni verpasst.«

Wir biegen in die schmale Einfahrt unseres Hauses ein. Auch wenn ich glücklich oder wenigstens erleichtert sein sollte, dass meine Lüge aufgegangen ist, ich bin es nicht. Wie ein Krampf fühlt sich das falsche Lächeln an, das ich meiner Mum schenke, um ihr beizupflichten.

Ohne es zu wollen, denke ich darüber nach, wie Scott in so einem Fall reagieren würde. Würde er sich fernhalten, wenn ich krank bin? Oder zur Uni gehen, wenn ich weinend anrufe? Ich kenne die Antwort nicht, aber was ich weiß, ist, dass Scott Peterson mir das Herz gebrochen hat. Reicht das nicht aus, um ihn endlich aus meinem Kopf zu verbannen? Ich will diese quälenden Gedanken nicht mehr. De Erinnerung an das Gefühl, wenn sein nackter Körper noch enger an meinen rückt, um mir ganz nah zu sein. Seine Stimme an meinem Ohr. Wie kann er all das gespielt haben? Ich habe ihn erlebt. Bei seiner Familie, seinen Freunden. Wie kann ein Mensch so falsch sein? Ich habe ihm mein Herz gegeben. Mein Vertrauen.

Eine neue Welle der Tränen rollt an und ich wende Kopf zur Seite, damit meine Mum es nicht sehen kann. Aber sie ist Gott sei Dank viel zu sehr damit beschäftigt, Grandpas Koffer aus unserem Van zu wuchten.

»Leg dich hin, Spätzchen. Ich packe alles aus und koche dir einen Tee.«

»Hm«, brumme ich lediglich, als ich die schmale Holztreppe nach oben in mein Zimmer nehme. Ein tiefer Schluchzer verhindert, dass vollständige Sätze durch meinen Hals passen.

In meinem Zimmer angekommen lasse ich dem Kummer freien Lauf und weine ungebremst in meine rosa geblümte Bettwäsche. Mein Zimmer wirkt mit einem Mal so winzig. Die schrägen Wände, die niedrigen Decken. Alles aus weißem Holz oder in hellen Blautönen gestrichen. Auf meinem Nachtschrank lächelt mir ein Bild von mir und David entgegen. Ich kann es nicht ansehen. Kann den Verrat nicht fassen, den ich begangen habe. Zum ersten Mal in meinem Leben habe ich auf mein Gefühl vertraut und eine fette Quittung dafür bekommen.

Ich klappe das Bild um, da ich den Anblick von uns als glückliches Paar nicht ertragen kann. Denn das waren wir nicht. Oder vielleicht doch? Ich weiß es selbst nicht mehr. Ich habe ganz offensichtlich das Gefühl für falsch und richtig verloren. War der kurze Höhenflug mit Scott Glück? Sollte sich meine Beziehung mit David so anfühlen? Denn das tut sie nicht. Oder war das alles Teil einer Inszenierung? Ist dieses Bild eines Paares genauso unreal wie Fotografien von Models, die der Wirklichkeit so viel gleichen wie ein Stein einer Feder?

In meinem Kopf herrscht das absolute Chaos, und ich bin dankbar, als meine Augen schwer werden und der Schlaf mich allmählich zu übermannen droht.

Aber ich fürchte mich auch vor dem Schlaf. Fürchte mich davor, in meinen Träumen Scott zu begegnen. Dem Scott, der mich gehalten hat, als ich es gebraucht habe. Dem Scott, der mir gezeigt hat, wie wichtig es ist, sich auch körperlich nah zu sein. Und dabei meine ich das in keinster Weise sexuell. Auch wenn der Sex mit Scott all meine Erwartungen übertroffen hat. Es war gefühlvoll und berauschend. Ich habe mich nie zuvor so lebendig gefühlt und diese Stunden haben mich und mein Leben für immer verändert.

Doch all das ist es nicht, wovor mich fürchte. Vielmehr habe ich Angst vor den Erinnerungen an den Teil Scott Petersons, der mich hat glauben lassen, dass wir uns lieben.

# KAPITEL 21

**Scott**

Die Luft ist heiß und stickig. Ich will nicht hier sein. Will nicht mehr trinken. Aber der Schmerz muss aufhören. Dieses stechende Hämmern in meiner Brust muss irgendwie zum Stillstand gebracht werden.

Seit drei Tagen ist Lauren weg und ich kann nach wie vor an nichts anderes denken. Die Vorstellung, dass sie sich in dem ländlichen Nest an ihren Geschichtslehrer-Kerl schmiegt und ihm ins Ohr flüstert, was sie mir zusäuselte, macht mich fix und fertig. Mein Magen dreht sich bei dem Gedanken, wie sie in seinen Armen liegt und er ihren zarten Körper halten darf.

»Ich muss kurz raus«, schreie ich zu Greg, der lässig am Tresen lehnt und seine Cola nippt. Es ist viel zu offensichtlich, wie er sich mit dem Trinken zurückhält. Er will auf mich aufpassen. So viel ist klar.

Schon auf dem Weg quer über die Tanzfläche und durch den dunklen Flur zum Ausgang hebt sich mein Mageninhalt immer wieder und schwappt schließlich in einem Schwall auf den Gehweg, als ich es nach draußen geschafft habe. Keine Ahnung, wie oft ich in den letzten Tagen gekotzt habe. Es ist auch scheißegal. Alles ist unwichtig geworden. Alles.

»Hey, Prince Charming, nicht gerade die feine englische Art.«

Ich wische mir mit dem Handrücken den Mund ab.

»Verpiss dich«, raunt Greg neben mir. »Es gibt hier nichts zu sehen.«

Ich sehe weder ihn an noch die Tussi, deren Akzent mir irgendwie bekannt vorkommt.

»Mach mal halblang, Paddy«, betitelt sie Greg und ich muss doch tatsächlich lachen. Gebeugt über meinen eigenen Mageninhalt, der meinen kläglichen Zustand widerspiegelt, muss ich lachen.

»Ich kenne dein Problem nicht, Mäuschen, aber meins bist gerade du, also sieh zu, dass du deinen hübschen Hintern hier wegschaffst.«

Greg ist eigentlich ein eher ruhiger Typ, aber wenn ihn einer als Ire betitelt, kann er schon mal ungemütlich werden. Obwohl er schließlich genau das ist.

»Danke für das Kompliment.« Die Unbekannte zögert kurz, derweil schließe ich die Augen, um eine erneute innere Welle abzuschütteln. »Arschloch«, zieht sie in die Länge und mein Gesicht verzieht sich zu einem Lächeln. Ich mag sie. »Und jetzt lass mich in Ruhe nach Scott sehen, du Penner.«

Ihre Stimme wird zum Ende hin zornig und ich erhebe mich eine Spur zu schnell, weil sie meinen Namen kennt.

»Emily«, keuche ich, aber im selben Moment drehe ich mich zur Seite, um auch den letzten Schluck Alkohol von heute Nachmittag mit den Passanten zu teilen.

»Du kennst sie?«, fragt Greg, während ich würge.

»Mann, du siehst doch, dass er nicht antworten kann.«

Das war Emily, die näher an mich herantritt und mit einer Hand über meinen Rücken streicht. »Geht's?«

Im Augenwinkel sehe ich, wie sie mir ein Taschentuch hinhält. Ich nehme lieber meinen Ärmel und richte mich wieder auf. Ganz langsam dieses Mal.

»Ey.« Eine tiefe Männerstimme erregt unsere Aufmerksamkeit. »Verpisst euch von hier.«

Der Türsteher kommt in unsere Richtung und ich brauche einen Moment länger als die anderen, um zu kapieren, dass er uns meint.

»Mann, mach keinen Stress«, raunt Emily ihm entgegen, aber Greg zerrt mich am Arm in Richtung Innenstadt. Er weiß, dass wir Ärger vermeiden sollten. Sobald mich einer erkennt, ist Schluss mit lustig. Das Schlimme daran – selbst das ist mir mittlerweile egal.

»Hey, Jungs«, ruft Emily hinter uns und sprintet uns nach. »Wartet mal.«

Jetzt bin ich es, der Greg am Ärmel zieht. Um stehen zu bleiben.

»Was stimmt nicht mit dir, Scottyboy?«, fragt sie und ihre vollen Lippen verziehen sich zu einer Grimasse. »Der Junge von Sonntagabend mit den

Herzchen in den Augen will so gar nicht zu dem Penner passen, den ich gerade vor mir habe.«

»Hey, jetzt halt aber mal die Luft an«, geht Greg dazwischen, aber ich lege ihm eine Hand flach auf die Brust.

»Sie hat mich sitzen gelassen. Das ist los«, gestehe ich offen und ehrlich. Keinen Grund, es schönzureden.

Die hübsche Brünette blickt zwischen mir und Stevens hin und her. Zugegeben, in ihrem schwarzen Minirock und den Netzstrumpfhosen sieht sie heiß aus, aber es könnte mich nicht weniger jucken. Vermutlich werde ich nie wieder eine andere anfassen können, ohne dabei an Lauren zu denken.

»Das kann doch nicht sein.« Emily stützt die Hände in die Hüften. »Warum? Für David, diesen Loser?«

»Wer ist David?«, fragt Greg und sie zieht eine Augenbraue hoch, als sie den massigen Kerl von unten herauf zickig anfunkelt.

»Du kennst nicht mal die Hälfte der Geschichte und willst mir was erzählen?«, fragt sie herausfordernd.

Wenn es mir nicht so beschissen gehen würde, könnte ich fast Gefallen an diesem kleinen Katz- und Mausspiel zwischen den beiden finden.

»Ihr Freund«, knurre ich dazwischen. »Ihr verfickter Freund. Und nein. Nicht mal wegen ihm.« Ich verschränke die Hände im Nacken. »Dieses Miststück«, raune ich und zwei Männer drehen sich nach uns um.

»Schätzchen«, stößt Emily hervor, »Lauren Bell ist vieles, aber sicher kein Miststück.«

»Denkst du, ja? Da habe ich aber anderes lernen müssen.«

Sie beißt sich auf die Unterlippe. Wechselt ihren Blick zwischen mir und Greg hin und her. Dieser hat die Hände tief in die Taschen seiner Lederjacke gesteckt.

»Erzählst du mir davon?«

***

»Nie und nimmer«, stößt Emily hervor. Sie sitzt mir und Greg gegenüber und ihre langen Haare, von denen nur die obere Hälfte in einem Dutt steckt, liegen ihr über die Schultern fast bis zum Bauch. Wir sind die einzigen Gäste in dem ranzigen Coffeeshop. Kein Wunder. Hier stinkt es nach abgestandener Milch und der Barista wirkt alles andere als vertrauenerweckend.

»Hast du mir nicht zugehört?«

Diese Wut. Wenn nicht langsam diese Wut in meinem Bauch abflacht, werde ich noch verrückt.

»Scott. Ich kenne Lauren. Das hätte sie niemals getan.«

Mir entweicht ein seltsames Geräusch. Dafür habe ich ihr haarklein die ganze Story der letzten Woche berichtet? Damit sie mir erzählen kann, dass ich keine Ahnung habe?

»Es geht nicht darum, was sie getan hätte«, knurre ich. »Es geht darum, was sie getan hat.« Langsam, aber sicher geht diese Kuh mir auf die Nerven. »Und vielleicht vergisst du gerade, dass sie dich ebenfalls elendig hat sitzen lassen.«

Soll sie doch glauben, was sie will. Keine Ahnung, warum ich mich überhaupt mit ihr abgebe.

»Das ist Jahre her und was ganz anderes.« Sie seufzt in die Stille des Ladens. »Scott. Egal, was sie geschrieben hat. Sie liebt dich.«

Ihre Worte schneiden mein Herz in zwei Teile, ohne es auch nur zu berühren.

»Ich habe sie niemals so glücklich gesehen wie mit dir.«

Mein Kopf schüttelt sich pausenlos. »Bullshit«, schnauze ich. »Du hast keine Ahnung von ihr. Sie ist eine intrigante Schlange. Nicht mehr und nicht weniger.«

Warum knalle ich ihr nicht einfach vor die Füße, wie Lauren und ihr perfekter Freund sie verurteilen, nur weil sie sich vor Jahren in ihrer Garage hat flachlegen lassen? Vielleicht würde das ihre Denkweise etwas ändern. Aber ich kann nicht. Presse nur den Kiefer aufeinander und zerteile die Serviette vor mir in hunderte kleine Teile.

»Ich hatte auch eher den Eindruck von ihr, dass sie …«

»Willst du mich verarschen?«, unterbreche ich Greg und lasse meine Hand auf den schmierigen Tisch knallen.

»Scott …« Emilys Finger schließen sich um meinen Unterarm. Aber es ist zu viel. Ich will nicht mehr.

Ich springe auf und trete vor den Tisch. »Tut mir einen Gefallen und geht jemand anderem auf die Nerven«, herrsche ich beide an und verlasse den muffigen Laden.

Er soll einfach verschwinden … Dieser beschissene Schmerz.

***

**Lauren**

»Langsam bekommst du ja wieder Farbe, Kind«, flötet Mrs Middlestone und mein Mund zieht sich zu einem kunstvollen Lächeln. Zwei Tage konnte ich mich in meinem Zimmer verstecken. Aber die Schonfrist ist offensichtlich vorbei. Meine Mum hat David und die Middlestones zum Essen geladen. Während ihrer Ankunft habe ich mich, solange es ging, im Bad versteckt, um einer Begrüßung mit David unter vier Augen aus dem Weg zu gehen. Ich kann nicht. Ich kann ihn nicht küssen oder umarmen. Bei dem Gedanken daran bekomme ich keine Luft.

Ich trete etwas näher in unser spartanisches Wohnzimmer. »Hi«, sage ich, als ich David zum ersten Mal seit über einer Woche gegenüberstehe. Ich presse die Lippen aufeinander, um das Zittern meines Kinns unter Kontrolle zu bekommen.

Sofort steht er auf und kommt auf mich zu. Die Haare ordentlich gekämmt, das Hemd bis oben hin zugeknöpft. Die Deckenlampe spiegelt sich im glatten Leder seiner Schuhe.

Was wenn die Mailbox nicht angesprungen wäre? Was dann?

»Lauri«, haucht er dicht neben mein Ohr und drückt mir einen Kuss auf die Wange. Ich befürchte, mein Gewissen schnürt mir jeden Moment die Kehle zu. »Endlich.«

Sein Blick ist so voller Wärme und Sehnsucht und wenn mein Herz noch nicht in tausend Teile zerbrochen ist, passiert es gerade jetzt endgültig. Der Geruch seines Aftershaves fühlt sich nach zu Hause an und mir kommen die Tränen.

Ich habe meinen Freund betrogen. Das ist alles, woran ich in diesem Augenblick denken kann.

»Hey«, sagt er und fängt sie mit den Daumen auf. »Was ist denn los?«

Wir sind uns so vertraut. So nah. Er ist für mich mein Partner … mein Seelenverwandter … *wie ein Bruder* … denke ich und muss bei dieser Erkenntnis schlucken. Es fühlt sich so anders an als mit Scott. Sosehr er mich verletzt und ausgenutzt hat, vor mir selbst brauche ich es nicht zu leugnen. Ich vermisse ihn. Alles an ihm. Den Geruch. Die Art, wie er lacht oder mich beobachtet.

»Es war einfach alles etwas viel«, flüstere ich.

»Nun kommt«, erlöst mein Dad mich aus dieser schrecklichen Situation. Er ist der Einzige, der keine Fragen gestellt hat, seit ich wieder da bin. Meine Mum hat es jeden Tag versucht. Und mit David habe ich stundenlang geschrieben. Der Vorwand, dass mir nach wie vor schlecht ist, hat sich hervorragend dazu geeignet, einem Telefonat oder gar einem Treffen aus dem Weg zu gehen. Ich habe ihm erklärt, dass ich meine Recherche vorzeitig abgebrochen habe, weil ich krank war und erst nächste Woche in Ruhe mit dem Redakteur der *GB-Life* bespreche, wie es weitergeht. Nichts davon ist wahr. Wenn Scott niemanden aufgeklärt hat, sind alle in dem Glauben, dass ich nach wie vor bei ihm bin. Das gibt mir drei weitere Tage, bis ich mich der Realität stellen muss. Einer Realität, die mir doch eigentlich schon bewusst ist. Immerhin spricht es Bände, dass Scott sich nach meinem Verschwinden nicht ein einziges Mal gemeldet hat.

Der Tisch ist wunderschön mit kleinen Kürbissen und Hagebutten gedeckt und als die Middlestones mir und David gegenüber Platz nehmen und von den Halloweenvorbereitungen des Ortsvereins berichten, fühlt es sich kurz an, als wäre ich nie weggegangen. Das ist es, was ich kenne, was ich schon seit Jahren tue. Das, womit ich mich bislang wohlgefühlt habe.

»Die McLannisters haben letztes Jahr diese komischen Frühstücksflocken verteilt. Das ist doch keine Halloweensüßigkeit.«

Ich muss die Augen schließen. Davids Mutter hat ja keine Ahnung, was sie mit ihren Worten anrichtet. Alles, was ich vor mir sehe, ist Scott, wie er mit wilder Frisur und ohne Shirt dasitzt und diese ekligen Dinger in sich hinein schaufelt.

»Ist dir wieder schlecht?« David legt seine Hand auf meinen Rücken und alles in mir schreit danach, sie abzuschütteln.

»Mir war nur kurz schwindelig«, lüge ich ein weiteres Mal in dieser Woche.

»Lauri.« Es ist das erste Mal für diese Woche, dass mein Dad mich direkt anspricht. Aber seine Blicke sind mir nicht entgangen. »Dann bist du ja offensichtlich an deinem Geburtstag doch zu Hause, oder?«

Seine Augen durchbohren mich und ich muss mich abwenden, um nicht rot anzulaufen. Es ist, als sähe er mir meine Lügen an der Nasenspitze an.

»Ich ...«, stottere ich, denn mein Geburtstag ist das Letzte, worüber ich mir in diesen Tagen Gedanken gemacht habe.

»Ehrlich gesagt ...«, schaltet David sich ein und tupft sich mit der Serviette den Mund ab. Unwillkürlich verzieht sich mein Mund zu einer Grimasse. Nie zuvor ist mir eine winzige Geste dermaßen auf die Nerven gegangen. »... habe ich mich bereits ein bisschen darum gekümmert.«

»Wie reizend von dir, David«, flötet meine Mutter und lädt ihm ungefragt eine weitere Rosmarinkartoffel auf.

»Feiern wir im Keller?«, kommt nun auch Richard Middlestone zu Wort und spielt auf den eigenen Partykeller in ihrem Haus an. Ich finde mich in einem grauenvollen Déjà-vu wieder, denn ganz offensichtlich habe ich mal wieder keine Wahl.

»Ja. Ich habe gestern schon ein bisschen rumtelefoniert«, antwortet David und mit einem lauten Klirren fällt mir die Gabel auf den Teller. Fünf Augenpaare starren mich an. Ich schlucke.

»Nur die Familie und unsere engsten Freunde, Lauri.« Obwohl seine und meine Eltern anwesend sind, legt David seine Hand auf meine. »Du hattest so eine anstrengende Woche. Da werden dir ein paar Stunden mit den Menschen, die du liebst, guttun.«

»Hm«, ist alles, was ich zustande bringe. Davids Hand auf meiner raubt all meine Aufmerksamkeit. »Vielleicht hast du recht«, sage ich in der Hoffnung, ihm nicht noch mehr wehzutun.

Davids und meine Beziehung ist vorbei. Ich kann und will so nicht weitermachen. Ich brauche nur noch den Zeitpunkt, an dem ich es mir und ihm laut eingestehen kann.

Bis zum Abschluss unseres Dinners stochere ich in meinem Gemüse, während die Gespräche an mir vorüberziehen wie Gewitterwolken. Alle plappern wild durcheinander. Nur mein Dad und ich tauschen hin und wieder stumme Blicke aus.

***

»Ich würde wirklich gern noch bleiben.« David zieht den Reißverschluss seines Parkas bis oben zu. »Aber ich muss morgen früh raus und du weißt, wie Paddington reagiert, wenn man nicht bei der Sache ist.«

»Schon gut.« Ehrlich gesagt war ich noch nie so erleichtert. Ich fürchte mich vor der Situation, wenn wir das erste Mal wieder zu zweit sind. »Ich bin auch müde«, lasse ich endlich mal eine Wahrheit aus meinem Mund gleiten. Obwohl ich mein Bett in den letzten Tagen kaum verlassen habe, bin ich erschöpfter denn je.

»Bist du sicher, dass es dir wieder gut geht? Sollten wir nicht doch lieber zu einem Arzt gehen?« David schließt mich in eine Umarmung und jede Faser meines Körpers verkrampft sich.

»Schon gut«, wiederhole ich mich. Mein Wortschatz hat mich zusammen mit meiner Würde und meinem Verstand verlassen. »Es geht mir schon viel besser.«

»Und mach dir keine Sorgen wegen übermorgen. Ich regle das alles für dich. Du wirst begeistert sein«, sagt er und ich lege ihm eine Hand auf die Wange.

*Wenn ich doch bloß so für dich empfinden könnte, wie du es verdient hättest.*

»In Ordnung«, flüstere ich, auch wenn ich mir selbst nicht glauben kann.

Mit der Tür, die ins Schloss fällt, sacken meine Schultern ein Stück ab und ich lehne mich mit der Stirn gegen das kalte Holz.

»Eine Lebensmittelvergiftung sollte nicht im Kopf wehtun.«

Ich zucke zusammen und drehe mich um meine eigene Achse. »Gott«, raune ich und fasse mir mit der Hand auf die Stelle meines Herzens.

»Dad reicht auch«, schmunzelt er und die unterste Stufe knarzt, als er sich daraufsetzt. In den beigen Cordhosen und dem dunkelgrünen Hemd sieht mein Dad aus wie ein Jäger. Und das, obwohl er noch nie in seinem Leben eine Waffe gehalten hat.

»Jemand, der sich den Magen verdorben hat, sollte nicht so viel Schokolade auf einmal essen können, oder was meinst du?«

Die Spucke in meinem Mund lässt sich nicht runterschlucken. Mit dem dicken Zeh schiebe ich ein winziges Steinchen auf dem Fliesenboden hin und her. »Dad, ich ...« Ich habe keine Ahnung, was ich sagen soll.

»Ich weiß, es ist vielleicht zu spät für das obligatorische Vater-Tochter-Gespräch.«

Die glatt lackierte Oberfläche der Haustür schmiegt sich kühl an meinen Rücken und ich schiebe beide Hände zwischen mich und das Türblatt. »Das obligatorische Vater-Tochter-Gespräch?« Endlich legt sich ein ehrliches Lächeln auf mein Gesicht.

»Ah«, quittiert mein Dad meinen Blick. Seine Schläfen sind weiß und auf seinem Hinterkopf lichtet sich sein Haar immer schneller. »Da ist es ja doch noch.«

Ich presse die Lippen aufeinander.

»Lauri.« Ein tiefer Seufzer erfüllt die stille Diele. Der Geruch von Kürbissuppe und Rosmarin liegt in der Luft. »Darf ich dir einen Rat geben?«

Er weiß es. Sieht, dass etwas mit mir nicht stimmt. Meine Augen werden feucht. Ich spüre, wie ich dem Druck nicht mehr lange standhalten kann. Ein Nicken ist alles, was ich ihm gebe.

»Ganz gleich, was andere Menschen sagen oder was du vielleicht ...« Er fährt sich über das Kinn. Ganz langsam atmet er tief ein und wieder aus. »Mensch, ich habe mir das irgendwie einfacher vorgestellt«, gesteht er und wir müssen beide lachen. Er erhebt sich und seine Flanellhausschuhe schlurfen übers Parkett. »Was ich eigentlich sagen wollte.« Er legt eine Hand auf meine Schulter und drückt sanft zu. »Tu, was dich glücklich macht, mein Kind.« Sein Lächeln ist sanft und befördert eine einzige Träne auf meine Wange. »Ganz egal, was es ist. Tu es. Denn nur wenn du selbst glücklich bist, sind wir es auch.«

Mit diesen bedeutungsschweren Worten lässt er mich zurück und die Tränen tropfen ungehindert auf mein Shirt.

*Wenn das so einfach wäre, Dad ...*

# KAPITEL 22

**Scott**

»Was willst du?«

Der Concierge hat meinen Wunsch, niemanden nach oben zu lassen, erfüllt. Leider rafft Greg den Wink mit dem Zaunpfahl nicht.

»Lass uns endlich rein. Wir müssen wirklich dringend reden.«

Ich halte mein Smartphone etwas von meinem Ohr weg, weil er für meinen verkaterten Kopf viel zu laut redet.

»Ich wüsste nicht worüber«, knurre ich und halte inne. »Moment mal ... Wir?«

Sein Stöhnen kommt laut und deutlich.

»Gib schon das verfluchte Handy her«, höre ich eine Frauenstimme im Hintergrund zicken und dann raschelt es kurz. »Scott?«

»Emily?«

Will Stevens mich verarschen? Er steht mit der kleinen Hipstertussi vor meiner Tür?

»Du hattest sowas von unrecht. Und ich recht. Ich wusste es. Hab ich doch gleich gesagt«, plappert sie ohne Punkt und Komma.

»Mann, so rafft er doch kein Wort«, höre ich meinen Freund leise, gefolgt von einem kurzen Gerangel, dann ist er wieder selbst dran. »Scott. Lass uns endlich rein und hör dir an, was sie zu sagen hat.«

Ich schließe meine Augen. Will ich wissen, was sie zu sagen hat? Will ich überhaupt noch irgendwas wissen, was mit Lauren zusammenhängt?

»Kommt hoch«, murmle ich ins Telefon und gebe unten Bescheid, dass ich meine Gäste empfange.

Ich schlurfe barfuß in die Küche und fülle mir ein Glas Wasser. Seit Montagmittag habe ich außer Alkohol nichts zu mir genommen und langsam kann ich spüren, wie mein Körper abbaut.

»Na das nenne ich mal 'ne Bude.« Emilys Stimme ist jetzt schon zu laut für meinen Geschmack. »Wow. Scheiße«, flucht sie, als sie mich sieht.

»Alter«, stößt jetzt Greg aus. Die beiden stehen wie angewurzelt vor dem Fahrstuhl. »Du siehst echt beschissen aus.«

»Danke.« Ich schenke ihm ein falsches Grinsen und lasse mich auf die Couch fallen. »Seid ihr jetzt ein Paar?« Ich muss den Kopf zur Seite legen, um das neue Dreamteam zu beobachten. Wie sie sich mit dem gleichen angewiderten Blick ansehen, lässt mich schmunzeln.

»Scott«, sagt Greg in ernstem Tonfall. »Jetzt mal ohne Witz. Du bist dabei, dir alles zu versauen. Mann. Das mit der gefakten Krankmeldung hat für ein, zwei Tage funktioniert. Aber langsam musst du wieder auf die Beine kommen.«

»Gefakte Krankmeldung?«, fragt Emily und zieht eine Augenbraue hoch.

»Du musst ja nicht alles wissen«, faucht Stevens sie an.

Die zwei sind wie ein altes Ehepaar.

»Seid ihr jetzt meine neuen Eltern, oder was?«, knurre ich. Mein Inneres würde gern brüllen, aber dafür fehlt mir mittlerweile die Kraft. Ich habe drei Tage lang die Welt verflucht. Ich bin müde.

»Scott«, versucht es dieses Mal Emily. Sie kommt bis an meine Couch und geht vor mir in die Hocke. »Gott, du stinkst.« Sie hält sich die Hand vor die Nase. »So nimmt sie dich sicher nicht zurück.«

»Sie nimmt mich zurück?«, stoße ich aus. Dabei steigt mir ein heiseres Lachen aus der Kehle. »Willst du mich verarschen?« Das Adrenalin lässt mich aufspringen. »Was wollt ihr überhaupt? Verpisst euch einfach und lasst mich in Ruhe.«

»Herrgott, Peterson«, brüllt Greg mit einem Mal so laut, dass wir alle zusammenzucken. Inklusive ihm selbst. »Es reicht langsam«, herrscht er. Nicht mehr ganz so laut, aber immer noch energischer als sonst. Er kommt auf mich zu und tippt mir mit dem Zeigefinger auf die Brust. »Ich sage dir jetzt, wie es läuft.« Seine Augen durchbohren mich und ich sehe jede seiner

Sommersprossen dicht vor mir. »Du gehst jetzt unter die Dusche.« Er schnauft wie ein wilder Stier. »Sie«, er zeigt auf Emily, »wird dir was zum Frühstück machen. Und dann wirst du dir in Ruhe anhören, was sie dir zu erzählen hat. Ist das jetzt klar?«

»Und warum sollte ich auf dich hören?«

Meine Stimme klingt wie die eines arroganten Penners, dem alles auf der Welt egal ist. Scheiße noch mal ... Genau das bin ich auch.

»Weil ich dein bester Freund bin«, schießt er wie aus der Pistole zurück und das schlechte Gewissen kommt ohne Erlaubnis des Concierge dazu. »Und weil ich immer an deiner Seite war«, sagt er und legt mir beide Hände auf die Schultern. »Alter. Ich war bei dir, als du dich mit Sam um deine Schwester geprügelt hast. Ich war bei dir, als du ein Star wurdest. Ich war dabei, als deine Mutter dich zum zweiten Mal verlassen hat.«

Ich presse den Kiefer so fest aufeinander, dass meine Zähne schmerzen.

»Und ich war dabei, als du dich zum ersten Mal wirklich verliebt hast.«

Ich kann ihn nicht ansehen. Blicke an ihm vorbei auf die Skyline von London.

»Und ich werde auch das hier mit dir überstehen. Und deshalb wirst du jetzt machen, was ich sage.« Er klopft mir auf die Schulter. »Okay?«

Wortlos und ohne einen Blick gehe ich an ihm vorbei.

»Wow. Du bist ein Held«, höre ich Emilys Stimme noch, als ich bereits in meinem Zimmer bin.

Ich habe nicht die geringste Ahnung, warum ich auf Greg höre. Aber irgendwie muss ich mir eingestehen, dass er recht hat. Er war immer an meiner Seite. Und eine Dusche kann sicher nicht schaden.

***

»Ja, Coach. Es geht wieder. Danke.«

Emily und Greg verdrehen synchron die Augen.

»Nein. Morgen bin ich wieder dabei. Ja klar, machen wir. Nein, das wird gehen. Danke, Russo«, sage ich noch und beende das Telefonat, zu dem meine neuen Erziehungsberechtigten mich gezwungen haben. Wie eine läufige

Hündin pariere ich bei allem, was sie sagen, und bin dadurch so sehr von mir selbst angepisst, dass ich kurz davor bin, wieder zu saufen.

»Und jetzt sag, was du zu sagen hast und dann verschwindet. Ihr nervt.«

Ich musste erst vor ihren Augen dem Coach zusagen, morgen wieder an Bord zu sein, sonst wollte Emily mir keine Informationen geben. Wobei ich immer noch nicht sicher bin, dass ich sie überhaupt wissen will.

»Also«, sagt der kleine Quälgeist und zieht die Beine vor den Körper. Sie und Greg haben es sich auf meiner Couch gemütlich gemacht, als feierten sie hier ihre Flitterwochen. »Ich konnte das, was du mir vorgestern Abend erzählt hast, einfach nicht glauben.«

»Schön für dich«, murmle ich und nippe an dem Saft, der sich beruhigend in meinem Magen anfühlt.

»Boah … Ich kann das hier auch lassen«, faucht sie.

»Mann. Was stimmt mit euch nicht?«, schießt Greg dazwischen. »Jetzt halt du die Klappe«, sagt er an mich gerichtet. »Und du, komm zum Punkt.« Das ging an Emily.

Seit wann ist mein Freund eigentlich so ein Alphatier? So kenne ich ihn gar nicht.

»Ich habe gestern Abend mit Lauren telefoniert.«

Mein Blick schießt zu Emily. Ein winzig kleiner Hoffnungsschimmer keimt in mir. Winzig, aber er ist da.

»Das ist alles offensichtlich ein riesiges Missverständnis.«

»Ein Missverständnis?« Der Schimmer erlischt wieder. »Wie soll sowas ein verfluchtes Missverständnis sein?«

Schwarz auf weiß habe ich es gelesen. Da gibt es keine Missverständnisse.

»Ich habe ihr nicht von unserem Treffen erzählt. Habe nur gefragt, wie es ihr und dir geht und ob wir uns am Wochenende noch mal sehen, ehe sie zurückfährt. Ich hatte gehofft, dass sie mir ihre Sicht der Geschichte erzählt.«

Die Kleine ist gerissen, das muss man ihr lassen.

»Und?«, fragt Greg, obwohl er die Geschichte sicher schon kennt.

»Scott.« Emily streckt ihre Hand aus und legt sie auf mein Knie. Sie trägt allein an ihrem Zeigefinger drei Ringe. »Sie hat mir erzählt, dass sie wieder zu Hause ist, weil sie sich in dir getäuscht hat.«

»Sie hat sich in mir getäuscht?«, frage ich und raffe langsam gar nichts mehr. Als wäre die ganze Woche nicht schon ätzend genug gewesen. Konnte Greg sie und ihre wirren Theorien nicht einfach von mir fernhalten?.

»Sie wollte nichts Genaues sagen, egal wie ich gebohrt habe. Aber was sie gesagt hat, klang so gar nicht nach deiner Geschichte.«

»Was?«, frage ich und richte mich auf. Irgendwas stimmt hier doch vorn und hinten nicht. Mein Puls schlägt viel zu schnell.

»Ich zitiere: *Ich dachte, er liebt mich. Aber ich war für ihn nicht mehr wert als all die anderen vorher.*« Sie zuckt mit den Schultern. »Und dabei hat sie elendig geheult.«

Mein Herz setzt aus. Wie kann das möglich sein? Was wenn ich derjenige bin, der sich getäuscht hat? Was wenn ich zu schnell geurteilt habe? Ein Missverständnis? Ist sowas möglich? Was wenn Lauren und ich doch noch eine Chance haben?

***

**Lauren**

»Komm schon, Lauren«, flüstere ich meinem Spiegelbild zu und übe probeweise ein Lächeln. Es sieht eher aus, als hätte ich Krämpfe in den Wangen. Aber für heute Abend muss es reichen.

Ich trage zur Feier meines zweiundzwanzigsten Geburtstages ein eng geschnittenes schwarzes Strickkleid und schwarze Strumpfhosen.

*Du siehst aus, als würdest du auf deine eigene Beerdigung gehen …* Und irgendwie fühlt es sich auch ein bisschen so an. Mein Gesicht ist bleich. Es ist, als schüfe mein Körper es nicht, einen rosigen Teint zu produzieren, seit Scott nicht mehr in meiner Nähe ist.

Seit ich gestern mit Emily telefoniert habe, ist es wieder schlimmer geworden. Ihre Stimme zu hören hat gutgetan. Immerhin ist sie die Einzige, mit der ich Erinnerungen an Scott teilen kann. Aber es hat auch unendlich wehgetan. Natürlich wollte sie alle Einzelheiten wissen, nachdem ich ihr berichtet habe, dass ich wieder in Plumpton bin. Aber ich konnte nicht. Konnte ihr nicht von unserer Nacht und dem Verrat erzählen, der an mir begangen wurde. Die Geschehnisse der letzten Woche sind zu tief in meinem Herz verschlossen.

Aber seit sie nach Scott gefragt hat, frisst sich die Sehnsucht durch mein Gewebe wie lästige Bakterien. Ich sollte ihn nicht vermissen. Er hat mir das Herz aus der Brust gerissen. Aber ich tue es trotzdem. Jede Minute.

»Lauri, bist du so weit?«

Das ganze Haus duftet schon seit dem Mittag nach den Köstlichkeiten, die meine Mum für die Feier zubereitet hat.

»Ich komme sofort«, rufe ich und streiche ein letztes Mal über den Stoff meines Kleides. »Ein Abend«, murmle ich. »Ein ganz normaler Abend mit deinen Freunden.«

Die Wahrheit ist, ich habe keine Ahnung, wie ich diese Stunden überstehen soll, ohne mich heulend auf den Boden zu werfen und wie ein Kind, das nicht bekommt, was es mag, nach Scott zu brüllen.

»Nun komm schon«, brüllt meine Mutter zum zweiten Mal. »David wartet sicher schon.«

Mit Sicherheit tut er das. Gestern war er Gott sei Dank so mit den Vorbereitungen für meinen Geburtstag beschäftigt, dass wir uns nur im Vorbeilaufen gesehen haben.

Ich bin ein elender Feigling. Ich weiß.

Meine Eltern stehen bereits in ihren Mänteln auf der Türschwelle, als ich runterkomme.

»Du siehst hübsch aus«, sagt mein Dad.

»Perfekt für deinen großen Abend«, singt meine Mum beinahe und irgendwas in ihrer Stimme gefällt mir ganz und gar nicht.

»Danke«, flüstere ich und schlüpfe in meine Jacke.

Mein großer Abend. Ich weiß nicht, wie ich immer wieder in diese Situationen gerate, die ich eigentlich gar nicht will.

Voll bepackt mit Schüsseln voller Salate und Fingerfood laufen wir durch den schneidenden Wind auf die andere Straßenseite. Die Absätze meiner Mum auf dem Asphalt sind die einzigen hörbaren Geräusche. Plumpton besteht nur aus zwei Straßen und gilt nicht gerade als belebtes Pflaster.

»Happy Birthday«, ruft Richard Middlestone, als er uns die Tür öffnet und wir in den hellen Holzflur treten.

Es ist zwar mein Geburtstag, aber Happy ist heute nicht gerade mein Motto.

»Alles Gute, Lauri«, sagt er väterlich und nimmt mich in die Arme. Sicherlich zum letzten Mal, wenn ich seinem Sohn erst das Herz gebrochen habe.

»Danke, Richard«, murmle ich.

»Da ist sie ja.«

David kommt mit langen Schritten aus der Küche und ehe ich mich versehe, drückt er mir einen festen Kuss auf die Lippen. Das ist unser erster Nachher-Kuss. Früher dachte ich immer, so etwas ist Quatsch. Aber ja, ich rechne auch nur noch in vorher und nachher. Bevor ich Scott getroffen habe und danach. Davids Lippen fühlen sich vertraut an. Vertraut, aber leider auch … falsch.

»Alles Liebe, Schatz«, sagt er, nachdem wir uns voneinander gelöst haben. Sein Kuss löst nicht im Ansatz das aus, was Scotts Küsse mit meinem Körper gemacht haben.

»Danke«, hauche ich und hasse mich gerade mehr als den Rest der Welt.

»Bist du so weit? Alles ist ganz wunderbar geworden. Komm«, fordert er mich auf und verschränkt unsere Finger ineinander.

Ich möchte so gern sagen, dass ich nicht so weit bin. Dass ich nach Hause möchte. Zurück in mein Zimmer. Zurück zu … Ja, ich möchte zurück zu Scott. Zu dem Mann, der mich zerstört hat. Der mein Herz zertrampelt hat. Wie krank muss mein Verstand sein, wenn er sich nach dem Menschen sehnt, der mir von allen auf der Welt am meisten wehgetan hat? Aber ich nicke lediglich und lasse mich die weiß lasierte Holztreppe hinunter in den Keller führen. Alles im Haus der Middlestones riecht nach Holz. Ich mag das eigentlich. Aber jetzt gerade habe ich das Gefühl, an dem Geruch zu ersticken.

»Und?« David tritt durch den Türrahmen des Partyraums und mir entfährt ein »Wow«. Allerdings ist es eher ein schockiertes Wow als ein begeistertes.

»Ähm …«, stottere ich. »Das ist …« Mir fehlt das passende Wort.

»Cool geworden, oder?«, sprüht David vor Begeisterung. »Sieh dir erst die Tanzfläche an.«

Er greift erneut nach meiner Hand und zieht mich durch den Raum.

»Die … was?«, frage ich und mein Mund steht offen. Die rosa und hellblauen Glitzergirlanden wehen mir um die Nase und ich rieche die vielen Blumengestecke, die auf den Tischen verteilt sind. Es sind Rosen. Unzählige rosa Rosen, die aufwendig zusammengebunden und mit Perlen verziert sind.

»Keine Party ohne Tanzfläche, oder?«

Ich würde sein breites Grinsen gern erwidern, aber egal, wie sehr ich mich auch bemühe, es will mir einfach nicht gelingen, meine Mundwinkel nach oben zu ziehen.

»Irgendwie«, sage ich und schiebe mit dem Fuß ein paar pastellfarbene Ballons zur Seite, »sieht das so gar nicht nach nur engste Freunde und Familie aus.«

Vielmehr nach einer gigantischen Babyparty. Alles schimmert hellblau oder rosa. Alles. Ich fasse mir an die Brust. Irgendwie habe ich das Gefühl, hier unten gibt es nicht genügend Sauerstoff.

»Ach komm schon, Schatz. Du hast das verdient.«

David schlingt seine Arme um meine Taille und mir bleibt endgültig die Luft weg. *Ja, wahrscheinlich habe ich das …*

»Gäste«, kündigt meine Mum durch den Flur die ersten Besucher an und ich bin froh, dass ich mich aus Davids Griff befreien kann.

Keine dreißig Minuten später sind nicht nur unsere engsten Freunde da, sondern unzählige Kommilitonen, Nachbarn und so ziemlich jeder Verwandter, den ich habe. Genug Menschen, um unterzutauchen, wäre ich nicht die Frau der Stunde und jeder auf der Jagd nach einem Exklusivbericht aus London. Wenn ich noch einem Menschen erzählen muss, wie es an der Seite eines Stars war, flippe ich aus.

»Und, Lauren, wie war deine Zeit in London?«

Abby Cornaker studiert mit mir gemeinsam Journalismus und ist gerade diejenige, die Salz in meine Wunde streut.

»Es war …« Scheiße. Ich kann nicht reden. Ich kann nicht lächeln. Ich bin mir nicht mal mehr sicher, ob ich noch atmen kann.

»Es war toll.« Die Stimme, die mir zu Hilfe eilt, kommt mir äußerst vertraut vor und ich zucke zusammen. »Lauren hat das so souverän gemacht.«

»Emily?« Ich muss mich schütteln, um wirklich zu glauben, wer da vor mir steht. Aber sie ist es tatsächlich. In einen plüschigen Strickmantel gewickelt. Die Haare in einen riesigen Dutt gesteckt, steht sie da und strahlt mich an.

»Happy Birthday, Londongirl«, flüstert sie in mein Ohr, nachdem ich sie in eine feste Umarmung gezogen habe.

»Wusste ich es doch, dass wir dich hier finden.«

Wir?

»Emily?« Davids Stimme klingt genauso überrascht, aber nicht halb so erfreut wie meine. »Was machst du hier?«

Moment mal …

»Du hast sie nicht eingeladen?«

Für eine Sekunde hatte ich David den ersten Pluspunkt für heute Abend angerechnet.

»Äh nein«, sagt er und versucht gar nicht erst seine Abneigung zu vertuschen.

»Ich freue mich, dass du da bist«, sage ich und meine es auch so. Ohne zu zögern, schlinge ich die Arme um meine älteste Freundin und ziehe sie in eine erneute Umarmung.

»Lauren …«, flüstert sie in mein Ohr. Zur gleichen Zeit strahlt David mich an und stellt sich auf die eigens für mich errichtete Tanzfläche. »Ich bin nicht allein gekommen«, haucht sie und nickt mit ihrem Kinn in Richtung Eingangstür.

»Da jetzt alle Gäste da sind, darf ich kurz um eure Aufmerksamkeit bitten«, ruft David, der mit einer Gabel gegen sein Sektglas hämmert. Aber viel lauter hämmert mein Herz, als ich über die Schulter meiner alten und neuen Freundin sehe.

Er ist hier …

# KAPITEL 23

**Scott**

Ich bin ein erfolgreicher Sportler. Ich sehe gut aus, bin erfolgreich und habe haufenweise Kohle. Noch dazu eine Familie, mit der ich die Feiertage verbringe, und einen Job, den ich liebe. Warum also um alles in der Welt ich mich in einer Situation wie dieser wiederfinde, ist mir absolut schleierhaft.

»Bist du dir sicher, dass ich nicht doch fahren soll?«

Ich habe aufgehört zu zählen, wie oft Greg das in den letzten Minuten gefragt hat. Wie die Ölsardinen sitzen wir gepresst in Emilys altem Fiat Cinquecento. Dass man das überhaupt ein Auto nennen darf, ist schon an sich ein Witz.

»Ich mache das schon, Paddy.« Emilys Blick verlässt die Straße und flunkert Greg an.

Seit wir die Stadt verlassen haben, schüttet es wie aus Eimern und die Scheibenwischer des gelben Wagens, der mehr an eine Badeente erinnert, packen es nicht ansatzweise, freie Sicht zu ermöglichen.

»Dann sieh wenigstens auf die Straße«, mault Greg sie an. Obwohl er den Beifahrersitz ganz nach hinten geschoben hat, hängen ihm die Knie beinahe unterm Kinn und die Tatsache, dass er den Türgriff wie einen Anker umklammert, lässt ihn nur noch lächerlicher erscheinen.

»Das hier ist einfach ein schlechter Witz«, murmle ich.

»Ach komm, Beckham, mach dir nicht in die Hose.«

Die Scheibenwischer quietschen bei jeder Bewegung und nerven mindestens genauso wie Emilys piepsige Stimme.

»Du hast echt das Feingefühl eines Presslufthammers«, zischt Greg dazwischen.

»Jetzt bleibt mal locker, Jungs. Ich habe das bestens durchdacht. Alles wird gut.«

Mein Schnauben erfüllt den winzigen Innenraum. Noch vor ein paar Stunden dachte ich, Emilys Vorschlag wäre eine gute Idee. Aber umso weiter wir uns Plumpton nähern, desto beschissener geht es mir. Immer noch schreit der Pessimist in mir, dass Emily sich täuscht. Dass das, was sie über Lauren und mich denkt, nur eine Wunschvorstellung ist. Andererseits, flüstert der Optimist, würde es erklären, warum sie sich nicht ein einziges Mal gemeldet hat. Warum sie die Woche nicht zu Ende gebracht hat. Immerhin hatte sie mich doch da, wo sie mich laut meiner Theorie haben wollte.

»Da wiederum muss ich ihr recht geben«, knurrt Greg und nickt mir aufmunternd zu.

Der Anblick dieses riesigen Typen in dem winzigen Wagen neben einer völlig ausgeflippten Emily bringt mich unwillkürlich zum Lächeln. Auch wenn mir so gar nicht danach ist. Und das liegt nicht unbedingt an Emilys katastrophalem Fahrstil, sondern vielmehr an der Tatsache, dass ich in weniger als einer Stunde Lauren Bell wiedersehen werde.

Verdammt, ich habe keine verfluchte Ahnung, wie ich ihr widerstehen soll, wenn sie vor mir steht.

»Und hier kommst du her?« Greg muss sich etwas nach vorn beugen, um aus der Windschutzscheibe sehen zu können. Der Witz bei der Sache ist, es ist einfach nichts da. Dunkelheit und Regen so weit das Auge reicht.

»Ich bin nicht direkt aus Plumpton, wie Lauren und ...« Sie zögert kurz.

»Nenn unseren Freund ruhig beim Namen«, werfe ich sarkastisch von der Rückbank ein, doch sie schüttelt mit dem Kopf.

»Na ja«, sie fährt sich durchs Haar, »jedenfalls kommen die beiden aus Plumpton und ich eben aus Plumpton Green. Das liegt zwei Meilen nördlich.« Ihr Blick zuckt zu Greg. »Und ist nicht ganz so ein Kaff«, schiebt sie hinterher und im Scheinwerferlicht der entgegenkommenden Autos sehe ich ihr schiefes Lächeln.

»Und woher wissen wir noch mal so genau, dass sie heute Abend in Plumpton sein wird?« Meine Arme umschlingen die beiden Sitze wie zwei Freunde.

»Ich weiß es eben.« Ihre Finger spielen an dem hässlichen Bezug des Lenkradschutzes.

Greg beobachtet sie ebenso genau wie ich. »Habe ich einen Teil der Geschichte verpasst?« Er kratzt sich am glatt rasierten Kinn.

»Emily?« Ich beuge mich noch ein Stückchen weiter zwischen die beiden, um ihr Gesicht zu sehen. Sie zieht die Unterlippe samt Piercing zwischen die Zähne.

»Na ja ...«, druckst sie rum.

»Na ja was?«, maule ich sie an. Aber sie bleibt still. »Na ja was, Emily?«, wiederhole ich eine Spur lauter. Mein neuer bester Freund, die Wut, ist langsam wieder da.

»Es ist ihr Geburtstag, okay?!«, schnauzt sie zurück und meine Kinnlade klappt runter.

»Es ist ihr Geburtstag?«, wiederholen Greg und ich im Duett.

»Bist du noch ganz sauber? Ich kann doch nicht an ihrem verschissenen Geburtstag auf der Matte stehen.«

»Ich aber«, sagt sie und reckt das Kinn. »Und ich bringe ihr das beste Geschenk, das sie je von mir bekommen hat.«

Ich kann nichts darauf antworten. Selten war ich so sprachlos wie in diesem Moment. Das hier ist doch wohl hoffentlich ein riesengroßer Scherz.

»Auch wenn ich kein Stück nachvollziehen kann, was sie an dir findet.« Sie sieht zu mir und mir entgeht nicht, wie nervös Gregs Hand zuckt, jederzeit bereit ihr ins Lenkrad zu greifen. »Ich meine, du bist ja ganz süß und so«, plappert sie weiter und lässt mir gar keine Möglichkeit, mich aufzuregen. »Aber ein Sixpack ist eben nicht alles.«

Dieser Satz kommt mir merkwürdig bekannt vor.

Mein bester Freund schmunzelt und ich verpasse ihm einen Klaps auf den Hinterkopf. »Halt die Klappe, Stevens«, fauche ich ihn an. »Und ich gehe unter keinen Umständen auf die Geburtstagsparty von Lauren Bell«, schnauze ich weiter.

»Das ist aber wirklich schade.« Emily lenkt den Wagen in eine dunkle Einfahrt. »Denn wir sind da«, sagt sie und stellt den Motor ab.

»Hier wohnt sie?« Wieder muss Greg sich bücken, um etwas zu erkennen.

Mein Blick folgt seinem in alle Richtungen. Außer Bäumen und Büschen ist so gut wie nichts zu sehen. Nur ein dunkler Honda steht vor uns in der schmalen Kieseinfahrt.

Auch Emily lehnt sich ein Stück über das Lenkrad. »Nee, hier wohnt ihr Freund. Wenn sie Geburtstag feiert, dann hier. Ich werde nachsehen.«

Ehe wir protestieren können, springt sie aus dem Wagen und verschwindet in der Dunkelheit.

»Äh …« Greg löst den Sicherheitsgurt und wendet sich mir zu. »Ich gehe davon aus, ich bin nicht der Einzige, der das hier irgendwie schräg findet?«

»Irgendwie schräg ist in diesem Fall die Untertreibung des Jahrhunderts.«

Wie die letzten Deppen hocken wir in dieser Konserve und warten darauf, dass irgendwas passiert, während die Scheiben mehr und mehr beschlagen. Ich bin mir noch nie in meinem Leben so fehl am Platz vorgekommen.

»Das hier ist doch lächerlich«, sage ich nach einer Zeit, in der nichts zu hören ist als das Malmen von Gregs Kiefer und das macht mich wahnsinnig.

»Vielleicht sollten wir einfach fahren?«

Mit einer Hand strecke ich mich nach vorn und befühle das Zündschloss. »Sie hat den Schlüssel mitgenommen.«

»Also, wenn wir Mädchen wären und sie ein Kerl, würde ich mir langsam Gedanken machen.«

Greg schmunzelt und ich kann mir ein dämliches Lachen auch nicht verkneifen. Das hier ist einfach … witzig. Es ist witzig. Zum ersten Mal seit Tagen finde ich etwas wirklich witzig. Und gleichzeitig ist mir zum Heulen zumute.

»Ich werde unter keinen Umständen in dieses Haus gehen.«

Wieder lehnen wir uns beide vor.

»Wenn dahinter überhaupt irgendwo ein Haus ist«, erwidert Stevens.

Wir zucken beide synchron zusammen, als Leute neben dem Auto auftauchen und mit Geschenken auf dem Arm die Einfahrt hochlaufen.

»Das mit dem Geburtstag stimmt also schon mal.«

Ich blicke zu Greg, sehe aber lediglich seine Schultern in der Dunkelheit zucken.

»Da kommt sie.«

Emily öffnet die Beifahrertür.

»Also gut, Champions. Let the show begin.«

»Vergiss es«, schnaufe ich von hinten. Es macht mich wahnsinnig, dass ich in dieser Kiste gefangen bin.

»Pf«, stößt sie aus und zerrt Greg am Ärmel seiner Lederjacke. »Sei du wenigstens nicht so ein Weichei, Paddy.«

»Hör auf mich ständig so zu nennen«, faucht er und bewegt sich gleichzeitig aus dem Auto.

»Nicht dein Ernst, Stevens.«

»Alter.« Er beugt sich runter, klappt seinen Sitz nach vorn und kommt mir ein Stück entgegen. »Wir sind jetzt Ewigkeiten mit dieser Ente hierher geeiert. Da drin«, er zeigt ins dunkle Nirgendwo, »ist die einzige Frau, für die du je etwas empfunden hast. Wenn es irgendeine Chance gibt rauszufinden, ob sie das Gleiche fühlt, dann jetzt.«

Ich presse den Kiefer aufeinander. Meine Nasenflügel blähen sich beim Schnauben auf. Dieser dämliche Romantiker. Aber ...

Ich steige aus. Die Möglichkeit, Lauren zu sehen, ist einfach zu verlockend. Wenn es nur den Bruchteil der Möglichkeit gibt, dass sie mich wirklich liebt, muss ich es wissen.

»Ihr Freund wird begeistert sein, dich in seinem Haus begrüßen zu können.«

Wenn ich nicht so nervös wäre, würde ich Greg eine verpassen.

»Ihr Freund interessiert mich einen Scheiß.«

Ohne auf die beiden zu achten, stiefele ich los. Keine Ahnung, warum ich bislang gezögert habe. Ich habe in diesem Kaff ohne Häuser nichts zu verlieren. Rein gar nichts. Es könnte nicht schlimmer kommen, als es sowieso schon ist.

»Meintest du mit der Ente mich oder das Auto?«, höre ich Emily im Hintergrund.

»Ich denke beides.«

Einen Augenblick ist es still.

»Au«, jammert Stevens in die Dunkelheit.

»Du hast es nicht anders verdient.«

Ich halte abrupt an und fahre rum. »Habt ihr's bald?«

Beinahe wären beide in mich reingerannt.

»Krieg dich ein.«

Greg gibt mir einen Klaps auf meine *Yankees*-Kappe. Natürlich bin ich in meinem Converse Hoodie und den Air Max nicht ansatzweise für eine Party angezogen, aber das ist mir völlig egal. Ganz gleich, wie das hier ausgeht, mögen wird mich von den Gästen sicher niemand.

Die Büsche lichten sich und zum Vorschein kommt ein weiß lackiertes Holzhaus. Schlicht. Nett. Nichts Besonderes.

»Die Hintertür steht offen. Die Party ist im Keller.« Emily überholt mich und umrundet die Hausecke. »Hier«, sagt sie und öffnet eine grüne Tür.

Schon im Flur begegnen wir ein paar Leuten. Wir schlängeln uns hindurch, und dann, im Türrahmen zu einem Partyraum, sehe ich sie. Sie steht da. Wunderschön. Ihre schlanke Figur steckt in einem engen Kleid, ganz in Schwarz. Unsere Blicke treffen sich und mir stockt der Atem. Die Zeit scheint stillzustehen. Aber dann greift irgendein Lackaffe nach ihrer Hand und die Zeit läuft weiter. Und zwar viel zu schnell …

***

**Lauren**

»Mein Schatz.«

David setzt zu einer Rede an und ich weiß nicht, was ich tun soll. Meine Hände schwitzen und der ganze Raum dreht sich. Scott ist da. Er ist hier. Steht im Eingang vom Partykeller der Middlestones. Seine Statur erfüllt den gesamten Türrahmen und die *Yankees*-Kappe auf seinem Kopf kratzt beinahe am Türsturz. Ich habe das Gefühl, ich kann nicht atmen. Ihn wiederzusehen übersteigt all die vielen Situationen, die ich in meiner Fantasie tausendfach durchgegangen bin.

»... seit wir Kinder sind.«

David hat einen Satz beendet und unsere Freunde und Familien seufzen. Ich habe nicht die geringste Ahnung, was er da erzählt. Warum ist Scott hier?

Mein Blick gleitet zu Emily, die mit verschränkten Armen neben ihm steht. Sie boxt einen Kerl auf die Schulter. Greg. Das ist Greg, Scotts Freund, den ich während meiner ersten Party in London kennengelernt habe. Ich kapiere gar nichts mehr. Was soll all das? Ich könnte schreien. Irgendjemand muss hier dringend auf Stopp drücken, bevor alles noch weiter aus dem Ruder läuft. Hilfe erhoffend suche ich den Raum nach meinem Dad ab.

»Lauri«, spricht David mich an und ich blicke zurück in zwei hoffnungsvolle Augen. »Ich weiß, wir haben schon oft über dieses Thema gesprochen und sind uns da einig gewesen. Meistens jedenfalls«, sagt er mit einem Strahlen und alle schmunzeln oder lächeln zumindest. Nur ich nicht. Und ich weiß, dass ich damit nicht allein bin. »Die konservative Erziehung ist uns beiden in die Wiege gelegt.«

Nein, David. Nein. Bitte nicht. Egal, was du vorhast. Tu das nicht. Hätte ich bloß den Anfang seiner Rede nicht verpasst, denn ich befürchte, seine Pointe wird mir nicht gefallen. Mir ist schlecht. Ich schwitze. Mir ist kalt. Mein Kiefer beginnt unkontrolliert aufeinander zu schlagen. Aber er redet immer weiter.

»Wir haben immer gesagt, die Ehe soll für uns der wichtigste Meilenstein sein.«

Nein. Nein. Nein.

»Und, so ganz nebenbei«, er blickt lächelnd durch die Menge, »möchte ich endlich alle Vorzüge des Ehelebens ausschöpfen. Auch die, auf die wir so tapfer verzichtet haben.«

Viele Uhhhs und Aaahs schwängern den Raum, aber ich kann nur noch zu Scott sehen. Sehe die Erkenntnis in seinen Augen. Mein Geheimnis, das ich für immer in meinem Herzen bewahren wollte. Ich habe ihn nicht betrogen. Nicht so jedenfalls. Mein Körper gehörte niemals zu David.

Scotts Augen starren mich an.

»Und deshalb frage ich dich heute, ob du meine Frau werden willst.«

David ist fertig mit seiner Rede. Hält nach wie vor meine Hand und ich spüre, wie er auf die Knie sinkt. Mein Blick zuckt zwischen ihm und Scott hin und her. Hoch und runter wandern meine Augen im Sekundentakt.

Es ist mucksmäuschenstill im Raum. Keiner sagt etwas. Keiner räuspert sich. Es scheint, als halten alle den Atem an. Ich sehe zu David, der auf den Knien um meine Hand anhält, weil er den Rest seines Lebens mit mir verbringen will. Aber ich liebe ihn nicht mehr. Weiß nicht, ob ich ihn je geliebt habe, wie eine Frau einen Mann lieben sollte. Und das tut mir so leid.

Ich sehe zu Scott, dem mein Herz doch längst gehört, ganz gleich was er getan hat. Schon Emily hat versucht mich davon zu überzeugen, dass das, was ich gehört habe, unmöglich stimmen kann. Aber mein Verstand ist eisern, trichtert mir immer wieder ein, wie sehr er mich verraten hat.

»Du willst mich doch verarschen!«, brüllt Scott im gleichen Atemzug durch den Raum und alle Augen sind schlagartig auf ihn gerichtet.

»Scott!« Emily hält ihn am Ärmel, aber er windet sich aus ihrem Griff und verlässt den Raum durch die Hintertür.

»Ähm …« David räuspert sich und ich schaue zu ihm hinunter.

Zeit es endlich rauszulassen.

»Nein«, flüstere ich. Und seine Augen weiten sich. »Es tut mir leid, David«, wimmere ich und eine Woge der Erleichterung durchflutet mich. Auch wenn das der denkbar ungünstigste Moment ist, es tut gut, endlich ehrlich zu sein. »Ich kann das nicht tun«, ist alles, was ich noch zustande bringe, ehe ich hinter Scott herlaufe. Ich schlängle mich durch die Menschen, die mir alle so nah und doch plötzlich so entfernt sind. Emily und Greg sind die Letzten, an denen ich vorbeilaufe.

Ich flitze die Stufen zur Einfahrt hoch und habe Schwierigkeiten, irgendwas zu erkennen. Aber die magnetische Kraft zieht mich immer weiter durch den starken Regen und die Dunkelheit, die es mir unmöglich machen, etwas zu sehen. Ich laufe blindlings die lange Zufahrt entlang, bis ich seinen Körper am Ende des Weges ausmache.

»Scott«, schreie ich, aber er bleibt nicht stehen. Ich bin schon nach wenigen Schritten durchnässt und meine Haare kleben in meinem Gesicht.

»Scott!«, schreie ich wieder und renne eine Spur schneller, um ihn zu erreichen.

»Was?«, fährt er plötzlich herum. »Was willst du? Blumen zur Verlobung?«

»Bitte«, winsele ich. »Du musst mir zuhören.«

»O nein«, schreit er und legt beide Hände auf seine Kappe. »Einen Scheiß muss ich. Du hast mich belogen. Ausgenutzt. Alles nur für deine beschissene Story.«

»Das stimmt doch gar nicht. Ich gebe nichts auf die Story.«

Auch meine Stimme ist laut, aber der starke Regen, der auf den Asphalt der Straße prasselt, dämpft unsere Geräusche.

»Du warst derjenige, der mich ausgenutzt hat.«

»Ja sicher, Jungfrau Maria, ich habe dich in mein Bett gelockt und dir deine Unschuld geraubt. Scheiße noch mal«, schreit er in den Nachthimmel. »Du warst eine verfluchte Jungfrau.«

»Und was macht das für einen Unterschied?« Tränen laufen über mein Gesicht. Tränen der Wut. »Wäre ich dann mehr wert gewesen als ein Hunderter für Brane?«

Er verharrt in seinen Bewegungen. Ich sehe es in seinem Gesicht. Den Schreck.

»Was?«, fauche ich. »Damit hast du nicht gerechnet, he? Aber ich war da«, fluche ich und trete ein Stück näher. »Ich war da und habe alles gehört.« Ich bohre ihm meinen Finger in die Brust.

»Das war nicht so.« Die Aggression in seiner Stimme ist verklungen.

»Ach nein?« Ich hingegen fahre gerade erst hoch. »Habe ich dich da etwa falsch verstanden?«

»Ja verdammt«, schreit er wieder. »Hast du. Aber weißt du was?«

Scott kommt mir so nah, dass ich seinen Atem in meinem Gesicht spüren kann. Hitze breitet sich unwillkürlich in mir aus. Er ist hier. So greifbar nah.

»Das alles spielt keine Rolle mehr.« Er wendet seinen Kopf von mir weg. »Geh und heirate deinen Karokerl. Geh und schenk ihm deine zweite Unschuld. Ich werde dir nicht im Weg stehen.«

Das falsche Lachen, das aus seiner Kehle steigt, brennt bitter in meiner.

Er sieht mich ein letztes Mal an. »Leb wohl, Lauren.«

Und dann geht er. Entfernt sich mit schnellen Schritten immer weiter.

»Liebst du mich, Scott?«, brülle ich ihm hinterher und setze damit alles auf eine Karte.

Er bleibt stehen. Rührt sich nicht vom Fleck. Ich schließe die Lücke zwischen uns und greife von hinten nach seiner Hand. Das Gefühl seiner Haut auf meiner lässt mein Kinn zittern.

»Liebst du mich?«

Er legt den Kopf zur Seite. Das Licht der Straßenlaterne malt sein Profil an. »Manchmal reicht es nicht zu lieben, Lauren.«

»Liebst du mich?«, wiederhole ich mich, mittlerweile schluchzend. Ich muss es einfach wissen.

»Es ist völlig egal, was ich tue«, raunt er und wendet sich mir leicht zu. »Denn du warst nicht ehrlich. Nicht ehrlich zu ihm. Nicht ehrlich zu mir und vor allem nicht ehrlich zu dir.« Er entzieht mir seine Hand. Dreht sich in seiner Gänze zu mir um. »Soll ich dir was sagen?« Sein Blick wandert bis zu meinen Schuhen und wieder zurück. »Es gab in meinem Leben nur zwei Frauen, von denen ich je geliebt werden wollte. Die eine war meine Mutter, die andere du. Ihr habt es beide verleugnet. Mich verleugnet.« Sein Blick trifft mich wie ein Messer mitten ins Herz. »Es würde nichts ändern, wenn ich dich lieben würde.«

Und dann dreht er sich um und geht. Endgültig. Er geht und nimmt meinen letzten Funken Hoffnung mit.

Ich sacke auf die Knie und verfluche mich. Verfluche meine Vergangenheit und meine Zukunft. Verfluche mein ganzes verdammtes Leben.

# KAPITEL 24

**Scott**

Vor fünfundzwanzig Jahren hat meine Mutter mich verlassen. Ich erinnere mich nicht an diesen Tag. Fast mein ganzes Leben habe ich geglaubt, sie wäre tot. Gestorben bei der Geburt meiner Schwester. Alles, woran ich mich erinnere, sind Bruchstücke. Fetzen von Erinnerungen an eine Frau, die ich im Grunde genommen nicht kenne. Und dennoch, der Verlust schmerzt mich bis heute jeden Tag. Manchmal frage ich mich, ob es einfacher wäre, sie wäre wirklich gestorben und nicht einfach nur abgehauen, um irgendwo ein armseliges Leben ohne uns zu führen. Würde das mein Gefühl erleichtern?

Diesen Schmerz, allein gelassen zu werden, wollte ich nie wieder fühlen. Die Hilflosigkeit, wenn die Liebe nicht in dem Maße erwidert wird, wie man es sich wünscht, kann einen an den Abgrund führen. Es ist immer zu meinem Schutz gewesen, keine der Frauen an mich heranzulassen. Bis zu dem Zeitpunkt, als Lauren Bell durch meine Tür kam. Und jetzt sieh sich einer an, wo mich das hingeführt hat.

Der gelbe Fiat hält neben mir und ich zögere kurz. Sosehr ich gerade auf das Tom-und-Jerry-Gehabe von Greg und Emily verzichten kann, ich habe keine Alternative. Also steige ich widerwillig ein und zu meiner Verwunderung sitzt Greg am Steuer. Emily hockt hinter ihm auf der Rückbank. Als unsere Blicke sich treffen, sieht sie weg.

Mein Pullover klebt auf meiner Haut. Der Regen ist mittlerweile bis zu meiner Boxershorts durchgedrungen.

Der Scheibenwischer quietscht im selben Takt wie auf der Hinfahrt und dennoch fühlt es sich anders an. Ich bin ihnen dankbar, dass sie schweigen und keiner von ihnen dumme Kommentare oder Fragen ablässt. Meine Gedanken allein sind schon anstrengend genug.

Immer und immer wieder gehe ich die Nacht durch. Unsere Nacht. Warum habe ich es nicht gemerkt? Wie kann es sein, dass das ihr verfluchtes erstes Mal war und ich es nicht gecheckt habe? Sicher, sie war zurückhaltend, schüchtern. Aber ich hatte nichts anderes erwartet.

Die Erinnerungen reißen mich beinahe in Stücke, aber ich zwinge mich wieder und wieder, jede Minute vor mein inneres Auge zu holen. Ja, es war anders. Keine unbedeutende schnelle Nummer. Aber dass sie das nie zuvor getan hat, konnte ich nicht ahnen. Und das macht mich wütend. Und nicht nur das, es macht mich traurig. Ich hätte es gern gewusst.

Ich kapiere es einfach nicht. Das alles.

Wie kann ein Kerl so viele Jahre mit einer so wunderschönen Frau wie Lauren zusammen sein, ohne sie zu wollen. Sie wollte mich nach nicht mal einer Woche. Warum hat sie all die Jahre auf ihn verzichtet?

»Was ist?«, fragt Emily und beugt sich ein Stück nach vorn.

»Nichts«, knurre ich.

»Wenn du noch länger mit dem Kopf schüttelst, kriegst du ein Schleudertrauma.«

»Scheiße. Ich kapier's einfach nicht.«

Wir könnten bis in die Highlands fahren. Egal, wie lange ich nachdenke, ich kapiere es einfach nicht.

»Warum sie mit dir ins Bett gegangen ist oder warum du sie hast abblitzen lassen oder warum ihr beide einfach bescheuert seid?«

Mein Kopf schießt zu ihr herum. Ich starre sie an.

»Schon gut, schon gut.« Sie reißt die Hände in die Höhe. »Ich hab's kapiert. Geht mich nichts an.«

»Ganz genau«, wirft Greg ein und wir schweigen wieder.

Wut mischt sich in meine Verzweiflung. Von wegen, ich habe sie abblitzen lassen. Wie konnte sie nach dieser Nacht, die für sie offensichtlich noch mehr Bedeutung hatte als für mich, einfach wieder zu ihm zurückkehren?

Ich bin heute nach Plumpton gefahren, um ihr zu sagen, dass ich sie liebe.

Stattdessen musste ich mit ansehen, wie dieser spießige Trottel ihr einen Heiratsantrag macht. Seiner Jungfrau Maria.

Wenn sie nur ehrliche Gefühle für mich hatte, warum ist sie nicht längst zu mir gekommen?

*Denk an das, was sie mit angehört hat …*, flüstert mein Gewissen.

Wenn ich mich doch bloß noch im Detail an das Gespräch mit Lynel erinnern könnte. Sicher, er hat mit Brane irgendeinen Bullshit gefaselt. Aber mein Gott, es ist Lynel. Achtzig Prozent von dem, was wir miteinander sprechen, ist nur so dahin gelabert und nicht der Rede wert. Aber wenn Lauren gedacht hat, ich hätte sie nur ausgenutzt, muss der Montag für sie ebenfalls die Hölle gewesen sein.

Ich lege mir die Hände vors Gesicht und seufze laut.

»Whiskey?«, fragt Greg und nimmt die Abfahrt in Richtung Innenstadt. Es tut gut, wieder Häuser um uns zu haben. Auch der Regen lässt nach, noch bevor er alle Erinnerungen an diesen Abend fortgespült hat.

Mein Kopf verneint wortlos. »Morgen Training«, brumme ich.

Es ist sinnlos. Was bringt es mir, mich weiter zu besaufen und alles um mich herum zu vernachlässigen? Lauren ist weg und sie wird nicht wiederkommen. Es ist vorbei.

Die letzten Meilen verbringen wir wieder in Stille, aber ich spüre, wie Emily hinter mir auf ihrem Sitz hin und her rutscht. Als wir in die Chelsea Bridge Road einbiegen, kann sie sich scheinbar nicht länger zurückhalten.

»Scott«, zieht sie meinen Namen übertrieben in die Länge.

»Hm«, brumme ich nur, den Kopf gegen meine Hand an die Scheibe gelehnt.

»Darf ich dir eine Frage stellen?«

»Das war schon eine«, murmle ich.

»Schön zu wissen, dass wir deinen Humor nicht in Plumpton gelassen haben.«

Ich spüre ihre Hand auf meiner nassen Schulter.

»Ich weiß, der Abend ist nicht so optimal gelaufen, aber …« Sie räuspert sich. »Aber lass mich eins wissen … Liebst du sie?«

Ich muss darüber nicht nachdenken, weil ich die Antwort darauf schon seit Tagen in meinem Herzen trage. Aber zum ersten Mal in meinem Leben spreche ich aus, was ich selbst nicht mehr für möglich gehalten hätte.

»Ja, ich liebe sie.«

Das sind die letzten Worte, die den Innenraum des lächerlichen Gefährts erfüllen. Wir schweigen, bis ich schließlich vor dem Penthouse den Wagen ohne ein weiteres Wort verlasse. Es gibt nichts mehr zu sagen.

Eine Woche. Sieben dämliche Tage waren es, die mein Leben auf wundersame Weise verändert haben. Lauren Bell hat mir gezeigt, dass ich dazu fähig bin, zu lieben. Aber sie hat mir auch gezeigt, wie sehr die Liebe mich zerstören kann.

***

**Lauren**

»Können wir reden?«

David steht im Eingang zu meinem Zimmer. Noch immer trägt er sein schickes Hemd und die glänzenden Schuhe.

»Hm«, brumme ich zustimmend.

Emily war diejenige, die mich auf der Straße gefunden und aufgehoben hat. Ich habe in ihren Armen geweint, bis mein Dad auf uns gestoßen ist und mich heimgebracht hat. Seitdem liege ich mit meinem Lieblingspyjama im Bett und weine.

Ich rutsche ein Stück nach hinten. Das Zögern in Davids Augen ist nicht zu übersehen, aber er überwindet sich und legt sich neben mich. Eine ganze Zeit lang liegen wir da und sehen uns an. Er mustert jede Regung in meinem Gesicht.

»Hast du mit ihm geschlafen?«

Seine Stimme ist ruhig. Besonnen. Das ist sie immer. Ich habe noch nie erlebt, dass David schreit oder Schimpfworte benutzt. Eine Eigenschaft, die ich immer an ihm geschätzt habe. Er war nie so aufbrausend und extrovertiert wie Scott. Erst heute weiß ich, dass diese Ausbrüche auch Gefühle widerspiegeln und daher nicht immer schlecht sind.

»Ja«, gestehe ich. Es gibt keinen Grund, es länger zu leugnen.

»Warum?« In seinen Augen liegt derselbe Schmerz, der in meinem Herzen wohnt.

»Weil ich mich in ihn verliebt habe.«

Ich kann es nur flüstern, aber er muss es hören. Ich muss es hören. Scott hat recht – es wird Zeit, dass ich ehrlich bin. Vor allem zu mir.

»Ich weiß nicht, was ich dazu sagen soll.« David schließt die Augen. Als er sie nach einem tiefen Atemzug wieder öffnet, schimmern sie feucht.

»Es tut mir leid«, flüstere ich und lege meine Hand auf seine Wange. »Es liegt nicht an dir. Du hast nichts falsch gemacht.«

»Du machst einen riesigen Fehler, Lauren.«

Dass er mich nicht Lauri nennt, zeigt mir, wie tief die Kluft zwischen uns bereits ist. Und das ist allein meine Schuld. Ich hätte von Anfang an ehrlich sein müssen. Hätte mir eingestehen müssen, dass ich mich nach etwas sehne, das er mir nicht geben kann.

»Ich wünschte, ich wäre von Anfang an ehrlich zu dir gewesen. Das war ein Fehler.«

»All die Jahre …« David dreht sich auf den Rücken und sieht an die Decke, wo seit meiner Kindheit alberne Leuchtsterne die Nacht erhellen. »Du wirfst all die Jahre weg für einen Kerl wie ihn? Ich verstehe das einfach nicht.« Seine mir so vertrauten Hände wischen sich übers Gesicht. »Was ist es?«, fragt er und dreht den Kopf in meine Richtung.

»Was ist was?«

Er setzt sich auf und stellt die Füße vors Bett. »Was hat er, was ich nicht habe? Geht es hierbei nur um eine dreckige Nummer?«

Ich möchte ihn anschreien dafür, dass er das, was zwischen mir und Scott war, als dreckig bezeichnet. Aber ich habe kein Recht dazu. Ich bin hier die Schuldige, das ist mir mehr als bewusst. Daher schweige ich.

»Wir haben so viele Jahre darauf gewartet und du wirfst das alles einfach weg.«

»Es tut mir leid, David.« Auch ich setze mich auf. Die Stäbe meines Bettgestells bohren sich in meinen Rücken. »Ich weiß, das ändert nichts und du hast allen Grund enttäuscht und sauer zu sein, aber ich habe das nicht gewollt. Ich habe dagegen angekämpft.«

»Offensichtlich nicht hart genug.«

»Ich weiß, du verstehst das nicht, aber man kann nichts gegen Gefühle tun. Mein Herz hat diese Entscheidung getroffen, nicht mein Kopf.«

»Und dein Herz wird es sein, das zerbricht, wenn du deinen Kopf nicht langsam wieder einschaltest.«

Er hat keine Ahnung, dass es dafür längst zu spät ist.

»Das ist, schätze ich, das Risiko, wenn man seinem Herzen folgt.«

Mein Zimmer ist voll von Gesagtem und Ungesagtem. Aber wir schweigen. Sitzen da, jeder in seine Gedanken vertieft.

David hat recht. Es war ein langer Weg, den wir gemeinsam gegangen sind und es gibt so unglaublich viel, wofür ich ihm dankbar bin. Aber hier und heute ist unsere Reise zu Ende.

»Und wenn wir all das einfach vergessen?«, fragt David nach einiger Zeit, in der das Ticken meines Weckers das einzige Geräusch in unserem Haus war.

»David«, seufze ich. Ich kenne ihn so gut. Weiß genau, dass er sich mit Veränderungen genauso schwertut wie ich. Aber auch er liebt mich nicht wirklich. Ich erkenne es. Sehe es in seinen Gesten und in seinen Blicken.

Im Partykeller konnte ich den Unterschied so deutlich wahrnehmen, dessen ich mir doch unterbewusst schon seit letzter Woche klar bin. Während Davids Antrag loderte ein Feuer in Scotts Augen. Seine Welt ist zerbrochen und das konnte ich in seinem Blick erkennen. Das, was ich jetzt in Davids Blick wahrnehme, ist Unsicherheit. Angst vor dem, was kommt oder dem, was andere sagen. Mehr nicht.

»Wir können so nicht weitermachen.« Ich lege meine Hand auf seine Schulter. »Es ist vorbei.«

Beinahe wäre mir der Todesstoß *Wir können Freunde sein* rausgerutscht. Aber im letzten Moment zügle ich meine Zunge.

Ohne ein weiteres Wort oder einen letzten Blick steht David auf und verlässt mein Zimmer. Im Flur verharrt er einen winzigen Augenblick, aber dann setzt er einen Fuß vor den anderen und geht. Und zwar für immer.

Für mich gibt es keinen Grund mehr, nicht laut und befreit in mein Kissen zu schluchzen, das ich fest vor meiner Brust umklammere. Ich weine um David und unsere gemeinsame Zeit. Ich weine um den Kummer, den ich ihm und unseren Familien antue. Ich weine um den Abend, meinen zweiundzwanzigsten Geburtstag. Aber vor allem weine ich um Scott. Ihn heute zu sehen und seine Hand in meiner zu spüren war so schmerzhaft und großartig zugleich.

Es gibt so vieles, über das ich mit ihm reden möchte. War das, was ich in der Kabine gehört habe, wirklich nur ein Missverständnis? Wie kann das sein? Und wenn das wahr ist, warum hat er nicht versucht mich aufzuhalten? All das beschäftigt mich so sehr. Ich brauche so dringend Antworten.

Aber ich möchte ihn auch um Verzeihung bitten. Dafür, dass ich ihn angelogen habe. Oder vielmehr dafür, dass ich ihm die Wahrheit verschwiegen habe.

Ja, ich war Jungfrau, als ich das Bett mit ihm geteilt habe. Seit meiner Jugend stand für David fest, mit dem Sex bis zur Ehe zu warten. Alle Generationen der Middlestones haben das so gemacht. Da ich sehr streng erzogen wurde, habe ich das Anfangs nie infrage gestellt. Später hätte ich diese dämliche altmodische Idee jederzeit über Bord geworfen, aber David hat darauf bestanden und ich habe ihn unterstützt.

Ich hätte es Scott sagen müssen. Aber ich wollte es nicht. Ich hatte Angst, dass ihn das abstößt oder er etwas in meine Person interpretiert, das schon lange nicht mehr ich war. Und abgesehen davon habe ich es meinetwegen nicht getan. Ich wollte, dass er mit mir nicht anders umgeht als mit all den anderen Frauen zuvor. Zumindest nicht in dieser Situation. Ich wollte nicht, dass er sich zurücknimmt. Seit dem Moment, als ich gesehen habe, wie er Cassy mit einem einzigen Kuss für sich eingenommen hat, wollte ich dasselbe für mich. Aber ganz sicher wollte ich ihn damit nicht verletzen oder belügen. Das war nie mein Ziel, denn viel zu schnell ist aus der Abscheu, die ich ihm gegenüber empfunden habe, Zuneigung geworden. Nie zuvor habe ich einen Menschen so sehr gebraucht wie Scott.

»Schätzchen?«

Mein verzweifelter Versuch, die Tränen aus meinem Gesicht zu wischen, ist sinnlos. Selbst ein Blinder könnte sehen, wie sehr ich geweint habe. Und eine Mum erst recht. Sie schiebt die Tür auf und ihr Ausdruck wird weich. Eigentlich viel zu weich für das, was ich getan habe. Das wird auch ihr Leben verändern.

»Ach Lauren«, sagt sie und ist schneller bei mir, als ich erwartet habe. Sie klettert neben mich und ich schlinge die Arme um ihre schmale Taille. Den Kopf auf ihrem Schoß gebettet. So lächerlich es vielleicht ist, aber eine Frau ist niemals zu alt für die tröstenden Streicheleinheiten einer Mum.

»Wein doch nicht, mein Mädchen. Alles wird gut.« Immer wieder fahren ihre schlanken Finger über mein noch nasses Haar. »Scht«, beruhigt sie mich.

Das Knarzen der Dielen lenkt meinen Blick in Richtung Flur. Im Türrahmen steht mein Dad. Die Hände in den Hosentaschen lehnt er gegen das Holz.

»Was es auch ist, Lauri, du bist nicht allein.«

Nie zuvor habe ich meine Eltern so sehr geliebt wie in diesem Augenblick. Denn jetzt sind sie alles, was noch übrig ist.

# KAPITEL 25

**Scott**

»Alter, du bist ja ein richtiges Tier«, keucht Lynel, der nur wenige Minuten nach mir ins Ziel kommt.

Ich kann darüber nur lachen. »Wenn du nicht so viel Energie für dein Geschwätz verschwenden würdest, wärst du auch schneller.«

Meine Lunge brennt wie Feuer und ich halte mich mit einer Hand am Absperrgitter des Trainingsplatzes fest. Seit Wochen arbeite ich täglich an meiner Kondition und die vielen Sondereinheiten machen sich bemerkbar.

»Peterson«, erklingt eine kratzig-rauchige Stimme quer über den Platz.

»Was will der denn schon wieder von mir?«, keuche ich und richte mich langsam auf. Auch ohne aufzusehen, weiß ich, wer auf mich wartet.

»Vielleicht noch mal 'ne Reporterin?«

»Nicht witzig, Ly«, fauche ich.

Er kennt die ganze Story um Lauren. Nicht jedes Detail, so nah stehen wir uns nicht. Aber zumindest der grobe Verlauf ist ihm bekannt genug, um sich solch einen dämlichen Spruch zu verkneifen.

»Auf ein Wort, Scott«, ruft Derrek, der sich mit seinen Lackschuhen und dem schwarzen Sakko nicht bis auf den Rasen vorgewagt hat.

»Kann ich nicht mal duschen?«, schreie ich zurück und Coach Russo wirft mir einen strengen Blick zu.

»Okay, okay«, gebe ich auf und trabe locker zu unserem Marketingmanager. »Was gibt's denn?«, frage ich, als ich kurz vor ihm zum Stehen komme. Die Luft ist eisig und der Wind pfeift sogar durch meine dicke Strickmütze.

»Ich ...« Er öffnet den Knopf seiner Jacke und stützt ein Bein auf die kleine

Mauer, die den Rasen von der Laufbahn abschirmt. »Ich denke, du solltest wissen, dass da was auf dich zukommt.«

»Nicht schon wieder, Derrek. Langsam bin ich es …«

Weiter komme ich nicht, denn er hält mir eine Ausgabe der *GB-Life* unter die Nase.

»Es ist ein Vorabexemplar. Es wird am Montag überall erhältlich sein.«

Wie ein Geist verfolgt Lauren mich überall hin. In meine Träume, zu meiner Familie. Bis hier auf den Rasen ist sie mir auf den Fersen. Natürlich weiß ich, was das zu bedeuten hat. Sie hat den Artikel also tatsächlich geschrieben.

»Die Redakteurin sagt, du hast das alles abgesegnet?«

So wie Derreks Stimme schrill wird und er mich anstarrt, kann das nichts Gutes heißen.

»Hm«, knurre ich nur. Vor zwei Wochen kam eine E-Mail von besagter Frau. Sie bat mich, den Inhalt auf Richtigkeit zu überprüfen und mich zu melden, sollte etwas nicht nach meiner Zufriedenheit sein. Ich habe den Anhang nie geöffnet.

»Ich weiß nicht, was ich dazu sagen soll, Scott. Das wird sicher eine Welle schlagen.«

Mit einer Hand wische ich mir den Schweiß aus dem Gesicht, der in der kalten Luft mehr und mehr verdunstet. »Dann sag halt nichts.«

»Das hier war ehrlich gesagt nicht ganz das, was ich mir erhofft hatte.«

Alles in mir schreit danach, ihm die Zeitung aus der Hand zu reißen und den Artikel zu lesen. Ich stecke die Hände in die Hosentaschen, um mich daran zu hindern.

»Das tut mir leid.« Ich gebe mich versöhnlich. Versuche es zumindest. Die Zeiten meiner Rebellion sind vorbei. Ich bin müde. Ich will Fußball spielen, nicht mehr und nicht weniger.

»Scott, hast du den Artikel überhaupt gelesen?«

»Das ändert nichts. Er wird gedruckt. Fertig. Ende der Geschichte. Mach Feierabend, Derrek. Schönes Wochenende.«

Ich kann nicht länger still stehen. Sobald ich ruhe, kommen sie, die quälenden Erinnerungen. Also hebe ich nur die Hand zum Gruß und trabe zurück zur Mannschaft. Nur weil ich nicht länger rebelliere, heißt es nicht, dass ich ihn nicht dennoch ignorieren kann.

Beim Sport bis an meine körperliche Grenze zu stoßen hilft. Wenn mein Herz fest gegen meine Brust schlägt und ich das Blut in meinen Adern pulsieren spüre, wird der Schmerz, der auch nach Wochen noch unverändert wie ein Feuer in mir lodert, etwas gedämpft.

In der restlichen halben Stunde des Trainings versuche ich genau das zu erreichen, aber das Magazin in Derreks Hand gesehen zu haben, hat Benzin ins Feuer gegossen.

In der Kabine lasse ich meinen erschöpften Körper auf die Bank sacken und stütze den Kopf zwischen die Hände.

»Mann, du bist einfach nicht mehr derselbe, seit diese Lauren hier war.«

Lynel klopft mir auf die Schulter und verschwindet mit seinem Handtuch über der Schulter in den Duschraum.

Natürlich bin ich nicht mehr derselbe. Wie könnte ich es jemals wieder sein? Auch wenn alles ist wie vorher, ist irgendwie auch alles anders. Ich gehe zum Training, spiele Fußball. Hin und wieder fahre ich raus zu meinem Dad oder zu Maggie. Ich gehe nach dem Sieg mit den Jungs einen Trinken und Greg hängt hin und wieder bei mir rum und wir zocken Playstation. Emily habe ich seit unserem missglückten Ausflug nicht mehr gesehen. Ich habe keinen Plan, ob sie und Greg noch Kontakt haben. Wenn, verschweigt er es mir.

Die rote Kaffeemaschine im Schrank meines Gästezimmers ist der einzige Beweis dafür, dass die Tage mit Lauren nicht nur in meinem Kopf stattgefunden haben.

Und dennoch ist nichts mehr wie vor fünf Wochen. Es kommt mir vor wie Jahre, als sie zum ersten Mal in den Kraftraum gestolpert ist und ich sie so nervös gemacht habe, dass sie ihre Handtasche auf meine Füße gekippt hat. Ohne es zu wollen, legt sich bei der Erinnerung daran ein Lächeln auf mein Gesicht. Aber zusammen mit den vielen Eindrücken, die ich von ihr habe, kehren auch der Schmerz und die Wut in meinen Bauch zurück und ich stehe auf, um dieses Gefühl von meinem Körper zu waschen. Vielleicht funktioniert es ja dieses Mal.

Als ich wenig später in die Tiefgarage trete, sehe ich schon von Weitem, dass etwas unter dem Scheibenwischer meines BMW steckt.

»Fick dich, Derrek«, flüstere ich, aber anstatt das Magazin auf den Boden zu werfen, feuere ich es auf meinen Beifahrersitz. Während der ganzen Fahrt vom Stadion in meine eigene Garage starrt es mich an und verhöhnt mich für meine Feigheit.

Das Brummen meines Motors erlischt, aber ich lasse beide Hände am Lenkrad. Vielleicht sollte ich den Artikel einfach lesen, um sie ein für alle Mal zu hassen. Dann könnte ich damit abschließen und endlich wieder nach vorn schauen. Oder aber es zerstört mich vollends und ich verfluche mich dafür, dass ich nicht gegen diese Story vorgegangen bin, als ich es noch konnte. Alle werden ihn lesen. Mein Dad. Maggie. Die Mannschaft. Scheiße, Derrek hat ihn sogar schon gelesen. Er hat anderes erwartet.

Seufzend lasse ich den Kopf gegen das weiche Leder sinken. Entscheidungen zu treffen gehörte noch nie zu meinen Stärken.

»Ach, Scheiß drauf«, flüstere ich und greife schließlich die *GB-Life*, die neben mir liegt. Ich blättere mich durch die ersten Seiten und schon auf Seite elf werde ich fündig. Ein Foto springt mir entgegen und schlägt in meinem Magen ein wie ein Sidekick. Es sind nicht die Bilder, die Landon bei unserem Shooting aufgenommen hat. Nein, es sind einfache Handy Selfies, die über die Doppelseite verteilt sind. In der Mitte prangt riesengroß eine Aufnahme von mir und Lauren auf dem Geburtstag von Grace. Ich habe keine verfluchte Ahnung, wer es aufgenommen hat. Zu sehen, wie Lauren auf meinem Schoß sitzt und mich anstrahlt, als wäre ich alles für sie, was zählt, gibt mir den Rest.

»Fuck«, brülle ich und werfe die Zeitung wieder zurück. Mit Daumen und Zeigefinger wische ich mir die Tränen weg, die wie bei einem Mädchen über meine Wangen laufen.

Ich weiß nicht, wie lange ich so dasitze, ehe ich das Magazin wieder an mich nehme und direkt auf Seite elf lande. Ich muss es wissen. Es kann so nicht weitergehen. Ich will hören, was Lauren Bell über mich mit der Welt teilt. Und so fange ich an zu lesen.

***

**Lauren**

»Miss Bell, ich denke wirklich, Sie sollten noch mal darüber schlafen.«

Ich hatte mir diesen Gang nicht leicht vorgestellt, aber dass er es mir so schwer machen würde, war mir nicht klar.

»Professor Kensington, bei allem gebührenden Respekt, Sir, aber ich habe schon sehr viele Nächte darüber geschlafen und mein Entschluss steht fest.«

»Sie können mit Ihrem Journalismusabschluss in vielen Teilbereichen arbeiten, das wissen Sie.«

Mein Professor, der so gar nicht wie ein Professor aussehen will, lehnt sich in seinem modernen Bürosessel nach hinten. Er ist vielleicht Mitte fünfzig und ein attraktiver Mann. Die schwarze Kunststoffbrille rahmt sein markantes Gesicht ein.

»Das ist mir klar. Aber ich habe die Entscheidung getroffen, dass Journalismus nicht das beinhaltet, was ich machen möchte.«

Der Fingernagel, an dem ich seit dreißig Minuten rumknibble, nur um irgendwas tun zu können, tut höllisch weh. Kann Professor Kensington meine Entscheidung nicht einfach akzeptieren? Ich will das hier nicht mehr. Möchte nie wieder jemanden verfolgen, beschatten oder auch nur interviewen.

»Und was ist das? Vielleicht kann ich Ihnen die Punkte anrechnen, wenn Sie in ein anderes Hauptfach wechseln.«

Ich habe keine Ahnung, was ich will, aber ich weiß, was ich nicht will. Und das ist hier zu studieren.

»Nein«, antworte ich eine Spur zu barsch. »Nein«, wiederhole ich ruhiger. »Danke, aber ich werde mich vorerst von der Uni abwenden.«

Es wird Zeit, dass ich mir selbst die Gelegenheit einräume, zu entdecken, was ich tun möchte. Und Journalismus ist es definitiv nicht.

»Miss Bell ...« Er beugt sich ein Stück auf seinen weißen Schreibtisch. »Wenn das etwas mit diesem Peterson ...«

»Nein«, unterbreche ich ihn und langsam komme ich mir bei dem Wort dumm vor. »Das hat rein gar nichts mit Scott Peterson zu tun.« Na ja, entgegen meiner neuen Prinzipien ist das nur die halbe Wahrheit, aber was soll's. »Ich habe aus persönlichen Gründen vor, eine Auszeit zu nehmen.«

»Ich kann Sie nicht umstimmen?«

Ich schenke ihm ein aufrichtiges Lächeln und das Kribbeln, das sich schon seit meinem Entschluss vor zwei Wochen in meinem Magen breitmacht, kehrt zurück. Ich bin aufgeregt. Ich werde ein neues Kapitel aufschlagen. Erkunden, was die Welt mir zu bieten hat.

»Nein, Professor Kensington.« Mein Mund schmerzt beinahe, so strahle ich ihn an. Es tut gut, Entscheidungen mit dem Herzen zu treffen. »Vor der Tür steht ein vollgepacktes Auto. Ich fahre noch heute nach London. Zum Umstimmen ist es definitiv zu spät.«

»Oh«, stutzt er. »Sie fackeln scheinbar nicht lange.«

Nicht mehr, nein. Ich war viel zu lange ein Kopfmensch, der nur mit einem detaillierten Plan zurechtkam.

Professor Kensington erhebt sich mit einem Lachen und seine große Statur wirkt vor der blau und grün gestrichenen Wand kleiner als ich ihn in Erinnerung hatte. »Dann bleibt mir nur, Ihnen alles Gute zu wünschen.«

Er reicht mir seine Hand und wir verabschieden uns.

Ein letztes Mal durch die Gänge der University of Sussex zu gehen fühlt sich seltsam an. Beängstigend. Aber auch befreiend.

»Das ging schneller als erwartet.«

Die Stimme meiner Freundin erreicht mich zusammen mit der kalten Luft, die mir entgegen strömt, als ich die schwere Flügeltür aufstoße. Als sie hinter mir ins Schloss fällt, stoße ich die Luft aus. Das war's also.

»Danke, dass du mitgekommen bist.«

Eingepackt wie ein Eskimo breitet Emily ihre Arme aus und ich lasse mich hineinfallen.

»Hab ich gern gemacht«, flüstert sie in mein Ohr und ich drücke sie noch etwas fester. Ohne sie hätte ich die letzten Wochen niemals überstanden. Bereits am Tag nach meinem Geburtstag stand sie mit Schokolade und Eiscreme vor der Tür, weil sie dachte, ich könne eine Freundin gebrauchen. Und damit lag sie absolut richtig.

»Bist du bereit?« Sie rückt die dicke Fellmütze auf ihrem Kopf wieder gerade.

Um ehrlich zu sein, ich weiß es nicht. Die Idee, die Uni zu schmeißen und mein Leben von Grund auf zu sortieren, schlummerte schon seit meinem Aufenthalt in London in mir. Und jetzt habe ich schließlich nichts mehr zu verlieren. Meine Eltern waren nicht gerade glücklich darüber, mich gehen lassen zu müssen. Aber unterm Strich haben sie eingesehen, dass David und ich nicht länger Tür an Tür wohnen können, als wäre nichts geschehen. Ich spüre die Blicke von Richard und Rosie immer noch in meinem Rücken. Das war nicht länger zu ertragen.

»Ganz ehrlich? Ich habe keine Ahnung.«

Emily startet ihren gelben Kleinwagen und bepackt mit dem nötigsten meiner Sachen machen wir uns auf den Weg in die Stadt, in die mein Herz schon lange vorausgegangen ist.

»Du packst das schon. Du hast die Jungs doch gehört. Erst mal schläfst du umsonst bei mir und wenn du einen Job hast oder eine Idee, was du machen willst, sehen wir weiter.« Sie strahlt mich kurz an. »Alles wird gut, Lauri.«

Diesen vertrauten Spitznamen aus ihrem Mund zu hören, hilft mir mehr, als sie sich vorstellen kann. Emily gibt mir die Hoffnung, dass man sich auch nach Jahren noch verzeihen kann. Denn das, was ich damals mit ihr gemacht habe, war nicht okay. Das ist mir heute klar. Die Tatsache, dass sie jetzt diejenige ist, die mich auffängt und mir noch dazu ein Zuhause schenkt, treibt mir Tränen des Glücks in die Augen.

Allerdings sind das auch die einzigen glücklichen Tränen. Denn noch immer kann ich die Trennung von Scott nicht ansatzweise überwinden. Es tut körperlich weh. Ich kann kaum essen und habe seit Wochen nicht richtig geschlafen. Jeder noch so kleine Teil in mir vermisst ihn so schmerzlich.

»Immer noch kaum zu glauben.«

»Hm?« Ich presse die Lippen aufeinander und versuche Emily anzulächeln.

»Hör bitte auf damit, Lauren.«

»Wovon redest du?« Ich klappe die Sonnenblende herunter, um zu sehen, ob die Mütze, die ich in diesem Moment auf den vollen Rücksitz werfe, meine Frisur völlig zerstört hat.

»Ich möchte nicht, dass du mich anlächelst, wenn dir zum Weinen zumute ist. Das musst du bei mir nicht.« Emily legt ihre Hand auf mein Bein und drückt ermutigend meinen Oberschenkel. »Und, was ich meinte, war ...« Auch sie wirft ihre Mütze achtlos nach hinten. Ihre langen glatten Haare sind davon im Gegensatz zu meinen vollkommen unbeeindruckt. »Immer noch unglaublich, dass du das geschrieben hast.«

Ihr Blick zuckt zum Handschuhfach, dessen Klappe nicht mehr existiert. Ganz oben auf einem gigantischen Chaos liegt die neuste Ausgabe der *GB-Life*, die am Montag erscheint. »Denkst du, er hat es schon gelesen?«

»Na ja«, seufze ich, »immerhin hat er der Redaktion alles abgesegnet.«

Dass die Verlegerin derart romantisch veranlagt ist, ist der einzige Grund, warum sie meinen Artikel überhaupt bringen. Denn mit der ursprünglich geplanten Reihe hat das nichts zu tun. Der Gang in die Redaktion, um mit der Zeitung und Derrek zu sprechen, ist mir nicht leichtgefallen. Vielmehr war es eine Katstrophe.

»Du weißt, dass das nichts heißt. Sicher hätte G...«

Sie hält sich die Hand vor den Mund. Ich muss lachen.

»Hey«, sage ich und ziehe ihre Hand wieder runter. Ich warte schon seit Tagen darauf, dass sie sich verplappert. »Denkst du an all den Abenden, an denen wir in den letzten Wochen zusammen waren, habe ich nicht gemerkt, wenn du mit Greg geschrieben hast?«

»Hast du?« Sie zieht ihr Piercing zwischen die Lippen.

»Ja«, lache ich. »Habe ich, und es ist vollkommen okay. Du musst das nicht verheimlichen.«

»O mein Gott, Lauri.« Sie verzieht das Gesicht zu einer angewiderten Grimasse. »Zwischen mir und Paddy gibt's doch nichts zu verheimlichen.«

»Paddy?«, frage ich.

»Na er ist doch Halb-Ire.«

Ich starre sie an und dann brechen wir beide in Gelächter aus. Wir lachen befreit und Lauren schaltet das Radio ein.

Im Sonnenschein über den Motorway in Richtung London zu fahren fühlt sich richtig an. Der Frost glitzert auf den Wiesen und mit jeder Meile beruhigen sich meine Nerven etwas. Dabei zur Abwechslung ausgelassen zu lachen tut unglaublich gut.

»Ich denke nicht, dass er es gelesen hat«, sagt Emily, als wir uns wieder beruhigt haben und ein alter Song von Phil Collins im Radio läuft. »Vielleicht solltest du ihn einfach anrufen?«

Ich nehme das Magazin in die Hände. Seite elf ist bereits aufgeschlagen und das Selfie von Scott bei unserer ersten Shoppingtour lacht mir entgegen.

»Er fehlt mir so …«, murmle ich und lese erneut die Worte, die aus meinem Herzen einfach aufs Papier geflogen sind …

# Kapitel 26

*Scott Peterson*
*Geb. am 20.09.1991 in Dover*
*Größe: 6 feet 2 inches*
*Bei den London Silvers seit zwei Jahren*
*Vorheriger Verein: Ramsgate Firebirds*
*Position: Mittelstürmer*
*Starker Fuß: Links*
*Bisherige Spiele diese Saison: 11*
*Tore: 16*
*Gelbe Karten: 2*
*Startelfquote: 100 %*
*Torbeteiligungen: 55 %*
*Spielminuten: 97 %*

*Das, meine lieben Leser, ist Scott Peterson. Torschützenkönig und neuer Star am London-Silvers-Fußballhimmel.*

*Vor circa drei Monaten bekam ich im Rahmen meines Journalismusstudiums die Chance, einen mehrteiligen Bericht über eine Person des öffentlichen Lebens zu schreiben. Als junge Studentin habe ich gedacht: Jackpot. Aber so wie meistens im Leben kommt alles etwas anders als erwartet.*

*Der erste Stolperstein in der Vorstellung meines perfekten Artikels war, dass es sich um einen Sportler handeln sollte. Ich verstehe nichts von Sport. Und schon gar nicht von Fußball. Natürlich habe ich mich etwas über mein neustes Projekt schlaugemacht und ehrlich gesagt musste ich schon vor unserem ersten Kennenlernen die zweite bittere Pille schlucken. Denn alles, was ich über Scott Peterson in Erfahrung bringen konnte, gefiel mir nicht.*

*Eine Woche lang habe ich ihn begleitet. Und wenn ich mich auf seine Tätigkeit als Fußballer beschränke, ist Obengenanntes genau das, was ich gelernt habe.*

*Als ich mein erstes Spiel der Silvers mit ansehen durfte, war es wie ein Adrenalinrausch. Die Fans des englischen Fußballs leben für ihren Sport. Und sie leben für Jungs wie Scott. Ein kindischer Purzelbaum reicht, um eine Menge zum Toben zu bringen. Und dabei ist es zu diesem Zeitpunkt völlig egal, ob der Mensch, der unter dem Trikot steckt, ein Vollidiot oder ein zweiter Gandhi ist. Er wird gefeiert. Für Tore, für Pässe, für Chancen. Und keine Frage, das ist etwas Großartiges. Ich habe es erlebt und ohne dass ich auch nur den Hauch einer Ahnung von Fußball habe, würde ich jederzeit wieder ins Stadion gehen. Der Enthusiasmus ist ansteckend.*

*Aber das ist nicht, was ich heute berichten möchte.*

*Ich tue heute etwas, dessen Vermeidung die Lektion Nummer eins für gute Journalisten ist: Ich vermische Berufliches mit Privatem. Ich möchte etwas über den Scott Peterson erzählen, den ich kennenlernen durfte. Der Scott Peterson, der mir eine Menge beigebracht hat. Denn auch wenn mein Job hiermit beendet hätte sein können – das war er nicht.*

*Ich habe mich verliebt. Und das nicht in den Mittelstürmer, der so gut wie jede Flanke versenkt. Nein, ich habe mich in einen Menschen verliebt, der viel mehr ist als ein Fußballstar. Scott ist ein Sohn, ein Bruder und ein Onkel. Ein Freund. Scott Peterson ist mein Freund geworden und er hat mir beigebracht, wie wichtig es ist, an sich und seine Wünsche zu glauben.*

*Vor ein paar Wochen bin ich in die Wohnung eines gut aussehenden aber mindestens genauso arroganten Proleten gezogen. Ich habe über Scott geflucht, geweint und ihn sogar ein bisschen gehasst.*

*Warum? Warum also schreibe ich heute, dass ich mich in ihn verlieben konnte? Diese Frage beschäftigt mich seither ununterbrochen.*

*Es könnte an der Art liegen, wie er sich um seine Familie kümmert. Aufopferungsvoll gibt er alles, damit es seinen Lieben an nichts mangelt. Es könnte an der Art liegen, wie er mit seinen Kumpels scherzt und feiert und so loyal ist, wie ich es selten zuvor erlebt habe.*

*Vielleicht reicht auch die Tatsache, wie er mit nacktem Oberkörper seine Frühstücksflocken isst und dabei unwiderstehlich süß aussieht. Das wären mindestens drei gute Gründe, sich in einen Kerl wie Scott zu verlieben. Lassen wir mal das Offensichtliche, nämlich dass er ein reicher, sexy Junggeselle mitten in London ist, außer Acht.*

*Aber nein. All das war es nicht.*

*Ich habe mich in Scott Peterson verliebt, weil er echt ist. Ein echter, ehrlicher Mensch, der viel zu aufbrausend ist, Fehler macht, Angst hat, aber auch einfach sagt, was er denkt.*

*Ich habe in den Tagen mit Scott so viel über mich selbst gelernt wie nie zuvor. Ich habe gelernt mutig zu sein und dass es nicht schlimm ist, wenn man Angst hat. Ich habe gelernt, dass man Fehler machen muss, um daraus zu lernen. Ich habe gelernt, dass es nicht immer falsch ist, sich zu verirren, weil es einen auf neue Wege bringt.*

*Und ich habe gelernt zu lieben. Mit ganzem Herzen. Uneingeschränkt. Scott hat mir gezeigt, dass es sich manchmal lohnt, ein Risiko einzugehen. Über seine Grenzen zu gehen und dünnes Eis zu betreten.*

*Das ist Scott Peterson für mich. Ein Vorbild. Ein Mensch, der seinen Weg geht, ganz gleich, wie viele Steine er überwinden muss.*

*Egal, wohin meine Zukunft mich bringen wird (und ganz ehrlich, nach diesem Artikel ist klar, dass das nicht der Journalismus sein wird), ich werde meine Zeit bei Scott niemals vergessen und ich bin ihm dankbar für jede einzelne Minute, die ich ihn beobachten und von ihm lernen durfte.*

*Scott, wenn du das liest ... bleib für immer, wie du bist!*

*Scott Peterson, Nummer 22 und Torschützenkönig der London Silvers ... aber auch ... liebevoll, witzig, großzügig, Mensch.*

# KAPITEL 27

**Scott**

»Und woher kommt der plötzliche Sinneswandel?«

Die ganze Situation hier ist wie ein verdammtes Déjà-vu, nur dass diesmal ich es bin, der etwas will.

»Steht es in Zusammenhang mit diesem Artikel, bei dem ich bis heute noch nicht begriffen habe, warum er überhaupt gedruckt wurde?«

»Nein, Derrek. Ich möchte zur Abwechslung etwas Gutes tun. War es nicht genau das, was du wolltest?«

Genau wie damals geht mir die Unterhaltung voll auf die Nerven. Nur dass heute ich der Ungeduldige bin.

»So weit, so gut.« Er beugt sich auf seinen Schreibtisch und blättert durch die Unterlagen, die ich in den letzten Tagen mit Sams und Maggies Hilfe zusammengestellt habe.

»Also, machen wir es?«

Meine Ferse wippt so schnell sie kann auf und ab. Hoffnungsvoll sehe ich in sein Gesicht, obwohl das komische fliederfarbene Hemd mich immer wieder ablenkt. Wer zur Hölle trägt denn sowas?

»Okay«, sagt er. Ich bin mir sicher, er zieht das absichtlich in die Länge, um mich ein bisschen zu quälen. »Und du bekommst das alles bis zum Spiel gegen *Blackburn* auf die Beine gestellt?«

»Auf jeden Fall. Ich kümmere mich um alles. Ich habe schon ein paar weitere Sponsoren und mein Schwager entwirft mir eine Website inklusive Logo, Spendenkonto und allem, was wir brauchen.«

Die Freude, die seit meinem Entschluss in mir brodelt, kocht von Neuem auf. Es fühlt sich gut, etwas Richtiges zu tun.

»Dann ziehen wir es durch.«

»Danke, Derrek«, sage ich und zum ersten Mal, seit wir uns kennen, bekommt der arme Kerl ein aufrichtiges Lächeln von mir.

»Ich hoffe, du weißt, was du tust«, beginnt er noch einen Satz, aber ich bin schon halb durch die Tür.

»Mach's gut, Der«, rufe ich durch den Flur und sprinte so schnell es geht durch die Gänge. Ich bin spät dran.

Ich steige ein letztes Mal in meinen BMW und fahre ohne Musik durch die Innenstadt. Noch einmal will ich die Motorengeräusche hören, die bis in meinen Magen vibrieren. Er wird mir fehlen, aber ich bereue meine Entscheidung nicht. Es ist, als wäre ich wachgerüttelt worden.

Bis zur Park Lane ist es nicht weit und der schmierige Händler steht schon mit seinem überheblichen Grinsen bereit, als ich direkt vor der Eingangstür des Autohauses parke. Auf dem Gehweg der anderen Straßenseite sehe ich Maggies Land Rover stehen.

»Mister Peterson«, begrüßt mich der Lackaffe. Ich erwidere sein Lächeln nicht. Denn der einzige Grund, warum er strahlt, ist der Wagen, der vor mir steht. Nicht ich. »Ich habe alles vorbereitet. Sie müssen nur noch ein paar Unterschriften leisten.«

Mit einer mädchenhaften Handbewegung deutet er auf seinen Schreibtisch und ich folge seinen klackernden Lackschuhen über den gefliesten Boden.

»Und der Betrag geht direkt auf das Konto der …«, er blättert durch den Kaufvertrag, »*Hope Foundation*?«

»Jap«, antworte ich einsilbig und setze meine Unterschrift routiniert unter seine Anschreiben. Ich bin für solche Gespräche einfach nicht gemacht. »Das war's dann?«

»Wenn ich Ihnen vielleicht noch unsere neusten Modelle vorstellen darf?«

Egal, wie gut gelaunt ich bin, in Momenten wie diesen kann ich einfach nicht aus meiner Haut.

»Lass mal stecken«, knurre ich und verlasse das Autohaus, ohne meinen geliebten M5 noch einmal anzusehen.

Die Park Lane mit ihren vier Spuren zu überqueren ist nicht ganz leicht und eigentlich auch verboten, aber in Windeseile husche ich über die Straße und springe über die niedrige Leitplanke.

»Hey«, begrüße ich meine Schwester. Ich klettere auf den Beifahrersitz und drehe mich zur Rückbank um. Wie ein Engel liegt Baby Gracy in ihrem Kindersitz. Die feinen Härchen sind unter der Fellmütze versteckt und in ihrem rosa Anzug sieht sie aus wie eine dicke Raupe.

»Hi«, flüstert Maggie. Sie verharrt einen Augenblick, ohne den Wagen zu starten. »Bist du dir auch wirklich sicher?«

»Maggie, es ist nur ein Auto. Ich war mir nie einer Sache sicherer«, antworte ich. Und genauso ist es. »Sie sieht so niedlich aus«, schiebe ich hinterher und drehe mich wieder nach vorn, um mir den Gurt anzulegen.

»Ja, stimmt.« Maggies Blick wird weich, als sie ihre schlafende Tochter im Rückspiegel begutachtet. »Sie ist ein Wunder.« Meine Schwester lenkt den weißen Geländewagen auf die Straße. »Wie war dein Gespräch mit Derrek?«

Ich öffne meine Daunenjacke ein Stück und ziehe mir die Mütze vom Kopf. Grundsätzlich ist die Heizung in Maggies Auto auf die höchste Stufe gestellt. »Sehr gut. Wir machen es genauso wie geplant. Bis zum Spiel gegen *Blackburn* ist alles beim Notar durch. Wir schieben einen kompletten Werbeblock vor das Spiel.«

»Und was sagt Russo dazu?«

Sie ist und bleibt die Tochter eines Coachs.

»Maggie. Die Stiftung bringt nicht nur mir, sondern auch dem Verein eine Menge Promotion. Wenn es um einen guten Zweck geht, kann er nicht Nein sagen.« Ich fahre mir durchs Haar. »Außerdem spiele ich genauso gut, wenn ich vor dem Spiel ein kurzes Interview gegeben habe.«

»Angeber«, murmelt Maggie, aber ihre Mundwinkel zucken zu einem Lächeln.

Wir durchrunden den Kreisverkehr und Maggie lenkt uns auf die Grosvenor Place. »Darf ich dich was fragen, Scott?«

Der Tonfall, den sie angeschlagen hat, verheißt nichts Gutes.

»Das hast du doch gerade schon«, antworte ich und erlebe damit schon das zweite Déjà-vu für heute. Allerdings denke ich nicht gern an die Nacht, in der ich Lauren das letzte Mal gesehen habe.

Fünf Wochen ist es her, dass wir bei Nacht und Nebel in Plumpton waren. Fünf Wochen, und dennoch denke ich jeden Tag an sie. Ach, was rede ich. Es vergeht keine Minute, in der ich nicht an sie denke.

»Für wen tust du das alles?«

Ich hatte mit einigem gerechnet, aber nicht damit. Die Antwort darauf ist leicht.

»Ich tue das für Kinder, Maggie. Für Kinder wie Hope, die nicht das Leben bekommen, das sie verdienen.«

»Tolle Antwort, das solltest du unbedingt in deinem Interview sagen.« Sie schneidet eine Grimasse und drosselt die Geschwindigkeit, um die Abfahrt zu nehmen. »Und für wen tust du es wirklich? Ich meine, du hast dich nie sonderlich sozial engagiert.«

Ich stütze mich auf der Mittelkonsole ab, eine Hand um mein Kinn gelegt. Sosehr ich auch überlege, ich weiß die Antwort darauf nicht.

»Du tust es für sie, oder?«

Uns ist beiden klar, wen sie damit meint. Maggie und ich haben vor einiger Zeit ein ziemlich krasses Gespräch über Lauren geführt. Krass insofern, weil ich geheult habe wie ein Baby. Ziemlich peinlich im Nachhinein.

Ich kann meinen Seufzer nicht ansatzweise zurückhalten. »Ganz ehrlich. Ich weiß es nicht«, gestehe ich ihr meine Gedanken.

»Scott.« Auch sie seufzt. Mittlerweile ist das Penthouse schon in Sicht, während wir vor einer roten Ampel stehen. »Ich sehe, wie sehr du dich quälst.«

Ich blicke aus dem Fenster, damit sie die Wahrheit in meinen Augen nicht erkennen kann.

»Du hast den Artikel gelesen. Wir alle haben das. Scott.« Sie legt eine Hand auf mein Bein und mein Blick geht kurz zu ihr. »Gib ihr noch eine Chance. Ich weiß, dass du sie liebst.«

»Tue ich das, ja?« Ich weiß langsam selbst nicht mehr, was ich fühle. Sicher, der Artikel war … der Wahnsinn. Ich habe ihn hunderte Male gelesen. Aber will ich deshalb ein besserer Mensch sein? Ist das mein Grund? Weil ich Lauren noch immer liebe?

»Natürlich tust du das. Sieh dich doch an. Du gehst ein vor Kummer, ganz gleich wie sehr du gerade versuchst die Welt zu retten.« Wir müssen beide schmunzeln. »Rette wegen mir alle Kinder dieser Welt, großer Bruder, aber dann hol dir endlich dein Mädchen«, sagt sie und im gleichen Moment erwacht Grace und gibt ihrer Mutter mit einem zuckersüßen Glucksen recht.

***

**Lauren**

Verzweifelt suche ich nach einer geeigneten Popcornschüssel. Ich bin Emily wirklich dankbar dafür, dass ich hier wohnen darf, aber umso länger ich hier bin, desto mehr merke ich, dass ich kein WG-Typ bin. Das Chaos macht mich wahnsinnig.

»Nimm einfach die«, sagt Emily und greift über meinen Kopf nach einer Schüssel im Regal, in der sich Obst und Post stapeln.

»Okay«, murmle ich und baue alles, was wir brauchen, auf einem Tablett auf.

»Na, dein Gesicht sieht nicht gerade nach einem Okay aus.«

Emily hüpft auf die Arbeitsplatte und überkreuzt ihre schlanken Beine, die in gestreiften Strumpfhosen stecken.

»Ich bin einfach müde.«

»Lauri, du bist in letzter Zeit immer müde. Aber das liegt nicht daran, dass du müde bist, sondern unglücklich.«

Ich lasse das Popcorn in die Schüssel rieseln und presse dabei die Lippen fest aufeinander.

»Hey.« Emily umschließt meinen Oberarm mit ihren schmalen Fingern. »Alles wird gut. Es ist doch nur ein Filmabend. Versuch mal für eine Stunde abzuschalten, danach kannst du die Welt weiter verfluchen.«

»Ich versuch's«, sage ich und im selben Moment klingelt es an der Tür. In einem Loft im east end zu wohnen ist immer noch ungewohnt. Allerdings habe ich die Wohnung bis auf den einen oder anderen Starbucks Besuch noch nicht oft verlassen.

»Hi, Emily«, höre ich Maggies Stimme. Da es keine Diele gibt, steht man direkt mitten im riesigen Wohnbereich, wenn man durch die Tür kommt. »Danke für die Einladung.«

Maggie sieht sich im Loft um und wirkt genauso begeistert wie ich beim ersten Mal. Sie, ich und Emily haben uns schon ein paarmal verabredet und die beiden haben sich auf Anhieb gut verstanden. Ich war so erleichtert, als Maggie vor einigen Wochen angerufen hat, um sich mit mir zu treffen. Dass sie heute ein weiteres Mal die weite Fahrt für mich in Kauf nimmt, kann ich immer noch nicht glauben. Ich mochte sie vom ersten Moment an und wir sind mittlerweile Freundinnen geworden. Um das Thema Scott schleichen wir allerdings nach wie vor wie Katzen um eine Schüssel Milch.

Meine Flauschesocken gleiten geräuschlos über den Holzboden. »Hi«, begrüße ich sie mit einer herzlichen Umarmung.

»Wow, das ist echt noch viel cooler, als ich es mir vorgestellt habe.«

Maggie schlüpft aus ihrer Jacke und beim Anblick ihres Pullovers zieht sich die Schlinge, die seit Wochen um meinen Hals liegt, wieder etwas weiter zu.

»Oh, sorry«, sagt sie schnell, als sie meinen Blick erwidert. »Das war taktlos von mir.«

Mein Kopf schüttelt sich schon, bevor ich zu reden anfange. »Kein Problem. Rot steht dir ausgezeichnet.«

Ein kläglicher Versuch. Denn ganz sicher kann ich nicht vertuschen, dass das *London Silvers*-Logo auf ihrem Hoodie sich wie eine Brandmarkung in meine Netzhaut ätzt.

»Spielen sie heute?«, versuche ich mich weiter cool zu geben, aber das Zittern in meiner Stimme hört man sicher bis zur Themse.

»Wow, ist das Popcorn?« Maggie ignoriert meine Frage einfach. Sie kickt ihre Sneaker beiseite und umrundet die Küchentheke, die den Wohnbereich von der Küchenzeile abtrennt. »Ich liebe Popcorn.«

Ihre Stimme klingt viel zu schrill und ich bin mir nicht sicher, wem sie gerade etwas vormachen will.

»Also«, mischt Emily sich ein. »Wir haben Popcorn, Schokolade, Cola, Bier und Eis. Die Jungs sind bis mindestens Mitternacht weg und Decken und Kissen liegen bereit.«

Der Filmabend war Maggies Idee. Ich bin derzeit kein Freund von Fernsehen, da meine Gedanken grundsätzlich lauter sind als die Filme. Aber ich bin froh und dankbar, dass ich zwei so gute Freundinnen habe und da sonst nichts in meinem Leben gerade konstant ist, war es keine Frage, dass ich dabei bin.

»Gut.« Maggie wirft erst einen Blick auf die Uhr, dann zu Emily. »Dann sollten wir starten.«

Vielleicht werde ich langsam paranoid, aber irgendwas ist heute Abend komisch. Ich werde das Gefühl nicht los, dass da was im Busch ist.

»Du hast vollkommen recht«, sagt Emily nach einem prüfenden Blick auf die Küchenuhr und ehe ich mich versehe, werde ich zur Couch eskortiert.

»Was sehen wir denn?« Die Filmauswahl habe ich meinen Freundinnen überlassen, wobei mir ein Thriller ehrlich gesagt am liebsten wäre.

»Das wirst du schon sehen«, antwortet Maggie und sucht im Internetfernsehr nach dem richtigen Programm. Auf Sport Digital bleibt sie hängen. Es dauert einen Moment, bis ich erkenne, aus welchem Stadion die Berichterstattung kommt.

»Äh …«

Keine der beiden reagiert auf mich oder meine Blicke. Maggie und Emily schauen zum Fernseher, auf dem bislang nicht viel Interessantes passiert. Alte Bildsequenzen von vergangenen Spielen werden eingeblendet und mit irgendwelchen Leuten diskutiert, die ich nicht kenne, die mir aber bekannt vorkommen.

Eine Zeit lang starren wir gemeinsam auf den Bildschirm und langsam wird es mir zu doof.

»Also, wenn ihr Fußball gucken wollt, sollte ich vielleicht lieber ins Bett gehen.«

Ich spüre, wie sich Röte auf meinem Hals und in meinem Gesicht ausbreitet. Das alles ist mir mehr als unangenehm.

Emily und Maggie tauschen einen Blick und ich komme mir vor wie der letzte Idiot. Ich werfe die braune Wolldecke von meinem Schoß und will gerade aufstehen, als Maggie mich am Arm zurückhält.

»Bitte, Lauren. Vertrau mir.«

»Ich will das nicht sehen«, sage ich und der Kummer, der mein bester Freund geworden ist, nimmt mich hüllend in seinen Arm.

»Doch, Mäuschen«, schaltet sich jetzt Emily ein. »Glaub uns. Das musst du sehen.«

Wortlos greife ich wieder nach der Decke und ziehe sie bis zum Kinn, auch wenn mir eigentlich schon viel zu warm ist. Alles in mir sträubt sich hinzusehen, als eine Szene eingeblendet wird, in der Scott ein Tor schießt. Aber ich kann nicht anders, ich beobachte jeden seiner Schritte, jede Bewegung, bis hin zum obligatorischen Purzelbaum nach dem Torschuss. Die Kommentatoren lachen und ich möchte am liebsten weinen.

Meine Freundinnen haben keine Ahnung davon, dass ich jedes seiner Spiele verfolge. Jede noch so kleinste Statistik beobachte. Ich kann nicht anders. Natürlich wusste ich, dass heute das Spiel gegen *Blackburn* ansteht. Einer der Gründe, warum meine Laune noch schlechter ist als eh schon.

Ich dachte ein Tapetenwechsel gibt mir neue Energie. Aber ich habe mich getäuscht. Ich könnte nach Alaska auswandern. Das alles ändert nichts an der Tatsache, dass ich Scott jeden Tag vermisse.

»Und damit kommen wir auch schon zum Mann der Stunde«, sagt der Kommentator und die Kamera schwenkt so, dass man seinen Nebenmann sieht.

Mein Herz bleibt stehen.

»Scott Peterson, wie schön, dass wir dich endlich mal von Nahem vor die Linse bekommen.«

Scotts Mund verzieht sich zu einem schiefen Lächeln und ich umklammere den Stoff der Decke so fest, dass meine Knöchel schmerzen.

# KAPITEL 28

**Scott**

Es gibt kein Match, vor dem ich nicht nervös bin. Mein Dad sagt immer, wer vor dem Spiel nicht aufgeregt ist, ist ein Idiot. Damit hat er vermutlich recht. Aber das, was heute in meinen Nervenbahnen abgeht, ist sicherlich nicht gesund. Scheiße, ich mache mir fast in die Hose.

Während ich mich für das Spiel aufwärme, schiele ich die ganze Zeit zu den Fernsehleuten. Ich habe zehn Minuten vor Spielbeginn mein Interview. Der Coach war nicht begeistert. Aber wie ich vermutet hatte – Geld geht immer vor. Derrek hat alles in die Wege geleitet und steht mit seinem schicksten Anzug neben der Trainerbank.

Und dann ist es so weit. Ich trabe rüber zum Kommentator und ehe ich mich versehe, hält er die Kamera auf mich. Scheiße, irgendwie glaube ich, das hier war doch keine so gute Idee.

»Und damit kommen wir auch schon zum Mann der Stunde.«

Die Kamera schwenkt zu mir. Derreks Grinsen dahinter könnte nicht breiter sein.

»Scott Peterson, wie schön, dass wir dich endlich mal von Nahem vor die Linse bekommen.«

Im Groben haben wir den Ablauf des Interviews vorher besprochen. Aber eben auch nur im Groben.

»Danke, dass ich hier sein darf«, antworte ich wie ein braver Schüler freundlich in die Kamera. Zu wissen, dass Lauren auf der anderen Seite sitzt, lässt meine Knie schlottern.

»Scott, du bist heute aus einem ganz bestimmten Grund bei uns. Erzähl mal, was ist da los bei Londons erfolgreichstem Stürmer?«

Das stand so sicher nicht im Drehbuch, aber ich spreche unbeirrt weiter.

»Ich möchte heute die Gelegenheit nutzen, um euch etwas ans Herz zu legen, was ich seit einiger Zeit plane.« Genau wie besprochen sehe ich auf dem Monitor vor uns, wie das Logo der Stiftung eingeblendet wird. »Vor einigen Tagen habe ich die *Hope Foundation* ins Leben gerufen. Eine Stiftung, die sich für behinderte Kinder einsetzt. Etwas, das viel mehr Aufmerksamkeit bedarf.«

»Die *Hope Foundation* ist eine Stiftung speziell für behinderte Kinder, sagst du?«

Der Reporter hält mir für meine Antwort wieder das Mikro unter die Nase und langsam werde ich lockerer. »Ja genau. Zusammen mit meiner Familie habe ich diese Stiftung gegründet, um zukünftig Kindern speziell mit Körperbehinderungen zu helfen, die Unterstützung jeglicher Art gebrauchen können.«

Es werden verschiedene Bilder eingeblendet, die mich und Hope mit ihrem neuen Rollstuhl zeigen, aber auch Firmen für Medizintechnik, die sich bereit erklärt haben, mit uns zusammen zu arbeiten. Das ganze Projekt ist zum absoluten Selbstläufer geworden.

»Ist diese Stiftung für dich von persönlichem Interesse?«

»Sollte es das nicht für uns alle sein?«, umgehe ich seine Frage und schmunzle in die Kamera. Derrek reckt im Hintergrund seinen Daumen.

Ich beantworte noch ein paar Fragen zur Spendenstelle und den geplanten Aktionen, bis die Frage kommt, um die ich explizit gebeten habe.

»Scott, hat die Gründung der Foundation etwas mit dem Artikel zu tun, der vor Kurzem über dich in einem Lifestyle Magazin erschienen ist?«

Ich vermeide es, Derrek anzusehen. Von dem Teil, der jetzt kommt, weiß er nichts. Aber das ist der Teil, wegen dem ich überhaupt ein Interview vor laufender Kamera gebe.

»Ja. Auf jeden Fall«, antworte ich und stelle mir vor, durch die Linse in Laurens Gesicht zu blicken. So als stünde sie direkt vor mir. »Die junge Dame, die den Artikel über mich geschrieben hat, hat mich wachgerüttelt.«

»Inwiefern? Das musst du uns genauer erklären.«

Der Kerl hält sich akribisch genau an das, was ich mit ihm besprochen habe.

»Na ja … Ich habe mich viele Jahre wie ein egoistischer Idiot benommen.« Die Menschen toben, aber ich mache das hier nicht für die Fans. »Miss Bell hat mir gezeigt, worauf es im Leben wirklich ankommt.«

»Und das wäre?«

Mein Blick zuckt kurz zu Derrek, der sich immer wieder mit der flachen Hand vor der Kehle hin und her fährt.

»So kitschig es klingen mag … Die Liebe.«

»Jetzt wird's interessant«, sagt der Sprecher und blickt über die Ränge, auf denen die Menschen meinen Namen brüllen. Ab hier improvisiert er. »Was ist wirklich dran an der Lovestory, die in aller Munde ist?«

Die Menge jubelt und grölt und ich muss mir ein Lächeln verkneifen.

»Tja, Leute. Was soll ich sagen?« Ich versuche mich möglichst locker zu geben, aber alles in mir zittert. Ich will es endlich sagen. Die Welt soll es wissen. »Auch die größten Idioten schaffen es irgendwann, die Richtige zu finden.« Meine Atmung geht unkontrolliert und mein Mund ist viel zu trocken.

»Also«, sagt der Kommentator, »ist Lauren Bell die Richtige für dich?«

»Ja«, sage ich voller Überzeugung in die Kamera. Das ist der Moment, auf den ich so sehr gewartet habe. »Ja. Das ist sie. Für sie möchte ich morgens aufstehen und abends ins Bett gehen. Ich möchte für sie ein besserer Mensch werden.« Ich blicke hoch zur Fankurve. »Natürlich möchte ich auch für sie heute gegen *Blackburn* gewinnen.«

Die Fans eskalieren endgültig und ich strahle in die Kamera wie nie zuvor. Der Reporter ist glücklich und sogar Derrek lächelt mittlerweile wieder, auch wenn er den Kopf schüttelt.

»Eins noch«, sage ich und ziehe mit seiner Hand das Mikro zurück vor mein Gesicht. »Lauren«, spreche ich sie direkt an. »Ich weiß, dass du das siehst. Ich möchte, dass du weißt, die Antwort war *Ja*. Ja, ich liebe dich. Das habe ich von dem Moment an, in dem ich dich zum ersten Mal geküsst habe. Und ich werde es immer tun, ganz gleich, was passiert.«

Mit diesen letzten Worten drehe ich mich um und trabe zurück zur Mannschaft, die bereit ist schon in wenigen Augenblicken dem Gegner entgegenzutreten.

»Alter, du bist ein Softie«, brüllt Lynel, während ich meine Trainingsjacke auf die Bank werfe. Russo schüttelt nur lachend den Kopf.

»Zieht aber«, schmunzele ich und deute auf die Menge, die stehend Sprechchöre mit meinem Namen brüllt. Nie und nimmer habe ich mit einer solchen Reaktion vom Publikum gerechnet. Aber es tut gut zu wissen, dass ich das Richtige tue.

Wir sprinten an die Mittellinie und ich habe zum ersten Mal keine Ahnung, wie ich die neunzig Minuten eines Spiels überstehen soll. Maggie wird Lauren gezwungen haben, den Bericht zu sehen. So viel ist klar. Aber nicht zu wissen, wie sie reagiert, ist eine Ungewissheit, mit der ich noch schlechter umgehen kann als mit dem Liebeskummer, der zu meinem stetigen Begleiter geworden ist.

Der Schiedsrichter pfeift und wie automatisiert sprinte ich auf meine Position. Heute werde ich für sie gewinnen.

***

**Lauren**

Immer wieder erschüttern leichte Schluchzer meinen Oberkörper. Sie kommen jedes Mal zusammen mit einem Lachen. Mein Mund ist zu einem breiten Grinsen verzogen, während Tränen aus meinen Augen laufen.

»Lauri.«

Ich spüre Emilys Hand auf meinem Rücken. Das Interview mit Scott ist längst vorbei und die fünfte Spielminute läuft. Ich kann mich immer noch nicht rühren. Mein Gehirn verarbeitet nach und nach, was es in den letzten Minuten aufgenommen hat und eine neue Woge von lauten Schluchzern erfüllt das Loft.

Irgendjemand hat den Ton vom Fernseher leise gestellt. Alles schimmert orange vom Farbton der Lichterketten. Ich nehme den Geruch von Pumpkin Spice Duftkerzen wahr, als hätte ich gerade erst den Raum betreten.

»Lauri«, wiederholt Emily und ich schaffe es endlich, den Kopf in ihre Richtung zu drehen. Sie strahlt mich aus feuchten Augen an. »Hast du gehört, was er gesagt hat?«

Mein Blick wandert zu Maggie, die ihre Tränen nicht zurückhält.

»Er liebt dich, Lauren.« Sie neigt den Kopf zur Seite. Automatisch sehe ich auf das Logo auf ihrer Brust. Den Drachen, der in einen Löwen verschlungen ist.

»Er liebt mich«, flüstere ich.

»Hier.« Maggie wühlt in ihrer Handtasche und zückt ein kleines Päckchen. »Das soll ich dir geben.«

Ich kann sie nur anstarren. Das alles ist doch ein Traum. Das kann nicht meine Realität sein. Oder doch? Mit zitternden Fingern nehme ich das kleine rote Päckchen entgegen. Eine Karte steckt unter der silbernen Schleife. Ich ziehe sie hervor und drehe sie herum.

Für meinen Lieblingsfan. Es ist nie zu spät …

Ich fahre mit dem Finger über seine Handschrift.

»Nun mach es schon auf«, drängelt Emily neben mir. Sie stopft sich eine Handvoll Popcorn in den Mund. »Das ist besser als jede Liebesschnulze.«

Wir alle müssen lachen.

Ich ziehe an der silbernen Schleife und öffne das rote Papier.

»O wow.« Emilys Gesicht verzieht sich zu einer Grimasse. »Dein Kerl weiß offensichtlich, wie man Frauen unglücklich macht.«

Mit der Schulter schubse ich sie leicht. Mit beiden Händen breite ich das *London Silvers*-Trikot aus, das zum Vorschein kommt. Ich verstehe die Botschaft dahinter. Ich lege es auf meine Knie und streiche über den Aufdruck auf der Brust.

»Er hat dafür den BMW verkauft«, sagt Maggie, während wir alle drei auf das Logo der *Hope Foundation* blicken. »Du solltest die Erste sein, die eins davon bekommt.«

Sie nimmt das Shirt hoch und dreht es so, dass ich die Rückseite sehen kann. Natürlich prangt dort die Nummer 22. Peterson.

»Und jetzt? Was hast du vor?« Emily nuschelt, da ihr Mund bis zum Rand voll Popcorn ist.

Ich sehe zwischen den beiden Frauen hin und her. »Ich habe keine Ahnung«, gestehe ich.

»Aber du liebst ihn doch, oder?« Maggies Augen werden panisch und auf meinem Gesicht breitet sich das fetteste Grinsen aller Zeiten aus.

»Na klar liebe ich ihn«, sage ich und drücke mein Trikot an meine Brust. Wie sollte ich ihn auch nicht lieben können?

»Na dann hol ihn dir endlich.« Emily klatscht aufgeregt in die Hände.

Ich greife nach ihrer Hand. Auf der anderen Seite nach Maggies. »Danke.« Mein Kinn zittert schon wieder. »Ich weiß nicht, was ich ohne euch machen würde.«

»Wahrscheinlich mit David die Hände auf die Bettdecke legen«, prescht Emily los und Maggie stößt einen entsetzten Laut aus. »Sorry«, flüstert sie.

»Na ja.« Maggie lässt ihren Blick an mir hoch und runter gleiten. »Vielleicht solltest du ...«

Ich selbst schaue an mir herunter. Zugegeben, ich sehe erbärmlich aus. Meine Leggings haben Löcher und das Kapuzenshirt ist schon mindestens zehn Jahre alt. Meine Beine sind seit Wochen nicht rasiert und meine Haare beweisen, wie oft ich in den letzten Tagen irgendwo gelegen habe.

»Ich muss duschen«, brülle ich beinahe und springe auf. »Ich habe noch genau«, ich blicke auf den Fernseher, »fünfundsiebzig Minuten.«

***

Keine halbe Stunde später sitze ich in Maggies Geländewagen, der voll mit irgendwelchen Tüten und Klamotten ist und das Verlangen in mir weckt aufzuräumen. Zumindest, wenn ich nicht ganz so angespannt wäre. Meine Beine, die Hände und mein Kiefer bibbern unkontrolliert. Und das, obwohl in dem weißen SUV gefühlte fünfzig Grad herrschen.

»Wie kam er eigentlich auf die Idee mit der Stiftung?«

Maggie und ich haben mindestens dreißig Minuten Fahrt vor uns. Genug Zeit für ein paar Antworten.

»So genau weiß ich auch nicht, was in seinem Kopf vorgeht.« Maggies Profil gleicht Scotts so sehr, dass ich nur noch aufgeregter werde. »Aber ich glaube, ihn hat es berührt, was du über ihn geschrieben hast, und er wollte dessen ... irgendwie würdig sein.« Sie strahlt mich kurz an. »So zumindest meine Theorie.«

»Ich weiß immer noch nicht, was ich dazu sagen soll.« Ich streiche mir zum wiederholten Male die Haare glatt.

»Das ist auch erst einmal nebensächlich«, sagt Maggie und die Regentropfen spiegeln sich im Licht ihrer Scheinwerfer. »Jetzt zählt vorerst nur, dass ihr zwei das endlich auf die Reihe bekommt.«

»Hm.« Mein Kopf ist ein mieser Verräter, denn immer wieder zerrt er Scott und Lynels Stimme in mein Gedächtnis, wie sie sich über mich auslassen.

»Alles okay? Du machst doch keinen Rückzieher, oder?« Maggie umklammert das Lenkrad mit beiden Händen.

»Nein«, lache ich. »Es ist nur ...« Ich verfolge die kleinen Wasserstraßen, die die Regentropfen auf die Scheibe malen. Der Scheibenwischer quietscht. Mein Schweigen dehnt sich aus.

»Sag es einfach, Lauren. Ich bin nicht nur Scotts Schwester, sondern auch deine Freundin. Ich weiß besser als jeder andere, was für ein Idiot er sein kann.«

Ich sehe Maggie durch die Dunkelheit an und alles, was ich eigentlich sagen will, ist Danke.

»Damals, bevor ich abgehauen bin, habe ich ihn in der Kabine reden gehört. Mit Lynel. Das war ...« Ich zögere.

»Abartig«, unterbricht Maggie mich. »Er hat mir davon erzählt.«

»Er hat dir davon erzählt?« Also stimmte es doch. Meine Nervosität nimmt noch mal an Fahrt auf.

»Es war aber nicht so, wie es sich für dich angehört haben muss.« Maggie sieht kurz zu mir, während sie den Wagen anschließend auf die rechte Spur lenkt. »An dem Morgen hat er dein Notizbuch gelesen.«

»Oh«, entweicht es mir und ich brauche etwas, um darüber nachzudenken. Er hat es gelesen? Warum? Wo? Ich gehe in Gedanken jede einzelne Seite durch, die er gesehen haben muss.

»Er hat gedacht, du seist nur mit ihm ins Bett gegangen, um ihn auszuhorchen. Er hat ja nicht geahnt, dass du ...«

»Scheiße«, murmle ich. Dieser Morgen muss für ihn genauso die Hölle gewesen sein wie für mich.

»Aber all das war doch schon lange nicht mehr für die Story. Diese dämlichen Notizen ...«, mein Blick zuckt zu Maggie, »... das waren einfach meine Gedanken. Ich hätte niemals etwas über ihn oder euch geschrieben, das wisst ihr doch, oder?«

»Natürlich weiß ich das«, antwortet Maggie und drückt meine Hand. »Ganz ehrlich, Lauren. Schließ damit ab. Das ist vergangen. Und jetzt könnt ihr gemeinsam neu anfangen. Ohne Story. Ohne deinen Freund oder sonst irgendwelche Hürden.«

»Du hast recht.« Das Grinsen, das so ungewohnt guttut, kehrt zurück. »Ich weiß nicht, woran es lag, aber irgendwas in mir wusste ziemlich schnell, dass Scott der Richtige für mich ist. Auch wenn ich es selbst zunächst nicht wahrhaben wollte. Es hat sich richtig angefühlt bei ihm zu sein, obwohl alles von Anfang an dagegen sprach.«

»Oh, glaub mir ... Ich weiß genau, was du meinst«, sagt Maggie und ihre Mundwinkel wandern mindestens genauso weit nach oben wie meine eigenen.

# KAPITEL 29

**Scott**

Als ich mit meinem alten Audi TT in die Tiefgarage meiner Wohnung fahre, ist die erste Euphorie der Aktion verblasst. Wir haben gewonnen. 3-0. Das ist toll und nach Abpfiff haben sich die Reporter auf mich geschmissen, als wäre ich seit Neuestem ein TV-Star. Das ist alles cool und ich freue mich, aber dennoch war ich enttäuscht. Ich hatte irgendwie geglaubt, dass Lauren nach dem Spiel auf mich wartet. Hinter jeder Ecke habe ich auf sie gehofft. Mich immer wieder umgesehen, in der Hoffnung, ihre schlanke Gestalt irgendwo auszumachen. Aber sie war nicht da. Kein Anruf. Keine Nachricht.

Auch von Maggie habe ich keinen Ton gehört. Wer weiß, vielleicht ist ihr grandioser Plan mächtig in die Hose gegangen. Oder Lauren will mich nicht mehr. Nur bei dem Gedanken daran, könnte ich kotzen.

Ich nehme den Fahrstuhl zum Penthouse und mein Seufzen schallt durch die kahle Edelstahlkabine. Die Wohnung ist genauso leer und dunkel, wie ich sie verlassen habe. Ohne Energie kicke ich meine Schuhe mitten in den Raum und betätige den Lichtschalter der Küche.

Ich hatte gehofft, ich könnte, anstatt mit den Jungs Party zu machen, meine eigene Feier mit Lauren genießen, aber so wie es aussieht, wird es nur ein einsames Bier in meiner Küche.

Ich werfe den Schlüssel auf die Arbeitsplatte und er prallt gegen die Kaffeemaschine. Ich verharre in meiner Bewegung. Starre auf das rote Gerät, das neben dem Kühlschrank steht, als hätte es die letzten Wochen nicht gegeben.

»Sie hat Gott sei Dank nur eine kleine Beule.«

Ich zucke zusammen und fahre zu der Stimme herum, die Hoffnung durch meinen Körper schießen lässt wie einen Blitzschlag.

Und da steht sie. Das Wohnzimmer liegt noch im Dunkeln, aber die Beleuchtung der Küche reicht aus, um mir zu demonstrieren, dass sie ein *Silvers*-Trikot trägt. *Mein Silvers*-Trikot. Ihre schlanken Beine stecken in engen Jeans und ihre Haare sind genauso seidig, wie ich sie in Erinnerung habe. Alles an ihr ist so, wie ich es jede Nacht in meinen Träumen sehe.

Ich schlucke. Wie ein Idiot stehe ich da.

»Ich habe mir sagen lassen, du hast heute zwei Tore für mich geschossen.«

Ihre Stimme zu hören ist wie die schönste Musik der Welt in meinen Ohren. Immer noch bewege ich mich nicht. Sie ist hier. Steht da und wirkt so selbstsicher und mutig. Auf mein Gesicht legt sich ein Grinsen. Sie hat es also gehört.

»Ich habe mir sagen lassen, du hast einen Artikel über mich geschrieben. Man sagt sich, aus dir werde eine große Journalistin.« Ich lasse mich mit der Hüfte gegen die Arbeitsplatte fallen.

Unsere Blicke trennen sich keine winzige Sekunde voneinander. In ihnen herrscht ein Sturm, auch wenn wir beide uns nicht bewegen.

»Dafür ist es leider zu spät. Ich habe beschlossen, vorerst etwas anderes zu machen. Aber hey …« Sie wirft die Arme in die Luft. Ganz lässig, aber ich kann sehen, dass sie zittert. »London bietet eine Menge Möglichkeiten.«

»Wirst du bleiben?« Meine Stimme ist ernst. Unser kleines Spiel ist hier vorbei. Ich kann nicht länger warten.

»Möchtest du das denn?«, fragt sie und die alte Schüchternheit kehrt zurück. Sosehr ich die toughe Lauren mag, in die stille, zurückhaltende habe ich mich verliebt.

»Es gibt auf diesem Planeten nichts, was ich lieber möchte.«

Ganz langsam setze ich mich in Bewegung. Einen Fuß vor den anderen gehe ich in ihre Richtung. Und sie kommt mir entgegen. Das alles läuft wie in Zeitlupe ab und dauert viel zu lange.

Erst als unsere Gesichter so nah voreinander sind, dass ich ihren Atem spüre, bleiben wir stehen.

»Hi«, flüstere ich.

Ihr Mundwinkel hebt sich zu einem Lächeln. »Hi«, haucht sie zurück und ihre Wangen färben sich rot.

»Es gibt da etwas, das ich dir immer noch nicht beantwortet habe.« Ich fahre mit der Spitze meines Daumens über ihre Wangen. Ihre Augenlider flattern.

»Gibt es das?« Sosehr sie sich auch bemüht, ich höre das Beben in ihrer Stimme.

»Damals im Stadion-Café. Du hast mich gefragt, ob ich in einer festen Beziehung bin.« Ich schmunzle und auch Lauren lächelt bei der Erinnerung daran. Das scheint Jahre entfernt zu sein.

»Und?«, fragt sie. Ihre flache Hand legt sich ganz zaghaft auf meinen Oberkörper. An die Stelle meines Herzens. »Bist du es?«

»Ja.« Ich lege meine Hand auf ihre und drücke sie fest gegen meine Brust. »Die Antwort wird immer Ja sein, wenn es um dich geht, Lauren Bell.«

Und dann kann ich mich nicht länger zurückhalten. Ich streichle durch ihr weiches Haar, lege meine Hand in ihren Nacken und ziehe sie geradewegs an meine Lippen. Das Gefühl, wie sie ihre Arme um meine Taille schlingt und mich so eng an sich zieht, wie es nur möglich ist, ist das Schönste, was ich je in meinem Leben fühlen durfte. Und langsam glaube ich es auch. *Mein Leben müsste man haben ...*

# EPILOG

**Lauren**

»Nun hör aber auf. Ich war nie seltsam.«

Sam sitzt auf dem Boden und lässt ein Spielzeugauto für Gracy hin und her fahren.

»Was?«, brüllen Karen und Maggie wie aus einem Mund.

Alle lachen.

»Du warst der düstere Bad Boy, der mit keinem spricht und immer etwas anders ist als die anderen.«

Maggie äfft Sam nach und lässt sich zurück auf die Couch fallen. Der viele Sekt hat ihre Wangen rot gefärbt.

»Du hast sie doch nicht alle«, gibt Sam zurück.

»Na ja«, scherzt Scott und fängt sich dafür von Sam einen Mittelfinger ein.

»Und jetzt bist du alt.«

Molly hat die Arme vor der Brust verschränkt. Sie ist immer noch beleidigt, weil Sam ihre neue Frisur nicht gefällt.

»Ey«, protestiert dieser, aber Grace unterbricht das Geplänkel, indem sie sich auf ihren Dad wirft.

Meine Mum und Rita bereiten in der Küche das Mitternachtsbuffet vor und Dad sitzt mit Mitchel Peterson am Esstisch. Unsere Wohnung war noch nie zuvor so voll wie an diesem Silvesterabend. Das Penthouse ist bunt geschmückt und wirkt so ganz anders als bei meinem ersten Besuch hier. So voller Leben.

»Komisch, dass sie sich überhaupt irgendwas zu erzählen haben.«

Scott ist hinter mir aufgetaucht und folgt meinem Blick zu unseren Dads. Er trägt ein schwarzes Hemd und meine Lieblingsjeans.

»Na ja, bislang verläuft alles fast ein bisschen zu unproblematisch für unsere Verhältnisse.«

»Verschrei es nicht.«

Er legt einen Arm um mich und drückt mir einen Kuss auf meinen Kopf. Nie zuvor habe ich mich bei einem Menschen so zu Hause gefühlt wie bei Scott.

»Ich liebe dich«, flüstere ich in sein Ohr.

»Und ich dich erst«, antwortet er ohne Umschweife und beißt in mein Ohrläppchen.

»Au«, quietsche ich.

»Leute, kommt schon. Hört auf mit dem ekligen Geknutsche. Gleich ist Mitternacht. Wir müssen raus.« Emily hält ein paar Gläser in der einen, die Sektflasche in der anderen Hand.

Wir alle schlüpfen in unsere Jacken und packen die Kinder warm ein, um auf den breiten Balkon zu treten.

»Wartet, ich habe die Kamera vergessen«, rufe ich und flitze ins Esszimmer, um sie zu holen.

Als ich wieder in die kalte Nacht trete, nehme ich mir einen Augenblick Zeit, um das Bild, das sich mir bietet, auf mich wirken zu lassen. So viele Menschen. Familie. Freunde. Und meine große Liebe.

Auf der einen Seite stehen Sam und Maggie mit Gracy auf dem Arm. Zwischen ihnen Molly und Chandler und Karen mit Hope im Rollstuhl. Meine Eltern stehen zusammen mit Mitchel und Rita auf der anderen Seite und beobachten die ersten Raketen, die durch die Luft zischen. Dann fällt mein Blick auf Scott. Zusammen mit Greg und Emily, die sich unaufhörlich streiten, steht er da. Aber anstatt in den Londoner Nachthimmel zu schauen und auf das neue Jahr zu warten, sieht er mich an.

Und in diesem Moment weiß ich es. Über seine Schwelle zu treten war das Beste, was mir je passiert ist. Ich sollte einen Artikel über ihn schreiben. Aber stattdessen habe ich meine Geschichte neu geschrieben. Ich bin meinem Herzen gefolgt und dort angelangt, wo ich sein wollte.

Scott Peterson ist mit seinen Launen am Morgen und dem lauten Schnarchen in der Nacht verrückterweise zu all dem geworden, was ich mir immer gewünscht habe.

Ich bin sicher, ich werde nie wieder fragen müssen: *Was wäre, wenn …?*

**ENDE von Band 2**

# DANKSAGUNG

Bei all meinen Romanen geht mein erster Dank grundsätzlich an den Verlag und an meine Lektorin. Liebe Maren, als ich vor circa einem Jahr deine erste E-Mail bekam, hast du mit deinen Worten mein Leben verändert und dafür werde ich dir immer dankbar sein. Mit ›Secret Kiss‹ hast du mir ganz neue Möglichkeiten gegeben und ›Secret Crush‹ gäbe es ohne deine Motivation nicht. Ich werde das niemals vergessen.

Liebe Martina ... hach ... was soll ich sagen. Ich habe das Gefühl, meine Texte werden erst durch dich zu dem, was sie sind. Ich kenne niemanden, der so talentiert mit Worten jongliert wie du. Vielen Dank für deine Geduld.

›Secret Crush‹ war ein verrücktes Projekt für mich. Wie ein Sommergewitter kam die Idee von Scott und Lauren angeflogen. Und die beiden haben es mir herrlich leicht gemacht und sind in wenigen Wochen zu einem Herzensprojekt geworden. So schnell, wie mich das Projekt in seinen Bann gezogen hatte, so schnell musste auch meine Familie für einige Wochen komplett auf mich verzichten. Und daher danke ich vor allem meinem lieben Mann, dafür, dass er mir wie immer den Rücken freigehalten hat. Ohne dich wäre ich verloren. Du gibst mir Wurzeln, die mich halten, und gleichermaßen Flügel, die mich ziehen lassen. Danke, dass du mich immer verstehst. Auf dieser Welt hätte ich keinen besseren Vater für meine Kinder finden können.

Ich weiß, ich soll mich nicht so oft bedanken, aber hier und jetzt tue ich es dennoch. Ich danke dir, Lisa Bote, für deine grandiose und liebevolle Unterstützung. Genauso wie Nelli Kurz und Tine Nell hast du Scott von der ersten Stunde an begleitet und an ihn geglaubt. Ihr alle seid Teil dieses wundervollen Romans. Ich bin unendlich froh, dass es euch gibt.

Und ein allerletzter Dank geht an meine Leser, ohne die all das keinen

Sinn machen würde. Danke, dass ihr mit meinen Charakteren leidet, liebt und lebt. Jeder von euch hat einen Platz in meinem Herzen. Ich freue mich über jede Leserstimme, die zu mir durchdringt. Wenn ihr also Fragen, Anregungen oder einfach nur einen Gruß für mich habt, dann meldet euch gern über meinen Instagram-Account mimiheeger oder bei Facebook unter www.facebook.de/mimiheeger.

## Verliebt und verloren

Veronika Mauel
**Kai und Annabell 1:**
**Von dir verzaubert**
Softcover
224 Seiten
ISBN 978-3-551-30069-0

Sie gehen schon seit Jahren auf dieselbe Schule und haben noch nie miteinander gesprochen: Annabell, die behütete Arzttochter, und Kai, der jede Nacht mit seiner Gang um die Häuser zieht. Doch was sie voneinander trennt, ist letztendlich, was sie verbindet. Während Annabell ihre wahre Familiengeschichte hinter einer Sonnenbrille versteckt, verbirgt Kai sein Leben hinter einem abgewetzten Punk-Look und einer Null-Bock-Einstellung. Dass ihn gerade die blonde Schulschönheit um Hilfe bitten würde, hätte er sich niemals träumen lassen. So wenig wie Annabell jemals geglaubt hätte, dass sie gerade beim Bad Boy der Stadt Zuflucht finden würde. Wie sehr sie einander brauchen, merken sie jedoch erst, als sich die ganze Welt gegen sie stellt …

www.impress-books.de

im.
pre
ss

Impress
Tauch ein in romantische Geschichten



**Impress**
Ein Imprint der CARLSEN Verlag GmbH
März 2020

Lektorat: Martina König
Umschlaggestaltung: formlabor, Laura Newman – design.lauranewman.de
Satz und Umsetzung: readbox publishing, Dortmund
Druck und Bindung: CPI Books GmbH, Birkach
ISBN 978-3-551-30259-5
Printed in Germany
www.carlsen.de/impress

Alle Bücher im Internet: www.carlsen.de